# 딸 그리고 함께 오르는 산

제프리 노먼
정영목 옮김

청미래

TWO FOR THE SUMMIT :
MY DAUGHTER, THE MOUNTAINS, AND ME
by Geoffrey Norman

역자 정영목
서울대학교 영문학과를 졸업했으며, 현재 전문 번역가로 활동하면서 이화여자
대학교 번역대학원 겸임교수로 재직하고 있다. 역서로는 『마르크스』, 『신의 가
면 III : 서양신화』, 『도시의 과학자들』, 『왜 나는 너를 사랑하는가』, 『흉내』,
『에라곤』, 『엘디스트』, 『브리싱거』, 『공항에서 일주일을』 등이 있다.

편집, 교정 _ 김인애(金仁愛)

# 딸 그리고 함께 오르는 산

저자 / 제프리 노먼
역자 / 정영목
발행처 / 도서출판 청미래
발행인 / 김실
주소 / 서울시 종로구 행촌동 27-5
전화 / 02 · 739 · 1661
팩시밀리 / 02 · 723 · 4591
홈페이지 / www.cheongmirae.co.kr
전자우편 / cheongmirae@hotmail.com
등록번호 / 1-2623
등록일 / 2000. 1. 18
초판 1쇄 발행일 / 2001. 5. 30
　　　10쇄 발행일 / 2010. 7. 20

값 / 뒤표지에 쓰여 있음

ISBN 89-86836-06-8　03840

내 삶의 여자들
마샤, 브룩, 헤이들리에게

# 차례

# 고마움의 말

　나는 산에서 등반을 이기적인 목적과 관계없는 사업으로 여기는 사람들, 놀라운 동지애로 가득한 사람들로부터 많은 도움을 받았다. 나는 이 글에서 그 사람들 모두를 거명하고 싶었다. 도시에서는 이 책에서 언급되지 않은 세 사람으로부터 더 큰 도움을 받았다. 지혜로운 편집자 일리서 페트리니는 이 책의 출판을 약속해주었다. 또 한 사람의 지혜로운 편집자 제니퍼 캐시어스는 원고를 다 들어주었다. 그리고 마지막으로 나의 에이전트이자 이십 년 지기인 어맨더 어번은 애초에 아이디어를 냈던 사람이다. 정말이지 나는 여복이 많은 사람이다.

# 우리의 큰 산

밤이면 꿈속에서 당당하게 산을 올랐다
호랑가시나무 지팡이를 들고 나가서
—— 백거이(白居易, 772-846)

한 시간쯤 걸었다. 베이스 캠프까지는 사흘을 더 걸어야 했다. 여기까지는 쉬운 부분이었다. 날씨는 좋았고 다리에는 힘이 넘쳤다. 배낭은 가벼웠다. 우리는 하루에 450미터 정도를 올라갈 계획이었다. 우리는 해발 2,700미터 정도에서 출발했으며, 베이스 캠프는 4,100미터 정도 되는 지점에 있었다. 아직 우리가 올라갈 산은 보이지 않았다. 이틀은 더 가야 처음으로 산의 모습을 볼 수 있을 것이다. 따라서 이 모든 것이 약간은 이론적이라는 느낌을 지울 수 없었다.……산에서 내려오던 사람을 처음 만나기 전까지는.

그 사람은 카키색 짧은 바지 위에 짙은 감색 폴리프로필렌 셔츠를 입었으며, 신발과 모자는 최신 유행의 고급품이었다. 선글라스와 2주일간 자란 턱수염이 얼굴을 덮고 있었다. 그는 아주 보기 흉한 자세로 노새에 올라타 있었는데, 물집이 잡힌 입으로 같은 소리를 되풀이하고 있었다.

"난 안 돼. 할 수 없었어."

누구한테 하는 소리인지는 알 수가 없었다. 노새한테 하는 말이었을까? 남자는 정신착란 상태에 가까웠다. 도시에서 길을 가다가 제정신이 아닌 채 헤매고 있는 부랑자를 보면 눈길을 돌리게 되듯이, 그 사람도 똑바로 마주 볼 수가 없었다.

이 실패한 클라이머 옆에는 가우초(스페인 사람과 인디오의 혼혈/옮긴이)가 말을 타고 내려오고 있었다. 그는 당당한 자세였으며, 옆사람의 탄식에는 무관심한 듯했다. 어쨌든 그 두 사람은 나한테 깊은 인상을 남겼다.

"우리는 대체 어디에 온 것일까?"

나는 자문해보았다. 그 말은 이후 3주 동안 내 주문이 되다시피 했다.

여기서 "우리"라는 말은 중요하다. 내가 혼자 여기에 온 것이라면, 내가 산의 정상에 오르거나 말거나, 고생을 하거나 말거나, 손가락이나 발가락을 잃거나 말거나, 심지어는 죽거나 말거나(이 산에서는 일 년 전에도 열여섯 명이 죽었지만, 그래도 나는 죽을 것 같지 않았다), 그것이 내 마음에 큰 짐이 되지는 않았을 것이다. 나는 예전부터 어리석은 짓을 수도 없이 반복해왔기 때문에 —— 나는 그런 일들이 허황된 짓이라고 생각하곤 했다 —— 어떤 일을 당해도 싸다는 생각이 없지 않았다. 그러나 이번에는 내 딸이 나와 함께 있었다. 부모란 객관적으로 보아서 전혀 잘못한 것이 없을 때라도 자식의 불행에는 책임감을 느끼기 마련이다. 하물며 이번 일에서는 만일 브룩에게 무슨 일이 생길 경우 내가 느낄 죄책감은 충분한 근거가 있는 것이었다.

그러나 내가 노새에 올라탄 사람에게서 불길한 징조를 보았던 반면(어쩌면 그에게서 나 자신의 모습을 본 것인지도 모르겠다), 브룩에게 그 사람은 실패한 중년의 한 남자에 불과했다. 나는 브룩이 우리 그룹 나머지 사람들과 함께 나보다 앞서 나아가는 모습을 지켜보았다. 그 애가 걷는 동작에는 자신감이 넘쳤으며, 배낭을 멘 모습에는 젊음이 넘쳤다. 나는 그 자신감과 젊음이 그때로부터 3주 후에도, 즉 우리가 정상에 올라갔다가 내려온 뒤에도 그대로이기를 바랐다.

만일 우리가 정상에 올라가게 된다면 —— 노새를 탄 남자를 만난 뒤에는 부쩍 의심이 생기기 시작했지만 —— 등반에서는 독특한 짝이라고 할 수 있는 우리에게 큰 명예였다. 브룩과 나는 등반을 한 지 오 년밖에 되지 않았다. 그나마 둘 다 남는 시간에만 산을 타야 하는 입장이었다. 그러나 우리는 열심이었다. 우리는 등반에 대해서, 또 우리가 올라갔던 산과 올라가고 싶은 산에 대해서 많은 이야기를 나누었다. 우리는 거의 모든 등반을 함께 했다. 우리는 산사람들 말로 하면 "산친구"였다.

언젠가 한번 큰 산의 원정 등반을 해보는 것이 우리의 (특히 나의) 야망이었다. 그리고 1999년 초에 그런 기회가 생겼다. 그래서 이제 우리는 아르헨티나에 오게 된 것이고, 빙하가 녹은 물이 흐르는 강을 따라서 베이스 캠프까지 사흘 길을 가게 된 것이다. 우리는 베이스 캠프에서 아콩카과 정상에 도전할 계획이었다.

아콩카과는 해발 6,959미터로 아시아 이외의 대륙에서는 가장 높은 산이며, "7대 정상" 가운데에는 두번째, 세계 전체에서는 열일곱번째로 높은 산이다.

아콩카과는 덩치가 크고 높은 산으로, 위도상으로는 예를 들면 알래스카의 데날리와 비교할 때 상당히 온화한 기후에 속하지만, 높이 올라갈수록 공기는 차가워지고 희박해지며, 폭풍이 자주 몰아친다. 바람이 세차게 불 때는 기온이 영하로 뚝 떨어진다. 제대로 장비를 갖추지 않은 클라이머들에게는 동상과 저체온증이 흔히 발생한다. 방심했다가 허를 찔리기도 하고, 그냥 운이 나빠서 걸리기도 한다. 사실 그런 것들은 고산 등반에서는 흔히 있는 일이다.

이것말고도 뇌와 폐의 수종이 있다. 뇌나 폐 주위에 체액이 지나치게 몰려서 줄어들지 않는 증상인데, 심하면 생명을 잃을 수도 있다. 산을 오르는 사람들이 희박한 공기로 인한 "저산소증" 때문에 그런 상태를 눈치채지 못할 수도 있다. 산소가 부족하면 무기력해지고 두통이 생기는 것 외에 판단력도 흐려지기 때문이다. 그래서 뇌수종을 경고하는 증상이 나타나도 별일 아닌 것으로 치부해버렸다가 곤경에 처하는 것이다.

그러나 고산 등반에는 이런 어두운 면만 있는 것은 아니다. 등반에서 느끼는 환희는 고통을 갚고도 남을 만한 것이다. 어쨌든 나는 이번 등반을 위해서 훈련과 준비를 하는 몇 달 동안 그렇게 믿게 되었다. 그리고 나는 이 날, 내 딸과 함께 이 등반로를 따라서 올라가는 날, 이 등반을 하는 날 —— 이렇게 말해도 좋다면, 이 **모험**을 감행하는 날 —— 을 평생 그 어떤 날보다도 간절하게 고대해왔다. 나는 이 날에 대해서 브룩과 꽤 오래 이야기를 해온 느낌이었다. 처음에는 전화와 전자우편으로, 그 다음에는 JFK 공항에서 마이애미를 거쳐 산티아고로 오는 비행기에서 얼굴을 마주하고. 이번 등반은 말하자면 우리의 회심의 등반이었다. 우리는 이 등반을 위해서 훈련을 했으며, 몸도 최고의 상태였다. 내 뜨거운 마음에는 자신감이 넘쳐흘렀다. 이곳에 있다는 것이, 내 딸과 함께 이 일을 한다는 것이 행운으로 느껴졌다.……등반로를 따라서 올라가다가 노새 등에 실려 내려오는 그 패배자를 만나기 전까지는 그랬다. 그를 만난 다음부터 내가 그동안 용케도 억눌러왔던 의심들이 스멀스멀 기어나오더니 목을 움켜쥐기 시작했다.

**우리는 대체 어디에 온 것일까?**

그런 질문이 떠오르면서 몇 년 전, 처음으로 등반을 꿈꾸던 시절이 떠올랐다. 당시에 나는 혼자 오를 생각이었다. 애초에 등반을 꿈꾼 것이 잘못이었을까? 아니면 내 딸을 끌어들인 것이 잘못이었을까? 결국 우리 둘 다 여기까지 오게 된 것은 잘못의 연쇄작용의 결과일까?

미래는 생각해봐야 알 수 없는 것, 나는 등반로를 따라가면서 과거를 돌아보았다. 우리는 대체 어디에 온 것일까라는 질문에 대한 대답은 시간이 조금만 지나면 알 수 있을 터였다. 그 전에 나는 우리가 여기까지 오게 된 과정을 생각해보았고, 그러자 마음이 즐거워졌다. 결국 그것은 나의 소중하고 아름다운 추억이었으므로.

# 집념의 씨앗

그곳에서 나는 영원을 먹고 사는
정신의 상징을 보았다

—— 워즈워스

내가 낚시를 하고 있는 강에서는 80킬로미터 거리의 그 산이 또렷하게 보였다. 산은 평평한 평야지대로부터 우뚝 솟아 각진 모습을 드러내고 있었다. 그 가파름을 누그러뜨릴 만한 산비탈의 작은 언덕 같은 것조차 없었다. 낚시는 잘 되었음에도 나는 그 산에서 눈을 떼기가 힘들었다. 그 산에는 뭔가 유혹적인 것이 있었다. 내 눈길을 계속 붙들고 놓아주지 않는 뭔가가 있었다.

내가 그 산에 매혹된 데에는 낯설음도 한몫을 했을 것이다. 나는 저지대 출신이었으며, 삼십대가 될 때까지 대부분의 시간을 해수면 높이에서 살았다. 나는 앨라배마–플로리다 만의 해안지대를 고향이라고 여기는 사람이다(아버지가 해군이셨기 때문에 우리는 자주 이사를 다녔다). 그 지역에서 가장 높은 "봉우리"는 기껏해야 90미터 높이의 진흙 절벽이었다. 나는 어린 시절에 상당히 모험심이 강한 아이였음에도 생활환경상 등반은 내가 고려할 수 있는 모험이 아니었다. 어른이 되어서는 시카고와 뉴욕에서 살다가, 결혼을 하면서 버몬트에 정착하여 자식을 낳았다.

버몬트는 물론 "그린 산의 주(州)"라는 별명이 붙은 곳으로, 그곳에서 십여 년을 살았음에도 불구하고 나는 여전히 그곳 풍광에 새삼스레 매혹되곤 한다. 나는 특히 석양을 지켜보는 것을 좋아하는데, 우리 집 거실에서 보면 전망창을 통하여 다채로운 빛깔이 산을 희롱하는 모습이 한눈에 들어온다. 그러나 그 "산"이라는 것도 900미터를 약간 넘는 정도였다. 나는 그 산에 올라가서 경사면에서 스키를 타기도 했다. 그 산과 자매를 이루는 봉우리에서도 스키를 탔는데, 그 봉우리는 대략 1,200미터 높이로, 버몬트에서는 가장 높다.

그린 산과 타코닉 산은 오래 되어 둥글둥글하다. 지질학적 시간에 걸친 풍파에 갈고 닦여서 부드러운 돔 모양을 이루고 있기 때문에, 예전에 벌목을 하던 길을 찾기만 하면 —— 어렵지 않다 —— 자전거를 타고 경사면을 오르내릴 수도 있다. 이 산들 대부분은 벌채로 나무가 사라져서 초원이 되었다. 20세기에 들어오면서 다시 나무들이 자랐지만, 그래도 아주 쉽게 오르내릴 수 있는 산이다. 산책로가 잘 닦인 야산이라고 해도 무방하다.

그래서 스네이크 강의 헨리즈포크를 걸어서 건너면서 눈에 들어온 티턴 산맥 —— 특히 그랜드 티턴 —— 의 모습은 신기하고 매혹적이었다. 맨해튼의 스카이라인을 처음 보면서 언젠가는 그곳을 내 영토로 만들겠다고 다짐하는 시골뜨기 소년의 마음이 그때 내 마음과 비슷했을 것이다. 다만 나는 아직 거기에 바짝 다가가지 못했다는 것이 다를 뿐이었다. 아니, 다가가 있었다고 해도 그것을 깨닫지 못하고 있었다. 그냥 바라만 보았을 뿐이다. 그래도 강하게 매혹당했다. 독특한 굴곡의 그랜드 티턴은 바람을 맞고 서서 웅장한 실루엣을 드러내며 내 속에 대고 뭐라고 말하고 있었다. 나는 이해하지 못하는 언어로.

▲▲▲

　며칠 뒤 나는 와이오밍 주 잭슨에 있었다. 내가 티턴 산맥을 처음 본 곳은 아이다호 주에서였다. 서쪽에서 본 셈이었다. 잭슨은 티턴 산맥의 동쪽에서 오후 그림자에 덮여 있었다. 잭슨 홀은 존 콜터, 짐 브리저, 제러마이어 존슨 등이 활약하던 시대에 산악인들이 일 년에 한 번 그들 표현대로 "랑데부"를 하여 물건을 팔고 야단법석을 떨던 곳이다. 20세기에 들어서면서 잭슨은 관광도시가 되었는데, 관광도시치고는 상당히 초라했다. 그러다가 존 D. 록펠러 주니어가 숨을 앗아갈 듯한 이곳의 아름다운 풍광을 보고, 이곳을 상행위로부터 보호하기로 결정했다. 록펠러는 그곳 땅의 많은 부분을 사들였는데, 그 땅은 결국 정부 소유가 되었다. 현재 티턴 산맥은 국립공원의 일부가 되었는데, 이 국립공원 옆에는 티턴보다 더 유명한 옐로스톤 국립공원이 있다. 주위의 땅은 많은 부분이 국유림이다. 잭슨이라는 도시 자체는 지금도 천박한 관광지이지만, 주변의 풍광은 카우보이 바나 랠프 로렌 상점 정도로는 망가지지 않을 정도로 빼어나다. 사람들은 온갖 종류의 야외 스포츠를 즐기기 위해서 잭슨과 티턴 산맥을 찾는다. 스네이크 강에서는 급류 래프팅을 즐길 수 있다. 산에서는 등반도 할 수 있다. 관광목장에서는 말도 탈 수 있다. 플랫 크리크에서는 낚시도 즐긴다. 겨울에는 스키도 탈 수 있다. 도시 외곽의 호화주택에는 야외생활을 즐기는 부자들이 산다.

　내가 잭슨에 간 것은 어떤 잡지에 환경 문제에 대한 기사를 쓰기 위해서였다. 당시 환경보호론자들은 삼림부의 땅에서 석유 탐사가 이루어지는 것을 막기 위해서 노력하고 있었는데, 이 투쟁은 서부

16

전체에 영향을 미쳤다.

나는 사나흘간 잭슨을 돌아다니며 환경보호론자, 지질학자, 개발업자, 시민단체들과 면담을 했다. 그들 모두 재미있는 사람들이었지만, 산만큼 흥미롭지는 않았다. 어떤 사람의 사무실에 들어갔다가 창으로 그랜드(그랜드 티턴 산을 줄여서 부르는 말/옮긴이)가 보이면, 처음에는 내 눈이, 이어서 내 관심마저 그쪽으로 가버리고 말았다. 계속 메모를 하고 추가 질문을 했지만, 내 마음은 이미 산에 가 있었다.

이쪽에서 보니, 이렇게 가까이에서 보니, 그랜드는 또다른 종류의 마력을 보여주었다. 80킬로미터 떨어진 곳에서 낚시를 하며 볼때는 파란 지평선 위에 섬세하게 그려놓은 수채화 같았다. 그러나가까이에서 보니 사뭇 달랐다. 야만적인 동시에 준엄해 보였다. 엄청난 지질학적 힘, 또는 신의 힘, 또는 둘 다의 산물인 것 같았다. 어쨌든 섬세한 점묘주의 작품 같아 보이지는 않았다.

어느날 아침, 그 지역을 잘 아는 여자와 인터뷰를 하다가 그 산에 사람들이 많이 올라가냐고 물었다.

"아, 그럼요. 수십 명씩 올라가죠."

사람들이 출발하는 데가 있습니까? 들머리나 뭐 그런 것 말입니다. 내가 물었다. 나는 산을 더 가까이에서 보고 싶고, 산에 올라가본 사람과 한두 마디 나누고 싶다는 말도 덧붙였다. 나는 산에 익숙하지는 않았지만, 아니 심지어 이국적이라는 느낌마저 받았지만, 그래도 등반과 관련된 글은 많이 읽었다. 나는 월터 보나티, 윌리언솔드, 짐 휘태커 그리고 물론 에드먼드 힐러리를 존경했다. 어렸을 때 앨라배마 주 애트모어의 할아버지 댁에서 『내셔널 지오그래픽』에 실렸던 에베레스트 첫 등정 기사를 단숨에 읽어내렸던 기억이 난다. 당시 나는 산이라고는 한 번도 본 적이 없었고, 앞으로 보게 될 것이라는 생각도 하지 못하던 처지였다.

여자가 말했다.

"제니 호수 쪽으로 가보세요. 거기에 엑섬이라고 하는 등반 가이드 센터가 있어요."

그 날 오후 나는 스네이크 강을 따라서 북쪽으로 무스까지 갔다. 그곳에는 우체국과 잡화점이 있는 건물 하나뿐이었다. 큰길에서 벗어나자 엑섬이라는 이름의 조그만 건물이 보였다. 엑섬은 미국에서 가장 오래 된 등반 가이드 센터이며, 세계에서 손꼽히는 등반가들의 일터이기도 했다.

안으로 들어가자 벽의 고리에는 등반용 자일과 안전 벨트들이 걸려 있었다. 구석에는 배낭들이 누워 있었다. 책상에 앉아 있던 젊은 여자가 무슨 일이냐고 물었다.

"저, 여기서 클라이머들을 파견하는지 알고 싶어서 그러는데요."

"그럼요."

여자가 명랑하게 대꾸했다.

"저 큰 산에 올라가는 사람들 말입니다."

"그랜드를 말씀하시는군요. 네. 그곳이 우리가 가장 즐겨 찾는 곳 가운데 하나예요."

"경험이 얼마나 필요합니까?"

나는 몇 년이라는 대답이 나올 것이라고 예상하며 물었다.

"등반은 얼마나 해보셨는데요?"

그녀의 목소리에는 친절함이 묻어 있었다.

"해본 적이 없어요."

"흠, 그렇다면 먼저 우리 등산학교에서 이틀간 교육을 받아야겠군요."

이틀.

"그거면 됩니까?"

그녀는 웃음을 지었다.

"아주 철저하게 가르치는 학교예요. 교육 가이드들은 최고죠."

"겨우 이틀입니까?"

"네."

"그런 다음에는요?"

"교육을 받고 나서도 계속 그랜드에 올라가고 싶은 마음이라면, 등반에 참가하면 돼요. 등반에 이틀이 걸리죠."

이틀.

"그러니까 일주일 안에 모든 것이 끝날 수 있다는 뜻이로군요?"

그녀는 웃음을 지었다.

"어떤 사람들은 그렇죠. 하지만 대부분의 경우에는 교육을 받고 나서 좀 있다가 산에 올라가죠. 그리고 일정을 너무 빡빡하게 잡으면 곤란해요. 날씨가 늘 좋으란 법이 없으니까요."

나는 그곳에 잠시 서서 벽의 고리에 걸린 자일과 다른 장비들을 바라보았다. 정말 하고 싶으면 집에 전화를 해서 일주일 더 있다가 간다고 말만 하면 되는데. 교육에 이틀, 등반에 이틀. 뿌리치기 힘든 유혹이었다.

"교육을 받으시겠어요?"

"다시 오겠습니다."

"그러세요."

그녀는 나에게 안내지를 주었다. 나는 고맙다고 인사를 했다. 잭슨으로 돌아오는 고속도로에서도 내 눈은 계속 길을 떠나 그랜드에 머물곤 했다.

나는 모텔로 돌아가서 안내지를 다시 살펴보다가 교육과 등반에 필요한 비용을 보고 놀랐다. 아주 싸게 느껴졌다. 그즈음 매디슨 강에서 가이드와 더불어 뗏목 여행을 할 때 냈던 돈보다 약간 더 많은 정도였다. 엑섬의 여자에게 바로 전화를 걸어서 이틀간 교육을 받겠다고 이야기를 하고, 그런 다음 바로 산에 올라갈까. 그러나 나는 전화를 하는 대신에 밖에 나가서 쇼핑을 하고, 짐을 싸고, 모닝 콜을 부탁하고, 다음날 아침 일찍 잭슨을 떠나서 뉴욕 주 올버니에 도착하여 집으로 갔다. 그랜드에 올라가겠다는 결심은 했다. 다만 실행에 옮기는 일은 나중에 하기로 했다.

# 아버지에게는 딸이 좋다

운이 좋은 남자는 첫아이로 딸을 얻는다.

— 스페인 속담

아이들이 잠들 시간이 지나서 도착했는데도 딸들은 나를 보기 위해서 기다리고 있다가 문간에서 나를 맞아주었다. 나는 한 팔에 하나씩 딸들을 안아들었다. 두 딸은 작은 팔로 내 목을 끌어안고 내 뺨에 입을 맞추었다. 큰딸 브룩은 네 살이었고 둘째 헤이들리는 아직 두 살이 되지 않았다. 나는 두 딸을 내려놓은 다음 두 아이에게 전날 잭슨에서 산 청록색과 은색 장신구를 나누어 주었다. 두 딸은 고맙다고 소리치면서 나를 다시 끌어안았다. 두 딸은 선물만이 아니라 내가 집에 돌아왔다는 사실 때문에 행복해했다. 아이들이 내 무릎에 앉아 내가 없는 동안 있었던 일에 대해서 흥분해서 재잘거리는 모습에는 어느 곳 하나 거짓된 구석이 없었다. 우리 개에이브가 스컹크를 물리쳤고, 엄마가 어딘가에 데려가서 아이스크림을 사주었고, 밖에 나가서 피크닉을 즐기며 석쇠에 고기를 구워 먹었다. 나는 그 이야기들을 듣고 나서 내가 했던 일을 이야기해주었다. 그리고 두 딸을 데리고 아이들 방으로 가서 아이들이 각각 제일 좋아하는 책을 읽어준 다음, 함께 기도를 드린 뒤 불을 껐다. 나는 두 아이에게 입을 맞추고 잘 자라고 인사했다.

"애들이 당신을 정말로 보고 싶어했어요."

나중에 거실에 앉아서 밀렸던 이야기를 하던 중에 아내 마샤가 말했다. 나는 거의 두 주나 집을 비웠던 것이다.

"나도 보고 싶었지. 몹시 보고 싶었어."

나는 그것이 나에게 불가해한 일인 것처럼 말했다. 사실이 그랬다. 내가 아버지라는 것 자체가 신기했다. 시간이 지나고 익숙해진다고 해서 그 느낌이 줄어드는 것 같지는 않았다. 밤에 딸들이 잠들어 있는 모습을 보노라면 왠지 현실 같지 않다는 느낌이 들었다. 거기에 내가 아버지로서 적격이 아니라는 느낌이 겹쳐졌다.

"애들은 당신을 사랑해요."

아내는 웃음을 지으며 말을 이었다.

"당신이 없는 동안에도 당신 이야기만 했어요. 그리고 아침마다 오늘은 집에 오시냐고 물었어요. 그렇게 사랑을 받으니 당신은 좋겠어요."

"좋지. 하지만 내가 그럴 만한 자격이 있는지는 모르겠어."

"당신이 뭘 잘해서 그러는 게 아니에요. 어린 여자애들은 아버지를 다 그렇게 대해요."

그것은 부정할 수 없는 사실인 것 같았다. 내가 해준 것이 없어도 딸들은 나를 안아주곤 했다. 또 아이들은 자기들이 그린 그림을 내게 보여주거나, 집 뒤의 초원에서 꺾은 야생화 —— 퀸 앤즈 레이스, 인디언 페인트브러시, 블랙 아이드 수전 등 —— 로 만든 작은 꽃다발을 가져다주곤 했다. 애들은 내가 책을 읽어주는 것을 좋아했다. 헤이들리가 먹는 것을 가지고 까다롭게 굴 때는 간단한 해결책이 있었다. 내가 먹여주면 그만이었다. 헤이들리는 늘 나를 위해서 먹어주곤 했다. 마샤가 먹여줄 때는 먹을 때도 있었고, 그렇지 않을 때도 있었다.

아버지가 되었을 때 내가 처음 보여주었던 태도를 "무심"이라는 말로 표현할 수 있을 것 같다. 어떤 책을 읽다가 이런 구절을 발견한 적이 있다.

"남자가 자식들에게 줄 수 있는 최고의 선물은 그들의 어머니를 사랑하는 것이다."

나는 브룩이 태어나기 전에 그 구절을 일기에 옮겨놓고, 그것이 내가 아버지로서 항해하는 데에 도움을 줄 별이 될 것이라고 생각했다. 아버지에게는 의무가 있고, 어머니에게는 본능이 있다. 그러나 나는 초연한 아버지, 옆에 없는 아버지는 되지 않기로 결심했다. 아이들을 양육하고자 하는 본능적인 충동을 느껴서가 아니라, 내가 그렇게 해주기를 아내가 바랐기 때문이다.

▲▲▲

나는 결혼하기 전에는 거의 남자들과 함께 지냈다. 남자들과 있을 때가 편했다. 막사(나는 군에서 복무한 경험이 있다), 술집, 사냥터나 낚시터에서의 생활을 좋아했다. 그러나 남편이자 아버지가 되자 이제 그 모든 것을 접을 때가 되었다고 생각했다. 사실 그렇게 힘든 일도 아니었고, 또 옛 시절이 그렇게 그립지도 않았다. 가끔 아이들이 유난히 까다롭게 굴어서 신경질이 날 때도 있었고, 평생 갓난아기의 울음소리에서 벗어나지 못하는 것이 아닌가 하는 생각이 들 때도 있었다. 그때는 총각 시절이 그립기도 했지만, 그렇게 자주 있는 일은 아니었다.

그러나 옛 생활을 그리워하지 않는다고 해서 곧 새로운 생활을 맞이할 자격이 있다는 뜻은 아니다. 나는 구식이었다. 시대의 흐름에 따라서 나 자신을 바꿀 수도 없었고 바꾸고 싶지도 않았다. 당시에는 페미니즘이 널리 전파되면서 새로운 문화적 흐름이 형성되고 있었다. 남자들도 감정에 민감해져야 하고, 또 자신의 감정을 받아들여야 한다는 것이었다. 그러나 나는 그런 쪽으로는 노력조차 해본 적이 없었다. 그렇다고 남자들의 원시적 본성을 계발한답시고 북을 두드려대며 주문을 읊어대는 캠프파이어 모임에 참여했던 것도 아니지만 말이다.

나는 그래봐야 소용없다는 것을 알았고, 좋든 싫든 내가 가진 것을 들고 버텨나가야 한다는 것을 알았다. 나는 되풀이해서 내가 가진 것으로 최선을 다하자고 결심했다 —— 사실 남자들의 전통적인 맹세이긴 하다. 그리고 나는 그렇게 노력했다. 물론 제대로 했다고 느낀 적은 한번도 없지만.

아마 내가 아들들의 아버지였어도 그런 느낌은 마찬가지였을 것이다. 그러나 딸들의 아버지였기 때문에 부족하다는 느낌이 더 강했을 수는 있다. 일단 내가 아버지라는 것만도 감당하기가 만만치 않은 판에 딸들의 아버지라는 것 때문에 훨씬 더 힘이 들었기 때문이다. 무엇을 해야 할지, 어떻게 하는 것이 잘하는 것인지 전혀 알수가 없었다. 아들들이었다면 적어도 내가 내 아버지와 함께 보냈던 시절에 대한 기억에라도 의지해볼 수 있었을 것이다. 아버지는 한번 바다에 나가시면 오래 집을 비우셨다. 그러다가 집에 오시면 함께 낚시 여행을 다니기도 했는데, 나에게는 그 시간들이 중요했다. 아마 남자 아이들은 다 마찬가지일 것이다. 나는 아버지가 이런 것을 기대하겠지 하는 생각을 하며 거기에 부응하려고 열심히 노력했다. 아버지가 낚시를 할 차례가 오면, 나는 고물에 앉아서 노를 저었다. 아버지는 이물에 앉아서 강변의 그럴듯해 보이는 지점을 향해서 주의 깊게 낚시를 던졌다. 내 머릿속에는 아버지가 낚시를 던지기 쉽도록 보트가 강둑과 적당한 거리를 유지하게 하자는 생각뿐이었다. 내가 그렇게 하면 아버지는 잘했다고 칭찬을 하셨고, 나는 자부심에 가슴이 부풀어올랐다. 아버지가 한눈 팔지 말고 하는 일에 집중하라고 하시면, 또는 더 바짝 붙이거나 떨어지라고 하시면, 나는 아버지를 실망시킨 것 같아서 주눅이 들었다. 아버지는 몸집이 컸고 해군 장교이자 조종사셨다. 아버지는 가만히 계셔도 권위 같은 것이 느껴졌다. 그렇게 낚시 여행을 다니다가 내가 무슨 잘못을 해도 좀처럼 목소리를 높이지 않으셨고, 사실 그럴 필요도 없었다.

물론 내 자식들이 아들이었다고 해도 쉽지는 않았을 것이다. 그러나 딸들인 경우보다는 쉬웠을 것이다. 나에게는 따를 수 있는 모델이 있었으니까. 아들이라면 낚시, 야영, 카누 타기에 데리고 갈 수 있었을 것이다. 나는 야외활동을 좋아하는 남자였으며, 낚시, 사냥, 스쿠버 다이빙 같은 것에 대해서 글을 써서 먹고 살았다. 내가 『에스콰이어』지에 쓰는 칼럼 제목이 "야외활동"이었으며, 언론계에서 나는 "사나이"로 통했다. 나 자신은 그 말을 별로 좋아하지 않았지만, 내가 싫어한다고 해서 피할 수 있는 것은 아니니까.

아들 둘을 키우는 형에게 딸을 기르게 되어 영 자격 미달인 기분이라는 이야기를 한 적이 있다. 그러자 형은 내 어깨에 손을 얹더니 이렇게 말했다.

"글쎄, 무슨 이야기를 해야 좋을지 모르겠지만, 한 가지는 확실해."

"뭔데?"

"그 아이들을 도로 들어가게 할 수는 없다는 것."

▲▲▲

어떻게 하면 딸들에게 좋은 아버지가 될지에 대해서는 분명한 생각이 없었지만, 부정적인 예는 많이 보았다. 페미니즘 문헌에는 자식을 제대로 돌보지 않고, 무정하고, 곁에 있어주지 않는 아버지들에 대한 이야기가 가득했다. 거기 나오는 딸들은 아버지의 태만 또는 노골적인 학대 때문에 고통을 받았다. 거리를 두고 감정이입을 하지 않는 아버지가 공격대상으로 자주 입에 오르내리는 시대였다. 나이가 들 만큼 든 여자가 아버지를 미워한다는 말을 해도 그런가보다 하게 되었다. 그 여자 아버지가 잘못한 일이라고는 고작 딸의 생일을 잊은 것 정도인데.

당시의 아버지들은 일반적으로 자기 자식들의 내밀한 속을 알지 못하는 가부장적인 악당으로 묘사되었다. 남자들은 자신의 일이나 친구들을 더 챙기고 가족은 등한시했다. 무심하면 그나마 다행이고, 나쁜 경우에는 폭력을 휘둘렀다. 점차 아버지들 —— 특히 전통적인 아버지들 —— 은 자식을 제대로 기르는 데에 불필요한 존재로 여겨지게 되었다. 그와 동시에 자식을 양육하는 새로운 유형의 아버지, 자식을 기르는 일에 깊이 관여하는 아버지를 요구하는 움직임이 일었다. 이에 부응하여 자동차 타이어를 갈듯이 능숙하게 기저귀를 가는 아버지들이 나타났다. 그러나 "크레이머 대 크레이머"와 같은 영화들에도 불구하고, 그런 경향이 급속하게 퍼지지는 않은 것 같다. 대부분의 남자들이 좋은 아버지가 되고 싶어했지만, 그때의 좋은 아버지란 돈을 잘 벌어오고 이따금씩 친구가 되어주는 아버지라는 뜻이었다.

사실 나는 자식들을 위해서 "곁에서" 감정적으로 교류하는 아버지에 대해서는 전혀 아는 것이 없었다. 알려고 해도 많이 알 수 있을 것 같지도 않았다. 나의 감정이입 장치는 망가졌고, 나도 그것을 알고 있었다. 만일 내가 아들의 아버지였다면 그것은 별로 중요한 문제가 아니었을지도 모른다. 나는 아들에게 규칙을 정하는 사람, 모범, 경쟁자가 될 수 있었다. 또 아들이 아버지에게 약간의 적대감을 가지는 것은 나쁜 일이 아닐 수도 있다. 사실 그것은 내가 아는 많은 남자들의 경우, 좋은 쪽으로 작용했다.

그러나 아버지들은 딸에게서는 사랑을 받고 싶어한다. 내 아내가 우리 아이들이 나를 사랑한다고 말했던 것처럼 아무런 조건 없이, 내가 어떤 행동을 하느냐에 관계 없이. 우연히도 내가 어린 그들의 삶에 존재하는 유일한 남자라는 이유로.

나는 최선을 다해보기로 했다. 비록 내 본능이 요구하는 일은 아니라고 해도 아버지로서 관여를 하려고 노력했다. 나는 그렇게 해보기로 했고, 운이 좋으면 진심으로 그것을 좋아하게 될지도 모른다고 생각했다. "꾸며내면 진짜가 된다"는 낡은 전술을 이용한 셈이다. 그래서 나는 브룩이 태어나면서 기저귀 가는 법을 배웠다. 그 애가 배앓이를 할 때면 무등을 태우고 몇 시간씩 방 안을 돌아다니며 울음을 그칠 때까지 뒤꿈치를 들었다 났다 하기도 했다. 나는 이 일에서는 아내보다 나았고, 잊지 않고 아내에게도 그 점을 주지시켰다. 두 애가 젖을 뗄 무렵에는 이유식 만드는 법을 배워서 먹을 것을 주기도 했는데, 이것은 기저귀를 가는 것보다 힘들 때도 있었다.

내가 좋아하던 일은 밤에 잠자기 전에 아이들을 목욕시키고, 고운 머리카락을 말려준 다음, 부드러운 빗으로 빗겨주는 것이었다. 브룩은 금발이었고, 헤이들리는 검은색에 가까웠다. 두 딸은 단지 비슷하지 않은 정도가 아니라 정반대인 면들이 많았는데, 머리카락도 그 가운데 하나였다.

브룩은 진지했고, 무슨 일을 하든 목표를 세우고 프로젝트를 수행하듯이 차근차근 진행해나갔다. 반면 헤이들리는 즉흥적이고 장난이 심했으며, 이 일을 하다 말고 저 일을 하곤 했다. 잠자리에서 책을 읽어줄 때도 브룩은 서스펜스와 위험, 갈등과 해결이 있는 현실적인 이야기를 좋아했다. 그 애는 어렸을 때는 『피터 팬』을 제일 좋아했다. 헤이들리는 시와 동물 이야기를 좋아했다. 예를 들면 『황소 페르디난드』를 좋아했다. 그리고 나로서는 이해하기 힘든 『안녕 달님』 같은 책을 좋아했다.

이런 차이를 관찰하는 것은 재미있는 일이었다. 나는 왜 하늘은 파랗냐로부터 시작해서 끝도 없이 이어지는 브룩의 질문에 대답하기를 좋아했고, 헤이들리가 개나 고양이와 노는 것을 지켜보면서 내 직관에 의지해서, 그 애가 같이 놀던 동물을 쫓아버리는 데에 얼마나 걸릴지 추측해보는 것을 즐겼다. 시간이 지나면서 나는 단순한 의무감에서가 아니라 진심으로 딸들과 시간을 보낼 기회를 찾는 일이 잦아졌다는 것을 깨닫게 되었다.

나도 모르는 사이에 상당히 훌륭하게 자식들을 양육하는 아버지가 되었던 것이다. 그러나 내가 잘나서 그런 것이 아니다. 이 문제에 대해서 요즘 유행하는 연구에 따르면, 당연히 그렇게 될 수밖에 없는 일이기 때문이다. 『어머니 자연』이라는 기념비적 연구서에서 새러 블래퍼 흐르디는 이렇게 쓰고 있다.

"수컷들도 갓난 새끼들을 보호하고 양육할 수 있지만, 그런 반응을 이끌어내기 위해서는 적당한 촉발제가 필요하다."

다윈 역시 이런 본능이 "수컷의 뇌 속에도 잠재해 있다"고 보았다. 문화를 광범위하게 조사한 흐르디는 조지 엘리엇의 소설 『사일러스 마너』와 톰 셀렉의 영화 "세 남자와 아기"에서 그 예를 찾기도 한다. 문화인류학, 진화심리학을 비롯해서 몇 가지 분야를 종횡무진 오간 뒤에 흐르디는 이렇게 분석한다.

"영장류 수컷의 자식을 돌보는 본능은 다음과 같은 조건에서 가장 쉽게 발현된다.

1. 미성숙한 새끼와 장기간에 걸쳐서 익숙해졌을 때
2. 가까운 곳에 있는 갓난 새끼가 구조를 요청할 때
3. 특히 수컷이 새끼들의 어미와 관계를 맺고 있을 때."

따라서 나는 오래 된 유전암호와 진화적 신호에 반응하고 있었던 셈이다. 그렇게 생각하면 아버지로서 노력을 한 것이 약간 덜 고귀하게 느껴지기는 하지만, 뭐 아무래도 상관없었다. 그런데 모성에 대해서는 흐르디의 걸작이 있는 반면, 부성에 대해서는 그에 비길 만한 걸작이 없다. 그러나 이것은 이해할 만한 일이다. 모성이라는 것은 일차적이고, 본능적이고, 만물의 절대적 뿌리에 닿아 있다. 반면 부성은 글쎄, 기껏해야 보조적 역할이며 스스로 발굴하기 나름이다. 나는 운이 좋았던 셈이다.

▲▲▲

자러 가기 전에 나는 딸들이 따뜻하게 자고 있나를 확인하려고 다시 들여다보았다. 브룩은 캐럴이라는 이름의 인형과 함께 자고 있었다. 헤이들리는 아기 때부터 들고 다니던 너덜너덜한 하얀 담요를 움켜쥐고 있었다. 아무 걱정 없이 평화로워 보였다. 나는 몇 분 동안 딸들을 지켜보았다. 가슴 한가운데가 묵직해졌다. 브룩은 깊은 잠을 잤지만, 헤이들리는 조금만 방해를 받아도 잠을 깼다. 내가 이불을 올려주기 위해서 침대로 손을 뻗자, 그 애는 깜짝 놀라며 눈을 떴다. 이어서 불빛을 가로막고 있는 내 얼굴을 보더니, 웃음을 지으며 두 팔을 내밀어 나를 끌어안았다.

순간 모든 것이 편안하게 느껴졌다.

# 아이의 관심을 차지하려는 경쟁

아버지 한 사람이 교장 백 명보다 낫다

—— 조지 허버트

귀앓이, 대소변 가리기, 밤에 우는 것 등이 힘들기는 하지만, 그래도 갓난아기 때가 쉬운 편이다 —— 그때는 잘 모르지만. 조금 커도 학교에 가기 전까지는, 텔레비전에게만 지지 않으면, 아이의 애정과 관심을 얻는 데에 심각한 경쟁자는 없다. 아이들의 눈으로 볼 때 아버지는 무오류 또는 그것에 가까운 존재로 보인다. 그러나 아이들이 스쿨버스를 타는 첫날 이런 상황은 변해버린다.

그러나 바깥 세계의 영향과 큰 투쟁을 시작하기 전에, 아직 아기 때라고 하더라도 먼저 결정을 내려야 할 것이 몇 가지 있다. 물론 여기저기에서 공짜로 조언을 얻을 수는 있다. 내 딸들이 아직 학교에 다니기 전인 1980년대 초에는 많은 사람들이 아들과 딸 사이에 타고난 차이는 없다고, 성 역할은 학습되는 것이라고, 딸에게 인형을 주고 아들에게 연장 세트를 주면 아이들은 성장하면서 각각 엄마와 기술자가 되는 길로 나아가는 것이라고 주장했다. 따라서 아이들이 정해진 틀이 없는 환경에서 스스로 발전하며 자신의 본성을 발견하게 하는 것이 중요하다고 했다.

많은 부모들, 특히 (나처럼) 딸을 가진 부모로서 자식이 한정된 기대와 꿈을 안고 성장하기를 바라지 않는 부모들이 그 이론을 열렬히 받아들였다. 텔레비전에서 샐리 라이드(미국 최초의 여자 우주인/옮긴이)가 우주로 날아가는 것을 볼 수 있었기 때문에 더욱 그랬다. 새로운 교육방침 아래서는 딸들에게 공놀이를 금지시키지 말아야 했으며, 아들들에게는 인형을 가지고 놀아도 괜찮다는 메시지를 전해야 했다. 아이들은 남자나 여자가 아닌 한 개인으로서 그런 메시지를 이해하게 될 터였다.

우리가 살았던 버몬트의 작은 도시에는 아이들이 많지 않았기 때문에, 놀이 친구를 고려할 때 성별을 따지고 말고 할 것도 없었다. 브룩이 가장 좋아하는 놀이 친구는 근처에 사는 소년으로, 브룩보다 두 달쯤 먼저 태어난 아이였다. 그 아이가 우리 집에 와 있지 않을 때는 브룩이 그 애 집에 가 있었다. 몇 년 동안 이런 식으로 사귐이 이어졌다. 헤이들리가 태어날 때쯤 남자 아이에게도 여동생이 태어나자, 이제는 네 명이 놀이 친구가 되었다.

그러나 우리 집의 작은 뒤뜰에서 그 아이들이 노는 것을 보면 남녀 사이에 차이가 있다는 것은 분명해 보였다. 남자 아이가 여자 아이보다 공 던지기를 더 좋아한다는 것은 부인할 수 없었다. 남자 아이는 여자 아이에 비해서 규칙에 복종하는 것을 싫어했고, 화를 잘 냈고, 협동에 익숙하지 않았다. 다른 부모와 이야기를 나눌 때도 남자 아이와 여자 아이 사이의 차이가 자주 화제에 올랐다. 우리 친구들 가운데 몇 명은 나와 똑같은 것을 발견했다고 인정했는데, 마치 사과하는 듯한 말투였다. 마치 기존 이론을 뒤집어서 미안하다는 듯이.

내 뒤뜰에서 노는 남자 아이가 더 호전적이고 적극적이기는 했지만, 여자 아이들도 그만큼 대담하고 강인할 수는 있었다. 어느날 오후, 브룩과 그 애의 놀이 친구인 남자 아이는 우리 뜰 가장자리에 있는 아주 높은 소나무에 올라가기로 했다. 소나무에는 튼튼한

가지가 많았고 또 그 간격도 적당하여, 내가 그 나이라고 해도 유혹을 물리치기는 어려웠을 것이다(어른들이 왜 산을 오르는지 궁금해하는 사람들은 아마 아이들에게도 왜 나무에 오르냐고 물을 것이다. 내 생각에는 두번째 질문이 첫번째 질문에 대한 답이다).

그러나……나는 이제 어른이었고, 그 아이들은 내 아이들이었다 —— 어쨌든 반은. 그래서 나는 아이들이 눈치채지 못하도록 그늘 속에 앉아서 서재 창문으로, 아이들이 나무를 타는 모습을 지켜보았다. 아이들은 서로 어디 할 수 있으면 해보라면서 낮은 가지들을 딛고 위로 올라갔다. 소년은 약간 더 높이 올라가 브룩을 내려다보았다.

"어서 와봐. 겁쟁이처럼 굴지 말고."

"난 겁쟁이 아냐."

"그럼 와봐."

브룩은 소년을 지나 더 높이 올라갔다. 가지가 그 애 무게 때문에 휘었다. 나는 약간 초조해졌다. 나가서 나무에서 내려오라고 말해야 할까. 그 애는 내 딸이었기 때문에, 내가 보호해야 할 것 같았다. 그러나 나는 입을 다물고 있었다.

소년은 브룩이 있는 곳까지 가더니, 거기에서 조금 더 높이 올라갔다. 다시 브룩에게 도전한 것이다. 그러자 브룩은 소년을 지나서 올라갔다. 그들은 이제 땅에서 8-9미터 높이까지 올라갔다. 그곳의 가지들은 굵기가 빗자루 손잡이 정도였다. 두 아이는 이제 아무 말도 하지 않았다. 아마 둘 다 겁에 질렸지만, 먼저 그만두고 싶지는 않았을 것이다. 두 아이는 몇 발 더 위로 올라갔다. 아주 조심스럽게 올라가고 있었다. 지켜보는 내 심장은 빠르게 뛰었다. 저 가지가 부러지면…….

마침내 그들은 타협책을 찾았다. 함께 몇 발 더 올라가 어떤 가지까지 가고, 그런 다음 함께 내려오자는 것이었다. 협상을 하는 아이들 목소리가 유난히 가늘게 들렸다. 둘 다 합의사항에 만족하는 것 같았고 나는 전율을 느꼈다. 동시에 자부심도 느꼈다.

▲▲▲

물론 시간이 지나면서, 아들과 딸 사이에 타고난 차이는 없다는 이론은 사라지고, 아들과 딸 사이에는 차이가 있으며 그 뿌리는 매우 깊고 연구할 가치가 있다는 결론이 내려졌다. 과거의 이론을 부순 사람은 하버드의 생물학자인 에드워드 O. 윌슨 박사였다. 그는 사회행동 영역에 진화론의 통찰들을 적용하는 사회생물학 이론의 선구자였다. 윌슨이 사회는 스스로 조직되며 개인들은 그 사회 내에서 자연선택의 원칙들에 기초하여 역할을 맡게 된다는 이론을 처음 제시했을 때, 이 이론은 이단으로 여겨졌으며 성에 따른 역할을 정당화한다는 이유로 여러 정기 간행물로부터 가혹한 공격을 당했다. 한 번은 대중 강연 도중에 물 세례를 받기도 했다.

그러나 시간이 지나면서 윌슨의 통찰은 새로운 학자들과 새로운 사고를 길러냈다. 특히 진화심리학 분야가 그의 영향을 많이 받아서, 인간 행동은 유전자의 생존을 보장하기 위한 전략에 따라서 이루어진다고 설명하려고 했다. 대충 요약을 하자면, 남자들의 성공은 신체적 기술, 호전성, 많은 짝을 찾아내어 많은 자손을 생산하는 능력으로부터 나온다. 여자의 경우에는 강한 짝을 끌어들여 비교적 적은 후손을 성공적으로 길러내는 능력으로부터 나온다. 이런 자질을 갖춘 개체들은 진화적인 의미에서 성공하여, 수백 세대에 걸쳐 자신의 유전자를 전해주었다. 따라서 요즘 은어로 말하자면, 우리의 성 역할이란 하드웨어적으로 결정된 것이며, 실제로 행동에는 생물학적 기초가 있다는 것이다. 결국 이 이론은 여자의 열등함, 순종적 태도, 부차적 지위를 정당화하는 것이 아니라, 오히려 여자들의 우월성을 정당화하는 것으로 여겨지게 되었다. 적어도 진화심리학자인 럿거스 대학의 헬렌 피셔 박사는 그렇게 생각한다. 그녀는 『제1의 성』에서 점점 복잡해지는 세계에서 성공하기 위해서는 지배와 선형적 사고보다는 협동과 그물적 사고가 요구되는데, 여자들이 유전적으로 타고난 특징들은 그런 사고에 적합하다고 주장한다.

물론 이런 것들은 내가 현장조사를 수행하던 우리 집 뒤뜰로부터는 먼 이야기였다. 그러나 나는 잡지에 글을 쓰기 위해서 에드 윌슨과 인터뷰할 기회가 있었는데, 그는 총명할 뿐 아니라(나도 그 정도는 예상했다) 유머 감각이 뛰어난 따뜻하고 다정한 사람이었다. 우리는 그의 하버드 연구실에서 이야기를 했는데, 그곳의 유리그릇 안에서는 개미떼가 열심히 자기 본분을 다하고 있었다. 이야기를 하다보니 윌슨도 앨라배마-플로리다의 만에서 성장하면서 내가 뛰놀던 늪과 해변을 돌아다녔다는 것을 알게 되었다.

윌슨은 총명함만이 아니라 공손한 태도로도 존경할 만한 사람이었다. 사실 성 역할, 모성, 부성 등에 대한 일반적인 이야기를 할 때 공손함을 보여주기는 힘들다. 그런 이야기를 하다보면 "내 성이 네 성보다 낫다"는 낮은 수준의 이야기를 하게 되거나, 아니면 부모의 현실과는 거리가 멀어 보이는 피곤하고 이념적인 정통성의 문제를 운위하기 십상이기 때문이다. 예를 들면 『어메리컨 사이칼러지스트』에서는 "본질적 아버지의 해체"라는 글을 읽을 수 있다. 이 글은 아버지가 그렇게 필요한 것은 아니며, 부성이 인간을 문명화시켰다거나 자식을 보호해주었다는 증거는 별로 없고, 남자는 어머니와 그 자식들에게 "해가 될 수 있다"고 주장한다.

34

이런 글은 아버지가 되려고 노력하는 사람에게는 별 도움이 되지 않는다. 대중 문화가 제공하는 모델들도 별로 나을 것이 없다. 호머 심슨(만화 "심슨 가족"의 아버지/옮긴이)보다 높은 목표를 가질 수 없다면, 그것이 무슨 의미가 있단 말인가?

내 딸들이 나이가 들면서 상황은 변했다. 이제 나는 딸을 목욕시키거나, 잠자리에 들기 전에 책을 읽어주거나 하지 않았다. 그러나 나는 여전히 그 애들의 아버지였고, 여전히 그들에게 개입하고 싶어했다.

노력을 한다고 해도 내가 그들의 역할 모델은 될 수 없었다. 어쨌거나 그 점에서는 아이들 엄마가 있었다. 흔히 있는 일이지만, 마샤는 어머니가 되기로 했을 때, 이왕 될 거면 온 시간을 바쳐서 온 힘을 쏟는 어머니가 되기로 결심했다. 그녀는 나와 만나기 전에 능력이 많은 독립적인 여자였다. 그 점은 근본적으로 변하지 않았다. 그녀는 『포브스』지의 최초의 여기자들 가운데 한 사람이었으며, 많은 광고 필름을 제작, 감독했고, 전문 사진작가로 일했으며, 뉴욕의 시각매체 회사에서 일하기도 했다. 그외에도 많은 일을 했다.

이제 마샤는 자신의 선택에 의해서 두 딸의 상근 어머니가 되기로 했다. 내 두 딸에게 커서 되고 싶은 사람의 모델이 필요하다면, 그들에게는 마샤가 있었다. 이렇게 되어야 마땅한 것이고, 또 이것이 내가 원하는 것이기도 했다.

마샤는 딸들을 기르는 데에 온 정성을 쏟았다. 놀이 그룹을 조직하고, 스키를 가르치고(스스로 배우면서), 주일학교에서 가르치고, 연극과 연주회를 찾아내고, 버몬트에서는 볼 수 없는 것을 보여주기 위해서 때로는 수백 킬로미터씩 차를 몰고 가기도 했다. 마샤는 또 키가 크고 눈에 금방 띄는 미모를 가진 여자로, 요리도 잘했고,

스웨터도 잘 짰다. 한마디로 마샤는 우리 딸들에게 필요한 역할 모델 그 자체였다.

따라서 내 역할은 부양자이자 아버지였다. 사실 그 역할에는 다른 이름이 없었다. 나는 동무나 친구가 아니었지만, 그 비슷한 것이기는 했다. 그렇다고 단순히 멀고 약간 무서운 권위적 인물도 아니었다. 그러나 그런 면이 있기도 했다. 또 나는 잠시 나타났다가 사라지는 사람, 청구서에 돈을 내고 돈 걱정을 하는 사람도 아니었다. 물론 나는 가끔 내가 정말 그런 사람이라는 느낌이 들 때가 있었고, 아마 딸들도 마찬가지였을 것이다.

딸들이 나이가 들면서, 특히 학교에 다니면서, 아버지로서의 내 의무가 무엇인지 점점 분명해졌다.

▲▲▲

마샤와 나는 순진하게도 버몬트로 이사만 가면 현대 미국에서 성장 과정의 일부를 이루는 것처럼 보이는 마약, 알코올, 쉬운 섹스, 퇴학 등을 피할 수 있을 것이라고 생각했다. 그러나 우리는 우리의 순진함을 곧 깨닫게 되었다. 우리가 버몬트에 자리를 잡은 지 얼마 되지 않아 도시에서 한 고등학생이 파티에서 나오다가 도로에 누웠는데, 다른 학생이 차를 몰고 가다가 멈추지 않는 바람에 치어 죽는 사고가 발생했다. 사고를 낸 학생은 나중에 경찰서에서 사슴을 친 줄 알았다고 말했다. 그 파티에 대한 이야기 그리고 또 다른 이야기들을 들어보니, 시골로 이사 오는 것이 답은 아니라는 사실이 분명해졌다. 도망칠 수는 있지만 숨을 수는 없다. MTV(음악 전문 텔레비전/옮긴이)가 찾아낼 테니까.

우리 딸들이 동네 초등학교에 갔을 때, 아이들 친구 가운데는 어머니가 마약 거래로 감옥에 간 아이가 있었으며, 어머니가 남자 친구를 데려와 사는데 그 남자의 폭력에 시달리는 아이도 있었다. 그 여자 아이가 한번은 우리 집에 놀러온 적이 있다. 그 애는 여덟이나 아홉 살 정도였는데 마샤는 그 애의 쓸쓸하고 절망적인 눈과 얼굴에서 잠시도 가시지 않는 공포의 표정을 보더니 나에게 말했다.

"저 애는 희망이 없을 것 같아요."

마샤 말이 맞았다. 그 아이는 전액 장학금을 받고 좋은 대학 예비학교에 갔으나 마약을 한다는 이유로 퇴학을 당했다. 그녀는 집으로 왔으나 열여덟 살이 되었을 때는 복지연금에 기대어 살며 마약을 하는 미혼모가 되어 있었다. 어머니가 감옥에 갔다온 아이도 비슷한 장학금을 받았으나 역시 마약 복용으로 퇴학을 당하고 말았다. 그 애는 결국 학교를 마치지 못하고 웨이트리스가 되고 말았다.

마샤와 나는 우리 딸들을 놓치지 않는 하나의 방법으로 모두가 함께 할 수 있는 일을 찾았다. 비록 잠시라고 할지라도, 그들 또래를 유혹하는 것으로부터 눈길을 돌릴 수 있는 것을 찾았다. 묘하게도 그것은 우리 가족에게 닥친 가장 어려운 문제 가운데 하나였다. 모두가 시간이 없는 상황에서 잠시 여유가 난다고 해도 함께 할 수 있는 일은 없는 것 같았다. 함께 시간을 보내는 방법이 고작 쇼핑몰에나 가는 일이 되는 경우가 많았다. 아니면 라스베이거스에서 휴가를 보내거나.

나는 이런 상황이 서글펐다. 우리는 그런 상황을 바꾸겠다고 결심했다. 어떻게 하다가 내가 결국 브룩과 함께 아콩카과를 밟게 되었는지 한 가지 행동이나 결심으로 설명해보라고 한다면, 나는 바로 그 결심을 들겠다.

▲▲▲

버몬트의 모든 아이들과 마찬가지로 내 딸들도 아주 어린 나이에 스키를 배웠다. 스키는 우리가 가족으로서 함께 할 수 있는 일이었다. 나는 버몬트로 이사하기 전에는 스키를 탄 적이 없었다. 마샤도 마찬가지였기 때문에, 우리는 둘 다 이사 와서 배웠다. 나는 우리 그룹에서 스키 실력이 가장 떨어졌다. 내 아이들보다도 뒤졌다. 그러나 우리는 경쟁을 하지 않았다. 만일 아들들이었다면 상황이 달랐을지도 모르겠다.

어쨌든 브룩과 헤이들리는 대담하게 스키를 탔으며 모험도 즐겼다. 나도 그것을 장려했다. 나는 보통 뒤에서 아이들이 스키 ── 그리고 나중에는 스노보드 ── 를 타고 쌩쌩 달리거나 공중으로 솟아오르는 모습을 지켜보곤 했다. 브룩은 스노보드를 배우다가 팔이 부러졌으며, 헤이들리는 자기가 프로펠러라고 이름붙인 묘기를 보여주다가 뇌진탕에 걸려 병원으로 가서 혈종이나 골절된 부위가 없는지 CAT 촬영을 하기도 했다. 헤이들리는 자기가 떨어진 것을 전혀 기억하지 못해서, 친구들에게 그 상황을 이야기해달라고 조르곤 했다. 아이들은 부상을 당했다고 해서 속도를 늦추지도 않았고, 더 조심하는 법도 없었다.

마샤와 나는 그것이 마음에 들었다. 우리는 아이들을 도시에 데리고 있으면서 다른 위험, 훨씬 더 대처하기 힘든 위험을 무릅쓰는 것보다 산에 데려가 스키를 타게 하고 모험을 하게 하는 것이 더 낫다고 생각했다. 뼈가 부러지고 뇌진탕을 일으키는 것이 마약을 하고 퇴학을 당하는 것보다 건강한 것 같았다. 만일 둘 중의 하나를 선택해야 하는 문제였다면, 나는 내 아이들의 뼈가 부러지기를 바랐을 것이다. 이런 식의 발상이 곧바로 아콩카과로 이어졌던 것이 틀림없다.

그것은 내가 아버지로서 할 수 있다고 생각하는 것과도 통했다. 나는 아이들에게 감정이입을 하며 감성적으로 그들과 함께할 수 없었기 때문에 몸으로 때울 생각이었다. 야영을 하러 갈 때나 카누를 타러 갈 때나 스키를 타러 갈 때, 그리고 심지어 함께 바하마 제도의 작은 자연 휴양지로 두 번 여행을 가서 스쿠버 다이빙을 할 때도 마찬가지였다.

멋진 인생이었다. 특히 나에게는 그랬다. 많은 사람들이 말하듯이 딸은 아버지에게 좋다. 나는 이런 일들을 할 때 경쟁자도 아니고 역할 모델도 아니었다. 코치 겸 동무 비슷한 존재였다. 나는 그 역할이 마음에 들었다. 나는 딸들이 자라면서 개성을 드러내는 것을 지켜보았다. 그들은 서로 아주 달랐다. 브룩은 학교에서 공부를 잘했지만 외톨이였다. 운동에는 별로 소질이 없었다. 무슨 시합을 할 때나 맨 마지막에 지명을 받았고, 후보로 시간을 보내는 때가 많았다. 그래서 그 애는 더 외로워졌고 초연해졌다. 대신 브룩은 책에 관심을 가지고 책을 읽는 데에 많은 시간을 보냈다. 반면 헤이들리는 학교에서는 문제가 많았다(결국 우리는 그 애한테 학습 장애가 있다는 것을 알았다). 그러나 그 애는 친구들과 잘 어울렸고, 외향적이었고, 아주 인기가 좋았다. 브룩보다 운동을 잘하는 것 같지는 않았는데도, 늘 쉽게 어느 팀에나 끼었다.

나는 이런 사실들을 알게 되면서, 내 나름으로 위로나 격려를 해 주려고 애를 썼다. 그러는 과정에서 내가 그 애들 삶에 개입하기를 좋아한다는 것을 깨닫게 되었다. 헤이들리가 8학년이 되어 수학여행을 갈 때 나는 보호자로 따라갔다. 어머니만 대여섯 명 갔고, 아버지는 나 하나였다. 내가 맡은 일은 버스나 호텔에서 남자 아이들이 제멋대로 굴 때 엄하게 야단을 치는 것이었다.

나는 지역 리그의 여학생 소프트볼 팀 감독을 맡기도 했다. 브룩이 뛰던 첫해에는 감독의 자원봉사 조수를 맡았다. 나는 감독 일에 대해서 아무것도 몰랐고, 브룩은 소프트볼에 대해서 아무것도 몰랐다. 브룩은 벤치에 앉아 있는 경우가 많았고, 나는 감독을 유심히 지켜보았다. 그는 여러 운동에 뛰어난 실력을 갖추고 있었으며, 실제로 그 지역의 작은 엘리트 학교들 가운데는 가장 뛰어난 팀이 있는 윌리엄스 칼리지의 풋볼 조감독이었다. 이 사람은 자기 앞가림을 할 줄 알았다. 나는 그 사람에게서 많은 것을 배웠고, 두어 권의 책에서도 약간 배웠다. 그의 딸은 팀의 스타였다. 그러나 그해는 그 아이가 뛸 수 있는 마지막 해였다. 이듬해에 그 애가 시합에 참가할 수 없게 되자, 그 애 아버지도 감독 일에 관심을 잃었다. 그래서 내가 원더 위민 팀을 물려받아, 헤이들리가 마지막 해를 마칠 때까지 감독 겸 버스 기사 노릇을 7년간 했다.

좋은 시절이었다. 나는 잡지 기자로 일하면서 여행을 많이 다녔다. 그러나 시즌 동안에는 보통 일정을 조정하여 집에 있으면서 시합이나 연습에 참가했다. 몇 번은 시간이 빠듯하여 기차 역에서 넥타이를 맨 채 경기장으로 직행하기도 했다. 나는 우리 팀의 아이들과 친해지게 되었고, 불가피하게 그 애들의 속사정도 알게 되었다. 누구 부모가 헤어지느니 어쩌니 하는 일들 말이다. 어떤 아이가 그런 문제로 고민을 할 때면 그것이 행동에 나타나기 마련이었는데, 나는 어떻게 대처해야 할지 몰랐다. 다만 그 애 쪽으로 공을 몇 번 더 쳐준 다음에, 그 애가 공을 깨끗하게 잡아 1루로 던지면 약간 더 힘찬 목소리로 "잘했어" 하고 외쳐줄 뿐이었다. 심각한 감정적 소용돌이가 형성되면 —— 그런 일이 자주 있었다 —— 내 대응책은 약간 더 세게 훈련을 시키는 것이었다. 두어 시간 연습이나 시합을 하면서 그 아이의 관심을 붙들어놓고 있으면, 그 아이도 그 시간만큼은 자신을 괴롭히는 일에 신경을 끌 수 있었다. 그렇게 미워하는 피치즈 팀을 이기기 위해서 공에서 눈을 떼지 않고 시합에 정신을 집중할 수 있었다(그것이 내가 선수들에게 외우는 주문이었다).

감독 일을 하면서 나는 브룩과 함께 일해볼 기회를 얻었다. 브룩은 빠른 편도 아니었고, 민첩한 편도 아니었다. 그러나 의지는 강했다. 그래서 나는 브룩을 1루에 배치했다. 1루수는 활동 범위가 별로 넓지 않았기 때문이다. 그러면서 그 애한테 네가 할 일은 다른 내야수가 던지는 공을 잡거나 막는 것이라고 말해주었다. 우리는 공이 글러브까지 들어오는 것을 보는 것과 자세를 제대로 잡는 것을 집중적으로 연습했다. 그래야 공을 잡지 못하더라도 몸으로 막을 수 있었기 때문이다. 다른 아이들은 공이 바닥에 튀겨서 오면 움찔하며 몸을 틀었다. 나는 브룩한테 설사 공이 얼굴에 맞더라도 코피 정도로 끝난다고 말해주었다.

"처리할 수 있겠지?"

"네."

브룩은 얼굴에 공을 두어 번 맞았지만, 언제나 재빨리 공을 집어 주자를 아웃시켰다.

내가 좋은 감독이었는지는 모르겠다. 물론 내 전임자만한 수준은 못 되었을 것이다. 그러나 나는 열심히 했다. 일로 느껴지지 않았기 때문이다. 아이들도 나한테 어떤 존경심 같은 것을 가지게 되었던 것 같다 —— 딸들이 나한테, 아버지는 선수들에게 수수께끼 같은 존재라고 말해주기는 했지만. 브룩과 헤이들리는 지금도 내가 원더 위민 팀에게 공을 치면 무조건 달리라고, 설사 파울이라도 달리라고 가르치던 날이 기억나면 자기들끼리 숨이 넘어갈듯 웃음을 터드린다.

브룩이나 헤이들리는 나를 흉내내어 이렇게 말하곤 한다.

"자, 내가 여러분에게 바라는 것은, 여러분의 나무 방망이가 저 공을 맞추었을 때, 서서 감탄만 하고 있지 말라는 거다. 여러분이 할 일은 고개를 숙이고 1루를 향해서 끓는 물에 덴 개처럼 달려가는 것이다."

이 지점에서 말을 하던 아이는 꼭 미친 사람처럼 하는 감독의 말이 대체 무슨 뜻인지 알 수 없어 당황한 열 살짜리 여자 아이 역할을 맡는다. 끓는 물에 덴 개는 어떻게 뛸까? 어떤 사람이 끓는 물을 개에게 퍼부울까?

글쎄, 나에게는 소프트볼이 재미있었다. 재미 이상이었다. 나는 내가 감독했던 어떤 아이들보다 소프트볼에서 많은 것을 얻었던 것 같다. 부성이라는 것은 그런가보다.

나는 가르치고 감독하는 일이 무척 마음에 들어, 우리 도시에 있는 조합 교회의 주일학교에서도 가르치겠다고 동의를 했다. 그쪽 방향으로 더 빠져든 셈이었다. 그러나 사실 나는 소프트볼 감독 일을 할 자격도 못 갖추었지만, 주일학교에서 가르칠 만한 자격은 더더구나 갖추지 못했다. 나는 신학교육을 받지도 못했고, 청렴한 삶을 살아오지도 못했다. 그런데도 내가 주일학교 교사로 위촉된 것은 내가 매주 아이들을 주일학교에 데려다주는 부모였기 때문이다. 물론 나는 아이들을 그렇게 교회에 데려다주면 뭔가 좋은 일이 생길 것이라고 기대하고 있었다. 다른 복잡한 종교적인 문제에 대해서는 아이들이 나중에 마음을 정할 것이라고 생각했다.

그런데도 나는 요청을 받았을 때 그러마고 했다. 아마 소프트볼 팀 감독을 하는 일이 썩 만족스러웠기 때문에, 주일학교에서 가르칠 때도 똑같은 만족을 얻겠거니 하고 생각했던 것 같다. 브룩이 내가 가르치는 반에 있었고, 얼마 있으면 헤이들리도 내 반으로 올라올 터였다. 이 년만 있으면 —— 그렇게 오래 버틸 수 있다면 ——
두 아이 모두 우리 반에 거느리게 되는 셈이었다. 그것이 중요했다.

나는 무엇을 가르쳐야 할지 몰랐다. 내가 받은 교재 —— 아름답
게 꾸며놓은 만화책들을 잔뜩 받았는데, 거기에는 주로 관용을 중
심으로 한 미지근한 메시지들이 담겨 있었다 —— 는 재미가 없었
다. 아이들도 그 교재에서 자극을 받을 것 같지 않았다. 그래서 나
는 아이들에게 적합한 언어로 귀에 익은 성서 이야기들을 해주는
책을 한 권 찾았다. 그리고 매주 일요일 아침, 나는 아이들 몇 명
—— 적으면 세 명, 많으면 열 명이었다 —— 과 함께 탁자에 둘러앉
아 그 이야기들을 읽고 이야기를 했다.

나는 가장 단순하고 가장 직접적인 이야기들이 내 그룹의 아이
들에게 가장 큰 호소력을 가질 것이라고 생각했다. 다윗과 골리앗,
노아의 방주 등의 이야기를 디즈니 이야기처럼 다루어보자는 것이
내 생각이었다. 그러나 나는 학생들을 과소 평가했다. 아이들이 정
말로 관심을 가지는 것은 위대한 신학자들도 까다롭게 여기는, 어
둡고 무시무시하고 역설적인 이야기들이었기 때문이다. 나는 깜짝
놀랐다. 예를 들면 아브라함과 이삭의 이야기, 특히 욥의 이야기가
아이들의 관심거리였다.

우리는 매년 욥의 이야기를 가지고 몇 주 동안 이야기했다. 나는
학생들에게 이런 질문을 하곤 했다.

"하느님이 그렇게 자비로우신데도 이 세상에 고통이 있는 것을
어떻게 설명해야 할까?"

그리고 나서 욥의 이야기를 읽고 토론을 했다. 물론 아이들은 눈
부실 만큼 뛰어난 통찰력을 보여주기도 했다. 어느 일요일 아침,
나는 약간 숙취를 느끼며 탁자에 앉아 열한 살짜리 아이가 고난은
하느님이 주신 선물이라고 설명하는 이야기를 듣고 있었다. 모든

어려운 문제가 사실은 선물이라는 이야기였다. 어떤 아이의 부모가 나한테 전화를 하더니, 자기 딸이 집에 와서 주일학교에서 내가 가르쳐준 이야기를 하더라고 했다.

"그 애가 수업에 흥미가 아주 많던데요."

나는 어정쩡하게 대꾸했다. 한바탕 몰아칠 폭풍에 대비를 하고 있었다. 어떻게 아이들한테 그렇게 우울하고 기운 빠지는 것을 가르칠 수 있냐……등등.

"우리 아이가 뭐라고 했는지 아세요?"

아이의 어머니가 물었다.

"모르겠는데요."

"자기가 죽으면 선생님 수업에서 배운 말을 묘비에 써달래요. '내가 벌거벗은 몸으로 이 세상에 왔으니…….'"

나는 그녀가 더듬거리길래 나머지를 채워주었다.

"'또한 벌거벗은 몸으로 돌아가리라. 주신 자도 하느님이시오 가져가시는 자도 하느님이시니, 하느님의 이름이 찬송을 받으리로다.'"

"그거예요. 나는 그 말을 듣고 기특하다고 생각했어요. 선생님도 알고 싶어하실 것 같아 전화드린 거예요."

물론 나도 알고 싶었다. 나는 고맙다고 말했다.

또 한번은 어떤 어머니가 나한테 전화를 걸어서 이런 이야기를 해주었다. 얘기인즉, 그 여자의 딸은 다른 반에서 공부를 했는데, 어느날 아이를 데리러 갔더니 아이가 마침 내가 가르치던 방 문 바깥에 서 있더라는 거다. 우리 반에서는 어떤 사람이 이야기하는 목소리가 들렸다고 했다. 내 목소리였다. 그러나 무슨 말인지 알아들을 수가 없었는데 잠시 후 정적이 흐르더니, 열 살에서 열두 살짜리 아이들이 한목소리로 "고난, 고난" 하고 말하는 소리가 들렸다는 것이다.

"도대체 뭘 가르치시는 거죠?"

여자가 약간 신경질적인 목소리로 물었다. 그녀의 딸도 이제 한 두 해 뒤면 내 반에 들어오게 될 터였다.

"아, 아이들한테 욥기의 주제가 뭐냐고 물어보았을 뿐입니다."

"알겠어요."

우리는 좀더 즐거운 이야기를 공부하기도 했다. 특히 산상수훈이나 거기에 나오는 여덟 가지 복에 대한 이야기를 많이 했다. 내 반에 있던 여자 아이가 어른 신도들이 다 모인 자리에서 "재물을 땅에 쌓아두지 말라. 땅에서는 좀먹거나 녹이 슬어 못 쓰게 되며 도둑이 뚫고 들어와 훔쳐간다……" 하고 암송하던 기억이 난다. 나와 우리 반 아이들은 그 아이의 암송을 들으며 마음을 졸였다. 혀가 짧아 연습을 할 때는 "또둑이 뚫고 뜰어와" 하는 식으로 무슨 말인지 알아들을 수 없는 소리를 했기 때문이다.

그러나 그 아이는 어른들이 모인 자리에서는 제대로 했고, 우리는 모두 마음속으로 환호를 보냈다. 우리 반 아이들은 그 구절을 특히 좋아했다. 우리는 그 구절을 두고 많은 이야기를 했다. 몇 명의 아이들과 함께 앉아서 마음이 가난한 자에게 복이 있나니, 하늘나라가 그들의 것이니라는 구절이 무슨 뜻인지 이야기하면서 내가 정말 하잘것없게 느껴지던 기억이 난다. 우리는 칠판이 있는 작은 방이 있었으며, 모두 성서를 들고 있었다. 나는 청소년들을 위해서 쓰여진 성서 이야기 책을 들고 있었다. 이 아이들이 MTV와 닌텐도 게임을 즐긴다는 것을 생각하면, 우리가 공부하던 방의 시설이나 교재는 참으로 빈약해 보였다. 화력이 심각하게 딸린다는 느낌이 들었다. 그래도 인터넷 붐이 일기 전의 일이니 다행이었다고나 할까. 그래도 아이들은 나와 함께 있는 동안은 관심을 집중했는데,

그것이 성서의 이야기들에 생명력이 있다는 증거가 아닐까 하는 생각이 들기도 했다.

결국 주일학교도 소프트볼처럼 끝이 나게 되었으며, 내가 누군가에게, 특히 내 딸들에게 가르칠 수 있는 기회는 점점 줄어드는 것 같았다. 내 자신이 점점 폴로니어스(셰익스피어의 『햄릿』에 나오는 인물로 수다스러운 궁내대신/옮긴이) 같은 역할을 한다는 느낌이 들었다. 예를 들면 브룩이 기숙사 학교에 갈 때는 거만한 충고만 잔뜩 늘어놓았다. 물론 충고를 하는 것도 아버지로서 할 만한 일이다. 그러나 그것은 가르치는 것만큼 만족스럽지는 않았다. 내가 그랜드를 오르겠다는 계획을 다시 살려낸 것이 그 무렵이었다.

# 함께 가자

오 마음이여, 마음에는 산이 있구나. 추락의 절벽이여
무시무시하고, 깎아지른 듯하고, 아무도 측량치 못한 것
이여.

　　　　　　　　　　　　　　　── 제라드 맨리 홉킨스


"너가 생일 때 뭘 하려는지 알아?"

어느날 밤 저녁 식사 때 내가 말했다.

"뭔데요?"

아내 마샤가 물었다.

"산에 올라갈 거야."

나는 처음으로 내 계획을 입 밖에 꺼냈다.

"정해놓은 산이라도 있어요?"

"그랜드 티턴이야. 와이오밍에 있는 것."

"나도 가고 싶어요."

브룩이 말했다. 그 애는 열다섯 살이었고, 기숙사 학교에서 살다
가 며칠 집에 다니러 온 길이었다.

나는 고개를 저었다.

"왜 안 돼요?"

사실 마땅한 대답이 없었다. 딱히 그 애라서 안 된다는 것은 아
니었다. 나는 누구도 따라오기를 바라지 않았던 것이다. 어쩌면 내
가 전에 읽은 것들이 머릿속에 남아 있어서 그런지도 몰랐다. 등반

에 관한 글들은 대부분 등반을 외로운 일로 묘사했다. 나는 마터호른 북벽을 겨울에 올라갔던 이탈리아의 위대한 클라이머 월터 보나티의 이야기를 읽고 깊은 감명을 받았는데, 그가 바로 그런 고독한 클라이머의 뛰어난 예였다. 보나티는 마치 영혼을 구원하든가 아니면 그 과정에서 죽어버리겠다는 각오를 한 외롭고 우울한 참회자처럼 산으로 들어갔다.

"이번 여행은 혼자 하고 싶어."

그것은 해서는 안 될 소리였다. 어리석은 말이었다. 나는 딸의 상처받은 표정을 보는 순간 그것을 깨달았다.

헤이들리는 자기 접시를 내려다보고 있었다. 마샤는 얼굴을 찌푸렸다. 브룩의 눈에는 투명하고 얇은 막이 서리었다.

"이건 오후에 잠깐 하이킹 나갔다 오는 거하고는 달라. 그랜드는 쉽지 않은 산이야. 사람들이 다치기도 해. 죽기도 하고."

(마지막 말은 자신 없었지만, 그럴듯한 이야기인 것 같았다.)

아무도 입을 열지 않았다.

"자일과 피톤(자일 꿰는 고리가 달린 쇠못/옮긴이)도 사용해야 돼. 그리고 먼저 등산학교에 들어가서 훈련도 받아야 하고. 만만한 일이 아니라고."

사실 그랜드에 해머로 피톤을 박지 않은 지는 오래 되었다. 요즘에는 제거할 수 있는 장비를 사용한다.

"그래서요?"

마샤가 물었지만 나는 완강하게 버텼다. 나는 오랫동안 그 산을 올라갈 꿈을 키워왔다. 내 쉰번째 생일은 그 일을 하기에 딱 좋은 때 같았다. 상징적 의미가 큰 것 같았다.……

나는 잠시 내 접시를 바라보다가 말했다.

"다음 기회를 생각해보자. 이번에는 나 혼자 해야겠어."

우리는 식사를 마치고 차가운 침묵 속에서 설거지를 했다. 그날 밤에는 아무도 나에게 말을 걸지 않았다. 물론 아무도 내 생각을 바꾸려고 하지 않았고, 나도 그런 일은 용납하지 않기로 마음먹고 있었다.

그러나 나는 그날 밤 어둠 속에서 잠을 이루지 못하며 다시 생각을 해보았다. 브룩은 4-5개월 동안 혼자 떨어져서 학교에서 살았다. 당연한 이야기지만 나는 그 애가 그리웠다. 그러나 당연하지 않은 것은 그 애가 집에 와 있는 며칠 동안에도 여전히 그 애가 그리웠다는 사실이다. 그 애는 나로부터 미끄러져 나가고 있었는데, 나는 그러기에는 너무 이르다고 생각했다. 그 애는 기숙사 학교에서 힘든 나날을 보내고 있었다. 그 학교는 동부의 유서 깊은 학교 가운데 하나로, 학생들 대부분이 코네티컷 주 그리니치 등지의 배경도 든든하고 돈도 많은 집안 출신들이었다. 브룩은 그 아이들 사이에서 촌뜨기였다. 같은 또래임에도 티파니 같은 데에서 혼자 쇼핑을 하는 데에 익숙해 있는 아이들로부터 냉대를 당하고 있었다. 게다가 그 학교에서는 운동을 매우 강조했다. 브룩은 크로스컨트리나 경주에서 낙오는 하지 않았지만, 팀에서 제일 느렸다. 불행한 외톨이가 된 브룩은 자신의 모든 의지와 결단을 공부로 맞추었다. 그래서 그 애는 우등생이 되었다. 그러나 묘한 것은, 이것 때문에 그 애는 멋쟁이 애들로부터 더 "왕따"를 당했다는 것이다.

나는 브룩과 그런 문제에 대해서 이야기를 해보려고 했지만 소용이 없었다. 그 애는 그냥 괜찮다고, 학교를 그만둘 생각은 없다고 했다. 그 전에 우리는 언제나 편안하게 이야기를 나눌 수 있었는데, 이런 대화를 나누려고 하면 왠지 분위기가 어색해지고 말이 뚝뚝 끊기곤 했다. 그 애는 내가 묻는 말에 네, 아니오, 별로요 등으로만 대답했다. 그리고 더 이상 이야기를 하고 싶지 않을 때는,

"아버지, 괜찮아요. 정말이에요" 하고 말하곤 했다.

나는 바보가 아니었기 때문에, 내가 브룩이 사춘기의 폭풍을 헤치고 나갈 수 있도록 이끌어주는 안내자가 될 수 있다고 생각하지는 않았다. 그러나 그 애가 가족과 함께 지내면서, 전처럼 함께 뭔가를 한다면 그 애에게도 도움이 될 것 같다는 생각은 했다. 물론 나한테는 좋은 일이었다. 그것은 분명했다.

사실 쉰번째 생일을 기념하기 위해서 홀로 산에 오른다는 것은 자기 도취적이고 방종한 생각이었다. 나의 아버지는 49세에 암으로 돌아가셨기 때문에, 나만큼 멀리까지 오지는 못했다. 그러나 만일 아버지한테 쉰 살 생일을 어린 두 딸과 함께 보내겠느냐 아니면 혼자서 깨달음을 찾으러 떠나겠느냐 하고 물었다면, 아버지의 선택에는 망설임이 없었을 것이다.

브룩과 함께 그랜드를 올라가는 것보다 더 좋은 것이 딱 하나 있다면, 그것은 온 가족이 함께 그랜드에 올라가는 것이었다. 나는 그렇게 결론을 내렸다. 나는 마음속에 그 광경을 그려보기 시작했다. 새벽 두 시라는 시간 때문이기도 했을 것이다. 안 될 게 뭐 있어?

다음날 저녁 식탁에서 나는 그 이야기를 꺼냈다.

"우리 모두 함께 가도록 해. 진심으로 하는 이야기야."

마샤가 말을 받았다.

"나는 안 가요. 다시 태어나면 몰라도."

"왜?"

"나는 높은 덴 싫어요. 떨어질까봐 겁이 나."

"떨어지지 않아. 그럴 가능성은 거의 없어."

"그럴 가능성을 완전히 없애는 방법이 하나 있죠. 그건 아예 안 올라가는 거예요."

그녀의 마음은 바꿀 수 없었다. 헤이들리의 마음도 마찬가지였다. 그 애도 떨어질까봐 겁을 냈다. 헤이들리는 브룩보다 조심성이 많았고 덜 충동적이었다. 게다가 그 애는 자신을 시험해보기 위해서 산에 올라갈 필요가 없었다. 학습장애 때문에 늘 학교에서 문제가 생겼기 때문이다. 칠판에 쓰여 있는 단어를 읽지 못해서 식은 땀을 흘릴 때 같은 반 아이들이 터뜨리는 웃음을 감당하는 것만으로도 버거웠다. 그 애는 울면서 집에 돌아올 때가 많았다. 그러면 나는 효과도 없고 서툰 방법이기는 했지만, 너는 바보가 아니다, 배우는 방식이 다를 뿐이다, 하고 자신감을 불어넣어주려고 했다. 아내는 그 애한테 나와 똑같은 이야기를 해도, 훨씬 설득력 있게 이야기를 잘했다. 나는 헤이들리가 숙제하는 것을 돕다가 그 애가 안간힘을 쓰는 것을 볼 때마다 가슴이 아팠다. 부모라면 무슨 짓이든 하려고 하기 마련이다. 그러나 문제는 해줄 수 있는 일이 없을 때가 더 많다는 것이다. 나는 헤이들리에게 앞으로는 나아질 것이라고, 네 인생은 고등학교 이후부터 시작될 것이라고 말했다. 그러나 그것은 머나먼 미래의 일이었다.

그래서 나는 헤이들리에게 함께 등산학교에 가자고 설득하려고 했다.

"거긴 시험 같은 건 안 봐."

헤이들리는 내 짓궂은 농담에 얼굴을 찌푸렸다. 그 애의 예쁘고 변화가 많은 얼굴은 기쁨이나 불쾌함을 그대로 드러냈다. 나는 언제든지 헤이들리가 기분이 어떤지 분명히 알 수 있었다. 그 애는 학습장애 문제로 놀림을 당하는 것을 좋아하지 않는 것이 분명했다.

전날부터 나는 식탁에서 계속 실수만 하고 있었다.

"그럼 너하고 나만이구나."

나는 브룩에게 말했다.

"아니에요, 아버지. 아버지만 가세요."

나는 설득하려고 했지만 실패했다. 그 애는 확고했고, 나는 결국 포기했다.

식사를 다 마치고 설거지까지 한 뒤에, 나는 브룩과 단둘이 이야기를 했다. 나는 우선 다시 사과하는 것에서부터 시작했다.

"괜찮아요. 원래 아버지 일이었으니까. 제가 끼어들지 말았어야죠."

"나는 네가 함께 가고 싶어할 거라고는 전혀 생각지도 못했지. 기습을 당한 셈이었어."

브룩은 고개를 끄덕였다.

"함께 하면 좋을 것 같구나."

내가 말했다.

"아니에요, 아버지. 이해해요.……"

우리는 계속 그런 식으로 대화를 주고받았고, 나는 서서히 짜증이 나기 시작했다. 내가 실수를 한번 한 걸 가지고 너무 대가를 톡톡히 받아내려고 한다는 생각이 들었다. 그러나 나는 그 애의 표정과 말투에서 뭔가 다른 것을 보았다. 그 애는 사실 너그러운 태도를 보이고 있었다. 아버지에게 잘해주려고 노력하고 있었던 것이다. 전에도 그런 모습을 보았기 때문에, 그때도 그 태도에 다른 뜻이 없다는 것을 알 수 있었다.

"이러지 마. 우리 함께 가는 거야."

나는 그 애를 끌어안으며 덧붙였다.

"부탁이다."

"정말이세요?"

"정말이고말고."

"알았어요."

나는 흥분을 느꼈다. 이렇게 하여 내 십 년의 계획은 그 틀이 완전히 바뀌어버렸다. 나는 그때까지 홀로 그 산의 정상 그리고 또다른 산의 정상을 향해 올라가는 모습만을 그려보았다. 혼자 간다는 것은 불가피한 일이었다. 그런데 그 광경에 내 딸이 끼어들게 되었다. 원래 내가 상상하던 광경에는 어떤 구도(求道) 같은 면이 있었다. 왠지 거룩하게 느껴지는 면이 있었다. 잭슨에 갔을 때 눈길이 그 산으로 이끌리던 기억을 되짚어볼 때마다, 내 마음에서는 성서 구절이 떠오르곤 했다.

　　내가 산을 향하여 눈을 들리라
　　나의 도움이 어디서 오는가

　이제 나는 딸과 자일로 연결되어 정상을 향해 가는 내 모습을 상상해보았다. 몬티 피톤의 민요를 부르며 함께 산을 오르는 모습. 그 노래는 우리 가족이 차를 타고 여행할 때나 스키 리프트를 함께 타고 올라갈 때 부르는 가족 노래 같은 것이었다.

　　오, 나는 나무꾼, 나는 멋지게 산다네.
　　밤에는 잠을 자고 낮에는 일을 한다네.
　　나무를 베고 점심을 먹는다네.
　　버터를 바른 스콘을 차와 함께 먹는다네.

　생각하면 할수록 마음에 들었다. 딱 하나 그보다 더 좋은 것이 있다면, 그것은 우리 넷 모두가 함께 하는 것이었다. 예전에 캠핑을 떠나거나 크로스컨트리 스키 탐험을 떠나던 것처럼. 그러나 그렇게 될 수는 없었다. 그래서 얻을 수 있는 것에 만족하기로 했다.

# 위험

나에게 건강과 하루를 달라. 그러면 황제들의 허세를 우
습게 만들겠다.
         —— 에머슨

 우리는 8월 말에 잭슨으로 날아갔다. 넷이 함께 갔다. 나는 저녁
식사 때 함께 이야기를 하고, 다시 브룩과 단둘이 이야기를 한 뒤
에, 마샤와 헤이들리가 등반을 하고 싶지 않다고 해도 여행은 함께
떠나기로 결정을 내렸다. 빅스카이에 있는 목장을 일 주일간 예약
하고, 잭슨에는 브룩과 내가 등산학교에 다니거나 산에 올라가 있
을 동안 묵을 집을 하나 구했다. 마샤와 헤이들리는 그동안 옐로스
톤까지 차를 타고 가볼 수도 있었고, 스네이크 강으로 래프팅을 하
러 갈 수도 있었다. 둘이 할 일은 많았다. 유쾌한 가족 여행이 될
것 같았다.

 비행기가 잭슨으로 들어서면서 우리가 앉은 쪽의 날개가 낮아졌
다. 그러자 창 밖으로 갑자기 티턴 산맥의 웅장한 모습이 드러났다.

"우와."

브룩이 소리쳤다.

"저 큰 걸 해낼 수 있을까?"

내가 물었다.

"저 큰 것"이 무엇인지는 따로 설명할 필요도 없었다. 해발 4,197
미터 높이의 그랜드는 티턴 산맥에서 두번째로 높은 봉우리인 모

런 산보다 겨우 100미터 정도 더 높을 뿐이었다. 그러나 모런보다 훨씬 더 크고, 육중하고, 완강해 보였다. 이 외떨어진 아름다운 산맥에서 단연 으뜸가는 봉우리였다. 비행기에서 보니, 산맥의 동쪽 면은 모두 차가운 회색 바위였다. 중간쯤 되는 곳에 갈라진 틈을 채우고 있는 깊고 하얀 빙하가 있을 뿐이었다. 그 겉모습에서나 옆모습에서나 어디 하나 부드러운 데라고는 찾아볼 수 없었다.

"잘 모르겠어요."

브룩이 대답했다.

"무슨 뜻이니?"

"아주 커 보여요. 우리가 정말 할 수 있을까요?"

"할 수 있고말고."

"정말 그렇게 생각하세요?"

마샤가 우리 앞자리에서 물었다.

산은 그녀에게도 커 보였던 것이다. 그 첫인상 때문에 마샤는 딸을 그곳에 올려보낸다는 게 불안하게 느껴진 것이 틀림없었다. 어떤 어머니라도 그렇게 생각하리라.

"그러엄. 사실은 쉬운 등반이야. 그리고 완벽하게 안전하고."

"정말이에요, 아버지?"

헤이들리가 물었다. 늘 가장 지혜로운 사람 노릇은 막내 차지가 되기 마련이다.

"정말이지."

"그런데 왜 그렇게 올라가고 싶어하는 거예요?"

▲▲▲

우리는 와이오밍 주 무스의 스네이크 강변에 있는 목장에 머물렀다. 친구의 호의 덕분에 우리는 그 집을 통째로 쓸 수 있었다. 집 자체도 아름답고 당당했을 뿐 아니라, 그랜드의 모습이 막힘 없이 눈에 들어왔다. 우리 넷은 밖에 나와 식사를 하면서 산을 바라보았고, 또 해가 지면 별이 가득한 맑은 밤하늘을 바라보았다. 집에서 멀리 나온 느낌이었고, 그만큼 서로 매우 가까워진 느낌이었다. 우리는 커다란 벽난로에 장작을 넣고 불을 지폈으며, 밤 늦도록 카드놀이를 하고 웃음을 터뜨렸다.

아침에 브룩과 나는 엑섬 본부로 가서 등산학교에 등록을 했다. 마샤와 헤이들리는 차를 타고 옐로스톤으로 갔다.

엑섬 본부는 바쁜 곳이었다. 내가 산에 올라가겠다고, 그중에서도 그랜드에 올라가겠다고 처음 마음 먹은 이후로, 등반을 포함하여 온갖 형태의 야외 여가활동에 대한 일반의 관심이 폭발적으로 늘어났다. 나처럼 등반이라고는 해본 적도 없는 중년의 사람들도 등반을 시작했다. 그것도 그랜드처럼 비교적 만만한 산만이 아니라, 에베레스트를 비롯한 여러 큰 산에도 도전했다.

브룩과 내가 엑섬 본부에서 접수를 받는 여자에게 우리 소개를 한 뒤에 처음 한 일은 각서에 서명을 하는 것이었다. 나는 서류를 대충 훑어보기만 했다. 등반이 "본래 위험하다"는 것은 누가 말해 주지 않아도 아는 일이었다. 사실 그 점이 중요했다. 많은 중년 남자들과 마찬가지로 나는 평생 대부분의 시간을 앉아서 보낸 느낌이었다. 나는 처음 스카이다이빙하던 때를 떠올리며 빙긋이 웃음짓곤 했다. 나는 약간의 모험을 할 각오가 되어 있었으며, 조금이라도 몸을 움직일 기회가 생기면 놓치고 싶지 않았다. 하지만 내 딸은?

나는 서류의 판에 박힌 문구를 훑어보다 말고, 이 일을 하다가 브룩이 다칠 수도 있고 더 심한 일을 당할 수도 있다는 것을 새삼스레 깨달았다. 마음이 착잡해졌다. 몇 년 전 어느 오후의 일이 기억났다. 브룩은 내가 집을 벗어나서 일을 하기 위해 세를 낸 사무실로 전화를 해서, 어머니가 어디 있는지, 언제 집에 오는지 아느냐고 물었다.

"모르겠는데, 브룩. 무슨 일이니?"

"아무 일도 아니에요. 그냥 궁금해서 여쭤봤어요."

그러나 곧 울 것 같은 목소리였다. 당시 그 애는 열 살이었다. 급한 일이 아니었으면 사무실로 전화하지 않았을 것이다.

나는 엄한 목소리로 물었다.

"브룩, 무슨 일이냐니까?"

"아무것도 아니에요. 어머니가 오시면 돼요."

나는 규칙에 상당히 엄격했던 것 같다. 만일 그 애가 별것도 아닌 일로 전화를 했다면 —— 친구네 집에 가는데 차를 태워달라든가 —— 나는 심하게 나갔을 것이다. 나는 어떤 일을 하던 중이었기 때문에 방해받고 싶지 않았다. 그러나 이것은 심각한 일임을 알 수 있었다.

나는 다정한 목소리로 말하려고 애를 썼다.

"어서, 나한테 말해도 돼. 화 안 낼게."

"정말이에요, 아버지."

그 애는 떨리는 목소리로 말을 이었다.

"별일 아니에요."

"브룩, 무슨 일인지 이야기를 해봐. 아니면 내가 집에 가서 직접 확인할 거야."

"제가요, 어, 팔이 부러진 것 같아요. 하지만 심하진 않아요. 어머니가 오실 때까지 기다릴 수 있어요."

"당장 가마."

내 사무실은 집에서 몇 분 거리였다. 내가 집에 가자 브룩은 밖에서 기다리고 있었다. 허리를 반으로 접고 한 팔로 다른 팔을 감싸고 있었는데 몹시 아픈 것이 분명했다. 불안과 죄책감 때문에 가슴이 아팠다. 익숙한 느낌이었다. 아이한테 무슨 일이 생기면 그것이 꼭 내 잘못 같은 느낌이 드는 것은 어찌된 일일까.

나는 그 애 팔에 팔걸이 붕대를 감아주고 얼음 주머니를 올려놓았다. 심하게 부어 있었고, 가장 민감한 부분은 이미 시퍼렇게 멍이 들고 있었다. 팔이 부러졌으니 얼마나 아팠을까. 나는 젖은 수건으로 흙과 눈물로 범벅이 된 아이의 얼굴을 닦아주었다. 이윽고 내가 말했다.

"자, 나하고 병원에 가자."

"기다릴 수 있어요, 아버지. 정말이에요. 그렇게 심하지 않아요."

"어서. 병원에 가야 돼. 긴 이야기 하지 말자."

나는 병원에 가는 길에 아이의 관심을 다른 데로 돌리기 위해서 계속 이야기를 하려고 했다. 그 애는 또 그 애대로 통증에도 불구하고 내 말에 끝까지 대꾸를 해주려고 했다. 의사는 엑스레이를 찍기 위해서 서둘러 아이를 데리고 안으로 들어갔다. 나는 보험서류를 작성하고 낡은 잡지를 뒤적였다. 그러나 머릿속에는 브룩 생각뿐이었다. 이제 열 살밖에 안 된 아이가 나를 위해서 엄청난 육체적 고통을 참으려고 했다니.

깁스를 한 뒤, 나는 그 애를 애들이 좋아하는 동네 음식점에 데려갔다. 여섯 주 동안 깁스를 하고 있어야 했다. 심하게 부러진 것이 틀림없었다. 우리는 히스바 크런치를 주문했다. 브룩은 어떻게 하다가 팔을 다쳤는지 이야기해주었다. 집에서 멀지 않은 좁은 길에서 산악 자전거를 타다가 손잡이 너머로 고꾸라졌다고 했다.

"바퀴가 휘었을지도 모르겠어요."

"고치면 돼."

"고칠 수 있을까요?"

브룩은 믿지 못하겠다는 듯이 되물었다.

"못 고치면 새 바퀴를 사면 되지. 그것도 안 되면, 새 자전거를 사면 되고."

▲▲▲

브룩은 이제 열다섯 살이었지만, 엑섬 오두막 안에서는 너무나 연약한 금발의 어린 아기로만 보였다. 그 애한테 서류에 서명을 하게 해야 되는 건지 아닌지 자신이 생기지 않았다.

"너 정말 이 일을 해보고 싶니?"

나는 서명하기 전에 브룩에게 물었다.

그 애는 질문의 뜻을 이해하지 못하겠다는 듯이 나를 보았다.

"그럼요."

"알았어."

'아버지, 설마 겁이 나는 건 아니겠죠?"

'아니야."

"원래 아버지가 꺼낸 이야기였잖아요."

"맞아."

"그럼 됐어요."

내 귀여운 딸은 이제 사춘기의 건방진 여자애로 돌아가 있었다. 브룩이 말을 이었다.

'우리 한번 해봐요."

우리는 둘 다 서명을 하고, 서류를 책상 뒤의 여자에게 넘겼다. 그리고 나서 헬멧과 안전 벨트를 착용해보았다. 우리가 등반을 시작할 때 필요한 것들이었다.

# 자일을 잡고

허리에 자일을 두르고 앉자 시간의 구조가 보였다.
—— 로빈 페든

  엑섬에서의 이틀간 교육 가운데 첫번째 날 우리의 교사는 앨 리드였다. 그는 엑섬의 공동 소유자들 가운데 한 사람이었으며, 아마 그 조직에서 나만큼 나이가 든 유일한 사람이었을 것이다. 우리 그룹의 다른 네 사람이 서류에 서명을 하고 장비를 정리하는 동안, 나는 그에게 내 소개를 했다. 나는 사무실에 있는 안내지(내 파일 속에 십 년 동안 잠자고 있던 안내지와는 다른 최신의 안내지였다)를 보고 그가 1959년 엑섬을 창립한 이래 거의 25년간 가이드 일을 해왔으며, 원정대를 이끌고 히말라야를 올라간 적도 있다는 사실을 알고 있었다. 우리는 가벼운 이야기를 나누었을 뿐이지만, 나는 그가 포뮬러 원(유명한 자동차 경주대회/옮긴이)에 참가하는 드라이버라도 되는 것처럼 그를 살펴보고 그가 하는 말에 귀를 기울였다.
  리드는 신체적으로 위압적이지는 않았다. 내 키나 몸무게와 비슷했을까. 어쩌면 몸 상태는 내가 더 나은지도 몰랐다. 나는 그랜드에 올라갈 준비를 하며 달리기와 운동을 해오고 있었다. 그러나 그즈음 리드는 사업가 역할에 몰두했기 때문에 책상 앞에서 많은 시간을 보냈다. 그러나 리드는 신체적으로는 나처럼 크게 볼품이 없

60

었지만, 그래도 뭔가 매혹적인 데가 있었다. 독특한 분위기가 그의 몸을 감싸고 있었다고 말한다면 과장이겠지만, 어쨌든 뭔가가 있었다. 나만의 상상인 것 같지는 않았다.

리드는 작은 소리로 말했으며 단어를 신중하게 선택했다. 쓸데없이 힘이나 감정을 싣지 않았다. 엄청난 판돈을 건 도박사나 시험 조종사에게서 볼 수 있는 침착함이 있었다.

리드에게는 인상적이라고 할 만큼 눈에 띄는 한 가지 신체적 특징이 있었다. 그것은 바로 그의 눈이었다. 가끔 얼음 —— 빙하의 얼음이라고 하는 것이 더 어울리겠다 —— 에서나 볼 수 있는 푸른 빛의 눈이었다. 그 눈은 워낙 강렬하여, 그에게 말을 걸거나 그의 눈을 똑바로 바라보게 되면 왠지 약간 불편해질 정도였다.

나는 진짜 클라이머는 리드말고 딱 한 사람을 더 만나보았는데, 그의 눈 역시 리드와 똑같이 직접적이고 강렬했다. 그 사람은 미국의 위대한 클라이머이며, 고산 사진작가 가운데 최고로 손꼽히는 갤런 로웰이었다. 나는 엑섬에 가기 몇 년 전 로웰에 대한 이야기를 쓰기 위해서 옐로스톤에 가서 그를 만난 적이 있다. 그의 태도 역시 리드와 마찬가지로 침착했다. 혹시 그것은 모든 클라이머들에게 공통된 것이 아닐까? 그럴 수도 있다는 생각이 들었다. 불필요한 동작은 중요한 에너지를 낭비하게 된다. 성급하거나 엉뚱한 동작은 그보다 더 나쁜 결과를 초래할 수도 있다. 산에서는 능률이 바로 미덕인 셈이었다.

리드가 말했다.

"그러니까 올라가본 적이 없다는 거로군요?"

"사다리나 나무에 올라가본 것 빼고는요."

나는 그가 "걱정 마십시오, 잘할 수 있습니다"와 같은 격려부터 해줄 것으로 기대했다. 그러나 리드는 그냥 고개를 끄덕이기만 했다.

그래서 내가 물었다.

"이틀간의 교육과정을 마치면 대부분 그랜드 꼭대기까지 올라갑니까?"

"그렇지는 않지요."

리드는 나를 안심시켜주고 싶은 생각이 별로 없는 것 같았다. 이어서 아주 길게 느껴지는 침묵이 흐른 뒤, 리드가 말을 이었다.

"하지만 교육을 받는 사람들 가운데 다수가 처음부터 그랜드에 흥미를 둔 것은 아니니까요. 그저 암벽 등반을 한번 해보고 그게 마음에 드는 일인지 어떤지 알아보려는 거죠. 어떤 사람들은 '이 과정이 마음에 들면 큰 산에도 한번 가보겠어' 하는 마음으로 교육을 받는데, 그러다가 마음에 들지 않으면 둘쨋날에는 아예 오지를 않습니다."

"왜요?"

리드는 어깨를 으쓱했다.

"높은 데를 싫어하는 사람들도 있거든요."

"제 집사람이 바로 그런 사람이죠. 하지만 집사람은 교육을 신청하지 않았습니다."

"여기에서 교육을 처음 받는 사람들 대개가 다 높은 데를 싫어합니다. 그건 자연스러운 거죠. 그러나 우리가 가르쳐주는 기술을 신뢰하게 되면 대부분 그것을 극복합니다. 하지만 모두가 그렇게 되는 건 아니구요."

나는 한번도 내가 등반이 마음에 들지 않는다거나 교육을 끝마치지 못할 것이라는 생각을 해보지 않았다. 나는 교육을 받고 나면 바로 그랜드의 꼭대기, 정상에 올라갈 것이라고 생각했다.

"교육을 받고 그랜드에 도전해보는 사람들은요? 몇 명이나 성공합니까?"

"정확히 말하기는 힘듭니다. 물론 다수가 성공하지요. 하지만 보장은 못합니다."

클라이머들은 클라이머 아닌 사람들이 그 점을 잘 이해하지 못한다고 생각한다. 그래서 그들은 그 점을 특별히 강조하고, 여러 가지 방법으로 되풀이해서 말한다. 고산 등반에서는 아무것도 보장되지 않는다. 아무리 세심하게 계획을 짠다고 해도 완전한 예측은 할 수 없다. 산에 올라가면 무슨 일이 생길지 모른다.

어떤 사람들은 고도가 높아지면 감당을 못 한다. 물론 그랜드는 극한 고도라고 부를 만한 곳은 아니었지만 그래도 몇몇 사람들에게 문제를 일으킬 만큼은 높다. 누가 고도에 어떤 반응을 보일지는 아무도 예측할 수 없다. 때로는 고산 등반을 여러 번 해본 숙련된 클라이머도 갑자기 문제를 느낄 때가 있다.

리드가 이런 이야기를 하는 동안, 나는 전에 내가 엑섬보다 더 높은 곳에 올라가본 적이 있는지 기억해보려고 했다. 엑섬이 있는 곳은 해발 1,800미터가 약간 넘었다. 한 번도 없는 것 같았다. 물론 3,900미터까지 올라가본 적은 분명히 한 번도 없었다.

"정상에 올라가지 못할 정도로 문제를 느끼는 사람들이 많습니까?"

리드는 약간 웃음을 지었다. 내가 너무 불안해했던 모양이다.

"많지는 않아요. 하지만 그런 사람도 있습니다."

내가 그런 사람인지 아닌지 미리 알 길이 없으니, 걱정해보았자 소용없는 일이었다.

"또 어떤 게 있습니까?"

"사람들이 정상까지 올라가지 못하는 이유 말입니까?"

나는 고개를 끄덕였다.

"날씨도 큰 이유가 되지요. 산에서 날씨는 늘 예측할 수 없습니다. 높은 곳의 폭풍은 골짜기의 폭풍보다 훨씬 심각합니다. 이틀 전에도 저 위에서는 눈이 오면서 시속 120킬로미터의 바람이 불었습니다.”

그 날은 화창한 여름날이었다. 대기에는 여전히 아침의 선선한 기운이 감돌고 있었고, 하늘은 맑고 푸르렀다. 바람은 없었다.

“게다가 제대로 장비를 갖추지 않고 올라가는 사람들도 있습니다. 우리 가이드가 이끄는 그룹에는 그런 일이 없습니다만, 혼자 가는 사람들은 가끔 그렇죠. 날씨가 나빠지면 그런 사람들을 구조하러 나서는 일이 생기곤 합니다.”

날씨 걱정을 하는 것도 소용없었다. 그것은 내가 고도에 적응할 수 있느냐 하는 문제와 마찬가지로, 내 통제를 벗어난 변수였다. 내가 평생 만나본 두 명의 클라이머가 왜 둘 다 그렇게 기질적으로 고요해 보이는지 알 것 같았다. 그들은 그들이 통제할 수 있는 것과 통제할 수 없는 것들로 이루어진 우주에서 움직였다. 그 둘의 차이를 아는 것이 생존의 기술이었다. 내가 좋아하는, 제임스 버넘의 경구가 떠올랐다. 해답이 없는 곳에는 문제도 없다.

나는 리드에게 물었다. 혹시 정상에 올라가지 못한 사람들 가운데……그러니까, 추락을 한 사람도 있느냐고.

“이곳에 엑섬이 생긴 지도 50년이 넘었습니다. 사고도 몇 번 있었지요. 사망 사고가 두 건 있었는데, 비교적 최근에 일어난 일들입니다. 둘 다 추락사였지요. 한 번은 등산학교 근처에서 안전 벨트가 풀려서 추락한 경우인데 우리는 지금도 어떻게 하다 그런 일이 일어났는지 모르고 있습니다. 또 한 번은 등반 중에 추락했습니다. 가이드는 그 여자한테 어떤 곳에 그대로 있으라고 했는데, 그 여자는 마음대로 움직였지요. 그외에 부상 사고도 몇 번 있었구요. 일의 성격상 피할 수가 없지요.”

리드는 이 말을 하면서도 전혀 변명하는 투가 아니었다. 서둘러 달래주는 말로 나를 안심시키려고 하지도 않았다. 예를 들면 산에 올라가 있는 동안 추락하거나 다칠 가능성은 아주 적다, 골프를 치다가 번개에 맞을 확률보다도 낮다 하는 식으로 말해줄 수도 있었을 텐데. 사람들은 산에 올라가다가 다치기도 한다고 말할 때 그의 말에는 어떤 운명론적인 태연함 같은 것이 배어 있었다.

나는 앨 리드가 마음에 들었다. "클라이머 성격 유형"이 점차 매혹적으로 다가오기 시작했다.

브룩은 내가 리드와 이야기하는 것에 귀를 기울이고 있다가, 그가 훈련생이 헬멧을 쓰는 것을 도와주기 위해서 멀어지자 나에게 말했다.

"아버지, 이제 한 가지는 분명히 알게 되었네요."

"그게 뭔데?"

"이게 엄청 화끈한 일은 아니라는 거죠."

▲▲▲

첫날 교육은 기본 교육이라고 불렸으며, 가능한 가장 초보적이고 기본적인 것에서부터 시작했다. 훈련생은 여섯 명이었고, 리드가 우리의 강사였다. 우리는 보트를 타고 제니 호수를 건너서 바위들이 많은 곳으로 갔다. 리드는 우리를 빙 둘러 앉히더니, 차분하고 억양 없는 목소리로, 물을 많이 마시고 자외선 차단 크림을 바르라고 말했다. 이어서 자일을 하나 집어들더니, 자일을 마는 법과 들고 다니는 법을 가르쳐주었다. 그는 자일을 잘 관리하고 또 자주 확인해보아야 한다고 말했다. 이어서 등반용 안전 벨트를 보여주고, 제대로 착용하는 방법을 보여주었다.

"버클을 제대로 채워야 합니다."

그리고 안전 벨트의 버클을 채우는 올바른 방법을 보여주었다. 하나하나 꼼꼼히 가르치는 스타일이었기 때문에 금방 따분해졌다. 모두가 아주 자명해 보이는 것들이었다. 그러나 사람들이 너무 지루해하기 직전, 리드는 우리가 앉아 있는 곳으로부터 불과 200미터 떨어진 곳에서 버클을 제대로 채우지 않았기 때문에 죽은 초보 클라이머 이야기를 해주었다.

나는 등반에 대한 이야기는 그런 식이라는 것을 알게 되었다. 사고 이야기를 빼면 말이 안 되는 것이다.

해가 솟아오르고 대기가 따뜻해졌다. 우리는 매듭을 묶는 법, 8자 모양으로 안전 벨트에 연결시키는 법을 배웠다. 8자 모양은 우아한 매듭이었다. 이어서 우리는 빌레이(자일로 연결된 동료가 추락하는 것을 자일로 저지하는 일/옮긴이)를 배웠다.

복잡한 것은 없었다. 사실 엑섬에서 가르치는 방법은 아주 단순했다. 한 클라이머가 다른 클라이머를 빌레이하는 것을 돕는 데에 흔히 사용하는 도구도 있었다. 이것을 튜브라고 불렀다. 또는 스티치트 플레이트라고도 불렀다. 그러나 엑섬에서는 순수한 기술과 몸을 이용해서 빌레이하는 방법을 가르쳤다. 이것은 힙 빌레이라고 불렀다.

파트너가 나와 자일로 연결되어 있을 경우, 내가 안전한 위치에서 허리에 자일을 두르고 빌레이하는 손 —— 상대 클라이머 맞은 편에 있는 손 —— 을 자일에 얹은 자세로 힙 빌레이를 제대로 하고 있으면, 상대 클라이머가 떨어진다고 해도 내가 잡아줄 수 있다. 그래도 상대는 추락한다고 리드는 설명했다. 그러나 내가 위에서 빌레이를 하고 있을 경우에는 자일의 느슨한 부분이 팽팽해질 때까지만 추락한다. 그리고 상대가 리더이고 내가 아래에서 빌레이를 하고 있으면, 그가 마지막 보호점으로부터 떨어져 있는 거리만큼 추락하고 다시 그 거리만큼 추락한다. 나는 그 부분은 이해를 못했지만, 나중에는 알게 될 것이라고 생각했고, 과연 그랬다.

나는 빌레이와 그 작동원리를 이해했다. 나는 그 단순함이 마음에 들었다. 내가 제대로만 하면 파트너는 추락을 해도 살 수 있고, 계속 산을 오를 수 있다. 내가 제대로 못하면 —— 방심을 해서 빌레이한 손을 자일에서 떼었는데 바로 그 순간 파트너가 추락한다면 —— 그 결과는 끔찍할 수 있다. 내가 좋은 위치를 확보하여 든든히 앵커(자일을 고정시키는 일/옮긴이)를 하지 않으면, 파트너가 추락할 경우 나와 파트너는 둘 다 산에서 떨어져나갈 수 있다. 자일을 감는 법이 있고 푸는 법이 있다. 앵커 역할을 하는 손은 절대 자일에서 떠날 수 없다. 우리는 그것을 배웠다. 내가 빌레이로 지탱할 가능성이 높은 클라이머가 바로 내 딸이라는 생각이 떠오르자, 나는 리드에게 내 기술을 확인하고 고칠 것은 고쳐달라고 부탁했다.

점심시간이 되기 직전 리드는 클라이머가 바위에서 하는 "무브"(홀드에서 다음 홀드로 이동하는 동작/옮긴이)의 종류를 보여주었다. 리드는 커다란 둥근 바위에서 라이 백, 스미어링, 재밍 등의 시범을 보여주었다. 이어서 우리가 그 무브들을 시도해보았는데, 이 과정에서 처음으로 약간의 감을 잡기 시작했고, 그 감은 이후 점점 분명해졌다. 브룩은 나보다 더 빨리 배웠고, 나보다 훨씬 더 능숙해졌다. 이제 나는 그 애의 선생이 아니었을 뿐 아니라, 학생으로서도 그 애를 따라잡을 수가 없었다.

이런 깨달음 때문에 기가 죽을 만도 했으련만, 어떻게 된 일인지 그렇게 되지는 않았다. 그 애는 내가 함께 있으면서 빌레이를 해주는 동안 앞장서서 모험을 할 수 있었다. 내가 이제 그 애에게 가르칠 것은 많지 않을지 몰라도, 그 정도는 할 수 있다는 생각이 들었다.

# 바위 오르기

한 번에 한 사람씩만 움직이고 있었다. 앞사람이 확실하
게 발을 디디면, 그 다음 사람이 나아가는 식이었다. 그러
나 그들은 바위에 추가의 자일을 걸지는 않았다.
—— 에드워드 휨퍼

브룩과 나는 넓고 평평한 바위에 나란히 앉아서 마멋(설치류의
동물/옮긴이)과 점심을 나누어 먹었다. 늦은 여름이었다. 마멋은
등산학교 사람들이 던져준 땅콩 버터, 치즈, 고프(건포도, 땅콩, 초
콜릿 따위를 섞어서 굳힌 등산용 휴대식품/옮긴이) 등을 잔뜩 먹어
서 엄청나게 살이 찐 모습이었다.

"그래, 어떠니?"

내가 물었다.

"좋은 것 같아요. 그런데 우리가 할 수 있을까요?"

말하면서 브룩은 수직으로 솟은 바위의 벽을 가리켰다. 그곳에
클라이머 한 사람이 달라붙어 있었는데, 내가 보기에는 매우 주저
하며 암면을 올라가는 것 같았다. 위에서 다른 클라이머가 발을 바
위에 대고 레지(암면의 평평한 바위턱/옮긴이)에 앉아서 그를 빌레
이해주고 있었다. 세번째 클라이머는 바위에 몸을 묶고 빌레이한
사람 옆에 서 있었다. 그의 자세는 무척 편안해 보였다. 게다가 여
유 만만하게 레지 너머로 몸을 기울이기도 해서 한눈에 그가 가이
드 겸 강사라는 것을 알 수 있었다.

"저 친구가 척 프랫입니다."

리드가 말했다.

"설마."

내가 대꾸했다.

"척 프랫이 누군데요?"

브룩이 물었다.

"미국에서 가장 뛰어난 암벽 클라이머지. 아마 세계에서도 최고일걸."

그 이야기를 어디에서 들었는지 나도 기억이 나지 않았다. 어쩌면 몇 년 전, 글을 쓰려고 갤런 로웰을 따라다니다가 들은 이야기인지도 몰랐다. 아니면 그랜드를 본 이후로 등반에 대한 집념을 키워오다가 어떤 잡지 같은 데에서 읽은 것인지도 몰랐다.

리드가 브룩에게 말했다.

"저 친구는 요세미티의 초기 개척자들 가운데 한 사람이란다. 로열 로빈스, 워런 하딩, 톰 프로스트, 그리고 나중에 이본 슈이나드, 이런 친구들이 1950년대와 60년대 초에 요세미티의 해프돔이나 엘카피탄 등의 큰 암벽들을 올라가는 데에 돌파구를 연 사람들이야."

브룩은 암벽을 올려다보며, 15미터 상공의 좁은 레지에 서 있는 사람을 자세히 살펴보았다. 그 사람은 마치 거리 모퉁이에서 버스를 기다리고 있는 것 같았다. 그는 곧 빠르고 능률적인 동작으로 자일을 감았다.

"간단히 말해서 스타라는 거죠?"

브룩이 말했다.

리드는 웃음을 지었다.

"글쎄, 척을 그런 식으로 생각하기는 힘들지. 저 친구는 위대한 클라이머이고, 등반에 관심이 있는 사람이라면 누구나 그의 이름을 들어봤을 거다. 저 친구는 1950-60년대의 전형적인 요세미티 클라이머라고 할 수 있지. 원래 버클리에서 물리학을 공부했는데, 학교를 그만두고 방랑하는 클라이머가 되었어. 하지만 위대한 방랑 자였지. 정말 최고로 꼽히는 몇 사람 가운데 하나니까 말이야. 지금도 저 친구가 30년 전에 했던 등반 이야기를 하는 사람들이 있단다. '크랙 오브 둠' 같은 이야기들이지. 하지만 등반에 관심이 없는 사람이라면, 저 사람 이름은 아무런 의미가 없겠지."

"사람들은 클라이머 이름을 모르잖아요, 안 그래요?"

브룩이 물었다.

내가 끼어들었다.

"글쎄, 한 사람 정도는 알고 있겠지."

리드가 말했다.

"에드 힐러리."

보통 사람들은 그 위대한 등반가를 에드먼드 힐러리 경 또는 이따금씩 에드먼드 힐러리라고 불렀다. 그러나 에드라는 애칭으로 부르는 것은 처음 들어보았다. 영국 여왕을 부를 때 리즈라고 하는 사람은 없지 않은가.

리드는 내 표정을 보더니 웃음을 지었다.

"나하고는 친구 사입니다. 네팔에서 일할 때 알게 되었죠."

"그래요?"

나는 이어서 물어보지 않을 수 없었다.

"어떤 사람입니까?"

나는 그때까지도 할아버지 댁에서 힐러리와 텐징이 처음 에베레스트를 올라가던 이야기가 실린 『내셔널 지오그래픽』을 읽었을 때의 느낌을 비교적 생생하게 기억하고 있었다. 뭔가 긴박하면서도 깊은 곳을 건드리는 전율 같은 것. 나는 산을 한 번도 보지 못한 아이였지만, 뉴질랜드에서 벌을 치던 그 겸손한 사람은 내 소년시절의 영웅이었다.

"사람들이 이야기하는 대롭니다. 겸손하고, 우아하고, 너그럽고. 정말 신사지요. 뉴질랜드에서는 국가적 영웅이랍니다. 어디를 가나 그 친구 사진이죠. 심지어 돈에도."

"그런 일이 이 나라에서는 일어나기 힘들겠지요. 5달러 지폐에서 척 프랫의 사진을 볼 가능성은 없는 것 같습니다."

리드는 웃음을 터뜨렸다.

"없죠. 나도 없다고 생각합니다. 척 같으면 아마 돈은 내가 가질 테니 사진은 당신이 가지라고 할 겁니다."

우리는 점심을 마치면서, 마멋에게 마지막으로 한두 입 더 건네주었다. 우리는 낮은 각도를 그리며 9미터 정도 솟아 있는 암면을 향해서 걸어갔다. 그곳에서 오후 교육을 받을 예정이었다. 나는 브룩에게 말했다.

"나도 몰랐지 뭐냐. 여기는 일류야."

"무슨 뜻이에요?"

"우선 척 프랫이 여기 가이드 가운데 하나야. 그리고 여기서는 에드먼드 힐러리 경을 '에드'라고 불러. 그건 정말 대단한 일이야."

브룩은 너그럽게 웃음을 지어 보였다. 그 웃음은 그 애가 나한테 영화배우나 가수 이야기를 할 때 내가 수도 없이 지어 보였던 웃음과 똑같은 것이었다. 너무 성숙하고 지혜롭기 때문에 스타 같은 존재한테는 도저히 반할 수 없는 사람의 웃음.

"거기에 너무 현혹되어 정신을 잃지는 마세요, 아버지. 오늘 오후에 저를 빌레이해주셔야 하잖아요. 아버지가 그 일에 정신을 집중해주셨으면 좋겠어요."

"암, 그래야지."

"혹시 알아요? 아버지가 이 일을 잘 하면, 언젠가 아버지도 그 사람을 에드라고 부르게 될지."

▲▲▲

오후에 우리는 그 날 아침에 배웠던 것들을 이용하여, 실제로 바위를 올라가기 시작했다. 우리는 배운 대로 8자 매듭을 이용해서 각자의 안전 벨트에 자일을 연결했다. 자일 하나에 둘씩 매달렸다. 리드는 모든 매듭과 모든 안전 벨트의 버클을 확인한 뒤, 세 개의 자일을 뒤에 끌고 바위를 올라갔다. 리드를 빌레이해주는 사람은 없었다. 그러나 지금 올라가는 바위는 경사가 워낙 완만해서, 그가 추락하려면 일부러 노력을 해야 할 정도였다.

우리는 리드가 올라가는 모습을 지켜보았다. 리드는 바위 꼭대기를 넘어 시야에서 사라졌다. 1-2분이 지나자 자일 하나가 움직이기 시작했다. 자일의 느슨함이 사라지면서 한 교육생의 안전 벨트를 팽팽하게 잡아당겼다. 그러자 그 교육생이 소리쳤다.

"저요."

"빌레이."

리드가 아래를 향해서 외치는 소리가 들렸다.

교육생 —— 캠프 펜들턴에서 휴가를 나온 젊은 해병대원이었다 —— 은 바위의 크랙(갈라진 틈/옮긴이)에 손을 댔다. 그것이 첫번째 홀드(바위를 오를 때 잡거나 발을 붙일 곳/옮긴이)였다. 그가 소리쳤다.

"올라갑니다."

"올라오시오."

리드가 아래를 향해서 외쳤다.

해병대원은 바위를 오르기 시작했다. 아주 도전적인 움직임이었다. 우리는 아래에서 그가 올라가는 모습을 지켜보았다. 당연한 일이지만, 앨 리드가 올라갈 때보다 훨씬 힘들어 보였다. 그래도 그는 단호하게 움직여서 10–15분이 지나자 마침내 바위 위에 올라섰다.

그가 꼭대기 너머로 사라지고 나서 몇 분 뒤, 밧줄이 다시 움직이기 시작했다. 그러자 다른 교육생의 자일이 팽팽해졌다.

"저요."

브룩과 나는 세번째 자일이었다. 브룩이 내 앞이었다. 브룩이 "저요", 이어서 "올라갑니다" 하고 외치는 소리는 자신만만하게 들렸다. 물론 나는 그 애보다 훨씬 더 떨고 있었다.

브룩은 리드가 지적해준 홀드와 그가 시범을 보여준 기술을 이용해서 바위 위를 움직였다. 그 애는 조심스러웠다. 머뭇거리는 것처럼 보일 정도였다. 한 발에 몸무게를 싣기 전에, 디딜 곳을 신중하게 시험해보곤 했다. 바위가 무르기 때문에 곧 무너질지도 모른다고 의심하는 것 같았다. 그래도 브룩은 계속 움직였고, 다음 홀드를 찾아서 앞을 내다보았다. 나는 아버지가 자식이 학예회를 하는 모습을 지켜보듯이 그 모습을 지켜보았다. 자랑스러워하면서도, 실수하지 않기를 바라는 마음으로. 브룩은 실수하지 않았다. 마침내 그 애가 꼭대기를 넘어갔을 때 나는 엄청난 안도감을 느꼈다. 그리고 나서 1–2분 뒤, 나한테 묶인 자일의 느슨함이 사라졌다. 성공을 한 것이다.

나는 그 애와 —— 그리고 다른 사람들과 —— 똑같은 길을 따라갔다. 그 날 아침 배웠던 무브들을 이용하려고 애를 썼다. 쉬워 보였다.

높이만 아니라면 실제로 쉬웠을지도 모르겠다.

이것은, 특히 배우는 시기에는, 등반의 가장 기본이 되는 사항

가운데 하나이다. 땅에서는 쉬운 것도 높은 데로 가면 어려워진다. 땅에서 힘든 것은 높은 데로 가면 더 어려워진다. 높은 데 가서 땅에 있을 때보다 쉬운 것이 한 가지 있다면……그것은 추락이다.

땅에 10센티미터 폭과 두께의 각목을 놓고 그 위에 올라가서 끝까지 걸어보라.

쉽다.

같은 각목을 땅에서 1미터 높이의 톱질 모탕 위에 올려놓고 끝까지 걸어보라.

어려워진다. 약간 머뭇거리게 될 것이고, 두 팔을 이용해서 균형을 잡으려고 할 것이다.

그 각목을 15층짜리 건물 두 개 사이에 걸쳐놓아라.

무시무시하다. 목숨이 걸려 있지 않다면 대부분 올라가려고 하지도 않을 것이다.

마찬가지로, 암면은 가파르지 않았고 무브는 단순했지만 내 첫 암벽 등반은 쉬운 일이 아니었다. 입 안에 침이 마르고, 가슴은 방망이질을 했으며, 귀에서는 윙윙거리는 소리가 났다. 나는 홀드에 아주 조심스럽게 손을 얹고, 그 부분을 최대한 많이 쥐고 또 최대한 꽉 쥐려고 애를 썼다. 나는 조심스럽게 발을 얹고, 끈적끈적한 고무창을 최대한 바위에 밀착시키려고 했다. 위로 올라가는 것 외에 달리 갈 데가 없는 저 높은 해프돔에 오른 척 프랫도 나보다 신중하지는 않았을 것이다.

내 속에서는 모든 경고음들이 시끄러운 소리를 내고 있었다. 고속도로를 가다가 경치가 좋은 곳에서 차를 멈추고 난간으로 다가간 순간, 난간 밑이 수십 미터의 낭떠러지라는 것을 알았을 때 얼른 뒤로 물러나라고 주의를 주는 그 경고음들이었다. 그러나 나는 상당히 빨리, 그리고 분명한 목적을 가지고 움직였다. 사실 나에게는 강력한 인센티브가 있었다. 내 딸이 지켜보고 있었던 것이다.

"잘하셨어요, 아버지."

내가 꼭대기에 이르자 딸이 말했다.

"식은 죽 먹기지 뭐."

나는 거짓말을 하고는 바위에 앉아서 숨을 가라앉히면서 경고음들이 꺼지기를 기다렸다.

▲▲▲

오후가 흘러가면서 우리는 점점 가파른 바위를 올라갔다. 완전한 수직 벽은 올라가지 않았지만, 그래도 초보자들은 추락이 겁나서 바위에 딱 달라붙어 바위를 꼭 끌어안게 만들 만한 각도였다. 그러나 그것이야말로 잘못된 것이었다. 등반에서는 본능과는 반대로 해야 하는 것들이 많았다(내가 이 점을 아내에게 말하자, 아내는 "세상 일이 거의 다 그렇지, 뭐" 하고 대답했다). 바위 반대방향으로 몸을 기울여야 한다는 것도 그런 점들 가운데 하나였다. 이렇게 하려면 온몸이 본능적으로 저항을 하지만, 실제로 그렇게 하고 나면 몸무게가 발에 실리면서 발이 바위에 딱 달라붙게 된다. 이런 점에서 등반은 스키와 닮았다. 스키를 탈 때도 산의 하강면을 따라서 몸을 앞으로 기울여 스키 끝을 향해서 몸무게를 싣는다는 생각을 받아들이는 데에 오랜 시간이 걸린다. 그러나 일단 그렇게 하고 나면 균형을 잡거나 몸을 통제하기도 쉬워지고, 앞으로 곤두박질칠 것만 같은 느낌에서도 벗어날 수 있다.

똑같은 원리가 등반에도 적용된다. 그러나 몸이 이런 반(反)본능적인 관념을 받아들이는 데에는 시간이 걸린다. 그래도 오후가 저물 무렵, 브룩과 나는 감을 잡기 시작했다. 나는 이따금씩 내가 할 수 있을 것이라고 생각도 못했던 무브를 하곤 했으며, 내 위에서 빌레이를 하고 있던 앨이 부드러운 목소리로 "잘했습니다" 하고 칭찬해주기도 했다.

바위의 상당히 가파른 부분으로 느껴지는 곳에서 다음 무브를 생각해보고 있는데 앨이 말했다.

"자, 이제 바위를 놓으세요."

"손을 놓으라는 말입니까?"

손 외에 다른 것은 떠오르지 않았다.

"그렇습니다. 바위를 놓고 추락해보십시오. 빌레이가 어떤 것인지 보여주고 싶습니다."

아. 나는 생각했다. 나는 중력의 법칙이나 효용체감의 법칙을 믿듯이 빌레이를 믿는다고 말하고 싶었다. 내 믿음은 온전하고, 강하고, 영원하다고 말하고 싶었다. 시험을 해볼 필요는 없다고 말하고 싶었다. 나는 지상 12미터에 있었으며, 내 밑에는 단단한 잿빛 바위밖에 없었다.

"놓으라니까요."

앨은 나를 안심시키기 위해서 덧붙였다.

"내가 잡고 있습니다."

딸이 지켜보고 있었기 때문에 선택의 여지가 없었다. 손을 놓을 수밖에. 브룩에게 훌쩍이는 모습을 보이느니, 차라리 그 애의 눈앞에서 장렬히 죽음으로 추락하는 것이 나았다.

물론 그렇게까지 극적인 상황은 아니었다. 나는 빌레이가 효과가 있을 것이라고 믿고 있었고, 앨 리드는 내가 죽거나 장애자가 되기를 바라기는커녕 그것을 피하게 해주기 위해서 최선을 다할 것임을 알고 있었다. 그래도⋯⋯나는 머뭇거리며 바위를 놓았다.

한 1미터 정도 미끄러졌을까. 자일이 팽팽해지더니 나는 공중에

76

그대로 매달려 있었다. 몸을 둘러싼 안전 벨트가 허벅지와 허리의 살을 약간 파고드는 느낌이었다. 통증은 없었다. 그런 식으로 몇 시간이고 매달려 있어도 괜찮을 것 같았다. 물론 리드가 그렇게 오래 빌레이를 해줄 때의 이야기이지만. 나는 그가 위에서 용을 쓰는 모습을 상상했다. 그때 평소처럼 차분한 목소리가 들려왔다.

"봤습니까?"

앨은 내 걱정을 예상했는지 덧붙였다.

"의에서는 아무런 문제 없이 지탱할 수 있습니다."

"알겠습니다."

"등반을 할 때는 빌레이를 믿어야 합니다."

"믿습니다."

나는 속으로 덧붙였다. 아멘.

▲▲▲

브룩도 똑같은 훈련을 거쳤다. 그러나 나처럼 머뭇거리지 않고 좀더 자신있게 하는 것 같았다. 휴가를 나온 해병대원은 훨씬 더 용감했다. 무엇을 하든 도전적이었으며, 순전히 힘으로만 암면을 올라가려고 할 때도 여러 번 있었다.

"다리를 이용하시오."

그럴 때마다 리드는 말하곤 했다.

브룩에게는 다른 말이 필요없었다. 앞서 각서에 서명을 할 때 나는 리드에게 브룩이 괜찮겠냐고 물었다. 그때 리드는 대답했다.

"안 괜찮을 게 뭐 있겠습니까?"

"저⋯⋯."

나는 머뭇거리다가 대꾸했다.

"어리잖습니까."

그러나 나는, 게다가 운동신경도 둔하고요, 하고 덧붙이지는 않았다.

"열다섯이오? 딱 적당한 나이로구먼. 다 안다고 생각하지 않을 만큼 어리고, 가르치는 것을 받아들일 만큼 나이가 들었고."

"게다가 여자 아이인데……그러니까, 상체의 힘이라든가 그런 게……."

리드는 너그럽게 웃음을 지었다.

"암벽 클라이머들 가운데 최고로 꼽히는 사람들 중에는 여자도 꽤 있습니다. 그리고 여자를 가르치는 것이 더 편하죠. 균형도 잘 잡고. 태도도 좋고. 여자들은 바위를 공격해서 무릎을 꿇리려고 하지 않거든요. 그냥 바위 위에서 춤을 추려고 하죠. 또 그래야 하는 것이고. 팔뚝이나 가슴이 얼마나 굵으냐 하는 것은 상관없습니다. 자기 몸을 위로 끌어올려서 산을 올라가는 것은 불가능해요. 다리를 사용해야 하는 거죠. 균형과 신체 각 부위의 조화가 단순한 힘보다 더 중요합니다. 그것은 자일을 타고 두 손을 이용해서 10미터를 올라가는 것과 사다리를 타고 같은 거리를 올라가는 것의 차이지요. 선생이라면 어느 쪽을 택하겠습니까?"

"물론 사다리죠."

리드는 막 증인을 박살낸 변호사처럼 고개를 끄덕이더니 말했다.

"이 아이는 잘할 겁니다."

실제로 브룩은 잘했다. 나는 그 애가 바위를 올라가는 모습을 지켜보았다. 그 애의 모든 동작은 신중했다. 남이 지켜보고 있는 것은 모르거나 신경쓰지 않는 듯했다. 그 애는 바위와 씨름하려고도, 매트 위에서 레슬링을 하듯이 제압하려고도 하지 않았다. 쓸데없는 욕심을 내지 않고 바위가 주는 것만 받아들였다. 내가 이런 일에 최고의 판단을 내릴 수 있는 입장이 아니라는 사실을 잘 알면서도, 그 애가 잘한다는 생각이 드는 것은 어쩔 수 없었다.

쉬는 시간에 물어보자, 리드도 동의했다.

"아주 잘하고 있어요. 내가 여자애들이나 젊은 여자에 대해서 말했던 대롭니다. 그런 경우가 가르치기 편하지요. 사나이답게 구니 어쩌니 하는 것들을 걷어낼 필요가 없으니까 말이죠."

나는 그 아이러니를 생각해보았다. 내가 처음에 그 애를 데리고 그랜드에 올라가지 않으려고 했던 것은 그 애 때문에 내가 처질까 염려해서였다. 그런데 이제 그 애가 나보다 앞서나간 것이 분명했고, 아마 나는 그 애를 따라잡지 못할지도 몰랐다. 그 애가 성공하고 승리를 경험하기를 바랐지만 ── 그 애는 교실 밖에서 그런 것들을 맛볼 필요가 있었다 ── 내가 그런 것을 받아들일 준비가 되었는지에는 자신이 없었다.

▲▲▲

늦은 오후가 되자 우리는 짧기는 하지만 가파른 바위를 올라가 보았다. 아침에는 올라가볼 꿈도 못 꾸던 바위들이었다. 어쨌든 하루 훈련으로는 올라갈 거라고 생각하지 못했던 바위였다. 우리는 빌레이를 신뢰하게 되었다. 그리고 짧은 현수하강(이중 자일로 암벽을 내려오는 방법/옮긴이)도 두어 번 해보았다. 나는 엄청나게 즐기고 있었다. 인생에서 어느 시점이 지나면, 완전히 새로운 것을 시도해보는 일은 좀처럼 생기지 않는다. 그리고 새로운 것을 시도해본다고 해도, 보통 배우기가 너무 힘들어서 좌절하고 만다.

그러나 나는 새로 배운 기술에 대한 자신감이 있었다. 그리고 그 기술을 이용하여 어려워 보이는 바위를 올라가보는 것이 좋았다. 어차피 나에게는 어려운 일이었다. 그러나 이 점이 스포츠에서 매혹적인 부분 가운데 하나였다. 늘 자신의 기술의 한계를 발견할 수 있고, 거기에서 조금 더 나아가려고 노력해볼 수 있다는 것.

브룩과 나는 앨 리드가 우리에게 가르치는 것을 배울 수 있었고, 하라는 것을 할 수 있었다. 간단히 말해서 우리는 등반을 할 수 있었다. 물론 요세미티의 거대한 암벽을 올라갈 정도는 못 되었지만, 완전히 얼어서 기본 교육 과정에서 그만두고 말 상황도 아니었다. 이것은 우리가 할 수 있는 것이었고, 내 생각에 무엇보다 좋은 것은 우리가 함께 할 수 있다는 것이었다. 그즈음 나는 처음으로 내 "귀여운 딸들", 특히 브룩을 잃는 것에 대해 자기 연민 비슷한 것을 느끼기 시작했다. 브룩은 이미 기숙사 학교에서 살면서 사춘기 한가운데 들어서 있었다. 부모가 점점 거추장스럽고 창피해지는 나이였다. 브룩과 헤이들리는 나와 함께 시간을 보낼 이유를 점점 더 찾을 수가 없었다. 나는 이제 그 애들 머리를 빗겨주지도, 자기 전에 동화책을 읽어주지도 않았다. 소프트볼 감독을 하지도, 주일 학교에서 가르치지도 않았다. 그런 시간들은 너무 빨리 지나가버렸다(이것은 부모의 전형적인 탄식 가운데 하나이다. 그리고 또 하나의 탄식은 물론, 어떤 시간들은 빨리 지나가주지 않는다는 것이고). 그즈음에는 아이들 둘 다 부모와 함께 시간을 보내기보다는 부모로부터 멀어지려고 열심이었다. 따라서 나는 이렇게 하루를 함께 보낼 수 있는 계기를 주는 것이면 무엇에든 감사했다.

그래서 기분이 아주 좋아졌을 때쯤 해서 그 날 교육은 끝이 났고, 공원 관리소의 보트를 타고 제니 호수를 건너서 엑섬 본부로 돌아가게 되었다. 브룩 역시 기분이 좋았다. 우리 둘 다 어렵다고 생각했던 것, 다른 사람들은 시도조차 못해본 것을 해냈을 때 느끼는 기분 좋은 행복감에 젖어 있었다. 바꾸어 말하면 아주 으스대고 있었던 것이다.

# 등반 문화

비탈은 젊음의 정수이다.

—— 제롬 위코프

이른 아침의 청명하던 하늘은 오후 서너 시쯤 산의 폭풍우가 짙은 먹구름을 몰고 오면서 흐려졌다. 하루 일과를 마쳤을 때에는 차가운 바람이 불어오고 있었다. 곧 비가 내릴 것 같은 느낌이었다. 불과 몇 분 뒤면. 아니나 다를까, 제니 호수를 건너려고 보트를 타자 비가 내리기 시작했다. 바람에 실려온 작은 빗방울이 몇 방울 떨어졌다. 그러나 맞은편 호숫가에 이르렀을 때에는 억수로 퍼붓고 있었다.

브룩과 나는 파카를 입고 마샤와 헤이들리를 찾았다. 그들의 밴은 보이지 않았다. 그래서 우리는 공원 관리소 처마 밑에서 기다리기로 했다. 우리는 고속도로에서 전조등이 줄지어 있는 것을 바라보았다. 옐로스톤 국립공원에서 남쪽으로 가는 고속도로에 차가 막히는 것 같았다.

"저기 끼어 있는 모양이구나. 한참 기다려야겠네."

내가 말했다.

브룩은 어깨를 으쓱했다. 급할 것은 없었다. 단지 좀 추운 것이 문제였다.

2분쯤 기다렸을까. 처마 밑으로 이십대 후반으로 보이는 남자가 들어왔다. 아무렇게나 자른 금발은 어깨까지 내려왔다. 친구가 잘라주었거나, 아니면 직접 자른 것 같았다. 면도를 며칠 동안 하지 않았는데, 그것은 면도날을 아끼거나 면도날이 없어서였지 턱수염을 기르기 위해서가 아니었다. 얼굴은 홀쭉했다. 핼쑥하다는 느낌이 들 정도였다. 그러나 눈은 깊어 보였고 강렬했다. 클라이머의 눈이었다. 낡은 나일론 배낭을 메고 있었는데, 배낭 덮개 밑으로 둥글게 감은 자일이 보였다. 파카는 군데군데 찢어져 도관용 테이프로 떼워놓았다.

청년은 우리를 흘끗 보더니, 새 배낭과 반짝이는 파카를 보았다. 그는 즉시 우리를 알아보았다.

"등산학교 갔다 오시나요?"

그의 목소리에는 적대적인 기색이나 으스대는 기색이 없었다. 다정하다는 느낌이 들 정도였다. 우리와 이야기하는 것을 간절히 바란다는 느낌도 들었다.

"그래요. 첫날이죠."

내가 대꾸했다.

청년은 웃음을 짓더니 말했다.

"멋지군요. 그래, 어땠나요?"

청년은 그 말을 하면서 브룩을 보았다.

"좋았어요."

브룩이 말했다.

"그래, 세상에 비길 것이 없지. 살아서 산을 오르는 것하고는 말이야."

브룩과 나는 둘 다 고개를 끄덕이며 웃음을 지었다. 아직 내 입으로 그 정도 이야기를 할 수준은 아니었으나, 대강 무슨 말인지 이해는 할 것 같았다.

"교사가 누구였어?"

"앨 리드요."

브룩이 대답했다.

"그래? 그 분이 지금도 사람들을 데리고 나가는지는 몰랐네. 그 양반은 여기서 꽤 높은 사람이지. 엑섬의 소유자 가운데 한 사람이기도 하니까. 대부분 사무실에서 주로 사무 같은 것을 보며 지내. 하지만 오랫동안 여기서 가이드 일을 했지."

"1959년부터라고 하더군요. 그 분이 한 이야깁니다."

내가 대꾸했다.

"예, 오래 되었죠. 최고로 꼽히는 분입니다."

"좋은 선생이더군요. 자신감을 주던데요."

"그래요, 바로 그거죠. 그 분은 조용조용히 일을 진행합니다. 그 분이 네팔 이야기를 하던가요?"

"거기서 살았다는 이야기는 했습니다."

"그리고 힐러리를 안다는 이야기도요."

브룩이 덧붙였다.

"다 알지. 힐러리, 메스너, 보닝턴. 앨은 히말라야 등반이 막 시작되었을 때 그곳에 있었어. 첫 미국 팀이 에베레스트에 올랐을 때 말이야. 언솔드와 혼바인은 북쪽 루트를 타고 갔지. 8,500미터에서 야외에서 밤을 보냈어."

청년은 흥분해서 가만히 서 있지를 못했다. 말을 하면서 몸을 움직였다. 무릎을 구부리고 두 손을 흔들고, 자신이 묘사하는 사건이 믿어지지 않을 정도로 엄청난 일임을 새삼 느끼듯이 고개를 끄덕이기도 하고 젓기도 했다.

"믿어져? 해발 8,500미터 야외에서 밤을 보낸다는 것이? 그런 일은 처음이었어. 아무도 그것이 가능하다고 믿지 않았지. 하지만 그 사람들은 그 일을 해냈어. 하산할 때도 또 했고. 언솔드는 발가락을 다 잘라내야 했지만, 그래도 해냈어. 정말 대단한 일이야."

나도 그 등반 이야기를 어디선가 읽은 기억이 났다. 그리고 언솔드가 뉴햄프셔에서 구두공을 만났는데, 그 구두공이 특수한 신발을 만들어준 덕분에 발가락을 잃은 뒤에도 등반을 계속할 수 있었다는 이야기도 읽었다. 미국 등반의 전설 가운데 한 사람인 언솔드는 티턴 산맥에서 많은 시간을 보냈으며, 그랜드에는 '언솔드의 라이백'이라고 부르는 루트도 있었다.

그러나 언솔드는 나에게 그저 이름에 지나지 않았다. 하지만 처마 밑으로 들어온 청년은 가톨릭 교도들이 성자를 부르듯이 언솔드의 이름을 불렀다. 그는 등반이라는 종교에 푹 빠져 있었으며, 그에게 위대한 클라이머들 —— 언솔드나 메스너 —— 은 성자였다.

"앨 리드도 다울라기리에서 그 아슬아슬한 사건만 겪지 않았다면 큰일을 해냈을 겁니다."

"그래요?"

내가 되물었다.

"그 이야기는 못 들으셨군요?"

"못 들었습니다."

"아, 앨이 지금까지 살아 있다는 것이 다행이죠. 아주아주 운이 좋은 겁니다. 적어도 두 가지 면에서는요."

"무슨 일이 있었는데요?"

브룩이 물었다.

"그 등반 때 앨은 정말 있는 힘을 다해서 밀어부쳤지. 2,100미터에서 4,800미터까지 하루만에 올라간 거야. 그 바람에 뇌와 폐에 수종이 생겼어. 혼수상태에 빠졌지. 죽어가는 앨을 같이 간 사람들이 밑으로 내려야 했어. 그것도 빨리 해야 했지. 다행히도 베이스 캠프에는 그를 살려낼 수 있는 의사가 있었어. 앨은 36시간 동안 의식을 잃었어. 죽음의 문턱에서 헤맨 거야. 하지만 그는 살아났지. 그런데 이거 알아?"

"뭐요?"

브룩이 물었다. 청년이 하는 이야기를 듣다보면 그 다음 이야기가 궁금하지 않을 수 없었다.

"앨은 여러 면에서 운이 좋았다는 거야. 살아남은 것도 행운이지만, 어떻게 보면 혼수상태에 빠져서 사람들이 데리고 내려와야 했다는 것 자체가 행운이라는 거지. 사람들이 그를 데리고 내려온 지 일주일 뒤에, 그와 함께 갔던 원정대 가운데 일곱 명이 산사태를 만나 죽었거든."

"어머나."

브룩이 말했다.

"그래. 앨은 그 이후로 정말 높은 데는 갈 수 없게 되었지. 하지만 여러 가지로 운이 좋아서 지금도 산을 탈 수 있잖아. 내일도 앨과 함께 산에 가나?"

"모르겠습니다. 나야 상관없지만."

내가 대답했다.

"앨은 훌륭하지요. 하지만 누가 강사가 되든, 훌륭한 사람일 겁니다."

"댁도 엑섬에서 일하시오?"

내가 물었다.

"저요? 아뇨. 저도 등반은 꽤 하지만 가이드는 아닙니다. 그건 좀 다른 거죠. 저는 여기에 등반하러 왔습니다. 친구하고요. 저기 있는 게 우리 밴입니다."

남자는 우드스톡(1969년 미국 뉴욕 시티 교외의 우드스톡에서 열린 록 페스티벌/옮긴이)에도 갔을 것처럼 보이는 낡은 폴크스바겐 밴을 가리켰다. 밴은 다리가 부러진 말처럼 스프링 위에 주저앉아 있었고, 연녹색 판금은 이삼십 군데 아무런 페인트로나 대충 칠을 해놓아서 마치 부스럼이 난 것처럼 보였다. 금속이 나이가 들어 기미가 낀 것처럼 보이기도 했다.

"차에 문제가 있소?"

내가 물었다.

"아뇨. 친구를 기다리는 중입니다. 아침에 여기에 왔는데, 그 친구가 어떤 여자를 만났죠. 둘이 어딘가로 갔어요. 금방 돌아온다면서요. 그래서 밴에서 나와서 여기서 기다리는 중입니다. 이곳이 냄새가 더 좋거든요."

브룩은 남자의 이야기를 재미있어했다. 그 애는 아직 방랑생활의 매력을 실감한 적이 없었다. 그 애도 콘서트에는 몇 번 갔으나, 아버지가 알고 있는 한, 콘서트가 끝나면 집으로 오거나 기숙사로 돌아갔다.

"어디서 왔소?"

나는 남자에게 물었다. 그것은 매우 어려운 질문인 것 같았다.

"캘리포니아인 것 같군요."

남자는 한참 후에 대꾸하더니 덧붙였다.

"베이 에어리어에서요. 하지만 차를 타고 돌아다닌 지가 꽤 되어서요."

브룩은 어디를 가보았느냐고 물었다. 그것도 어려운 질문인 것 같았다.

"어, 여기 오기 직전에는 요세미티에 한동안 있었지. 아주 근사한 곳이야. 다들 알고 있지만. 그리고 그 전에는, 어디 보자, 사우스다코타였네. 래피드 시티 근처였지. 니들스라고 부르는 곳이었는데, 대단한 등반이었어. 똑바로 선 커다란 바위들이 꼭……그래, 바늘처럼 보이지. 5.9나 5.10짜리(암벽의 난이도를 표시한 숫자/옮긴이)도 있어. 꼭대기에 올라가면 딱 한 사람 서 있을 공간밖에 없기도 하고. 환상적이야. 그리고, 어디 보자, 그 전에는 사막에 갔었구나. 조슈어 트리였네. 그곳도 정말 끝내주는 곳이야. 사막 한가운데 커다란 바위가 우뚝 솟아 있어. 아주 거칠지. 마치 샌드페이퍼 위를 올라가는 것 같아. 따라서 추락하면 피부에 안 좋지. 하지만 아주아주 재미있는 등반이었어."

청년은 계속해서 친구와 함께 올라갔던 곳들에 대해서 주절주절 이야기를 늘어놓았다. 시에라 산맥. "아주 괴상하다"는 라스베이거스 외곽의 어떤 곳. "등반화가 있는 사람은 모두 올라가 있는" 둥근 바위. 그리고 물론, 이곳 티턴 산맥. 이곳은 바위 타는 사나이들에게는 교차로의 역 가운데 하나였다. 브룩은 매혹되었다.

브룩에게 흥분을 일으키며 가능성으로 다가오는 것들이 나에게는 노스탤지어를 불러일으키는 것이었으며 사라진 기회였다. 나는 케루악(Jack Kerouac, 20세기 미국의 작가. 비트 운동의 주도자. 대표작은 『길 위에서』/옮긴이)의 정신을 느끼던 기억, 그런 삶의 로맨스를 시음하던 기억이 났다. 그러나 그것은 주로 암페타민, 알코올, 끝없는 대화로 범벅이 된 길고 목적 없는 자동차 여행이었다. 당시에는 그렇게 움직인다는 것만으로 충분했다. 길 위에서.

이제는 처마 밑의 젊은이 같은 사람들이 케루악과 그의 우상 캐새디처럼 방랑자의 삶을 살고 있었다. 그러나 이들은 등반도 했다. 그것은 아무런 목적지도 없이 밤새도록 텅빈 고속도로를 달리는 것과 마찬가지로 아무런 목적이 없는 동시에 의미심장한 행동이었다. 이 청년이 하는 등반에는 아무런 목적이 없었다. 등반 자체가 목적이었다. 나는 이 젊은이가 뭘 해서 먹고 살까 궁금해졌다. 동시에 그런 생각을 하는 내가 늙었다는 느낌이 들었다.

"시내에서 일을 하나요?"

내가 물었다.

"아직은요."

젊은이는 활짝 웃음을 지으며 말을 이었다.

"하지만 얼마나 오래 이렇게 버틸 수 있을지 모르겠습니다."

일을 하러 가면 무슨 일을 하느냐고 브룩이 물었다.

"접시를 닦지."

브룩은 얼굴을 찌푸렸다.

"그게 가장 좋은 일인데. 나한테는."

"웨이터 일보다 낫다는 건가요?"

"아, 그럼. 깨끗이 몸단장을 하고 정장을 할 필요도 없고, 아무도 나한테 뭐라고 하지 않고."

"팁은요?"

"웨이터와 웨이트리스, 바텐더들이 모두 내가 안됐다고 생각해서 자기들 팁을 나눠주지. 사실 시간당으로 따지면 내 보수가 그 사람들보다도 센데. 그래도 워낙 값싼 일이니까 언제든지 그만둘 수 있지."

청년은 이 문제에 대해서 머릿속에서 많이 생각해본 것이 분명했다.

"밴에서 생활해요?"

"가끔은. 지금은 저 골짜기 아래 미국 산악 협회 호스텔에 있어. 싸고 깨끗해. 클라이머들밖에 없으니, 사람들도 다 끝내주고."

비가 더 심해지고 바람도 빨라졌다. 처마 밑에 있으니 추웠지만 아무도 그 이야기를 하지 않았다. 방랑자 생활을 하겠다는데 약간의 불편에 대해서 불평을 할 수는 없는 노릇 아닌가. 그것은 교외에서 정상적으로 살아가는 사람들 입에서나 나오는 것이었다.

청년은 바위 사나이의 뿌리 없는 생활에 대해서 계속 이야기를 했다. 청년은 브룩을 향해서 이야기를 했는데, 그것은 그 애를 어떻게 해보겠다는 의도가 있어서라기보다도 그 애가 어리니까 더 잘 이해해줄 것이라고 생각했기 때문인 것 같았다. 나는 막 미국 퇴직자 협회(내가 거기 입회할 만큼 나이가 들었다는 것이 싫기도 했지만, 그렇지 않아도 경멸하는 조직이었다)의 회원이 될 만한 나이로 들어섰다. 그래서 나는 폴크스바겐 밴에 살면서 접시를 닦아 생계를 유지하는 생활을 화제로 삼는 대화에서는 자동적으로 밀려났다. 그의 이야기를 듣다보니 누군가 했던 농담이 생각났다. 그는 유한계급이 경제적 스펙트럼의 양 극단에 존재한다고 말했다. 나는 궁금했다. 브룩도 학교를 그만두고 그 양 극단 가운데 아래쪽 극단에 가담하고 싶은 유혹을 느끼는 걸까? 터무니없는 일이었지만, 나는 그 애를 여기에 데리고 오면서 생긴 또 하나의 위험에 대하여 걱정하고 있었다. 산에서 추락하는 것은 둘째치고, 혹시나 이 애가 산을 사랑하게 되면 어쩌나. 그래서 학교를 그만두고 바위를 타는 방랑자가 되면 어쩌나. 대학 예비학교 교육과 부모의 계획에 등을 돌려버리면 어쩌나.

물론 나는 투사(投射) —— 사람들은 이럴 때 이런 용어를 쓰는 것 같았다 —— 를 하고 있었다. 즉 내가 그 애 입장이었을 경우에 할 만한 일을 상상하고 있었던 것이다. 게다가 난 대책 없는 바보 짓을 하고 있었다. 딸을 맹목적으로 사랑하는 아버지가 딸이 어떤 나이에 이르면 일반적으로 하는 짓을 하고 있었다. 내 딸들도 둘 다 뭔가를 위해서 곧 나를 떠나게 될 것이다. 그 뭔가가 꼭 청년일 필요는 없었다. 나는 어리석은 —— 그러나 심각한 —— 망상에 빠져서 이제 등반을, 우리가 함께 할 수 있는 일이 아니라 경쟁자로,

내가 절대로 이길 수 없는 경쟁자로 생각하고 있었다.

　어쩌면 비 때문에 그리고 피로와 낯선 장소와 사람 때문에 그런 생각이 든 것인지도 몰랐다. 어쨌든 간에 나는 고속도로 쪽을 내다보며, 어서 마샤와 헤이들리가 그곳에서 벗어나 이쪽 도로로 들어서기를 바라고 있었다.

▲▲▲

　나는 한참 동안 그 말 많은 청년의 이야기를 듣지 않고 있었다. 다시 그의 이야기를 들어보니, 그는 브룩에게 척 프랫 —— 그의 영웅이었다 —— 을 비롯한 클라이머들이 요세미티에서 위업을 세우던 시절의 이야기를 들려주고 있었다. 등반을 비롯하여 그것을 둘러싼 모든 것에 대한 그의 정열과 마주치자, 내 머릿속에는 야구를 사랑한 나머지 스포츠 담당 기자들마저 잊어버린 시즌 통계들을 암기하고 다니는 아이들이 떠올랐다. 그들은 마리스가 홈런을 61개 친 시즌에 미키 맨틀은 몇 개를 쳤는지 알고 있다. 그와 마찬가지로 이 청년은 척 프랫, 워런 하딩, 로열 로빈스, 톰 프로스트 등의 영웅들이 이룩해낸 요세미티 첫 등정을 기억하고 또 묘사할 수 있었다.

　그 청년이 그런 이야기를 하는 것을 듣고 있으면 실제로 기분이 좋았다. 그는 의욕과 유머를 겸비하고 있었으며, 자기가 그 이야기에서 느끼는 것들을 다른 사람들도 느끼기를 바라고 있었다. 그래도 나는 그의 이야기보다는 고속도로 사정에 더 관심을 쏟고 있었는데, 어느 순간 그가 요세미티에서 떨어져 죽은 사람 이야기를 하고 있다는 것을 깨달았다.

　"깊은 데로 들어가 현수하강을 하던 아이였지. 노련한 클라이머들 몇 명 —— 워런 하딩 등등 —— 이 가서 시신을 가져오겠노라고 자원을 했어. 하지만 순찰대원들은 '절대 안 된다'고 했지."

"왜요?"

브룩이 물었다.

"너무 위험하다는 거야. 순찰대원들은 그곳에서 한 사람이 죽은 것만으로도 충분하다고 생각한 거지. 또 사고가 나면 공원 홍보에도 나쁜 영향을 줄 테니까 말이야. 그래서 시신은 그대로 그곳에 있었어. 겨울 내내."

"맙소사."

"그래. 다음해 봄까지도 그대로 있었어. 제대로 남아 있기나 했는지 모르지만. 그러다가 이본 슈이나드와 스티브 로퍼가 그 속으로 들어가 '애로(화살) 침니'라는 루트로 하루 일정의 등반을 하겠다고 했지. 그들은 그 아이의 시신이 있는 곳을 지나가야 한다는 것을 잘 알고 있었어. 그래서 겁도 났지만 그들은 강행을 했고, 로퍼가 앞장을 서서 결국 유해가 있는 곳까지 갔어. 그들은 가파른 비탈을 올라가고 있었지. 이본은 상황을 몰랐지만, 로퍼가 그의 머리 위에 있다는 것만은 알고 있었어. 무슨 소리가 들리기를 기다렸는데도 조용하기만 하니까 마침내 견딜 수 없어서 소리를 질렀지.

'괜찮은 거야?'

그러자 로퍼도 아래쪽을 향해서 소리를 질렀어.

'그래, 괜찮아.'

하지만 슈이나드는 마음이 놓이지 않았어. 그도 알고 싶었던 거지. 그래서 다시 위를 향해서 소리쳤어.

'어떤데?'

로퍼는 잠시 동안 아무 말도 하지 않았어. 슈이나드는 로퍼가 너무 겁에 질려 아무 말도 못하나보다 하고 생각했지. 이윽고 로퍼가 아래를 향해 소리쳤어.

'젠장.'

슈이나드도 마주 소리를 질렀지.

'뭐? 무슨 일이야?'

이제 슈이나드도 겁이 좀 난 거지. 이윽고 로퍼가 다시 소리를 질렀어.

'이 친구 파카가 너무 작아서 잘 안 들어가.'"

▲▲▲

몇 분 뒤에 마샤와 헤이들리가 왔기 때문에 우리는 청년을 처마 밑에 세워두고 그곳을 떠났다. 그는 할 이야기가 아직 많이 남았다는 표정으로 웃음을 짓고 있었다.

청년이 말했다.

"행운을 빕니다. 내일은 척 프랫처럼 멋진 사람을 만나기를 바랍니다."

우리는 다시 만나자고 했지만, 실제로 그러지는 못했다.

우리 가족은 좋은 저녁 시간을 보냈다. 함께 저녁을 먹으며 그날 있었던 일들을 이야기했다. 헤이들리와 마샤는 옐로스톤에서 구경을 하고 동물을 보았다. 물소떼도 보았다고 했다. 동물을 좋아하는 헤이들리는 그 날이 자기 생애 최고의 날이라고 했다.

우리 모두 피곤하여 일찍 잠자리에 들었다. 나는 자기 전에 아내와 잠깐 이야기를 했다. 아내가 혹시 하고 싶은 이야기가 있는지 물었기 때문이다.

"브룩 앞에서 할 수 없었던 이야기가 있냐는 거야?"

"응."

"없어. 다 이야기했어. 다른 사람이라면 참을 수 없을 정도로 미주알고주알 다 이야기했는걸."

사실이었다. 브룩과 나는 그 날 유난히 말이 많았다. 우리는 흥분해서 모든 무브와 모든 순간에 대해서 이야기했다. 물론 처마 밑에서 만났던 청년 이야기도 했다. 그러나 둘 다 파카가 안 맞는다는 이야기는 뺐다. 그리고 아내와 단둘이 남았을 때도 그 이야기는 하지 않았다.

# 사람이라는 장애

이 외로운 산들로부터 무엇을 드러낼 수 있을까?
—— 에밀리 브론테

　　다음날 아침 우리는 다시 강사와 함께 '가이드즈 록스'(가이드들의 바위)라고 부르는 지역으로 갔다. 그러나 우리의 강사는 척 프랫이 아니었다. 새 강사는 강인한 분위기였는데, 그것이 지나쳐서 약간 짜증이 날 정도였다. 그는 우리에게 앉을 장소를 정확히 정해 준 뒤 우리 앞에 서서 엉덩이에 두 손을 얹었다. 그는 앨 리드처럼 대화를 나누듯이 이야기하는 것이 아니라, 콧대 높은 풋볼 감독처럼 강의를 했다. 목에 힘이 잔뜩 들어가 있었다. 돈을 내고 교육을 받으러 온 손님들을 대하기에 망정이지, 그렇지 않았다면 완전히 유격훈련 조교처럼 굴 것 같다는 느낌이 들었다.

　　나한테는 상관없는 일이었다 —— 나는 어차피 이번 등반을 진지하게 생각하고 있었으므로. 그러나 브룩과는 문제가 생긴 것 같았다. 그는 브룩에게 질문을 한 다음, 그 애의 답에서 조롱을 하거나 비판할 거리를 찾아내곤 했다. 처음 한 시간 정도는 브룩이 우리 그룹에서 유일하게 어른이 아니니까 그러려나보다 해서 그냥 넘어갔다. 부모 때문에 어쩔 수 없이 와서 내내 따분한 표정만 짓다가 금방 그만두어버리는 아이들한테 불쾌했던 경험이 있나보다 하는 생각도 했다. 조금 지나면 괜찮아지겠지.……

94

해병대원은 여전히 우리 그룹이었다. 나머지 세 사람은 나오지 않았다. 원래부터 하루만 훈련을 받기로 했거나, 아니면 그만두기로 결정한 것이 분명했다. 대신 젊은 남자 둘이 새로 왔다. 브룩보다 서너 살 위인 것 같았는데, 로스앤젤레스 출신으로 그곳의 인공암벽에서 많은 시간을 보낸 친구들이었다. 내가 그 사실을 알게 된 것은 그들이 모를 수가 없도록 말과 행동을 했기 때문이다.

당시만 해도 실내 체육관의 인공암벽은 비교적 새로운 것이었다. 엑섬의 가이드들처럼 진짜 산에서 가이드 일을 하는 사람들은 인공암벽 문제에 대해서 불가지론적 입장을 취했다(지금도 약간은 그런 입장들이다). 그곳에서도 고난도의 동작을 배울 수는 있다. 그것은 부정할 수 없다. 그러나 실험실과 같은 환경 속에서 배운 것을 실제 현장에서 써먹을 수는 없다. 게다가 인공암벽을 타던 사람들은 진짜 산을 제대로 존중하지 않는 경향이 있다.

이 두 젊은이는 모두 능숙했고 또 오만했다. 그들은 자신들이 우리 강사보다 더 나은 클라이머이며, 여기에서 교육을 받는 것은 시간낭비라는 생각을 굳이 숨기려고 들지 않았다. 이 교육을 받는 것은 단지 이것이 엑섬을 통하여 그랜드의 정상에 갈 수 있는 유일한 방법이기 때문이라는 것이었다. 그들은 복습시간에 거의 관심을 기울이지 않았으며, 강사가 우리에게 우리가 그 날 올라갈 루트 —— 적어도 나에게는 아주 험상궂어 보이는 수직의 바위였다 —— 를 보여주었을 때도 제대로 눈길 한번 주지 않았다.

우리 강사는 이 젊은이들이 어떤 사람들인지 금방 알아보았는데, 사실 그것은 어려운 일이 아니었다. 아마 강사는 이들 때문에도 기분이 상했던 것 같다. 나는 그가 아이들도 싫어하고, 유능한 사람들도 싫어한다고 생각했다. 해병대원과 나는 별 문제가 없는 것 같았다.

"왜 저러죠?"

등반 시작 전의 휴식시간에 브룩이 나에게 물었다.

"모르겠다. 기분이 안 좋은 날인가보지."

"그래요, 그런지도 모르겠네요."

휴식이 끝나자 강사는 해병대원에게 빌레이를 맡기고 바위를 올라가기 시작했다. 그는 깊은 크랙을 따라서 올라가며 재밍이라는 기술의 시범을 보여주었다. 손을 쭉 뻗어 크랙에 집어넣은 다음 주먹을 쥐어 그것으로 홀드를 삼는 기술이었다. 손가락을 다시 펼치면 손은 자유롭게 풀려나오게 된다. 강사는 올라가면서 여러 가지 확보장치를 끼웠다. 대부분은 프렌드라고 부르는, 스프링에 의해서 작동되는 캠 장치였다. 이것은 스프링이 눌려 있을 때는 크랙으로 들어갔다가, 스프링이 튕겨져 나오면 쐐기가 되어 빠지지 않았다. 강사는 카라비너(금속으로 된 개폐구가 있는 고리로서, 등반시 자일을 거는 등 여러 용도로 사용한다/옮긴이)를 프렌드에 부착하고, 카라비너 사이로 자일을 넣었다. 그러면서 이제 그가 추락한다고 해도 떨어지는 거리는 현 위치와 확보장치 사이의 거리에다가 다시 그만큼의 거리를 더한 거리라고 설명했다. 예를 들면 그가 프렌드의 3미터 위에 있다가 추락하면, 3미터를 떨어지고 나서 다시 3미터를 더 떨어지게 되면 자일이 팽팽해진다. 그리고 해병대원이 그를 빌레이하게 된다. 강사는 그 점을 세심하고 분명하게 설명했다. 그는 훌륭한 선생이었다. 나도 그 점은 인정했다.

그리고 훌륭한 클라이머였다. 물론 로스앤젤레스의 체육관에서 온 젊은이들은 별로 감동을 받지 않았다는 점을 분명하게 드러냈지만. 그들의 관심과 눈길은 훈련에 가 있지 않았다. 브룩과 나는 강사가 18미터쯤 되는 레지까지 올라가는 것을 지켜보았다. 강사는 그곳에 몸을 붙들어맸다. 해병대원의 눈은 강사가 아래를 향해 "빌레이 해제" 하고 소리칠 때까지 강사에게서 한 번도 떠나지 않았다.

"빌레이 해제."

해병대원은 대답하고 나서 자일을 풀었다.

다음은 로스앤젤레스 체육관 출신의 젊은이들 가운데 한 사람의 차례였다.

"어서 가봐."

같이 온 젊은이가 말했다.

"떨 거 없지."

젊은이는 같이 온 친구에게 두 팔을 들어 손뼉을 맞추더니 바위를 공격하기 시작했다.

젊은이는 과시를 하듯이 빠르게 움직였다. 젊은이는 첫번째 확보 장치에 이르렀을 때, 카라비너의 클립을 풀지 않고 그냥 움직여갔다. 바위를 따라서 조금 더 올라가자 갑자기 자일이 움직임을 멈추었다.

"뭐 잊은 것 없소?"

강사가 말했다. 그는 이미 그 점에 대해서 우리에게 주의를 주었다.

"있는 것 같은데요."

"지금 체육관에서 톱로핑(등반이 아닌 다른 방법으로 루트 정상에 올라가 자일 끝을 아래로 내려보내는 것/옮긴이)을 하는 게 아니오."

"알고 있습니다."

"그럼 잊지 말도록 하시오."

나는 브룩보다 먼저 올라갔다. 올라가면서 바위 반대편으로 몸을 기대고 몸무게를 발에 싣는다는 말을 계속 되뇌어야 했다. 나는 천천히, 머뭇머뭇 올라갔다. 반쯤 올라갔을 때 나는 바위를 끌어안으려고 했다. 순간 내 발은 정지마찰을 잃고 바위에서 미끄러졌다. 두 발이 밑에서 쓸모없이 대롱거리고 있었다. 내 한 손의 손가락들은 내 머리 위 높은 곳의 바위 조각을 바이스처럼 꽉 움켜쥐고 있었다. 또 한 손은 눈 높이쯤의 크랙에 들어가 있었다.

나는 내 발가락들이 어딘가 디딜 곳을 찾아 이 긴장의 일부를 감당해주기를 기대하며 미친 듯이 발길질을 해댔다. 그러나 두 발은 기름이라도 바른 것처럼 바위에서 미끄러졌다. 크랙에 찔러넣은 손은 어떤 하중도 지탱하지 않는 것 같았다. 그래서 그 손을 빼내어 다른, 더 높은 크랙으로 손을 뻗었다. 바위를 잡고 있는 한 손의 손가락으로 온 몸의 무게를 지탱하는 셈이었다. 그 손가락들이 힘을 잃고 풀리는 것을 느낄 수 있었다. 그러나 어쩔 도리가 없었다. 나는 추락하고 있었다.

나는 공황에 빠지지도 않았고, 어떤 견딜 수 없는 공포를 느끼지도 않았다. 조금 전까지 바위와 연결되어 있다가, 다음 순간에…… 상황이 바뀌었다. 나는 추락하고 있었다. 여전히 두 손과 두 발을 허우적대며, 뭔가 잡을 만한 것을 찾고 있었다. 그러나 추락하고 있었다. 어쩔 도리가 없었다. 조금 전까지 바위에 붙어 천천히 올라가고 있었는데, 이제 빠르게 아래로 내려가고 있었다.

그러나 불과 1미터 정도를 내려가다 추락은 끝이 났다. 빌레이가 효과를 발휘하여 나는 그 자리에 매달린 채 바위를 바라보고 있었다. 한쪽 무릎에서 피가 흐르고, 입술이 찢어지고, 이가 부서졌다. 수치감과 안도감이 교차했다. 우리 그룹에서 처음 추락한 사람이 되었으니 기분이 좋을 리 없었다. 그러나 첫번째 추락을 겪었다는 것이 안도감을 주기도 했다. 이제 나에게 "첫번째" 추락은 또 일어나지 않을 터였기 때문이다. 빌레이의 효과를 몸으로 알았다는 것도 마음에 들었다. 그 전까지 그것은 이론에 불과했다. 나는 심호흡을 두 번 하고, 강사가 어떠냐고 물었을 때 괜찮다고 대답했다.

"바위를 끌어안지 마세요. 뒤로 기대세요."

"알았습니다."

레지에 올라가자 해병대원과 체육관 출신의 클라이머 둘이 기다리고 있었다. 강사는 내 몸을 꽉 잡고 바위 속으로 당겨주면서 아무 말도 하지 않았다.

이제 브룩의 차례였다. 그 애가 출발하자 성인 남자의 다섯 쌍의 눈이 일제히 아래를 향했다. 그 애는 계획적으로 움직였다. 강사가 손발을 올려놓은 곳을 기억하여 그대로 따라했다.

브룩은 첫번째 확보장치가 있는 곳까지 올라와서 조심스럽게 클립을 풀고 프렌드를 크랙에서 빼냈다. 그리고 프렌드를 그녀의 몸을 가로질러 드리워진 슬링에 매달았다. 그 애가 마지막으로 올라오는 사람이었기 때문에 오면서 확보장치들을 제거해야 했던 것이다. 그 애는 신경을 써서 그 일을 제대로 하고 있었다. 브룩은 허리를 뒤로 젖히고 위의 바위면을 살폈다. 다음 홀드를 찾고 있었다.

강사가 아래를 향해 소리쳤다.

"어서, 어서, 계속 움직여. 이 피치(등반 루트의 한 부분으로 등반의 단위 역할을 한다/옮긴이)를 점심 전에 끝내고 싶으니까 말이야."

속에서 열이 치밀어올랐다. 목 안에서 시큼한 것이 느껴졌다.

브룩은 아무 말도 하지 않았다. 나 역시 마찬가지였다. 그러나 정말 한마디 하고 싶었다. 강사는 동네 놀이터의 심술쟁이처럼 브룩을 괴롭히고 있었다. 브룩은 열심히 노력하고 있었고, 해병대원을 제외한다면 우리 가운데 실수도 가장 적었다. 내 입에서는 당장이라도 무슨 말이 튀어나올 것 같았다. 내 딸이 관련된 문제라면 한판 붙게 된다고 해도 상관없었다. 그러나 우리는 지상 18미터 높이에 있었다. 15센티미터의 좁은 폭 레지에 다닥다닥 달라붙어 있었다. 따라서 지금이 그럴 때는 아니었고, 더군다나 그럴 장소도 아니었다. 나는 쓰디쓴 덩어리를 다시 목으로 삼켰다.

나는 아래 브룩을 내려다보았다. 그 애가 더욱 단호한 태도로 움직이고 있다는 것을 알 수 있었다. 브룩은 화가 났던 것이다. 나는 그 표정을 알았다. 내가 그 애를 꾸짖고 난 뒤면 여러 번 보았던 표정이었기 때문이다.

"세월아 네월아."

강사는 브룩이 두번째 확보장치에 이르러 조심스럽게 클립을 풀고 프렌드를 바위에서 빼내 슬링에 끼우자 그렇게 말했다. 순간 나는 알았다. 너무나 불필요하고 너무나 유치한 조롱이라서, 갑자기 이해할 수 있게 된 것이다. 강사가 놀리는 것은 브룩이 아이이기 때문이 아니었다. 브룩이 여자애였기 때문이다.

이 강사의 눈으로 볼 때, 브룩은 어떤 일도 제대로 할 수 없었다. 심지어 강사 자신도 그 애가 여자애처럼 굴지 않는 법을 가르쳐줄 수 없었다.

나는 비좁은 레지에 서서 속을 끓이고 있었다. 브룩은 마지막 1미터 정도를 남기고 있었다. 나는 생각했다. 평지에 내려가면 저 자식 얼굴을 짓이겨주리라.

"잘했어."

브룩이 레지에 이르자 해병대원이 말했다. 강사는 아무 말도 하지 않고, 그 애를 바위에 묶어주고, 빌레이를 해제하고, 꼭대기를 향해서 다음 피치를 오르기 시작했다.

로스앤젤레스 체육관 출신의 두 녀석도 그 뒤를 따랐다. 그 다음은 해병대원이었다. 레지에 브룩과 나만 남게 되자 내가 입을 열었다.

"말이다……."

"알아요, 아버지. 저 사람은 또라이에요."

"내가 이야기를 할 생각이다."

그 애는 고개를 저었다. 긴 금발이 춤을 추었다.

"제발 하지 마세요."

"그럼 이 피치를 끝내고 오두막으로 돌아가서 앨에게 이야기를 하겠다. 강사를 바꾸어달라고 할 거야.……"

"아니에요. 제발 그러지 마세요. 저는 괜찮아요. 제가 알아서 할 수 있어요."

"내일 다른 강사와 다시 오면 돼."

"별일 아니에요. 그냥 즐겁게 등반이나 해요."

그 애가 나한테 이렇게 단호하게 말한 적이 없었기 때문에 나는 움찔했다. 나는 그 애가 그 나이가 될 때까지 이런 식의 전투를 몇 번이나 치렀는지 알지 못한다는 것을 깨달았다. 동시에 자식이 나이가 들건 부모가 해줄 수 없게 되는 여러 가지 일들 가운데 자식을 세상의 모욕으로부터 보호해주는 일도 포함된다는 것을 알게 되었다.

"알겠다."

말은 그렇게 했지만 내 몸은 떨리고 있었다. 두려움 때문이 아니었다. 내가 말을 이었다.

"그럼 지금 하는 일에 정신을 집중하마."

"저도 그럴게요."

▲▲▲

브룩이 두번째 피치를 올라갔을 때 강사는 브룩에게 그 애의 속도에 대해서 비꼬는 말을 하지 않았다. 브룩은 첫번째 피치를 오를 때와 마찬가지로 계획적인 태도를 보여주었다. 강사에게 자극을 받아 공연히 서두른다든가 하는 일이 없었던 것인데, 나는 그 점에 감탄했다. 대부분의 사람들, 특히 나이가 어린 사람들은 그런 경우에 창피를 느끼고 마음이 급해져 서두르기 마련이다. 브룩이 꼭대기에 이르러 빌레이를 해제하자, 강사는 그 애를 향해 고개를 끄덕였다. 강사는 아무 말도 하지 못했지만, 고개를 끄덕인 것은 칭찬으로 여길 수 있었다.

브룩은 점심을 먹을 때 벌써 그 일을 잊은 것 같았다. 우리는 이번에도 뚱뚱한 마멋을 만나 부스러기를 주었다. 어쩌면 전날과 같은 놈인지도 몰랐다. 우리가 먹이를 준다는 것을 알고 찾아온 것인지도. 우리는 식사를 함께 한 해병대원과 이야기를 나누었다. 그는 브룩이 내 딸이라는 것을 알고 깜짝 놀랐다. 브룩이 해병대원보다 두어 살밖에 어리지 않으니, 결국 내가 그만큼 늙었다는 사실을 깨닫게 된 것이다.

"어이쿠, 제가 선생님 나이가 되어도 계속 이런 일을 하고 있었으면 좋겠습니다."

그런 말은 두 가지 가운데 어느 쪽으로도 받아들일 수 있는 법이다. 내가 그 말을 어느 쪽으로 해석하고 싶어했는지는 말할 필요도 없을 것이다.

▲▲▲

오후에는 아침에 올라갔던 바위보다 약간 더 가파르고 매끈매끈한 바위를 올라갔다. 홀드도 작았다. 몸을 한껏 뻗고 자신의 균형감각 —— 그리고 빌레이 —— 을 신뢰해야 했다. 지상 6미터, 12미터, 18미터 높이였다. 체육관 녀석들도 긴장했다.

체육관 녀석들 가운데 하나가 날렵한 모습을 보이며 바위의 매끈한 부분을 가로질러 "디노"를 하려고 했다. 디노란 하나의 홀드에 몸을 의지한 다음, 손이 닿지 않는 곳에 있는 다른 홀드를 잡기위해서 바위를 가로질러 몸을 던지는 것이다. 그러나 로스앤젤레스의 젊은이는 바위에서 7센티미터 정도 튀어나온 작은 혹을 잡지못했다. 젊은이는 추락했다.

강사는 빌레이를 하고 있다가, 젊은이가 1미터 넘게 추락하여 무릎이 까진 다음에 잡아주었다.

"멋지군, 멋져."

강사가 비아냥거렸다.

로스앤젤레스에서 온 젊은이는 대꾸하지 않았다. 그는 속상한 표정으로 까진 무릎을 보더니, 다시 시도하기 위해서 자세를 잡았다.

"왼쪽을 봐주시겠소?"

강사가 말했다.

젊은이는 왼쪽을 보았다.

"발을 옮기지 않고도 쉽게 손이 닿을 수 있는 곳에 좋은 크랙이보이잖소."

젊은이는 크랙을 발견하고, 그곳을 손잡이삼아 다음 동작으로 들어갔다.

"훨씬 낫군. 체조는 체육관에 가서나 하시오."

브룩은 내 옆에 서서 로스앤젤레스에서 온 젊은이가 바위를 기어오르는 것을 지켜보고 있었다. 나는 그 애한테 작은 소리로 말했다.

"우리 가이드는 또라이이기는 하지만, 또라이짓은 공평하게 하는 것 같구나."

브룩도 작은 소리로 대꾸했다.

"아니에요. 저 사람은 저하고 로스앤젤레스에서 온 팀한테만 소리를 질렀어요. 따라서 해병대원과 노인들은 좋아하는 것 같아요."

내 차례가 왔을 때 나는 안간힘을 썼다. 마치 책을 펼쳐놓은 듯한 크랙에 손을 너무 깊이 집어넣는 바람에, 내려갔다가 다시 시작을 해야 했다. 강사는 있을 수 있는 실수라고 생각했는지 아니면 기가 막혀 말이 나오지 않았는지, 어쨌든 아무 말도 하지 않았다. 내가 첫번째 피치 끝에 올라가 몸을 묶었을 때, 첫 구름이 몰려오기 시작하더니 위쪽의 봉우리들이 시야에서 사라졌다.

폭풍우가 다가오고 있었다. 번개가 칠지도 몰랐다. 여섯 명의 클라이머로 이루어진 우리 그룹은 두 개의 피치로 이루어진 쉽지 않은 암벽을 반쯤 올라간 상태였다. 아니, 우리 그룹 가운데 한 사람, 브룩은 아직 첫번째 피치를 다 오르지 못했다. 빨리 움직여야 했다.

브룩을 포함한 우리 모두가 그 사실을 알고 있었다. 우리 모두 브룩과 하늘을 번갈아 보았다. 나는 브룩에게 뭐라고 소리치고 싶었다. 설사 고지식하다는 말을 듣더라도, 아버지로서 격려하는 말을 하고 싶었다. 그러나 나에게도 그렇게 하지 않을 정도의 양식은 있었다. 브룩은 혼자서 해야 했다.

나는 아랫입술을 깨물었다. 마음속으로 그 애가 좋은 솜씨를 보여주도록 응원하는 동작이었다. 소프트볼 시합에서 아슬아슬한 상황이 펼쳐졌을 때 3루 코치석에서 그렇게 입술을 깨물곤 했다. 물론 지금이 훨씬 심각했다.……어쩌면 아닐 수도 있고.

나는 속으로 브룩에게 얼른 올라오라고 재촉했다.……그러나 너무 빨리 오지는 말고.

단호하게 움직여. 나는 생각했다. 그러나 너무 단호하지는 말고.

나는 또 마음속으로 강사가 입을 다물고 있으라고 주문을 외웠다.

브룩은 멋지게 첫번째 확보장치까지 올라와 클립을 풀고, 프렌드를 크랙에서 꺼낸 다음 슬링에 묶었다.

"잘했어."

하병대원이 작은 소리로 말했다. 그는 브룩 편이었다. 부대 근처에서는 금발 아가씨들과 고프를 나누어 먹을 기회가 별로 없는 모양이었다.

"계속 움직여."

강사는 그렇게 말했으나 악의는 없었다. 그저 계속 올라오라고 응원을 하는 것일 뿐이었다. 좋은 감독이 그러듯이.

브룩은 다음 확보장치까지 올라왔다. 여전히 잘 움직이고 있었다. 이어서 열린 책 모양의 크랙에 이르렀다. 나는 속으로 아버지처럼 하지 말라고 이야기했다.

브룩은 나와는 달리 크랙에 너무 깊이 손을 넣지 않았다. 그 애는 빠르게 움직이며 올라오는 길에 보호장치를 제거했다. 우리가 서 있는 레지 바로 밑에는 오버행(경사 90도 이상의 암벽/옮긴이)까지는 아니더라도, 상당히 튀어나온 부분이 있었다. 브룩이 거기에 이르자 강사는 말했다.

"그걸 끌어안지 말고, 뒤로 기댄 다음 다리를 이용해."

강사는 이제 선수를 뒷받침해주는 감독처럼 그 애를 격려하고 있었다.

브룩은 마지막 동작과 함께 레지에 올라서서 클립을 채우며 말했다.

"빌레이 해제."

나는 그제야 숨을 쉴 수 있을 것 같았다.

"잘했어."

강사가 말했다. 강사는 우리 모두를 향해서 말을 이었다.

"자, 나는 비가 오고 번개가 치는 상황에서 여기 그대로 서 있고 싶지 않습니다. 따라서 가능한 한 빨리 움직이되, 조심은 해야 합니다."

그 말을 하면서 강사는 로스앤젤레스의 체육관 녀석들을 엄한 눈길로 바라보았다.

"꼭대기에 이르면 현수하강을 해서 배낭이 있는 곳으로 가 우비를 입겠습니다."

우리가 현수하강을 마쳤을 때 비가 내리기 시작했다. 브룩, 해병 대원, 나는 우비를 입었다. 체육관 녀석들은 우비를 가져오지 않았다. 강사는 고개를 저으며 말했다.

"절대로, 다시 말합니다. 절대로 옷과 장비를 제대로 갖추지 않은 상태에서 입산하지 마시오. 8월이라고 해도 산 속에 들어가면 매우 추워서 저체온증으로 죽을 수도 있소. 저체온증이 뭔지 아시오?"

그들은 침울한 표정으로 동시에 고개를 끄덕였다. 그러나 강사는 그들의 동작을 못 보았다는 듯이, 또는 믿지 않는다는 듯이 말을 계속했다.

"방열이 안 되어 있는 상태에서 바람이 계속 몸에서 열을 앗아가기 때문에 체온이 계속 떨어지는 거요. 그러다 죽는 거지. 늘 일어나는 일이지만, 절대로 일어나서는 안 되는 일이기도 합니다. 나는 추락은 이해해요. 그것은 등반의 일부이고, 그런 일이 일어난다고 해도, 물론 정말 안된 일이기는 하지만, 어차피 그 정도는 각오하고 모험을 한 것이기 때문에 받아들일 수가 있소. 어쨌든 그런 각오는 하고 산을 올라가야 하오. 하지만 악천후에 대비할 장비를 가져오지 않아 저체온증으로 죽는다는 것은……그건 정말 멍청한 짓이오."

두 젊은이의 으스대는 자세는 사라졌다. 강사는 그들을 선착장으로 내려보내, 배를 타고 제니 호수를 건너 엑섬 본부로 돌아가게 할 작정이었다. 그러나 그때 거짓말처럼 비가 그쳤다. 폭풍 구름은 흩어지고 해가 다시 나타났다. 브룩, 해병대원, 나는 파카를 벗어 배낭에 도로 집어넣었다. 이어서 우리 모두 그 날의 마지막이자 가장 어려운 등반을 시작했다. 이번에는 강사 뒤에 브룩이 올라갔고, 그 뒤에 해병대원이 올라갔다. 나는 그 다음이었다. 침울한 표정의 로스앤젤레스 젊은이들은 마지막이었다.

브룩은 멋지게 성공했다. 나도 미끄러지거나, 크랙에 손을 너무 깊이 넣지 않고 무사히 올라갔다. 우리는 지쳤지만 행복한 마음으로 내려왔다. 당연히 자신감을 느껴야 할 것 같았지만, 실제로는 그렇지 않았다. 적어도 자신감 일색이었던 것은 아니다. 마치 시험을 잘 보았다는 느낌이 들기는 하지만 성적이 나올 때까지는 자신할 수 없다고 생각하는 학생들 같았다. 아침에 본부를 떠나기 전, 강사가 우리의 학습 과정을 보고 그랜드에 올라갈 수 있는지 없는지 결정한다는 이야기를 들었기 때문이다.

"저 사람이 우리를 보내줄까요?"

브룩이 물었다. 우리는 등반로를 따라서 내려오고 있었다. 강사는 걸리 앞서 가고 있었기 때문에 우리 이야기를 듣지 못했다.

"그럼. 그러지 않을 이유가 없잖아."

"모르겠어요."

"우린 잘했어."

"저도 그런 것 같아요."

"그리고 너는 저 친구한테 올바른 방법으로 용감하게 맞섰어."

"그래서 걱정이에요."

나는 다시 화가 치밀어올랐다. 강사에게 아침에 느꼈던 것이 그대로 치밀어오르고 있었다. 나는 그가 뭔가 이유를 꾸며대 우리에게 자격이 없다고 말하는 모습을 상상했다. 혹은 더 심하게, 나는 자격이 있는데 브룩은 없다는 식으로, 예를 들면 브룩이 너무 느리다든가 하는 핑계로.

"우린 괜찮을 거야."

내가 말했다.

전날 보트를 타고 호수를 건널 때 우리는 명랑했다. 거의 축제 분위기였다. 그러나 오늘은 조용했다. 거의 침울한 분위기였다. 체육관 녀석들은 여전히 시무룩했고, 강사나 브룩은 잡담을 할 기분이 아닌 듯했다. 브룩은 평가 때문에 걱정하고 있었다. 강사는 한 바퀴 빙 돌아 다시 아침의 기분으로 돌아간 것 같았다. 나는 궁금했다. 이 친구가 집에 무슨 문제가 있나? 집에 가서 마누라한테 한바탕 바가지를 긁혀야 할 일이 있나?

해병대원과 나는 약간 이야기를 나누었지만, 전체적으로 조용한 분위기였다. 그 날 나는 처음으로 산에서의 하루 —— 또는 긴 원정 —— 가 구성원들의 성격에 따라서 크게 달라질 수 있다는 것을 깨달았다.

우리는 엑섬 본부에 헬멧과 자일을 반환해야 했다. 나는 책상에 앉은 여자에게 그랜드에 가고 싶다는 우리의 마음에는 변화가 없다고 이야기했다.

"네, 알겠습니다."

나는 일주일 정도 뒤의 날짜를 이야기했다.

"알겠어요."

"그런데……."

나는 머뭇머뭇 말을 이었다.

"방금 중간 교육을 마쳤는데, 우리가 그랜드에 갈 수 있는 자격이 되는지 궁금하군요."

"아, 네. 두 분 다 잘하셨다고 들었어요."

"잘됐군요."

나는 안도하는 기색이 너무 심하게 나타나지 않도록 애를 썼다. 그 여자가 내가 스스로를 의심했다고, 또는 딸을 의심했다고 생각하기를 바라지 않았기 때문이다.

"아침 일찍 이곳으로 오세요. 여덟 시에요. 목록에 있는 물건을 하나도 빠뜨리지 않도록 주의하시고요."

"알겠습니다. 누가 우리 가이드가 될지 아십니까?"

"다뇨. 아직 몰라요."

"오늘 가이드가 그때도 갈까요?"

나는 아무런 편견 없는 질문처럼 들리게 하려고 애를 썼다.

"아마 아닐 거예요. 그 선생님은 자고 오는 등반에는 잘 가지 않으세요."

아마 그의 인생을 비참하게 만드는 마누라가 있는 집으로 돌아가야 하기 때문이겠지. 나는 심술궂게도 그런 생각을 했다.

"알았습니다. 그럼 여덟 시에 오겠습니다."

"날씨가 좋게 해달라고 기도하세요."

"그러죠. 하고말고요."

브룩은 오두막 밖에서 기다리고 있었다. 우리는 등산로를 따라서, 마샤와 헤이들리를 만나기로 한 도로까지 갔다. 그들은 우리가 등반을 하는 동안 래프팅을 하기로 했었다.

내가 말했다.

"장하구나. 등반만 잘해서 될 일이 아니었는데, 잘 해냈어."

"그렇게 나쁜 사람은 아니에요. 어쨌거나 등반은 아주 좋았어요."

"그래, 그렇고말고. 힘들기도 했지."

"왜 어떤 남자들은 그런 식으로 행동하는지 모르겠어요. 무슨 말인지 아시죠?"

"그래."

"제 말은, 그 사람 문제가 뭐냐는 거예요?"

"나도 모르겠구나. 하지만 이 이야기는 할 수 있다."

"뭐요?"

"나도 과거 한때는 그 사람과 똑같았을 수도 있다는 것. 어쩌면 더 나빴을 수도 있지."

"어머, 왜 이러세요."

"진담이야."

브룩은 한동안 입을 다물고 있었다. 마침내 그 애가 입을 열었다.

"그런데 뭐가 바뀐 거예요?"

"무슨 말이니?"

"왜 지금은 그 사람과 다르게 되었냐는 거예요. 어떻게 하다가 소녀 소프트볼 팀 감독까지 하시게 되었냐는 거죠."

"그건 간단해. 나에게 딸들이 있기 때문이지."

# 그랜드를 기다리며

힘든 무브를 하기 직전, 앞을 바라보다가 이해를 하게 되
는 바로 그 절묘한 순간, 그 순간에 왜 산에 오르냐는 질
문에 대한 답이 있을지도 모르겠다.
───  그웬 모펏(1961)


엑섬에서 훈련을 마치고 그랜드에 올라갈 때까지 일주일의 시간
이 있었다. 나는 이 점을 염두에 두고 몬태나 주 빅스카이의 "손님
목장"(요즘에는 관광목장을 이렇게 부른다)을 일주일 예약해놓았
다. 내가 예약한 곳은 론마운튼 랜치라는 곳으로, 환경에 대한 칼
럼을 쓸 때 서너 번 그곳에서 모임을 가진 일이 있었다. 나는 이런
모임에서 여러 가지를 배웠지만 ─── 더 중요한 것은 좋은 사람들
을 만났다는 것이다 ─── 놀기도 했고(주로 낚시를 했다), 일반 손
님들이 노는 모습을 지켜보기도 했다. 론마운튼에는 많은 가족이
찾아왔다. 가족이 함께 아침에 축사로 와서 말에 올라타고 카우보
이를 따라 언덕을 올라가는 모습을 보노라면 마음이 흐뭇해지곤
했다. 나는 첫모임이 있을 때부터 그 광경을 보고 나도 저것을 한
번 해봐야겠다고 마음먹었는데, 드디어 기회가 온 것이다.

빅스카이는 잭슨에서 자동차로 대여섯 시간 거리였다. 티턴 고개
를 넘어 끝도 없는 아이다호의 감자밭을 지나가야 했다. 뒤를 돌아
보면 하늘을 배경으로 그랜드의 윤곽이 선명하게 드러났다.

"어디 도망가지 않아요, 아버지."

헤이들리가 말했다. 그 애도 이제 열두 살이어서, 약점을 보면 나를 놀리기도 할 만큼 머리가 돌아갔다.

"그냥 확인해보는 거야."

"당신은 앞을 제대로 보세요. 산은 우리가 대신 봐줄 테니까."

마샤가 말했다.

우리는 북쪽으로 방향을 틀어 헨리즈포크를 건넜다. 헨리즈포크는 내가 오래 전 낚시를 하다가 처음 그랜드를 보고 집념을 키우게 되었던 지점에서 약간 하류에 있었다. 이곳은 내가 송어잡이를 할 때 가장 즐겨찾는 곳이었다. 나는 유명한 해리먼 랜치를 보여주고 싶어서 약간 우회했다. 이 목장은 이제 조그만 주립공원에 편입되었다. 한때는 이곳에 부와 명성을 누렸던, 유니언 퍼시픽 철도의 해리먼 가족이 살았다. 그 자리는 이 강 가운데서도 송어가 가장 잘 잡히는 웅덩이 옆이었는데, 티턴 산맥으로부터는 프레이리 평야를 한참 지나온 곳이었다. 내 마음속에서는 이곳이 세상 어느 땅보다도 강한 마력을 지닌 곳이었다. 그러나 내 딸들이 나에게 늘 일깨워주듯이, 모두가 나처럼 송어 낚시와 산에 관심을 가지는 것은 아니었다.

우리는 헨리즈포크에서 옐로스톤 국립공원의 모퉁이를 가로질러 갔다. 두 해 전 공원을 태웠던 큰 불의 흔적이 여전히 남아 있었다.

"어머나. 얼마나 큰 불이었어요?"

죽은 나무들이 늘어선 비탈에 이르자 브룩이 말했다. 줄기들이 불에 타 시커맸다.

불에 탄 산야가 끝도 없이 이어지는 광경은 사람을 침울하게 만들기에 충분했다. 그러나 불로 드러난 땅에서 어린 식물과 나무가 푸릇푸릇 자라나는 모습 덕분에 약간의 위로를 받을 수 있었다.

고속도로는 갤러틴 강 하류까지 이어져 있었다. 우리는 마침내

112

빅스카이로 들어가는 분기점에 이를 수 있었다. 그리고 마침내 칵테일을 곁들여 저녁을 먹을 시간에 맞추어 론마운튼 랜치에 도착했다.

우리는 고미다락이 있는 통나무 오두막을 배정받았다. 브룩과 헤이들리는 고미다락이 특히 마음에 드는 것 같았다. 두 아이는 거기에서 잤다. 마샤와 나는 아래층에 있는 큰 침실을 썼다. 오두막 안에는 땔나무와 난로가 있었다. 8월 말의 맑은 밤이었지만 꽤 추웠기 때문에 잠자기 전에 불을 피웠다. 우리 모두 그런 곳에 왔다는 것어 흥분했고, 또 함께 있다는 것이 기뻤다. 가족이 함께 보내는 휴가는 꼭 체비 체이스가 나오는 코미디 영화에서처럼 악몽과 같은 각본을 따라 진행될 것만 같은 느낌이 든다. 아이들은 따분해하면서 서로 싸우고, 부인은 오랫동안 고통에 시달리고, 남편은 대책 없을 정도로 둔하고……그러나 우리는 즐거웠다……적어도 그때까지는. 아침에는 말을 타러 갈 계획이었다. 우리 모두 고대하고 있었다. 특히 헤이들리가 그랬다.

그러나 결국 우리는 우리 나름의 재난의 각본을 따라가고 있었다. 말을 타고 루핀과 인디언 페인트브러시가 흐드러지게 핀 몬태나의 광대한 초원을 한 시간 정도 달렸을 때, 브룩이 오랫동안 맞아온 알레르기 주사도 아무런 효과가 없다는 사실이 분명히 드러나기 시작했다. 적어도 항원이 말에서부터 왔을 때는 소용이 없었다. 얼굴이 꽃봉오리처럼 부어올랐다. 색깔도 밝은 빨간색으로 변했다. 눈은 통통 부어 가늘게 찢어진 흔적만 남았다. 우리가 말머리를 돌려 축사에 왔을 때, 브룩은 숨쉬기조차 어려워했다. 브룩은 목욕을 하고 베나드릴을 먹은 다음 겨우 잠자리에 들었다.

브룩은 몸이 엉망이었고, 나머지 세 사람도 그 애 때문에 마음이 언짢았다.

관광목장에서 하는 일의 대부분은 말과 관련된 것이다. 나머지 사람들이 밖에 나가서 노는 동안 브룩에게 혼자 앉아서 카드 놀이를 하는 것 외에 달리 할 수 있는 일이 있을까? 어떤 카우보이는 도보 여행을 할 수는 있다고 말했다. 그러나 말을 타고 갈 수 있는 길을 걸어서 간다는 것은 썩 기분내키는 일이 아닐 것 같았다. 이곳은 서부였고, 서부는 말을 타고 둘러보는 곳이었다.

카우보이는 갤러틴 강에서 낚시를 할 수도 있다고 말했다. 그러나 그것은 브룩이 낚시를 좋아해야 가능한 일이었다.

물론 브룩은 낚시를 좋아했다. 그러나 일주일 동안 혼자 낚시를 할 만큼 좋아하지는 않았다.

카우보이가 말했다.

"흠, 이건 좀 엉뚱한 이야기이긴 한데……."

"뭡니까?"

"손님을 끌러 여기로 오는 친구가 있어요. 이 목장에서 일을 하는 것은 아닙니다만, 그 친구가 와서 관심 있는 손님들을 모으는 것은 허용하고 있죠."

"무슨 일에 말입니까?"

"암벽 등반이요."

"설마."

"그래요. 엉뚱하긴 하죠.……"

"엉뚱한 것이 아니라 가장 좋은 건데요."

그러자 카우보이는 나를 빤히 바라보았다. 도대체 무슨 아버지가 아픈 딸이 외딴 곳에서 낯선 사람과 함께 암벽 등반을 하는 것이 가장 좋다고 말하는가? 이거야말로 동부 사람들이 괴상한 사람들이라는 또 하나의 증거 아닌가? 그런 표정이었다.

▲▲▲

    우리가 함께 보내기로 했던 일주일은 집에서 보내던 날들과 비슷해졌다. 하루 종일 흩어졌다가 저녁 식탁에 함께 모이게 된 것이다.

    그러나 그렇게 흩어지는 것도 재미있었다. 하루는 브룩과 내가 갤러틴 강 하류 쪽으로 몇 킬로미터 떨어진 곳에 있는 높은 침니(암벽의 세로로 갈라진 틈/옮긴이)에서 등반을 했고, 그동안 헤이들리와 마샤는 말을 탔다. 또 하루는 브룩이 가이드와 등반을 하러 갔고, 나는 마샤, 헤이들리와 함께 카우보이의 안내를 받아 매디슨 산맥 속으로 3,000미터 높이까지 올라갔다. 또 하루는 나와 브룩은 차를 몰아 헨리즈포크까지 가서 낚시를 하며 멀리 티턴 산맥을 바라보았다. 늦여름의 가물거리는 대기 속에서 약간 흐릿해 보였다.

    주 후반에 나는 마샤, 헤이들리와 함께 다시 좁은 길을 따라서 말을 타고 스패니시 피크스까지 올라갔다. 나는 필요하다면 사냥에 자라나설 정도로 말 타는 법을 배워두었다. 그러나 별로 능숙하지도 않았고, 하루 종일 말을 타고 혼자 즐기며 돌아다닌다든가 하는 일은 생각해보지도 않았다. 그러나 헤이들리는 달랐다. 그 애는 아직도 아이였고, 의욕이 넘쳤다. 카우보이도 그 애와 함께 다니는 것을 좋아했고, 그 애가 마치 정찰대원이나 되는 것처럼 앞장을 세우기도 했다. 카우보이는 헤이들리가 로지폴 소나무 숲에 새끼와 함께 숨어 있는 어미 큰사슴을 발견하자 그녀에게 눈이 좋다고 말했다. 돌아오는 길에도 헤이들리는 작은 초원에서 풀을 뜯고 있는 엘크를 발견하고, 우리에게 엘크가 놀라지 않도록 천천히 오라고 말했다. 그때도 카우보이는 같은 말을 했다.

    그 날 늦게 헤이들리는 좁은 길이 능선을 가로지르는 곳에서 말을 세우고 내가 다가오기를 기다렸다. 나는 그 애가 또 짐승을 발견한 것이라고 생각했다. 그러나 내가 그 애 옆에서 말의 고삐를 죄었을 때, 그 애는 멀리 지평선을 가리켰다. 그곳에 그랜드가 아주 선명한 모습으로 우뚝 서 있었다.

"안심해도 되겠네요, 아버지. 아직 그대로 있으니까."

"고맙구나. 얼마나 마음이 놓이는지 이루 말할 수가 없다."

"나흘만 기다리시면 돼요. 그럼 아버지하고 브룩은 저 꼭대기에서 있을 거예요."

"그래. 너는 정말 안 갈 거니?"

"말을 타고 올라갈 수 없다면 안 가요."

브룩이 아팠음에도 불구하고 일은 묘하게 잘 풀려나가고 있었다. 아니, 어쩌면 브룩이 아팠기 때문인지도 몰랐다. 브룩은 산을 즐기고 있었고, 헤이들리는 말을 즐기고 있었다.

카우보이는 능선에서 우리에게 다가오더니 말했다.

"그 예리한 눈으로 또 뭘 발견했니?"

"그냥 저 산을 봤어요."

"그래, 아주 크지, 안 그러니?"

"우리 아버지가 저기에 올라가실 거예요."

헤이들리가 말했다. 그렇게 말하니 왠지 자랑스럽기도 하고, 바보가 된 느낌이 들기도 했다.

"설마?"

"시도는 해볼 생각입니다."

"언제요?"

"나흘 뒤입니다. 내 쉰번째 생일에."

"이야, 그거 멋지군요. 나는 죽어도 못할 일이지만요. 하지만 멋지다고 생각합니다."

"언니도 가요."

헤이들리가 말했다.

"말 때문에 아픈 아이 말이니?"

"네."

"너는 왜 안 가? 네가 앞서 가면서 정찰을 해주면 좋을 텐데."

헤이들리는 고개를 저었다.

"그건 언니가 할 일이에요. 저는 아버지한테, 말을 타고 갈 수 있으면 가겠다고 말씀드렸어요."

"나도 마찬가지다. 산꼭대기에 정말 특별한 게 없다면 나는 절대로 올라가지 않을 게다."

▲▲▲

나는 보통 브룩과 내가 계획하고 있는 일이 화제로 떠오르면 그 이야기를 즐겼다. 그 화제는 언제나 나에게서 그런 반응을 이끌어냈다. 그것은 나에게 값싼 전율을 느끼게 해주었다. 덧없는 것이기는 하지만, 잠시나마 으스댈 수 있는 우월감이었다. 그러나 그 순간이 지나고 나면 약간 부끄러워졌다. 그러면 속으로 혼잣말을 하곤 했다. 만일 내가 남에게 과시하기 위해서 이러는 것이라면 당장 집어치우자. 그런 생각을 하다보면 내가 그 일을 하게 된 동기를 살필 수밖에 없었는데, 이런 분석은 내가 능력이 별로 없는 부분이었다. 어쨌든 나는 불가피하게 똑같은 결론으로 되돌아가게 되었다. 내가 처음 산에 올라가려고 마음먹었을 때, 그리고 오랫동안 마음속으로 그 꿈을 키워왔을 때, 나는 누구한테 자랑을 하겠다는 생각은 전혀 없었다. 산에 올라가겠다는 생각 자체가 멍청하고 유치하다면 할 말이 없지만, 어쨌든 그 동기가 허영심은 아니었다.

그러면 다음 질문으로 이어졌다. 그렇다면 무엇 때문에 산에 오르려고 하는가?

왜 산에 오를까? 그 질문은 귀에 익은 것이다. 지금도 사람들이 계속 그렇게 질문하는 것을 보면 아직까지 만족할 만한 답을 한 사람이 없음이 분명하다. 물론 조지 리 맬러리가 가장 유명한 대답을 했다. 맬러리는 왜 에베레스트에 올라가고 싶어하느냐고 집요하게 묻는 기자를 떨쳐 버리기 위해서, 아주 모호하면서도 영원히 잊혀지지 않을 대꾸를 했다.

"산이 거기 있기 때문에."

이 말을 듣고 딱 이해가 되지 않는다면, 달리 설명할 도리는 없다.

나는 오랫동안 스스로 산에 가지는 않으면서 남더러 왜 가느냐고 묻는 사람에게 해줄 수 있는 가장 좋고 결론적인 대답은 "당신은 시도해본 적이 있소?"라고 되묻는 것이라고 생각해왔다.

그러나 이것으로는 왜 클라이머가 아닌 사람이 (비교적) 높은 산에 한번 올라가고 싶다는 강박감을 느끼는지 속시원하게 설명해주지 못한다. 특히 그런 욕구를 느끼는 사람이 산에 잘 올라갈 만한 나이를 훨씬 지났고, 경험은 전혀 없고, 다른 사람들과 마찬가지로 일상의 책임을 지고 살아가는 사람일 때는.

나는 등반을 머릿속으로만 생각했을 때는 이 문제에 별로 유념하지 않았다. 전혀 생각해보지 않았다고 해도 틀린 말은 아닐 것이다. 그러나 이제 산에 올라갈 날이 가까워오면서 등반이 현실로 다가오자, 내가 하려고 하는 일의 어떤 근본적인 이유를 찾아보려고 노력하게 되었다. 능선에서 그랜드의 모습을 극적으로 만난 뒤에도 나는 그 질문을 생각해보았다. 돌아오는 길에도 내 마음에서 그랜드의 잔영은 지워지지 않았다.

산에 뭐가 있길래?

아무리 교육을 못 받은 평범한 사람이라고 해도 산이 우리 안에 있는 뭔가 영적인 것을 건드린다는 증거를 찾을 수 있을 것이다.

　　내가 산을 향하여 눈을 들리라
　　나의 도움이 어디서 오는가

주일학교에서 가르칠 때 나는 애들하고 함께 시편에 나오는 그 구절을 외웠다.

물론 그리스인들은 올림포스 산을 신들의 거처로 삼았다. 신이 죽은 현대에도 토마스 만은 『베네치아에서의 죽음』에서 부패를 발견했지만, 『마의 산』에서는 어떤 초월을 발견했다.

티베트의 불교도들에게 산은 신들의 고향이 아니다. 산 자체가 신이다.

굳이 신을 찾지 않는다고 해도, 많은 사람들이 산에서 어떤 영적인 것을 추구하는데 그것은 산의 순수함 때문일 것이다. 그 깨끗하고 희박한 공기, 그리고 골짜기의 육(肉)의 세계와 산꼭대기 사이의 그 엄연한 거리.

그러나 산에 영적인 인력이 있다는 것은 부정할 수 없지만, 이것만으로는 일부 사람들이 산에 올라가고 싶은 충동을 느끼는 이유를 설명할 수 없다. 사실 등반은 '신앙의 시대'에는 별로 들어볼 수 없었던 말이며, '이성의 시대'에 와서야 활발하게 이루어졌다. 물론 그때부터 괜찮은 장비들이 나오기도 했을 것이다.

클라이머들의 한 세대 전체를 대표하는 맬러리는 계몽주의의 자식이었다. 물론 "산이 거기 있기 때문에"라는 말은 세계대전으로 인한 환멸과 냉소를 드러내기도 하지만. 어쨌든 그 세대의 클라이머들에게는 겉으로 보기에는 자신들이 하는 일에 대한 그럴듯한 이유가 있었다. 그들은 아무도 가보지 않은 곳에 갔다. 그들은 탐험가들이었다.

그러나 그것이 이 시대의 클라이머들의 이유는 될 수 없다. 특히 늦은 나이에 예약을 해서 산에 올라가는 사람에게는. 요즘에는 마터호른에 올라가는 사람들도 티를 칠 시간을 예약하는 골퍼들처럼 정상에 올라갈 시간을 예약한다. 그래도 교통 체증이 생길 수밖에 없어, 일부 원정대는 다른 원정대들 사이를 뚫고 올라가기도 한다.

이것은 아무리 보아도 탐험은 아니다.

그렇다면 무엇인가?

분명한 ── 동시에 당혹스러운 ── 대답은 그것이 이목을 끌기 위한 행동이라는 것이다. 과시라는 것이다. 그러나 나는 이미 그 이상의 것이 있다고 결론을 내렸다. 비록 자기 과시라는, 가슴 한편이 켕기는 즐거움을 누리기도 했지만……. 그것도 아직 산에 올라가보지도 못한 주제에.

나는 말을 타고 우리 대열의 맨 꽁무니를 따라가면서 한참을 생각해보았다. 우리는 골짜기로 통하는 좁은 길을 따라가고 있었다. 골짜기에서 몸을 씻고, 론마운튼 식당에서 브룩을 만나 멋진 저녁 식사를 하기로 했다.

물론 위험이라는 면도 있었다. 아주 명쾌한 대답이다. 위험과 공포. 위험은 등반의 한 부분이다. 이것은 어디를 가나 듣는 소리이며, 예를 들면 엑섬 등반 가이드 센터에서 얻게 되는 안내지에서도 읽을 수 있다. 그러나 그렇게 말하면 꼭 위험이 등반의 불행한 부산물인 것처럼, 반드시 견뎌야 하는 어떤 것처럼 들린다. 마치 술에 취하는 것은 위스키를 마시는 행위의 한 부분이다라고 말하는 것 같다.

모험이 등반의 매력의 핵심에 자리를 잡고 있다는 것은 부정할 수 없는 사실이다. 등반을 하는 다른 이유도 있겠지만, 이것과 비교하면 상당히 미지근한 느낌이다. 등반을 이루 말할 수 없을 정도로 유혹적이게 만드는 것은 위험이다. 모험 없는 등반을 상상하는 것은 섹스 없는 유혹을 상상하는 것과 같다.

모험을 해서 살아남는 것은 아주 기쁜 일이다. 위험이 있다는 느낌이 유혹적이라는 것은 부정할 수 없다. 그렇지 않고서야 롤러코스터를 운영하는 놀이 공원이 장사가 되겠는가. 롤러코스터를 타고 나면 살아 있다는 것이 기뻐서 활짝 웃을 수 있다. 위험이 더 크고, 더 현실적이고, 더 오래 지속될수록, 그 느낌도 더 깊어진다. 돈 몇 푼에 살 수 있는 꾸며낸 모험, 값싼 전율이 있는 반면 —— 롤러코스터를 타는 것처럼 —— 진짜 모험도 있다.

등반과, 예를 들면 번지 점프 사이에는 아주 크고 본질적인 차이가 있다. 제대로 된 장비를 갖추고 점프를 하면 무서워서 소리는 지를지 몰라도, 죽거나 부상당할 가능성은 거의 없다. 다른 사람들이 위험한 변수들을 고려하여 통제하고 있기 때문이다. 우리는 그저 돈을 내고 편승한 승객일 뿐이다. 목적지는 없다. 이 여행의 핵심은 아드레날린의 분출이다. 순수한 감각이다. 그리고 그 느낌은 한 시간 뒤면 잊혀진다.

그러나 등반을 하면 진짜 모험을 하게 되고, 스스로 위험한 요소들을 관리하게 된다. 우리는 자신의 능력의 한계 바로 앞까지 가서. 거기서 아슬아슬하게 통제된 상태에서 춤을 추기를 바란다. 등반에서는 위험으로 인한 아드레날린의 분출을 느낄 뿐 아니라, 단순히 운이나 은총에 의해서가 아니라 —— 어떤 사람들은 비행기 바퀴가 지상에 닿을 때마다 운이나 은총에 의해서 살아났다고 느끼기도 한다 —— 자신의 침착한 태도와 기술이 있었기 때문에 살아 남았다는 사실에 따뜻한 자부심도 느낄 수 있다. 어쨌든 이것이 이상이다. 그리고 이것이 등반의 매력 가운데 많은 부분을 설명해 줄지도 모르겠다. 나는 두서없이 무작위로 등반에 관한 글을 읽다 가 어디에선가 등반과 투우만이 진정한 스포츠라는 구절을 본 적 이 있다. 상당히 거칠면서도 교활한 느낌이 드는 말이지만(그래서 헤밍웨이가 한 말이 아닌가 하는 생각이 든다), 그래도 일리가 있 는 말이다.

그러나 모든 등반이 본래 위험한 것 —— 등반 전에 서명하는 각 서에 나오는 표현이다 —— 은 사실이지만, 그렇다고 자멸적 행동 은 아니다. 보험 통계적인 관점에서 볼 때도 등반보다 위험한 직업 들도 꽤 있을 것이다. 예를 들면 탄광 일이나 벌목 일만큼 위험하 지는 않을 것이다. 그러나 대학교육을 받은 젊은이들이 전율을 느 끼는 경험을 하기 위해서 웨스트버지니아의 광산이나 오리건의 벌 목장을 찾지는 않는다. 광부나 벌목꾼의 복장을 본딴 옷을 내놓는 의류 회사도 없다.

그 말은 곧 등반에는 추락, 동상, 산사태 등 산에 올라갈 때 감안 해야 하는 위험 이상의 그 무엇이 있다는 뜻이다.

나는 좁은 길이 끝이 나 말에서 내릴 때까지 줄곧 그런 생각을 했다. 우리는 갈의 안장을 벗겨, 론마운튼으로 가는 트레일러에 실 었다. 나는 산에 올라가는 이유를 분명하게 밝히는 일을 중요하게 여기고 있었다. 그것은 아무래도 내 딸이 나와 함께 산에 오른다는 사실과도 어떤 관련이 있는 것 같았다. 나는 보통 내 행동의 동기 를 살피지 않으며, 나름대로 충동적인 일을 많이 하는 사람이다 —— 충동적인 행동은 아버지가 되면서 줄어들었고, 딸들이 자라면 서 더 줄어들기는 했지만. 따라서 나의 생각이 반드시 논리적이고 명료한 것은 아니었다.

내가 가이드의 안내를 받아 그랜드에 올라간다고 해서 에드먼드 힐러리(그의 친구들은 그냥 "에드"라고 부르지만)가 되는 것은 아니었다. 그렇다고 내가 체비 체이스가 될 필요도 없었다. 그랜드를 "미국의 마터호른"이라고 부르는 사람들도 있었다. 둘 다 아름다운 산이며, 정상에 올라가려면 약간의 등반기술(자일과 장비도)이 필요했다. 두 산은 아마추어들도 올라갈 수 있지만, 그래도 죽은 사람도 몇 명 있다. 노련한 등반가들은 이 산들을 훈련용이라고 생각하지만, 엑섬의 가이드 한 사람은 그랜드에서 떨어져 중상을 입은 적이 있다.

나는 갤러틴 골짜기를 따라 론마운튼 랜치로 돌아가면서 조금씩 불안을 느끼기 시작했다. 우리 주위의 산들은 늦은 오후의 황금빛으로 빛나고 있었고 강물은 은은하게 반짝거렸다. 우울한 상념에 잠기기 좋은 분위기였다.

내 친구들 중에는 나에 대해서 "중년의 위기" 운운하며, 내가 약간 맛이 갔다고 보는 사람들도 있었다. 물론 나도 이런 우울한 순간에는 그 친구들 말이 맞을지도 모른다는 생각이 슬며시 들기도 했다. 중년 남자를 환영하는 세상이 아니었다. 백인 중년 남자들은 숲으로 가서, 모닥불 주위에 서서 북을 두드리고 주문을 외며 "내면의 인간과 만나자"는 둥의 이야기를 하기도 한다. 나는 그것이 웃기는 짓이라고 생각했다. 그러나 내가 하려는 행동도 그 충동에서 단큼은 그것과 다를 바 없지 않을까 하는 생각이 들기도 했다. 나이 쉰에 어떤 위험한 작은 그림자를 봄으로써 거기에 속아넘어가 사실이 아닌 것, 또 오랫동안 사실이 아니었던 것을 사실로 믿게 된 것은 아닐까.

그러나 나는 산에 올라가고 싶어한 지가 꽤 되었다는 사실을 기억했다. 지금까지는 가능하지 않았을(어쨌든 여의치 않았을) 뿐이다. 그리고 나는 산에 올라가고 싶다는 것에 대해서 누구에게도 사과할 필요가 없었다. 나 자신에게도. 이 문제에서는 헤아릴 수 없는 것을 판독하느라 사서 두통을 느낄 필요가 없었다. 나는 산에 올라가고 싶었다. 그것은 분명했다. 이유는 몰랐다. 산에 올라가보면 이유를 알 수 있을지도 모르지. 어쨌든 산에 올라가는 것은 대단한 일이 될 것 같았다. 나의 동기를 파악하는 것은 덤일 뿐이었다.

론마운튼에 도착하기 전에 나는 마음속에서 대충 그렇게 정리를 했다. 그렇게 생각하니 마음이 아주 편했다. 나는 트럭에서 내려 브룩을 찾았다. 그 애가 하루를 어떻게 보냈는지 듣고 싶었다. 정말이지, 맥주 한 잔 생각이 간절했다.

# 구름을 살피다가

어떤 사람들은 학교 다닐 때 공을 직선으로 멀리 쳐보내지 못하여 생긴 신체적 열등감 때문에 등반에 이끌리게 되었다고 고백한다.

—— 에릭 십튼

엑섬에서 일하는 여자는 나더러 좋은 날씨를 위해서 기도하라고 했다. 그러나 그런 말을 듣지 않았어도 나는 조바심을 낼 만큼 냈을 것이다. 일주일 동안 거대한 고기압권이 몬태나, 와이오밍, 아이다호 등 서부 대부분의 지역에 머물러 있었다. 낮이면 파란 하늘은 아주 높았고 날씨는 온화했다. 밤이면 수많은 별들이 반짝이고 몹시 추웠다. 나는 매일 하늘을 보며 생각했다.

"이렇게는 오래 못 가지."

실제로 그렇게 오래 못 갔다.

우리가 론마운튼을 떠나던 날, 태평양으로부터 습기와 돌풍을 잔뜩 머금은 전선이 내려왔다. 우리는 옐로스톤을 통과하여 잭슨으로 돌아갔다. 시간이 갈수록 날씨는 나빠졌다. 무스를 통과하는 길에 엑섬 본부에 들렀을 때, 티턴 산맥의 봉우리들은 먹구름에 가려 있었다. 춥고 바람이 불었으며 비가 내렸다. 굳이 누가 이야기를 해줄 필요도 없었다. 그러나 엑섬 본부에 있던 가이드 한 사람이 입을 열었다.

"내일은 좋지 않을 것 같은데요. 어쩌면 이번 주 내내 이럴지도 모르겠습니다."

그 말은 곧 등반을 일 년 연기해야 한다는 뜻이었다. 브룩은 학교로 돌아가야 했고, 나도 일터로 돌아가야 했다. 날씨는 어쩔 도리가 없었다. 야외활동을 즐기는 사람이라면 그 정도는 알고 있을 것이다. 날씨는 클라이머들에게 등반을 못하게 하는 것보다 더 심한 심술도 부렸다. 폭풍에 목숨을 빼앗긴 유명한 클라이머들도 많았다. 대다수의 등반 사고에서는 날씨가 그 원인 가운데 하나로 꼽히기 마련이었다. 어떤 면에서 브룩과 나는 운이 좋은 셈이었다. 정상을 눈앞에 두고 폭풍을 맞는 것보다는 아예 등반을 시작하기도 전에 폭풍을 맞는 편이 훨씬 낫기 때문이다.

그래도……나는 그 이야기를 듣고 하루 종일 우울했다. 브룩과 나는 등반 때 먹을 음식 —— 초콜릿, 냉동건조 닭국수 수프, 오트밀, 차 등 —— 을 사러 갔다. 그리고 등반을 하는 데에 필요한 모든 것, 또는 그냥 클라이머처럼 보이고 싶을 때 필요한 모든 것을 살 수 있는 잭슨의 장비점에도 갔다. 기회를 놓친 상태에서 반짝거리는 카라비너와 비싸고 화려한 색깔의 파카를 보고 있자니 기분이 무겁게 가라앉았다.

이것저것 구경하다보니, 이본 슈이나드가 눈부신 색깔의 등산복의 유행을 선도하게 된 경위를 어디선가 읽은 기억이 났다. 슈이나드는 1950-60년대의 전설적인 클라이머였다. 기운과 창의력이 넘치는 슈이나드는 노련한 대장장이이기도 했기 때문에, 그 일로 생계를 유지했을 뿐 아니라, 자신의 등반장비 몇 가지도 직접 만들었다. 등반계에서 그의 피톤은 특히 유명했다. 슈이나드는 피톤을 용광로에서 망치로 두드려 만들었다. 그는 낡은 트럭 짐칸에 용광로를 싣고 다녔다. 슈이나드는 강철 피톤을 팔거나 사립 탐정을 해서 딱 먹고 살 만큼만 돈을 벌고 나머지 시간은 등반에 쏟았다. 슈이나드는 한동안 와이오밍 주 무스 외곽의 버려진 소각로에서 자기도 했다. 그는 길에서 차에 치어 죽은 짐승을 먹으면서 오로지 등반을 위해서 살았다.

슈이나드는 '최종 완결판 피톤(RURP)'이라고 이름 붙인 피톤이 성공을 거두자, 혁신의 재능을 살려서 기본적 등반도구 가운데 하나인 얼음 도끼에 손을 댔다. 곡선형 도끼를 만든 사람이 슈이나드라는 것은 널리 알려진 이야기이다. 클라이머들은 이 도끼로 깍아지른 듯한 빙벽을 멋지게 올라갈 수 있다. 슈이나드는 소규모 사업가가 되어, 여러 가지 등반도구를 만들었다. 어느 시점이 되자 판매품 목록을 늘리려고 옷가지에도 손을 댔다. 그가 손을 댄 옷 가운데 하나가 무거운 캔버스 천으로 만든 등반용 바지였다. 그러다가 슈이나드 회사의 여직원 하나가 바지의 정강이 부분을 잘라냈다. 그 모양이 보기에 좋았기 때문에 주문이 들어왔고, 덕분에 캔버스 천으로 된 등반용 반바지도 대량 생산하게 되었다. 이 상품이 잘 팔리면서 슈이나드는 곧 의류업에 깊이 빠져들게 되었다. 슈이나드는 의류 부분을 별도의 회사로 만들었다. 그가 만든 "파타고니아"라는 상표는 사람들이 그냥 입으려고 찾는 것이 아니라, 다른 사람들에게 뭔가 보여주려고 찾는 상표가 되었다. 이 상표의 제품은 좋은 품질에 디자인과 기능성도 뛰어났다. 게다가 보기에도 좋았다. 색깔은 화려했다. 이것이 멋진 아이디어였다. 클라이머들은 황량한 단색의 환경에서 활동하는 경우가 많은데, 그럴 때 화려한 색깔은 기분을 좋게 하고 사기를 북돋아준다. 어쨌든 이것이 슈이나드의 생각이었는데, 가만히 생각해보면 대단히 훌륭한 착상이라는 점에 동의하게 된다.

슈이나드는 사업으로 큰돈을 벌었으나 여전히 등반을 하고, 카약을 탔으며, 낚시를 하고, 파도타기를 즐겼다. 정신적으로 그는 여전히 자칭 "넝마주이"였다. 슈이나드는 밖에 나다니지 않을 때는 무스에서 살았다. 소각로 자리가 그의 집이 된 것이다.

브룩과 내가 그의 집 문을 두드리면, 혹시 그가 우리의 기운을 북돋아줄 만한 금언을 들려주지 않을까?

내가 그런 말을 하자 브룩이 대꾸했다.

"꿈 깨세요, 아버지."

나는 신용 카드로 물건값을 지불했다. 그러자 슈이나드를 비롯한 클라이머들이 젊은 시절 살았던 방식이 떠올랐다. 그들은 땅콩 버터와 오트밀을 먹었고, 호주머니에 든 돈이 전 재산이었다. 그들에게는 신용 카드가 없었다. 그러나 그들은 산의 폭풍을 걱정하지 않았다. 그들에게는 늘 내일이 있었기 때문이다.

우리는 물건들을 차에 싣고 무스에 있는 빌린 집으로 돌아갔다. 우리는 물품 목록을 마지막으로 확인하고 배낭을 쌌다. 물론 배낭이 필요할 가능성은 점점 줄어들고 있었지만. 빗줄기는 더 굵어졌고 티턴 산맥의 봉우리들을 덮고 있는 구름은 더 시커매졌다. 날씨도 점점 쌀쌀해졌다. 높은 곳에서는 눈이 올지도 몰랐다.

나는 실내 온도를 높이기 위해서 불을 피우고 그 앞에 앉아 저녁 식사 때까지 마샤와 포도주를 마셨다. 우리는 저녁으로 스파게티(파스타예요, 아버지, 하고 딸들이 내 말을 고쳐주었다)를 먹었다. 24시간 안에 많은 힘을 쏟는 일을 하려면 탄수화물이 좋을 것 같았기 때문이다. 이것은 브룩과 마샤가 읽는 건강 잡지에서 널리 유포되고 있는 "탄소 적재" 이론이었다. 그 이론이 과연 타당할까? 타당하다고 해도 날씨가 이런데 과연 탄수화물이 많은 저녁 식사가 필요한 것일까? 나는 그런 점들이 궁금했으나 상관하지 않기로 했다. 아무튼 배가 고팠기 때문이다.

우리는 이제 일주일 이상 함께 지내면서, 거의 모든 식사를 함께 했다. 이제는 함께 있는 것이 물릴 때도 되었다. 그런데도 함께 부엌에서 상추를 씻고 토마토를 자르고, 제대로 씹히는지 아닌지 링귀니를 맛보고, 빵을 데우고, 함께 앉아 다시 식사를 하는 것이 여전히 즐거웠다.

헤이들리는 내내 개구쟁이 노릇을 했다. 그것이 막내의 임무이기도 했다.

"빵 좀 건네주세요, 사랑하는 아버지."

히이들리가 말했다. 그러자 브룩이 끼어들었다.

"주지 마세요, 아버지. 헤이들리의 고약한 힘겨루기에 말려들게 된다고요."

"하지만 난 배고파, 언니."

"모르시겠어요? 이게 다 아주 교묘한 음모라고요."

"제발."

다른 사람이 보면 하나도 우스울 것이 없는 일에 함께 웃음을 터뜨리곤 하는 가족간의 저녁 식사 자리였다. 하루 종일 차 안에 있었던데다가 내가 날씨 때문에 얼굴을 구기고 있어 모두 신경이 날카로웠다. 그러나 이제 긴장이 풀리면서 모두 익숙한 장난에 웃음을 터뜨리고 말았다.

"음모예요, 아버지. 정말이에요. 아주 교묘한 음모라니까요. 이건 파스타의 문제가 아니라, 권력의 문제예요."

설거지를 다 마치고 식탁을 닦은 뒤에 브룩은 카드 게임을 하자고 하면서, 나를 "빌려온 노새처럼" 때려주겠다고 장담했다. 그 표현은 내가 소프트볼 감독 시절에 쓰던 것이었다.

"내가 싸구려 양복처럼 언니 몸을 덮어버릴 거야."

헤이들리가 말했다.

"내가 쌀처럼 하얗게 널 덮어버릴 거야."

브룩이 말했다.

"이 두 아이가 누굽니까?"

내가 마샤에게 말했다.

"처음 보는 아이들입니다, 경찰 아저씨."

마샤가 대답했다.

"어머니."

"그럼 두 아이를 가두어놓는 게 좋겠군요."

"자기 딸들을 가둔다고요?"

그런 식으로 장난은 끊이지 않았다. 나는 난로에 장작을 두어 개 더 집어넣었다. 우리는 카드를 하기 위해서 자리를 잡았다. 이제 나는 산은 대충 잊고 있었다. 그러다가 카드를 대여섯 판 쳤을 때인가, 퀸 카드를 자기 여동생, 딸, 부인, 남편에게 건네주는 배신을 했다고 서로 한바탕 소동을 벌인 뒤······브룩이 고개를 갸우뚱하며 말했다.

"비가 그친 것 같은데요, 아버지."

우리는 모두 카드를 내려놓고 귀를 기울였다. 벽난로 안에서 로지폴 소나무가 타닥거리는 소리밖에 들리지 않았다.

"멋지지 않아요?"

그 애는 자기보다도 나 때문에 비가 그치기를 원하고 있었다.

"그럼, 멋지고말고."

우리는 모두 밖으로 나갔다. 정말로 비는 그쳤다. 그러나 바람은 여전히 차고 강했다.

"별은?"

모두 하늘을 보았다. 하늘은 암담해 보였다.

"하나 있어요."

헤이들리가 말했다. 한참 뒤에야 나는 헤이들리가 가리키는 별을 찾을 수 있었다. 지평선 바로 위에 아주 희미하게 빛나고 있었다.

"넌 정말 눈이 좋구나."

내가 말했다.

"날이 맑을까요?"

"모르겠다. 맑을지도 모르지."

"맑을 것 같아요."

헤이들리가 말하며 내 허리를 끌어안았다.

"그랬으면 좋겠구나."

"하지만 맑지 않으면, 여기에서 아버지 생일잔치를 할 거예요."

"그거 참 멋지겠구나."

"하지만 맑을 거예요."

"아무렴, 누구 말인데."

"그럼요. 별도 제가 발견했잖아요."

▲▲▲

나는 잠을 완전히 깨기도 전에 날이 환하다는 것을 알았다. 아주 맑게 개어 있었다. 햇빛이 눈을 찌르고 들어오는 느낌이었다. 눈을 떠보니 햇빛과 파란 하늘이 보였다. 그리고 그랜드의 정상이 보였다. 나는 안도감을 느꼈다.

나는 소리쳤다.

"브룩, 일어나거라. 가야겠구나."

우리는 오트밀을 먹고, 물병을 채우고, 마지막으로 장비를 점검했다. 나는 차에 배낭을 실으러 나가면서 하늘을 살폈다. 구름 한 점 없이 맑고 파란 빛이었다. 비구름 전선은 다른 거대한 고기압 전선에 의해서 완전히 밀려간 것이다. 앞으로 일주일 정도 날이 맑을 것 같았다.

마샤와 헤이들리는 우리를 엑섬 본부까지 태워다주었다. 차 안은 조용했다. 파스타로 저녁을 먹고 살벌한 하츠 게임을 하며 활기찬 저녁을 보낸 뒤였기 때문에 약간 이상하다는 느낌도 들었다. 그러나 잠시 생각해보니 이상할 것이 전혀 없었다. 아주 자연스러운 것이었다. 나와 브룩 때문이었다. 날씨는 좋아졌고, 우리는 산에 가고 싶어 안달이었다. 그러나 헤이들리에게, 특히 마샤에게는, 일이 그렇게 간단한 것이 아니었다. 그들도 우리 때문에 기뻐하기는 했지만, 한편으로는 불안해했다.

우리 누구도 "조심하라"느니 "걱정말라"느니 하는 소리를 하지 않았다. 그러나 그런 말들이 분위기에 배어 있었다. 마샤는 브룩을 처음 여름 캠프에 보낼 때처럼 끌어안았다.

"내려오면 전화해요."

마샤는 나에게 말했다. 우리도 끌어안았다. 마샤는 걱정을 하고 있었다. 나도 그것을 알았다. 그러나 마샤는 내색할 사람이 아니었고, 나는 그것도 알았다. 마샤는 사실 내가 이 일을 하는 것을 원치 않았다. 그러나 내가 브룩을 빼놓고 혼자 하겠다고 했을 때, 그것 역시 원치 않았다. 그리고 일단 하기로 결정이 나자, 그녀는 우리의 최대의 지지자이자 응원자가 되었다. 그것이 마샤의 성품이었다. 그녀는 누구보다 의욕이 넘치는 사람이었다.

헤이들리도 우리를 끌어안았다. 이어서 둘은 친구들과 낚시를 하러 떠났다. 브룩과 나는 배낭을 메고 엑섬 본부로 갔다. 앨 리드가 우리를 가이드에게 소개해주기 위해서 기다리고 있었다.

가이드들은 오두막 밖에 팔짱을 끼고 서서 아침 햇살을 즐기면서, 게임을 두어 시간 앞둔 메이저 리그 선수들처럼 태평하게 이야기를 주고받고 있었다. 두 사람 모두 키가 컸고, 예측할 수 있는 일이었지만, 바싹 마른 몸매였다. 둘 다 눈빛은 강렬했다. 클라이머들의 공통된 특징처럼 보였다. 말하자면, 내가 클라이머요, 하고 말해주는 결정적인 증거인 셈이었다.

로드는 소개를 해주었다. 둘 가운데 나이가 적은 쪽이 앨릭스 로였고, 나이가 많은 쪽이 킴 슈미츠였다. 내가 비록 등반 초보자이기는 하지만, 두 이름 모두 귀에 익었다. 로는 여러 인쇄물에서 세계 최고의 알피니스트로 일컬어지는 사람이었다. 그는 아주 다재다능한 클라이머였다. 간단한 암벽 등반에서부터 에베레스트 등정까지 못하는 것이 없었다. 힘도 무척 좋았다. 당시에는 몰랐지만, 로는 그때 막 러시아에서 열린 등반대회에 참가하여 7,000미터의 산봉우리를 등정하고 돌아오는 길이었다. 로는 이 대회에서 2위와 두 시간 이상의 격차를 벌이며 우승했는데, 대회에 참가했던 일부 클라이머들은 이 결과를 두고 이렇게 말했다.

"이곳에는 세계에서 가장 뛰어난 클라이머들이 모였다. 이들은 다시 둘로 나눌 수 있다. 앨릭스와 그 아닌 나머지들로."

로는 건강하고 주의력이 깊어 보이는 얼굴이었다. 깨끗하게 각이 진 모습에 뼈는 강건해 보였다. 배우나 모델들과 섞여 있어도 빠질 것이 없을 것 같았다. 등반계의 톰 크루즈라고 해도 될 것 같았다. 역시 나중에 안 사실이었지만, 로는 결혼해서 자식을 둘이나 두고 있었다. 그리고 등반계의 기준에서 볼 때는 아주 고지식한 사람이었다.

킴 슈미츠도 만만치 않았다. 그는 1960년대 말과 70년대 초에 미국 등반계의 중심이었던 요세미티의 전설이었다. 대담한 등반과 자유로운 정신이 돋보이던 그 세계에서 슈미츠는 혼자 힘으로 명성을 얻었다. 그때 사정을 잘 아는 어떤 사람은 슈미츠를 "산에서는 신이지만 도시에 나오면 지독한 곤경을 겪었다"라고 묘사했다.

슈미츠는 등반계의 엘리트에 속했는데, 요세미티만이 아니라 히말라야와 카라코람을 제일 먼저 등정한 것으로도 유명했다. 카라코람에서는 다름아닌 트랑고 타워를 정복했다.

몇 년 전 슈미츠가 아직 전성기를 구가하며 엑섬에서 가이드로 활동할 때, 그는 등반을 이끌다가 어떤 이유에선가 추락을 했다. 그것은 꽤나 긴 추락이었다. 아마 24미터는 족히 되었을 것이다. 사고 현장을 보고 그 상황을 상상해본 사람들은 슈미츠가 땅에 떨어졌을 때 즉사하지 않고 생명을 건진 것을 믿을 수가 없었다.

슈미츠는 두 다리가 부러졌지만 목숨은 건졌다. 그를 구조하러 맨 먼저 달려갔던 한 클라이머는 이렇게 말했다.

"킴의 두 다리는 60센티미터 정도로 줄어든 것 같았다. 뼈가 그의 살 깊숙히 파고든 것이다. 뿐만 아니라 모든 곳이 부러져 있었다. 몸 전체가 박살이 난 것이다."

슈미츠는 몇 년에 걸쳐서 여러 차례 수술을 받았다. 그는 긴 재활훈련 과정에서 다양한 약물 중독이나 우울증과 싸웠다. 충분히 이해할 수 있는 일이었다. 그러나 그는 결국 성공했다. 그것은 그의 강한 의지와 이본 슈이나드를 포함한 친구들의 관용과 지원 덕분이었다. 슈미츠는 여러 유혹들을 물리치고, 이제 지역의 약물 남용 프로그램에서 상담도 하고 있다. 그는 또 등반도 다시 시작했다. 다른 클라이머들은 엄청난 고통을 이겨내는 그의 능력을 보고 감탄했다. 한 사람은 이렇게 말했다.

"틀림없이 무브 하나하나가 엄청나게 고통스러웠던 시절이 있었을 겁니다."

나는 킴 슈미츠를 만나기 전, 그가 가이드로서 나와 딸을 데리고 그랜드에 간다는 것을 알기 전에, 이런 이야기들을 알고 있었다. 그가 간다고 하니 적잖이 안심이 되면서도 묘하게도 기가 죽었다.

왠지 나는 그럴⋯⋯자격이 없는 사람처럼 느껴졌다.

그러나 우리는 악수를 하고 일상적인 인사를 주고받았다. 슈미츠의 미소는 눈부셨으며, 얼굴은 위험하게 느껴질 정도로 잘생겼다. 그의 눈은 다른 가이드들마저 매혹적이라고 느낄 정도였다. 가이드 가운데 한 사람은 이렇게 말했다.

"킴과 같은 눈은 또 없죠. 꼭 속을 꿰뚫어보는 것 같단 말입니다."

킴은 앨릭스 로가 순수한 인물로 주역을 맡은 영화에 세련된 악역으로 등장하면 딱 어울릴 것 같았다.

솔트레이크 시티에서 온 젊은 부부도 우리와 동행하기로 했다. 항공 관제사들인 이들 부부는 휴가중이라고 했다. 편안하게 배낭을 메고 있는 모습을 보니, 그들은 이런 일에 익숙하고, 그랜드도 별로 두려워하지 않는다는 것을 알 수 있었다.

브룩과 나는 그들에 비하면 생짜 초보였다. 로와 슈미츠는 완전히 다른 은하계에서 온 사람들이었다. 그런 사람들과 함께 있자니 내가 무슨 사기라도 치고 있는 것 같았다. 얼른 사과를 하고 살금살금 도망쳐서 보통 사람들이 있는 데로 가고 싶다는 생각이 들기도 했다.

우리는 잠시 잡담을 나누었다. 로는 우리를 편하게 해주려고 노력했다. 그는 특히 브룩에게 잘해주었다. 나이가 몇이냐, 몇 학년이냐, 등산학교는 어땠느냐고 물어봐주기도 했다. 그는 그런 질문을 하면서 그 꿰뚫는 듯한 강렬한 눈으로 브룩을 바라보았다. 그러자 브룩은 오히려 더 불안해하며 제대로 답변하지 못하고 우물거리려 땅만 내려다보았다. 이 스타 같은 존재의 분위기에 압도된 것이 틀림없었다.

로는 목록에 있는 이런저런 물건을 준비했느냐고 물었고, 우리는 그렇다고 대답했다. 나는 장비를 직접 검사할 수 있도록 그에게 배낭을 열어보일 생각이었으나, 그는 그렇게까지 하지는 않았다. 그는 물품을 확인하는 일을 마치더니, 반드시 자외선 차단 크림을 바르고 물을 많이 마셔두라고 말했다. 이어서 특별한 형식을 갖추지도 않고, 심지어 "자, 이제 갑시다" 하는 말도 없이 출발했다. 우리는 로지폴 소나무와 사시나무 포플러 사이로 난 좁은 길을 따라서 그랜드로 향했다. 오랫동안 집념으로 간직했던 일을 시작하는 것치고는 시시하기 짝이 없었다. 마치 모험이 아니라 피크닉을 떠나는 기분이었다.

사실 그 날 아침 내내 그런 느낌이 계속되었다. 우리의 배낭은 가벼웠다. 침낭이나 텐트를 가져가지 않았기 때문이다. 우리는 오래 전에 엑섬에서 3,500여 미터의 안부(鞍部, 말 안장 모양의 산등성이/옮긴이)에 지어놓은 영구적인 대피소에서 밤을 보낼 예정이었다. 그곳은 공원 관리소가 유일하게 허가를 내준 장소로, 엑섬 외에는 어떤 팀도 그런 허가를 얻지 못했다. 대피소에는 침낭만이 아니라 조리도구와 등반장비도 모두 갖추어져 있었다. 우리는 여유분의 옷과 이틀간 먹을 음식만을 가져갔다. 책이나 카메라나 워크맨을 가져가도 괜찮을 것 같았다.

짐이 가벼워서 걷기 편했다. 어떻게 하다보니 나는 앨릭스 로와 부동산 시세에 대해서 이야기하게 되었다. 로는 그무렵 보즈먼에 집을 샀다고 했다. 그는 그곳에서 아내와 어린 두 자녀와 함께 살고 있었는데, 하나는 아직 갓난아기였다. 즐거운 대화였다. 두 아이의 아버지이자 매달 할부금을 내야 하는 남자들 사이의 스스럼없는 대화였다.

로는 결국 러시아의 등반대회에 대한 이야기를 했다. 또 곧 에베레스트를 등정할 것이라는 이야기도 했다.

"선생님은 뉴욕에서 일하시죠?"

로가 물었다.

"그랬죠."

우리는 여전히 로지폴과 폰데로사 소나무 사이를 걷고 있었다. 길은 구불거리며 서서히 오르막길이 되고 있었다.

"그럼 보브 피트먼을 아십니까?"

"MTV 사람 말인가요?"

"녜, 그 사람이요. 아세요?"

"아…… 잘은 모릅니다. 나는……어, 그 사람이 누군지는 알죠."

"아, 그럼 그 사람 부인 샌디는 아세요?"

"아뇨."

"그 여자는 7대 정상을 정복한 최초의 여성이 되기 위해서 노력하고 있습니다."

로는 대략 1.5킬로미터를 걷는 동안 계속 이야기를 했다. 그런 생각을 처음 한 사람은 스노버드 스키 리조트의 소유자인 딕 배스와 비행기 사고로 죽기 전에 월트 디즈니의 사장을 지냈던 프랭크 웰스라고 했다. 둘 다 오십대에 이르렀을 때, 특별히 노련한 클라이머도 아니었고 또 몸도 제대로 준비가 안 된 상태에서, 두 사람은 세계 최초로 일곱 대륙의 가장 높은 곳에 올라가본 사람이 되자는 생각을 했다. 그들의 비방자들이 즐겨 말하곤 하듯이, 7대 정상을 오른다는 것은 무엇보다도 돈의 문제였다. 사실 배스와 웰스는 많은 위대한 클라이머들이 평생 버는 것보다 많은 돈을 자신들의 프로젝트에 쏟아부을 여유가 있었다. 게다가 어떤 등반은 높은 수준의 기술을 요구하는 것도 아니었다.……클라이머들은 이런 것을 "걸어올라간다"고 우습게 여겼다. 이들을 비방하는 사람들이 지적했듯이, 순수하게 등반이라는 관점에서 본다면, 일곱 대륙에서 두번째로 높은 산들을 정복하는 것이 훨씬 더 어려웠다. 이런 모든 말이 다 사실이었을 것이다. 그럼에도 배스가 1985년에 에베레스트 정상에 오르자, 전에는 등반을 생각조차 하지 않았던 사람들이 갑자기 산에 오르기 시작했다. 『7대 정상』이라는 책은 베스트셀러가 되었으며 많은 돈 많은 아마추어 클라이머들도 같은 업적을 이루고 싶어했다.

로는 좁은 길을 따라서 전혀 힘들이지 않고 성큼성큼 걸어가면서, 그런 사람 가운데 하나가 바로 샌디 힐 피트먼이라고 이야기해 주었다. 그녀는 잡지 편집자 출신으로 MTV의 설립자와 결혼하여 뉴욕에서 호화롭게 살면서, 7대 정상을 정복한 최초의 여성이 될 꿈을 꾸고 있었다. 로의 말에 따르면, 그녀는 이미 에베레스트에는 한 번 도전했는데 성공하지 못했다고 한다. 봄에 다시 도전한다는데, 그 등반을 위하여 여러 가이드들 가운데 하나로 로를 고용했다는 이야기였다.

"정말 대단하군요."

나는 이미 약간 숨을 헐떡이고 있었다. 속도는 문제가 없었다. 고도 때문인 것 같았다.

"그렇죠."

로는 약간 방어적인 태도로 덧붙였다.

"에베레스트는 에베레스트니까요."

"그럼요."

"그 여자는 누구 손에 이끌려 올라가거나 무슨 보호장비를 착용하고 오를 생각도 아니거든요. 내가 앞장을 서기는 할 겁니다. 나하고 다른 가이드들이요. 우리가 자일을 고정시키면 그 여자는 어센더(고정 자일을 오르는 기계 장치/옮긴이)를 타고 올라올 겁니다. 그렇다고 해서 고도가 낮아지거나 더 따뜻해지는 것도 아니고,

그 여자가 직접 정상에 올라가지 않아도 된다는 것도 아니죠."

"그럼요. 행운을 빕니다. 성공하기를 빌겠어요."

그러나 결국 그들은 성공하지 못했다. 날씨가 좋지 않아서 산사태가 예상되는 상황이라 발길을 돌릴 수밖에 없었다. 그뒤 로는 다른 일을 했고, 피트먼은 계속 사람들 눈에 띄는 탐험을 했다. 그녀는 로와 함께 올라갔을 때 『USA 투데이』에 전보를 보냈다. 다음에 시도할 때는 실시간으로 자신의 웹 사이트에 상황을 발표할 계획이었다.

그녀는 결국 1996년에 에베레스트 등정에 성공했다. 그러나 등반 역사상 최악의, 동시에 가장 악명 높은 재난에서 그녀의 가이드를 포함한 여러 클라이머들이 죽는 바람에 그녀의 성공은 빛이 바랬다. 그녀는 나중에 산과 등반에 관한 책들 가운데 가장 매혹적인 책이라고 할 수 있는 존 크라카우어의 『희박한 공기 속으로』에서 악역으로 등장하게 된다.

▲▲▲

출발한 지 두 시간이 지나자 자작나무와 로지폴이 사라지고 깊은 골짜기가 나타났다. 등반로는 반짝거리는 작은 개울을 따라서 이어졌다. 그 냇물은 우리 머리 위로 500-600미터에 있는 빙하가 녹은 물이었다.

우리는 개울 위로 머리를 내민 크고 넓적한 바위에서 발을 멈추고 점심을 먹었다. 나는 신발을 벗고 사과와 치즈를 먹었다. 피크닉이나 다름없었다.

그러나 다시 좁은 길을 따라 걸으면서 오후를 맞이하자 그런 느낌은 사라졌다. 둥근 돌이 깔린 벌판을 걷는 것은 좁은 흙길을 걷는 것보다 힘들었다. 길은 점점 가파라졌다. 나는 이제 더 이상 허리를 펴고 경치를 감상할 수 없었다. 허리를 굽히고 앞의 땅만 보았다. 숨을 쉬는 것이 일처럼 느껴졌다. 그나마 제대로 되는 느낌이 들지 않았다. 물론 고도 때문이었다. 브룩과 나는 처음으로 높은 곳이 어떤 것인지 경험하고 있었다.

모두가 알다시피 높이 올라갈수록 공기는 희박해진다. 뉴욕에 사는 사람이라면 덴버로 출장을 가서 밖에 나가 조깅을 해보면 금방 고도의 영향을 느낄 수 있다. 고도 3,000미터에 이르는 콜로라도의 스키 리조트에서도 문제가 생겨 휴가를 망치는 사람들도 있다. 고도 때문에 가벼운 곤란을 겪는다면 아스피린을 먹으면 된다. 높은 고도로 올라가는 클라이머들은 가끔 더 강한 약을 처방받아 복용하기도 한다. 브룩과 나는 쉬는 시간에 아스피린을 먹었다.

고도의 영향에 대처하는 가장 좋은 방법은 몸이 익숙해지도록 놓아두는 것이다. 높은 고도에 사는 사람들은 이미 생리적인 조정을 거쳤다. 그곳에 사는 사람이 아니라도 시간이 지나면 적응을 할 수 있다. 클라이머들은 복잡한 풍토 적응 스케줄을 짜고 그대로 시행한다(일부 의학서에 따르면 3,600미터 이상의 고도에서는 하루에 300미터만 올라가야 한다). 이런 이유 때문에 에베레스트를 올라가는 클라이머들이 정상에 도전하기 전에 베이스 캠프나 다른 낮은 캠프에서 며칠 혹은 몇 주씩 보내는 것이다.

그러나 그랜드에서는 그런 식의 세심한 풍토 적응은 사치였다. 이런 등반에서 고도 때문에 심각한 어려움을 겪는다면, 간단한 해결책은 발길을 돌려 밑에 내려가서 푹 쉬고 다음에 다시 도전하는 것이다. 물론 우리에게는 다음이라는 것이 없었다. 브룩의 경우에는 일주일 정도 후면 개학이다. 나에게는 일이 있었다. 우리는 전문 클라이머들이 아니었다. 아마추어라고 하기에도 부끄러울 정도였다. 따라서 우리가 등반을 하겠다고 하면, 이때가 아니면 그만인 것이다.

오후 중반이 되었는데도 300미터 이상의 고도가 남아 있었다. 나는 3킬로미터 정도는 더 걸어야 할 것이라고 추측했다. 로와 솔트레이크 출신의 부부는 거의 500~600미터를 앞서나가고 있었다. 브룩과 나는 천천히 좁은 길을 올라가서 자갈로 이루어진 비탈길을 통과했고, 중간중간에 자주 쉬었다. 킴 슈미츠는 우리 뒤에서 따라오고 있었다. 그는 스키 폴을 들고 움직였다. 나는 처음에는 그가 폴을 지팡이 대용으로 사용한다고 생각했다. 그러나 시간이 좀 지나자 그에게는 지팡이가 필요없다는 것을 알 수 있었다. 스키 폴은 균형을 잡는 데에 도움을 줄 뿐이었다. 누구한테 뭔가를 증명할 필요가 없는 슈미츠였기 때문에 조금만 도움이 되어도 편하게 이용하는 것 같았다. 좁은 길을 따라 올라가면서 우리가 계속 헐떡이는 소리 외에는 단 한 가지, 슈미츠의 스키 폴이 바위를 두드리는 딱, 딱, 딱 하는 소리가 우리 뒤를 따라올 뿐이었다.

나는 힘겹게 숨을 쉬고 있었다. 아침에 로지폴 숲을 걸을 때와는 달리 이제는 걷는 것조차 무척 힘이 들었다. 그러나 브룩은 나보다도 더 힘들어했다. 그 애는 박자를 맞추어 숨을 쉬는 것이 아니라 입을 벌리고 헐떡이고 있었다. 마치 막 경주를 마친 달리기 선수 같았다. 그 애의 움직임에는 아무런 박자가 없었다. 안간힘을 쓰고 있었다. 한발 한발이 시련이었다.

나는 고도 때문일 거라고 생각했다. 걷는 데에는 어느 정도 자신이 있는 아이였기 때문이다. 그 애는 학교에서 크로스컨트리를 했고, 우승은 못 했지만 열심히 연습을 하여 경주에서도 완주를 했다. 우리는 이곳에 오기 전까지 버몬트 산에서 함께 달리기를 했다. 우리 둘 다 몸을 잘 만들어온 셈이었다. 그러나 고도는 미리 대비해서 훈련을 할 수 있는 것이 아니었다(어쨌든 평지에서는 불가능했다). 그리고 사람마다 그 영향이 달랐다.

브룩은 3,000미터에서도 심하게 영향을 받는 사람들에 속하는 것 같았다. 그즈음부터 그 애가 정상에 올라가지 못할지도 모른다는 생각이 들기 시작했다.

▲▲▲

그러자 내가 처음 등반 계획을 발표하면서 그것을 혼자 하겠다고 말했을 때 걱정하던 것들이 떠올랐다. 당시에는 내 걱정을 어떤 식으로 표현해야 좋을지 알 수가 없었다. 그러나 나는 딸과(나에게 아들이 있었다면 아들과) 산을 오르게 되면 근본적인 것들 가운데 일부가 바뀐다는 것을 알고 있었다. 만일 브룩의 문제가 계속되거나 심해지면, 그만두고 내려가는 것이 지혜로운 일이 될 수도 있다. 클라이머들은 보통 피로나 고통을 무릅쓰고 밀어부친다. 그러나 심각한 고산병 증세(폐수종, 뇌수종)의 치료법은 고도가 낮은 데로 내려가는 것뿐이었다. 더 높이 올라가면 상태는 악화되고 위험은 커진다. 높은 고도에서는 제때에 하산하지 않으면 치명적인 결과가 나타날 수도 있다.

우리는 그 정도로 높이 와 있는 것은 아니었다. 그래도……클라이머들은 냉정하게 판단해야 한다. 그러나 내가 아버지와 함께온 아이라면, 더 가지 말아야 할 상황에서도 아버지를 실망시키지 않기 위해서 계속 갈 수도 있다. 브룩은 내 일을 방해하지 않으려고 팔이 부러졌는데도 엄마가 와서 병원에 데려가주기를 두 시간 동안 기다리려고 했던 아이가 아닌가. 따라서 그 애의 몸은 계속 그만두라는 신호를 보내는데도 그 애의 정신이 고집을 부리는 경우를 쉽게 상상할 수 있었다.

만일 그 애가 자기 몸의 신호에 귀를 기울이고 내려가기로 한다면, 나는 어떻게 해야 할까? 나는 함께 내려가려고 마음먹었다. 그것이 유일한 길이었다. 그러나 브룩은 나 혼자서라도 가라고 고집을 부릴 것이고, 그러면 감정적인 장면이 나타날 것이 틀림없었다. 부모가 되면 그런 장면에 익숙해지게 된다. 그러나 산에 올라가는 —— 산으로 향하는 —— 이유 가운데 하나는 집안의 짐을 잠시 벗어두겠다는 것 아닌가.

어쩌면 브룩은 다른 사람들보다 고도의 영향을 더 받거나 덜 받는 것이 아니고, 단지 어리기 때문에 처음으로 자신의 신체의 한계에 부딪혀보는 것일지도 몰랐다. 어쩌면 격려나 밀어부치기가 필요한지도 몰랐다.

"자, 힘내. 너는 지친 게 아니야. 꾹 참고 계속 걸어가."

어쩌면 그렇게 말해야 하는 것인지도 몰랐다.

말을 바꾸면 나는 그 애를 어린애 취급 할 수도 있었다. 그러나 나는 그런 일을 하려고 여기에 온 것이 아니었다. 우리가 서로를 상대하는 방식에도 이미 약간 변화가 생겼다. 그것은 피할 수 없었다. 등반할 때는 어린애가 될 수 없고, 남이 자기를 돌봐줄 것이라고 기대할 수 없다. 자기가 자신을 돌보아야 한다. 그리고 그렇게 하면, 다른 사람들도 —— 심지어 부모도 —— 자신을 아이처럼 대하지 않게 될 것이다.

킴 슈미츠가 나를 구해주었다. 그는 우리 뒤에서 따라오고 있었다. 물론 그가 우리보다 늦어서가 아니었다. 그는 가이드였고, 그곳이 그가 맡은 위치였기 때문이다. 우리가 그의 눈을 벗어날 만큼 빠르게 앞서나갈 가능성은 거의 없었다.

브룩은 멈추어 쉬고 있었다. 돌에 기대어 무릎에 손을 얹고 숨을 헐떡이고 있었다.

"멈추지 마."

슈미츠가 단호하게 말했다.

"쉬어야 돼요."

약간 건방진 말투였다.

"그러면 더 힘들어져. 편안한 속도를 찾아내서 계속 걸어."

나는 브룩의 얼굴에 떠오른 표정을 알아보았다. 반항, 분개⋯⋯ 자기 말을 들어주지 않는 또 한 사람의 어른과 맞서는 어린아이의 모든 좌절감. 편안한 속도? 날 좀 쉬게 해달란 말이야.

"나는 지금까지 그렇게 해왔어."

슈미츠는 눈부신 미소를 지으며 말을 이었다.

"그게 나한테는 효과가 있어."

브룩은 고개를 끄덕였다.

"어쨌든 지금까지는 효과가 있어. 히말라야에서도 그랬고, 티턴 산맥에서도 그랬단다."

브룩은 고개를 끄덕였다. 얼굴에서 반항적인 태도는 사라지고 있었다.

"사실 너는 잘하고 있어. 속도를 약간 늦추어도 돼. 그래도 예상보다는 빨리 캠프에 도착하겠는걸."

"정말요?"

"그럼. 차를 끓여놓고 석양을 즐길 시간이 있겠는걸. 3,300미터에서 바라보면 정말 대단하지. 이렇게 걸어가길 잘했다는 생각이 들 거야."

브룩은 이제 정상적으로 숨쉬고 있었다. 브룩은 허리를 펴고 일어섰다.

슈미츠는 호주머니에 손을 넣더니 단단한 사탕을 하나 꺼냈다.

셀로판에 싸여 있었다.

"자, 이게 도움이 될 것 같은데."

"고마워요."

"자기 박자를 찾아서 그것을 유지하기만 하면 돼. 춤을 추듯이 말이야."

그것은 결코 쉽지 않았다. 브룩은 그뒤에도 이따금씩 발을 멈추고 쉬어야 했다. 나는 그 애가 안간힘 쓰는 소리, 생기 없는 공기를 좀더 들이마시려고 애쓰는 소리를 들을 수 있었다. 그러나 킴 슈미츠가 잘한다고 했기 때문에 그 애한테 필요한 추진력은 생긴 셈이었다. 이제 그 애는 자기에게 적당한 속도가 있고, 그 속도가 그 애를 편안하게 안부까지 옮겨다줄 것이라고 믿고 있었다. 그러나 그 애는 캠프에 도착할 때까지도 계속 그 속도를 찾아 헤매고 있었다.

# 그랜드의 전설

절대로 거친 말을 하거나 뒤틀린 자일을 사용하지 말라.
— 글렌 엑섬

앨릭스 로는 물을 끓이고 있었다. 우리가 안부(鞍部)에 있는 엑섬 대피소에 도착한 지도 몇 분이 지났다. 브룩과 나는 바위에 앉아서 레몬 징거를 마시며, 우리가 아침에 지나온 골짜기를 보았다. 마치 축소해놓은 세계처럼 작아 보였다. 이미 산 그림자가 골짜기를 덮고 있었다. 우리가 앉아 있는 곳은 여전히 햇빛 속이었으나 안부에는 차가운 바람이 지나가고 있었다. 그래서 브룩과 나는 배낭에 넣어온 양털 재킷을 입고, 손으로 따뜻한 컵을 움켜쥐고 있었다.

"어머니와 헤이들리가 뭘 하고 있을지 궁금해요."

브룩이 말했다.

나는 시계를 보았다. 일곱 시가 넘은 시간이었다.

"저녁 먹으러 나갈 준비를 할 것 같은데."

"걱정하지 않았으면 좋겠는데."

"좋은 일들을 생각하느라 바쁠 게다."

"여기 올라오니 참 아름답네요. 우리가 왜 이런 일을 하고 있는지 이해가 돼요. 그리고 안전하다는 느낌도 들어요. 하지만 저기 아래 있는 사람들한테는 이것이 미친 짓으로 보일 거예요."

그 순간 그 애는 십대라기보다는 여전히 어머니를 걱정시킬까봐 걱정하는 어린아이였다.

"네 말이 맞다. 아마 그렇게 보일 거야."

우리는 차를 다 마시고 안부의 서쪽 면으로 걸어가 밝고 노란 햇빛을 받아 반짝거리는 풍경을 바라보았다. 우리는 가져온 광각 렌즈 카메라로 사진을 찍었다. 감자밭들이 격자 무늬를 그리고 있는 평원의 모습이었다. 이어서 주위의 봉우리들을 망원 렌즈로 찍었다. 물론 그 가운데에는 그랜드도 있었다. 정상은 보이지 않았으나 정상에 이르는 가파른 비탈은 보였다. 사람의 접근을 허용하지 않는 자세였다. 난공불락의 성벽 같았다.

"우리가 할 수 있을까?"

내가 말했다.

"잘 모르겠어요. 오늘 해보고 나니까 좀 그래요."

"오늘은 잘했어."

브룩은 고개를 저으며 얼굴을 찌푸렸다. 지금 자기가 어린애 취급을 받고 있다는 것을 안다는 듯한 표정이었다. 잘하긴 뭘 잘해요.

"그래, 그래, 내일도 당연히 힘들겠지."

"아주 힘들까요?"

"모르겠다. 나도 처음이니까."

브룩은 웃음을 지으며 고개를 끄덕였다.

"이런 식으로 생각해보자. 우리는 오늘 해야 할 일을 했고, 그래서 여기까지 왔어. 따라서 내일도 우리 할 일을 다하면 저기까지 갈 수 있을 거야."

나는 손으로 정상 쪽을 가리켰다.

"알았어요."

브룩은 여전히 회의적인 말투였으나, 아까보다는 나아진 것 같았다.

"여기까지 와서 기분이 좋지 않니?"

"좋아요."

"그럼 나머지 길도 다 갔을 때 기분이 얼마나 더 좋을까를 생각하자꾸나."

"알았어요."

이번에는 조금 더 확신에 찬 목소리였다.

우리는 다시 안부를 가로질러서 대피소로 갔다. 우리는 등에 바람을 맞으며 어깨를 웅크렸다. 다른 사람들이 있는 곳에 이르기 전에 브룩이 발을 멈추더니 말했다.

"아버지."

"응."

목소리가 진지했다. 아이가 아니라 동등한 존재로 대접해주기를 바랄 때 내는 목소리였다.

"이게 정말 좋다는 말씀을 드리고 싶었어요."

"나도 마찬가지다."

"그래서⋯⋯어쨌든, 저를 여기에 데려와주셔서 다시 한번 감사드려요."

나는 고개를 끄덕였다. 나는 그것이 어른이 할 만한 말이라고 생각했다. 그리고 내가 상상할 수 있는 최고의 생일선물이라고도.

▲▲▲

우리는 사람들이 있는 곳으로 가서 레몬 징거를 더 마셨다(카페인이 들어간 것은 탈수현상을 일으키므로 피하라는 말을 들었다). 주위의 산들은 오렌지빛으로 불이 붙고 있었다. 그 가운데서도 한 봉우리가 유난히 뜨겁게 불이 붙은 것 같았다. 그 봉우리 이름은

'디스어포인트먼트 피크'(실망의 봉우리)였다. 옛날에 클라이머들이 헷갈려서 그곳이 그랜드 정상인 줄 알고 올라갔다가 실망하곤 했기 때문에 붙여진 이름이었다. 브룩과 나는 35mm 필름 한 통을 다 썼다. 찬란하게 빛나는 디스어포인트먼트 피크를 주로 찍었다.

앨릭스 로는 얼음 도끼를 들고 나가 아침에 갈 길을 점검하러 나섰다. 나중에 나는 이것이 그 사람 특유의 가만히 있지 못하는 습성 때문이라는 것을 알았다. 로는 쉼없이 움직이고 일하는 것을 좋아하는 사람이었다. 하루에 턱걸이를 400개씩 했다. 전에 스키 여행을 떠났다가 폭풍 때문에 텐트에 갇힌 적이 있다고 하는데, 그는 그 와중에도 밖으로 나가서 작은 크레바스(갈라진 틈/옮긴이)를 찾아내어 거기에 스키를 가로로 걸쳐놓고 그것을 철봉삼아 턱걸이를 했다고 한다. 로는 나가보고 필요하면 얼음과 눈에 계단을 만들어 놓겠다고 했다. 그러나 킴 슈미츠는 그것이 핑계일 뿐이라고 생각하는 것 같았다. 아직 햇빛이 남아 있는데 한두 시간이나 하는 일 없이 빈둥거리기가 싫은 것뿐이라는 이야기였다.

로가 캠프로 돌아왔을 때에는 날이 저물기 시작하여 식사할 시간이 되었다. 브룩과 나는 냉동건조 치킨과 국수를 가져왔다. 운동을 많이 해서 그런지 배가 고팠다. 식사하는 동안 주위의 산들은 그림자 속에 잠겼다. 로와 슈미츠는 다음날 아침 우리가 갈 루트를 알려주었다.

슈미츠가 말했다.

"저기가 월 스트리트죠. 바위의 크고 어두운 얼룩무늬 바로 위 말입니다."

우리는 그가 말하고 있는 곳을 찾으려고 미간을 좁혔다. 월 스트리트란 옆으로 산을 가로지르는 약간 비탈지고 폭이 넓은 레지를 가리키는 말이었다.

로가 말을 받았다.

"저것이 글렌 엑섬이 갔던 레지입니다. 그는 레지 끝에서 큰 모험을 했죠."

엑섬이라는 이름은 미국의 등반계에서는 영원한 전설이었다. 슈미츠, 로, 프랫을 비롯하여 수많은 위대한 클라이머들을 거느린 가이드 서비스가 한때 그의 것이었으며, 지금도 그의 이름을 그대로 지니고 있었다. 수십 명의 전문 클라이머들이 그의 밑에서 일하면서 그를 거의 숭배하다시피 했다. 이본 슈이나드는 엑섬에 대해서 이렇게 말했다.

"글렌은 생-텍쥐페리의 '자유는 책임을 받아들이는 것'이라는 말을 그대로 실천에 옮긴 삶을 살았습니다. 글렌은 늘 자신의 역할이 사람들을 지도하는 것임을 알고 있었습니다."

우리가 그랜드 정상에 이르기 위해서 아침에 가야 할 루트에는 엑섬이라는 이름이 붙어 있었다. 그 루트가 글렌 엑섬의 전설의 근원이었다. 엑섬은 1931년 7월 15일 생전 처음 등반에 나서서 이 루트를 개척했다. 그는 노련한 클라이머이자 친구인 폴 페촐트에게서 빌린, 쐐기 모양의 보강재를 단 축구화를 신고 있었다. 페촐트는 손님 두 명을 데리고 일반 루트로 정상에 오르려고 했다. 페촐트는 엑섬에게 레지를 가리키며 말했다.

"저기로 가도 괜찮을 것 같으면 한번 가보게. 정상에서 만나세. 만일 안 될 것 같으면 나를 부르게. 우리가 기다리고 있겠네."

엑섬은 레지까지 갔다가 거기에서 길이 끊긴 것을 알고 페촐트를 불렀다. 그러나 페촐트는 듣지 못했다. 그래서 엑섬은 레지까지 다시 갔다가 돌아오기를 일곱 차례나 반복했다. 마침내 레지가 좁아지다가 사라지는 지점에서, 밑으로 600미터의 절벽이 깎아지른 곳에서, 그는 몇 발 거리인 허공을 건너뛰면 손으로 붙들 만한 홀드에 닿을 수도 있겠다고 생각했다. 그리고 거기에서 능선을 타면 바로 정상으로 올라갈 수 있을 것 같았다. 엑섬은 혼자였다. 그를 빌레이해줄 사람은 없었다. 따라서 건너뛰다가 떨어지면 그대로 죽는 것이었다.

노련한 클라이머 페촐트는 정상에 올라갔을 때 엑섬이 먼저 와 있는 것을 보고 깜짝 놀랐다. 페촐트도 다음에 그 루트를 시도해보 았으나, 자일로 올가미를 만들어 허공 건너편에 있는 바위에 걸고 빌레이한 다음 건너뛰었다.

"등반 역사상 단 6미터 거리의 등반으로 글렌만큼 많은 찬사를 받고 유명해진 사람은 다시 없다."

역시 미국의 유명한 클라이머인 잭 듀런스가 한 말이다.

엑섬과 페촐트는 티턴 산맥에서 가이드로 자리를 잡았다. 나중에 는 엑섬이 그 사업을 20년 이상 도맡아 해오다가 앨 리드를 비롯한 네 명의 고참 가이드에게 넘겼다. 엑섬은 그랜드를 약 300번 등정 했는데, 첫번째 등정이 전설적이었다고 한다면, 마지막 등정은 숭 고했다고 말할 수 있다.

1981년 7월 15일의 일이었다. 이 날은 그의 첫 등반 기념일이기 도 했으며, 월 스트리트에서 "엑섬 능선"으로 알려지게 된 능선으 로 대담하게 건너뛴 것을 기념하는 날이기도 했다. 이때 글렌 엑섬 은 70세였다. 전립선과 결장암 수술을 받은 지 얼마 되지 않는 시 점이었다. 등반할 만큼 건강이 회복되었는지 본인도 자신할 수 없 었다.

"만일 등반을 다시 한다면 도움을 받지 않고 해보고 싶네."

엑섬이 자신이 요구하는 기준에 맞게 등반을 할 수 있게 되자, 곧 소문이 나면서 많은 산친구들이 전화를 하여 함께 가고 싶다고 말했다.

그 유명한 등반 50주년을 기념하는 날 오전 다섯 시, 엑섬은 우리가 오늘 밤 묵을 안부에 있는 오두막을 떠나 정상으로 향했다. 서른 명이 그뒤를 따랐다. 이 가운데는 텔레비전 촬영팀 두 명과 전현직 엑섬 가이드 열세 명도 포함되어 있었다. 축제 분위기였다.

엑섬의 가까운 친구들 가운데 이 행복한 그룹에 끼지 못한 사람들도 있었다. 그 가운데 윌리 언솔드의 빈 자리가 커 보였다. 그는 두 해 전 레이니어 산에서 산사태를 만나 사망했다. 1963년 에베레스트의 고산 비부악(야외에서 자는 것/옮긴이) 중에 발가락 아홉 개를 잃은 언솔드는 엑섬과 가장 절친했으며, 그와 함께 일하던 가이드이기도 했다. 그들은 40주년 기념 등반 때는 함께 그랜드에 올라갔다. 엑섬이 도약을 했던 월 스트리트의 끝에 이르자, 언솔드는 기도를 드렸고 이에 엑섬은 깊이 감동했다. 엑섬은 이번 50주년 기념일이자 그랜드를 마지막으로 오르게 된 날에도 같은 일을 해보고 싶었다.

한 친구가 기도를 하겠다고 했다. 클라이머들은 월 스트리트의 끝에 이르렀고, 모두 고개를 숙인 다음 기도에 귀를 기울였다.

"전능하신 아버지, 우리 기도를 들어주소서! 우리를 굽어 살피시고 보호해주소서. 당신의 뜻이라면, 당신의 종 글렌의 삶에서 오래 전에 일어났던 역사적 사건을 기념하는 우리에게 성공을 허락해주소서. 우리는 그의 삶, 지도력, 가르침, 원칙, 모범을 기리려고 합니다. 글렌 덕분에 헤아릴 수 없이 많은 사람들이 당신의 아름다운 땅에 흩어져서 선을 이루기 위하여 노력하고 있습니다. 우리가 기도하는 이 사람을 굽어 살피소서. 이 얼마 되지 않는 사람들 외에도 헤아릴 수 없이 많은 사람들이 그를 인정하고 존경하고 기리고 사랑하고 있습니다. 그는 그럴 만한 자격을 갖춘 사람입니다. 당신의 눈은 참새와 함께한다고 하셨지만, 주여, 오늘 여기에서는 독수리와 함께하셔서 우리를 굽어 살피소서! 그리고 주여, 당신이 계시는 영광의 땅 어딘가에서 우리 친구 중 하나가 천사들을 위해서 좋은 일을 하고 있을 것입니다. 그는 이 땅에서도 사람들을 위해서 좋은 일을 했던 사람이기 때문입니다. 우리가 기도하오니, 언솔드가 오늘은 천국의 의무에서 벗어나 영혼으로 우리와 함께 거닐도록 해주소서. 당신께서 거두어 가시지 않았다면, 그도 오늘 여기에 있었을 것이기 때문입니다. 우리 모두는 그의 생전의 활동에 대하여 당신께 감사드리며, 또한 특별한 사람들과 함께 벗할 수 있게 해주신 것에도 감사드립니다. 당신의 축복받은 이름으로 기도드렸나이다. 아멘."

엑섬은 나중에 말했다.

"그 순간 나한테 무슨 일이 생긴 것 같았다. 내 두 발에 날개가 달린 느낌이었다. 나는 월 스트리트의 끝을 거침없이 가로질러, 커다란 볼더(둥근 돌/옮긴이)를 지나서 능선의 하단에 이르렀다. 나는 커다란 바위 너머로 자일을 던지고 자리를 잡은 뒤에 아들 에드에게 소리쳤다. '빌레이!'"

엑섬은 정상에 이를 때까지 앞장서서 등반을 했다. 사람들은 자리를 바꾸어 가며 그와 함께 자일을 잡았다. 나중에 엑섬과 이 등반을 함께 했다고 이야기하고 싶어서였다(엑섬도 마찬가지 심정이었을 것이다). 앨 리드는 '골든 스테어케이스'(황금의 계단)라고 부르는 피치를 엑섬과 함께 올라갔고, 슈이나드는 "프릭션 피치"(마찰의 비탈)에서 엑섬과 함께 자일을 잡았다.

정상에서 엑섬은 금박 슈이나드 얼음 도끼를 비롯한 기념품들을 받고 눈물을 흘렸다. 안부로 다시 내려가서는 눈 속에 넣어두었던 샴페인도 터뜨렸다. 이것이야말로 엑섬식의 등반이었다.

"절대로 거친 말을 하거나 뒤틀린 자일을 사용하지 말라."

▲▲▲

나는 이 이야기를 다른 어떤 등반 이야기보다 좋아했다. 그 이야기 가운데 일부를 어느날 오후 골짜기의 본부에서 앨 리드에게 들었고 그날 밤 로와 슈미츠에게서 좀더 들었다. 몇 년 뒤에 어떤 사람이 출판한 글렌 엑섬의 생애에 대한 책에서 다시 그 이야기 전부를 읽을 수 있었다. 나는 그 이야기에 감동을 받았던 것 같다. 거기에 브룩과 내가 이 작은 등반 경험에서 "배우고" 싶은 것이 담겨 있다고 생각했기 때문이다. 등반에도 이미 과시와 추한 경쟁이 넘쳐나고 있었다. 세상 어디를 가나 그런 모습은 늘 볼 수 있는데, 등반에서도 그런 모습을 보아야 한다는 것은 불행이었다. 그런 정신은 산에서는 특히 잘못된 것 같았다. 등반을 하게 되는 모든 충동과 반대되는 것 같았다. 그것은 결국 나무 위로 높이 올라가 몹시 두려우면서도 스스로에게 더 올라가보라고 부추기는 어린아이 같은 충동의 연장일 뿐이다. 산을 오르는 것에는 아무런 목적이 없다. 그것이 등반의 아름다움이다. 그래서 글렌 엑섬처럼 멋지고 우아하게 등반을 하는 것이 그렇게 중요하고 훌륭한 것이다. 또한 그래서 샌디 피트먼(그녀는 한 세대의 악당 전체를 대표하게 된 것 같다)과 같은 클라이머들의 야망에 그렇게 많은 사람들이 얼굴을 찌푸리는 것이다.

나는 앨릭스 로가 글렌 엑섬의 멋진 등반을 이야기하는 소리에 귀를 기울이다가 딸들이 전에 나한테 물어보았던 질문이 생각났다. 아이들이 아직 어려서 일 분에 하나씩 한 시간이라도 쉬지 않고 물어대던 시절에 나온 질문이었다.

"사람들은 왜 동상을 세우는 거예요?"

"교회에 탑을 세우는 것과 같은 이유지."

내 대답은 독창적인 것이 아니었다. 사실 형에게서 얻어들은 것이었다.

"그 이유는 뭔데요?"

"음악을 연주하는 것과 같은 이유지."

"그 이유는 뭔데요?"

"할 수 있으니까 하는 것이 아닐까. 그렇게 하고 나면 기분이 좋으니까."

이것은 맬러리의 불멸의 금언을 좀더 길게, 약간 세련되지 않게 바꾸어놓은 것이다. 등반은 목적은 없지만 아주 진지한 일이다.

브룩과 나는 누가 먼저 올라갔는가를 중시하는 등반계의 경쟁적 질투심을 자극할 일이 없었다. 우리는 언제나 남들이 먼저 가본 곳을 가게 될 것이다. 그리고 언제나 우리보다 잘 올라가는 사람 밑에 있을 것이고, 그와 자일로 연결되어 있을 것이다. 그렇지만 우리도 둘이 함께 올라가기 때문에, 엑섬이 50주년 기념 등반에서 느꼈던 기분, 그 동지애와 기도와 샴페인 속에서 느꼈던 기분을 약간이라도 맛볼 수 있을지 몰랐다. 어쩌면 우리도 이 목적 없는 일, 실용적이지도 않은 일을 약간 멋지게 해냄으로써 거기에서 오는 기쁨을 조금이라도 공유할 수 있을지 몰랐다.

어쨌든……그것은 쉰번째 생일에 느낄 수 있는 충동 가운데 가장 좋은 충동 같았다. 이제 나는 동부 시간으로 쉰 살이 되었다.

"잘 자거라, 브룩."

나는 오두막 안으로 들어가 침낭의 지퍼를 올리며 말했다. 나는 한마디 덧붙였다.

"와줘서 고맙구나."

"안녕히 주무세요, 아버지. 데려와주셔서 고마워요."

# 그랜드의 끝

마치 내가 우주의 마지막 생존자가 되어 발 아래 우주의
시체를 보고 있는 것 같았다.

— H-B. 드 소쉬르

 

    한밤중에 소변이 보고 싶어서 잠을 깼다. 나는 잠든 클라이머들
을 깨우지 않으려고 조심하면서 오두막 문 쪽으로 다가갔다. 바깥
은 몹시 추웠다. 영하로 떨어진 것 같았다. 그리고 고요했다. 안부
에는 공기의 움직임이 전혀 없는 것 같았다. 나는 서쪽으로 주춤주
춤 걸어갔다. 슈미츠가 우리에게 반드시 아이다호 쪽에 대고 소변
을 보라고 당부했기 때문이다.

    나는 보통 한밤중에 이런 식으로 잠을 깨지는 않았다. 이제 미국
퇴직자 협회의 가입 자격을 갖춘 몸이기에 궁금하지 않을 수 없었
다. 전립선 때문인가? 아니면 레몬 징거를 너무 많이 마셨나? 나는
걱정하지 않기로 하고, 넓고 평평한 바위턱에 버티고 서서 볼 일을
보았다. 하늘에는 별이 가득했다. 수많은 별들이 헤아릴 수 없이
광대한 어둠을 가로질러 무질서하게 흩뿌려져 있었다. 그 하늘을
보니 내가 무한히 작게 느껴졌다. 온전한 자유를 느꼈다. 오래 쳐
다보고 있노라니 강한 현기증이 일 것만 같았다. 스키 내복을 입고
산비탈에 서서 바위 위에 오줌을 누자, 부조리라는 현대의 철학적
개념을 분명하게 이해할 수 있을 것 같았다.

156

▲▲▲

오두막으로 들어설 때는 추위 때문에 온몸이 덜덜 떨리고 있었다. 얼른 침낭 깊이 파고들어가 턱까지 지퍼를 채웠다.

두어 시간 뒤, 로가 물을 끓이려고 성냥을 그어 난로에 불을 붙였을 때 잠이 깼다. 네 시였다. 한 시간 동안 옷을 입고 아침을 먹어야 했다. 다섯 시에 정상을 향해서 출발할 예정이었기 때문이다.

난로에서 빛이 약간 새어나왔다. 로가 작은 랜턴에 불을 붙이자, 오두막 안의 형체들을 분간할 수 있을 만큼 환해졌다. 얼굴 윤곽도 대충 보였다. 브룩은 아직 잠에서 깨지 않았다. 침낭의 지퍼를 턱까지 바짝 채우고 있었다. 희미한 빛 속에서, 얼굴을 둘러싸고 있는 금발이 낡은 액자처럼 보였다. 나는 손으로 머리를 받치고 모로 누워서 브룩을 잠시 지켜보았다. 이윽고 그 애는 눈을 뜨더니 여기가 어디인지 확인하려는 듯 눈을 두어 번 깜빡거리다가 내 쪽을 보았다. 그 애는 내가 깨어 있는 것을 보더니 말했다.

"생일 축하드려요."

이보다 더 좋은 선물이 어디 있으랴.

▲▲▲

우리는 옷을 입고, 끈적끈적한 인스턴트 오트밀을 먹었다. 배가 고파서가 아니라 먹어두어야 했기 때문이다. 이어서 앨릭스를 따라 안부를 빠져나가 너덜(돌이 많이 흩어져 덮인 비탈/옮긴이)을 가로질러, 월 스트리트로 향했다. 그곳에서 엑섬 능선으로 갈 계획이었고, 그 다음에 운이 좋으면 정상에 오를 예정이었다.

그러나 너덜을 건너기가 힘이 들었다. 어두워서 더 그랬다. 출발하자마자 브룩은 힘들어하며 숨을 헐떡였다. 전날 오후에 안부에 올라올 때와 똑같았다. 그 애는 발을 멈추고 쉬려고 했으나, 로는 계속 움직여야 한다고 말했다.

"못 하겠어요. 정말 못 하겠어요."

"할 수 있고말고. 그냥 걷기만 하면 돼."

로가 명랑하게 말했다.

브룩은 흐느끼는 소리와 한숨 중간쯤 되는 소리를 냈다. 이어서 다시 너덜을 가로질러 걷기 시작했다. 나도 모르게, 지금 그 애한테 해줄 수 있는 일 —— 내가 내 생일에 그 애한테 줄 수 있는 선물 —— 은 "젠장, 이게 다 무슨 소용이 있어?" 하고 소리치고는 아이를 데리고 산을 내려가는 것이라는 생각이 들었다.

너덜을 건너려면 500–600미터는 더 걸어야 했다. 그리고 그 다음부터 본격적인 등반이 시작되었다. 나는 그게 정말로 어려운 부분일 거라고 생각했다. 지금보다 더 힘들 것은 틀림없었다. 지금이야 그냥 걷는 것뿐이니까. 나도 숨이 가빴지만 브룩 정도는 아니었다. 나는 그렇지 않아도 처진 속도를 더 늦추려고 했다. 나는 지금 보트를 젓고 있다. 보트가 물살에 떠밀리지 않을 만큼의 힘만 쓰면 된다. 그런 상상을 했다. 속도가 조금 늦춰지면 그 애가 좀 편해질지도 몰랐다. 사실 서둘 필요가 뭐가 있는가?

다음 한 시간 동안 우리는 어둠 속에서 너덜을 헤쳐나갔고, 나는 계속 브룩이 가쁘게 숨을 몰아쉬는 소리와 로가 브룩을 애 취급 하지 않고 단호하게 다그치는 소리를 들어야 했다. 딸과 함께 산에 오겠다고 한 나의 계획이 어리석고 치기어린 사춘기의 과시적 행동처럼 느껴지기 시작했다. 내 귀여운 딸에게 이 고생을 시키다니, 나는 참 둔하기 짝이 없는 바보라는 생각이 들어서 속으로 자책을 했다.

전날 저녁 글렌 엑섬이 영광의 등반을 하던 이야기를 들으며, 거기에서 내가 등반에서 배울 만한 것을 찾던 때의 기분과는 너무나도 거리가 멀었다. 산에서는 감정이 날씨와 같았다. 전혀 예측할 수가 없었으며, 자칫 극단으로 흐르기 십상이었다. 그래서 내가 만난 진짜 클라이머들 —— 로웰, 리드, 로, 슈미츠 —— 은 감정의 온도조절 장치를 일부러 하향 조정해놓고 다니는 것 같았다.

나는 이제 정상 생각은 하지 않았다. 그냥 걷고 있을 뿐이었다. 머릿속으로는 브룩에게 그만두고 함께 안부로 내려가자고 설득할 연설문을 작성하고 있었다. 그때 로가 말했다.

"자, 월 스트리트 끝에 왔습니다. 여기서는 자일을 이용해야 합니다."

마침내 진짜 등반이 시작된 것이다.

▲▲▲

우리는 좁은 레지에 모여 있었다. 로가 엑섬 능선으로 옮겨가고, 슈미츠가 로를 빌레이해줄 계획이었다. 현대식 장비가 있으면, 특히 끈적끈적한 고무 등반화가 있으면, 엑섬처럼 도약을 해서 건너갈 필요가 없었다. 스미어링이라는 기술, 즉 등반화의 끈적끈적한 바닥의 마찰력을 이용하여 파리처럼 바위에 딱 달라붙는 기술만 있으면 도약 없이도 옮겨갈 수 있기 때문이다. 로와 슈미츠가 준비를 하는 동안, 나는 처음으로 주변을 둘러볼 여유를 얻었다.

한 20분 전부터 앞이 보일 만큼 날이 밝아 있었다. 이제 해가 정식으로 지평선 위로 얼굴을 내밀었다. 그래도 아직은 뜨겁지 않아서 눈으로 해를 볼 수 있었다. 우리 주위의 바위는 오렌지빛으로 빛나고 있었다. 공기도 이른 아침빛에 물든 것 같았다. 정면으로는 암갈색의 대초원이 잭슨 너머까지 펼쳐져 있었다. 발 아래로 450-600미터 정도까지 텅 비어 있었다. 이 허공의 밑바닥에서 빙하가 이른 아침 햇살을 받으며 반짝거리고 있었다. 이런 상태를 클라이머들은 노출되었다고 말했다. 발 아래 아무것도 없다는 뜻이었다. 공기밖에.

우리는 미리 이 상황에 대한 이야기를 들었다. 나는 노출과 처음 맞닥뜨리는 것이 나에게 어떤 시험이 될 것이라고 생각하고 있었다. 최악의 경우 나는 그 자리에서 얼어붙겠지. 내 모든 결의는 사라져버리고, 가이드들에게 내려가고 싶다고 애원하겠지. 그러나 그런 느낌은 전혀 없었다. 오히려 상쾌했다. 나는 바위에서 몸을 약간 기울여 아래를 굽어보기까지 했다. 내가 그 자리에 있다는 것에, 그렇게 노출되었다는 것에 황홀했으며 흥분되었고 전율을 느꼈다.

"굉장하지 않아요?"

브룩이 말했다. 그 애는 내 앞에서 나와 같은 것을 보면서, 내가 느끼는 것과 똑같은 감정을 느끼고 있었다.

로는 마치 평지를 걷듯이 아무 어려움 없이 바위를 건너갔다. 로는 빌레이 위치에서 다음 사람을 불렀다. 솔트레이크 출신의 부부가 건너갔고, 이제 브룩의 차례였다.

나는 지켜보았다. 달리 할 수 있는 일이 없었다. 그렇다고 외면을 하거나 눈을 감을 수도 없는 일이었다. 이성적으로는 걱정할 것이 전혀 없다는 것을 알고 있었다. 세계 최고의 클라이머가 빌레이해주고 있었으며, 또 그렇게 어려운 무브도 아니었다. 그래도 그 애는 내 귀여운 딸이었고, 저 아래 하얗게 반짝거리는 빙하까지는 600미터나 되는 거리였다.

브룩은 두 손을 머리 위로 올리더니 양 옆으로 펼치고 균형을 잡았다. 이어서 두 발을 바위에 갖다붙였다. 브룩은 자신있게 움직였다. 쉽고 빠르게 움직였다. 늘 해오던 일을 하는 것 같았다. 나는 숨을 내쉬었다. 이어서 나도 발을 내디뎌 그 애 뒤를 따랐다.

우리가 모두 엑섬 능선에 이르자 슈미츠의 팀이 먼저 움직였다. 우리도 그 뒤를 따라서 각도가 완만한 바위를 올라갔다. 쉬운 등반이었다. 별로 가파르지 않을 뿐 아니라, 크랙과 레지가 많아 손이나 발을 얹을 데가 많았다. 등산학교에서도 초보적인 수준에 속했다. 다만 노출 때문에 까다롭게 느껴질 뿐이었다.

▲▲▲

엑섬 능선에서 그랜드 정상까지는 일련의 피치를 올라가야 했다. 빌레이된 상태에서 피치를 올라가고, 이어서 자일을 말아 들고 비교적 평탄한 땅을 조금 걸었다. 가다보면 다시 빌레이가 필요한 피치가 나타났다. 엑섬 가이드들은 산 어디에서도 빌레이가 필요 없었다. 그들 대부분은 손님들로부터 빌레이를 받지 않았다. 그렇게 하면 속도도 늦어질 뿐 아니라, 더 큰 문제가 생길 수도 있었기 때문이다. 부주의한 손님은 가이드가 움직이려고 하는 순간에 자일을 팽팽하게 조일 수 있다. 그렇게 하면 바위에서 몸이 떨어지고 만다. 아무도 정확하게 알지는 못했지만, 어떤 사람들은 킴 슈미츠가 추락 사고를 당한 이유가 바로 그것이라고 생각했다.

앨릭스 로는 우리와 등반하면서 빌레이를 받을 필요가 없었지만, 그래도 빌레이를 했다. 어쩌면 내가 글쟁이라는 것을 알았기 때문에, 가이드가 손님들과 함께 보호장비 없이 등반한다는 것이 활자화되면 별로 좋지 않을 것이라고 생각했을지도 모른다. 아니면 브룩에게 호의를 베푼 것일 수도 있다. 그 애는 앞으로 평생 동안 티턴 산맥에서 앨릭스 로를 빌레이해주었다고 이야기할 수 있을 테니까.

빌레이 때문에 속도가 늦어졌을 텐데도 로는 여전히 빨랐다. 마치 조급함을 타고난 사람 같았는데, 구경하기에는 흥미진진했다. 자일을 말 때는 속도가 너무 빨라서 손이 잘 보이지 않았다. 슬링에 건 장비들 —— 카라비너, 프렌드, 8자형 매듭 —— 을 정리할 때도 마치 카드를 섞는 도박꾼 같았다. 그의 손은 그 물건들과 따로 놀지 않았다. 바위를 올라갈 때도 한 동작에 이어서 바로 다음 동작이 나왔는데, 인간에게 가능하다고 여겨지지 않는 빠른 시간에 피치를 올라가버렸다.

우리를 재촉할 때는 젊음 특유의 솔직하고 설득력 있는 열의를 보여주었는데 그것에 저항한다는 것은 불가능한 일이었다.

"우리는 잘하고 있어요, 안 그래요?"

로는 자일을 말며 그렇게 말하곤 했다. 로가 웃음을 지을 때면 눈부신 하얀 치아가 반쯤 드러났다. 로는 또 자주 이렇게 말했다.

"멋진 아침이잖아요? 이게 세상에서 가장 멋진 것 아니겠어요?"

브룩과 나는 열렬히 동의했다. 네, 그럼요, 이게 세상에서 최고죠. 로 앞에서는, 그렇게 생각하든 그렇지 않든 그런 말을 하게 되었다. 앨릭스 로의 거칠 것 없는 열의에 찬물을 끼얹는 짓은 도저히 할 수 없었기 때문이다. 앨릭스 로는 왜 사람들이 산에 올라가는지 한번도 묻지 않았을 것이다. 그에게 더 흥미있는 문제, 심지어 불가해한 문제는 왜 사람들이 산에 올라가지 않느냐 하는 것이니까.

우리는 쉬지 않았다. 경치를 구경하거나 그때까지 우리가 한 일을 생각해보기 위해서 발을 멈추지도 않았다. 우리는 계속 움직였다. 적어도 한 사람은 늘 바위에 매달려 있었다. 로가 피치를 올라가기 시작하면, 우리는 곧 그의 모습을 놓쳤다. 그러나 우리는 그가 뒤에 달고 올라가는 자일을 보고 그의 움직임을 알 수 있었다. 그 속도가 너무 빨라서 자일을 풀어주는 브룩이 고생을 할 정도였다. 잠시 후 자일이 움직이지 않으면 곧 로의 목소리가 들렸다.

"빌레이 해제."

그 말은 로가 확실하게 자리를 잡았기 때문에 브룩이 더 이상 그를 보호해줄 필요가 없다는 뜻이었다. 브룩도 자일을 내려놓고 위에 대고 소리쳤다.

"빌레이 해제."

브룩의 안전 벨트에 연결된 자일이 팽팽해지면 브룩은 소리쳤다.

"저요."

"빌레이."

로가 소리쳤다.

"올라갑니다."

브룩은 마주 소리치고 올라가기 시작했다. 브룩은 자신있게 움직였다. 로를 먼저 보지만 않았다면, 브룩도 상당히 빠르다고 생각했을 것이다. 물론 브룩은 놀랄 만큼 빠르게 움직이지는 않았다. 그러나 그 애를 매우 자랑스러워하는 아버지가 보기에는 강하고 자신감이 넘쳐 보였다. 사실 해발 3,600미터 높이에서 그 애를 지켜보는 사람은 나 하나뿐이었다.

▲▲▲

피치마다 이름이 있었고 특색도 약간씩 달랐다. 따라서 초보 클라이머에게는 약간씩 다른 것이 요구되었다. 월 스트리트를 지나서 만난 첫번째 피치의 이름은 '골든 스테어케이스'였다. 그곳에는 바위에 수정이 박혀 있어서, 실제로 이른 아침 햇살을 받을 때면 금빛으로 빛이 났다. 거기서 조금 더 걸어가면 '윈드 터널'(바람의 굴)을 만나게 된다. 이곳의 바위에는 얼음이 있었다. 차가워서 가까이하고 싶지가 않았다. 그러나 요구되는 무브는 어렵지 않아서, 우리는 상당히 빨리 올라갈 수 있었다.

이제 해는 지평선 위로 높이 솟아 있었다. 공기는 밝고 환하고 차가웠다. 새파란 하늘에는 구름 한 점 없었다. 바람만 약간 느껴졌다. 앨릭스 로의 기분과 어울리는 날이었다. 브룩과 나는 희박한 공기 때문에 힘겨워했지만, 가장 어려운 부분인 '프릭션 피치'에 이르렀을 때도 우리는 여전히 자신만만했다.

우리가 골짜기에서 교육받을 때 올라갔던 피치 가운데는 프릭션 피치보다 더 가파른 것도 있었다. 그러나 프릭션 피치에는 노출이 많았다. 우리는 이제 높은 산에 와 있었다. 산에서 장난을 한다는 생각은 완전히 사라지고 없었다. 우리는 노련한 클라이머들은 아니었지만 어쨌든 등반을 하고 있었다. 이것은 가상 현실이 아니었다.

프릭션 피치에서는 등반화의 끈끈한 고무를 이용하여 바위에 확실하게 붙어야 했다. 홀드가 작고, 어떤 경우에는 아예 없었기 때문이다. 따라서 뒤로 몸을 기울여 —— 그 반본능적인 행동 —— 몸 무게를 발에 싣고, 손을 이용해 잡을 수 있는 것을 잡거나, 아니면 두 손을 평평하게 바위에 붙여 균형을 잡아야 했다.

로는 올라가서 안전한 곳에 자리를 잡더니 브룩에게 빌레이가 되었다고 소리쳤다. 나는 그 애가 시야에서 사라질 때까지 지켜보았다. 아직 가장 어려운 부분에는 이르지 않았지만, 잘하고 있는 것 같았다. 산에 높이 올라갈수록, 등반이 까다로워질수록, 그 애는 더 강해지는 것 같았다. 아까 너덜에서 보았던 그 애와는 완전히 다른 사람이었다.

164

몇 분 동안 자일은 간헐적으로 천천히 움직이다가, 완전히 멈추었다. 이윽고 마지막 1미터 정도의 느슨한 부분이 금방 내 손을 빠져나갔다. 내 안전 벨트에 묶인 자일이 팽팽해졌을 때 나는 위에 대고 소리쳤다.

"저요."

로 대신에 브룩이 대답했다. 그 애의 목소리는 가늘었지만 그래도 알아들을 수는 있었다.

"빌레이."

"올라간다."

내가 마주 소리쳤다.

"올라오세요."

로는 프릭션 피치를 쉽게 올라가는 방법은 왼쪽으로 붙는 것이라고 미리 말해주었다.

"그쪽에는 꽤 넓은 크랙이 있으니, 그걸 이용하면 됩니다. 하지만 조심하지 않으면 오른쪽으로 밀려가게 됩니다. 그쪽은 더 힘들어요."

나는 올라가기 시작했다. 다음 홀드를 찾았고, 그것을 발견하면 손을 내밀어 잡았다. 나는 위를 올려다보려고 했다. 다음 서너 무브의 계획을 세우려는 것이었다. 미리 예상을 하고 시각화하려는 것이었다. 훌륭한 클라이머는 바위를 살핀 다음 선을 찾아내어, 움직이기 전에 미리 루트를 파악한다. 그러나 나는 초보 중의 초보였다. 나는 바위가 나에게 주는 대로 받아들였다. 필사적이고 낭비가 심한 행동이었다. 나중은 나중이고 우선 지금 눈에 보이는 좋은 홀드는 절대 놓치지 않겠다는 태도였다. 손 안에 들어온 새부터 잡자는 식이었다.

그러나 내가 발견한 홀드들은 나를 넓고 편한 크랙으로부터 멀리, 오른쪽으로 데려갔다. 좀더 노출이 심한, 반질반질한 바위가 있는 곳이었다. 그곳 홀드는 마치 작고 동그스름한 손잡이 같았다. 내가 비로소 실수를 깨달았을 때, 왼쪽으로 붙으라는 로의 말을 기억했을 때, 나는 이미 가파르고 반들반들한 바위벽에 나가붙어 꼼짝도 못하고 있었다. 이렇다할 홀드가 없었다. 나는 아무런 무브도 하지 못했음은 물론이고, 아무 생각도 할 수가 없었다.

나는 6-9미터 위를 올려다보았다. 내 딸이 허리에 자일을 감은 채 버티고 앉아 나를 빌레이하고 있었다. 순간 내 마음에 어떤 구멍이 열리면서, 그 장면이 지워질 수 없는 정신적 이미지로 자리잡았다. 그리고 그 장면 밑에 마치 사진 설명처럼 "브룩이 나를 붙들어주다"라는 말이 따라붙었다.

자식이 나의 닻이라는 것을 퍼득 깨닫는 순간이었다. 아마 모든 아버지들이 비슷한 경험을 해보았을 것이다.

▲▲▲

그러나 나는 이런 통찰을 한참 이어갈 여유가 없었다. 어떻게든 해봐야 했다.

"괜찮아요?"

브룩이 물었다.

"최고야."

그때 로의 목소리가 들렸다.

"오른쪽으로 가셨군요. 오른쪽 무릎 근처에 홀드를 찾아보세요."

아주 작았다. 내 엄지 손가락만할까? 그러나 그것이 내가 어떻게 해볼 수 있는 전부였다. 시도를 해봐야 했다.……빌레이를 믿고.

"일단 움직이기 시작하면, 멈추지 말고 계속 움직이세요."

로가 말했다.

나는 움직였고, 한 손이 뭔가를 찾았다. 홀드들이 나타났다. 홀드가 없을 때는 등반화의 끈끈한 고무 바닥과 나 자신의 운동량에 의해서 바위에서 떨어지지 않고 계속 올라갈 수 있었다.

커다란 홀드들이 있는 레지 바로 밑에 이르러서야 나는 동작을 멈추고 쉴 수 있었다. 로가 말했다.

"방금 가장 어려운 방법으로 프릭션 피치를 올라오셨습니다. 축하드립니다."

"귓져요, 아버지."

브룩이 말했다.

이번 생일은 정말 특별하다는 생각이 들었다.

▲▲▲

프릭션 피치 다음에는 등반이라고 할 만한 것이 별로 없었다. 우리는 작은 쿨루아르(산 속의 비좁은 협곡/옮긴이)를 걷다가 이면각 (二面角), 즉 펼친 책 모양의 크랙을 올라갔다. "언솔드의 라이백"이라고 부르는 곳이었다. 이 가운데 어느 곳도 특별히 어렵게 느껴지지 않았다. 브룩과 나는 이제 서로 웃음을 지으며 경치에 대해서 말을 주고받았다. 사실 경치는 대단히 아름다웠다. 등반화 발끝 너머를 보면 세상이 저 밑에 떨어져 있었다. 산꼭대기를 보면, 골짜기에서 올라올 때는 그렇게 크고 완강해 보였던 것이 이제는 아주 작아 보였다. 그렇게 산 위에서 내려다볼 때 그 느낌을……뭐라고 해야 하나? 나는 생각하고 있었다. 우월감은 아니었다. 물론 등반 문헌에는 "정복"이라는 말이 많이 나오지만. 하지만 이것은 꼭 그런 것이 아니었다.

정확한 말이 무엇이든, 나는 산소가 부족한 상태에서는 그 말을 찾아낼 수가 없었다. 게다가 앨릭스 로는 계속 우리를 정상으로 몰아대고 있었다. 브룩과 나는 많이 사용되는 흔한 말에 만족했다. "환상적"이라는 말이 완벽하고 두루 흠잡을 데 없는 것 같았다.

　　우리는 이제 정상 바로 밑의 능선에 올라와 있었다. 골짜기에서 보면 산의 어깨처럼 보이던 곳이었다. 우리는 이어서 작은 침니를 스테밍(넓은 침니에서 양 발과 양 손을 넓게 벌려 지지하며 올라가는 동작/옮긴이)으로 올라갔다. 그 다음에 자일을 말아쥐고 눈이 덮인 들판 두 개를 가로지르자, 미처 마음의 준비도 못한 채 그랜드의 정상에 이르게 되었다.

# 하산

이제 이 높이까지 올라왔으니, 비탈진 그늘을 뚫고 내려
가야 한다. 그래서 밤이 올 때까지 혼란스러운 길들을 헤
매고 다녀야 한다.

　　　　　　　　　　　　　　　── D.G. 로제티


　아홉 시쯤이었다. 킴 슈미츠와 솔트레이크 출신의 부부는 정상의
바위 위에 몸을 쭉 뻗고 햇볕을 즐겼다. 높이 솟아오른 해는 아주
따뜻했다. 새파란 하늘에는 구름 한 점 없었다. 북쪽으로 옐로스톤
국립공원이 보였다. 100킬로미터쯤 떨어진 곳에, 올드 페이스풀에
서 올라오는 수증기가 보였다. 나는 브룩의 사진을 몇 장 찍었고
브룩은 내 사진을 몇 장 찍었다. 앨릭스 로가 내 카메라로 우리 둘
의 사진을 몇 장 찍어주었다. 나는 로에게 우리를 정상까지 데려다
주어서 고맙다고 말했고, 그는 우리가 잘했다고 말했다. 우리는 물
을 조금 마시고 건포도를 먹었다. 우리는 정상에 올라온 지 15-20
분 정도 지나서 하산하기 시작했다.
　안부까지 내려가는 것은 쉽지 않았다. 하산이 등산보다 위험한
경우가 많다는 것은 등반 이야기에서 흔히 나오는 말이다. 클라이
머들은 지친 상태이고, 긴장도 풀려 있다. 해가 지기 전이나 날씨
가 나빠지기 전에 내려가려고 서두르는 경우도 많다. 우리의 상황
은 그렇지 않았지만, 어쨌든 그런 것들이 지금까지 많은 등반 사고
의 원인이 되었다.

우리는 길게 현수하강을 하여 지루한 하산길을 줄여나갔다. 골짜기에서 현수하강을 했을 때는 공연히 멋을 부리는 것처럼 보였다. 그러나 산에 높이 올라오자 현수하강은 고마운 것이었다. 계단을 내려가고 싶지 않을 때 엘리베이터를 타는 것과 같았다. 우리는 정오 무렵에 너덜에 이르렀고, 조금 지나서 안부에 도착했다. 배가 고프고 피곤했다. 당연한 일이었다. 그러나 다른 것도 있었다. 허탈감이라고 해야 할까? 클라이맥스가 지난 다음에 늘 찾아오는 느낌이었다.

우리는 오두막에서 점심을 먹었다. 슈미츠가 물을 끓이려고 했으나 물이 떨어졌다. 내가 샘에 가서 물통에 물을 채워오는 게 어떨지 물었다. 샘은 200미터 정도 떨어져 있었다.

"손님들한테 도움을 청하면 안 되는데."

"아무한테도 말하지 않을게요."

슈미츠는 어깨를 으쓱했다. 나는 플라스틱 통을 들고 빙하가 녹은 물을 채울 수 있는 곳까지 내려갔다. 돌아오는 길에는 두어 번 쉬어야 했다. 가슴이 타들어가는 것 같았다. 공기가 허파로 충분히 들어가지 않는 느낌이었다. 전에도 5갤런들이 물통을 든 적이 있었지만, 물통이 이렇게 무겁게 느껴지기는 처음이었다. 고도 때문이었다.

우리는 점심을 먹고 나서 산을 내려가기 시작했다. 한 줄로 서서 상당히 빠른 속도로 길을 따라갔다. 로는 올라올 때와 마찬가지로 빠르게 내려갔다. 브룩은 계속 힘이 늘고 있었다. 나는 무릎이 아파서 뒤로 처졌다.

나는 빙하의 빙퇴석들이 깔린 곳에 혼자 처져서, 돌 하나하나 사이를 헤쳐가고 있었다. 길은 때때로 완전히 사라졌기 때문에, 비탈을 내려가는 가장 효과적인 방법을 나 스스로 찾아야 했다. 그러다보면 또 길이 약간 나타나서, 한동안 그 길을 따라가게 되었다. 그러나 길은 다시 바위들이 만든 미로로 흩어져버렸다. 그러면 또 길을 만들면서 가야 하니, 걷는 박자 같은 것이 생길 수가 없었다. 지루했다.

그러나 주의를 기울여야 했다. 다른 것은 도저히 생각하지 못하는, 딱 그 수준의 주의력이 필요했다. 갑자기 떠오른 고등학교 동창생이 어떻게 되었는지 궁금해할 수도 없었고, 옛날에 실망스러웠던 일을 떠올리며 이렇게 했더라면 어떻게 달라졌을까 생각해볼 수도 없었다. 과거에 야외에서 야영을 할 때면 어스름녘에 좁지만 분명한 길을 따라서 야영장으로 돌아가며 이런저런 생각을 하곤 했었다. 그러나 지금은 그것이 불가능했다.

나는 시간을 잊었다. 다른 모든 것도 잊었다. 머릿속에는 오로지 저 둥근 돌로 내려서지 말고 이 평평한 돌로 올라서자, 그런 생각뿐이었다. 브룩은 한참 앞서가고 있었다. 그러나 눈에 보이지는 않았다. 로는 벌써 엑섬 본부에 도착했을지도 몰랐다.

나는 내 속도를 정하고, 내 루트를 개척했다. 나는 한두 번 발을 멈추고 쉬면서 물을 마시고 배낭 끈을 조절했다. 돌더미를 헤치고 내려가는 데에는 올라올 때와 똑같은 시간이 걸리는 것 같았다. 그러나 피할 수 없는 일이었다. 올라갈 때는 언제라도 그만둘 수가 있었다. 그냥 등을 돌리면서, 젠장, 다 그만두고 내려가겠다고 말할 수 있었다. 그러나 일단 올라가면, 반드시 내려와야 한다. 내려오는 데에는 선택의 여지가 없기 때문에 내려오는 일이 그렇게 고역으로 느껴지는지도 모른다. 이것은 중요한 통찰인지도 모른다. 삶의 지혜를 얻은 것 같기도 했다. 그러나 나에게는 그것을 정리할 여유가 없었다. 나는 계속 걷기만 했고, 무릎이 으깨지는 듯한 통증을 무시하려고 애를 썼다.

마침내 너덜을 빠져나와서 로지폴과 자작나무 숲으로 통하는 좁은 길을 찾았다. 브룩은 숲으로 들어가기 직전에 발을 멈추고 기다리고 있다가, 나를 보자 손을 흔들었다. 나도 손을 흔들었다. 그 애가 앞쪽 어딘가에 있을 것임을 알고 있었지만, 막상 눈에 띄자 오랜만에 만나는 것처럼 반가웠다.

나는 브룩에게 이르렀을 때 어색하게 그 애를 안았다. 배낭을 메고 있을 때는 포옹이 어려운 법이다.

"어떠니?"

내가 물었다. 내가 아버지였기 때문이다. 내가 아버지만 아니라면 그 애가 나에게 그 질문을 했을 것이다. 뒤처진 사람은 나니까. 올라갈 때는 브룩이 힘들어했다. 그러나 내려올 때는 내가 속도가 느렸다.

"좋아요."

실제로 그 애는 얼굴이나 목소리가 아주 상쾌했다. 나보다 훨씬 상쾌한 기분인 것 같았다.

"그런데 이거 아세요?"

"뭐?"

"내려오면서 계속 생각했는데요, 지금도 제가 저 꼭대기까지 올라갔다 왔다는 것이 믿어지지 않아요."

"주로 걷는 거였지 뭐. 어쨌든, 정상에서 겨우 15분을 있으려고 그 고생을 하다니."

"그래도 가치가 있었어요."

브룩이 힘주어 말했다.

"정말 그렇게 생각하니?"

"그럼요. 이건 제가 이제까지 해본 일 가운데 가장 멋진 거예요. 지금도 제가 해냈다는 게 믿어지지가 않는다니까요."

172

나는 그 말을 듣고 기분이 좋아 웃음을 지었다.

"아버지, 데려와주셔서 정말 고마워요."

"나한테도 좋은 일이었다."

"그리고 계속 올라가게 해주셔서 너무 기뻐요. 어제는 징징거려서 죄송해요."

"징징거리지 않았어."

"징징거렸죠. 하지만 아버지는 제가 그것을 넘어서도록 도와주셨어요. 아버지와 앨릭스와 킴이요."

"글쎄……."

"아니에요, 정말 아버지가 도와주신 거예요. 이런 말에도 익숙해지셔야죠."

물론 나는 딸이 나한테 이런 식으로 이야기하는 것에 익숙하지 않았다. 무슨 말을 해야 할지 알 수가 없었다.

"어쨌든 고맙습니다. 아버지는 최고예요."

어쨌든 생일선물은 그런 식으로 계속 굴러들어오고 있었다. 아직 잔치도 열지 않았는데.

▲▲▲

우리는 이런저런 이야기를 하며 함께 걸었다. 나는 말하기보다는 듣는 편이었다. 숲을 한참 걸었을 때 로와 만났다. 그는 고개를 올라가는 지그재그 길에서 우리를 기다리고 있었다.

"늦게 와서 미안합니다."

로는 웃음을 짓다가, 순간 표정이 바뀌었다.

"무슨 일이 있었습니까?"

"아뇨. 왜요?"

"다리를 저시잖아요."

"아, 무릎이 좀 아파서요."

"무릎이 왜요?"

"워낙 오래 됐잖습니까."

로는 다시 웃음을 지었다. 앨릭스 로에게는 감탄할 만한 면이 참 많다는 생각이 들었다. 특히 여러 가지를 즐길 줄 아는 능력이 그러했다. 힘든 등반, 사소한 농담, 그리고 그 사이에 있는 온갖 것들을 말이다.

"어쨌든 이제 얼마 안 남았습니다. 천천히 가도 한 시간이면 도착할 겁니다."

"천천히 가는 중입니다."

로는 잠시 나와 함께 걸었다. 아마 내가 망가진 상태이기 때문에 동무가 있으면 좋을 것이라고 생각한 것 같았다. 그런 거야 상관없었지만, 어쨌든 그와 이야기를 하는 것은 즐거웠다. 우리는 아이들에 대해서 이야기했다. 로의 아이는 아주 어렸다.

"그때가 좋은 때지요."

"그래요. 금방 지나간다고 하더군요."

"얼마나 빨리 지나가는지 믿어지지 않을 정돕니다. 걸음마를 배워서 신기하다 싶었는데 ——"

나는 우리를 앞서가고 있는 브룩을 향해서 고갯짓을 하며 말했다.

"—— 저렇게 되었다니까요."

"좋은 아입니다."

로는 마치 나를 안심시키려는 것처럼 이야기했다.

"그래요. 하지만 이제 내가 감당 못하게 커버렸죠."

대화는 평범하게 이어져나갔다. 둘 다 특별히 개인적인 이야기나 속사정을 드러내는 이야기는 하지 않았다. 그러나 우리는 아이에 대한 이야기를 즐겼다. 그리고 둘 다 아버지가 되는 일을 남들보다 진지하게 받아들이는 사람들인 것 같았다. 나야 이 세상에서 내세울 게 없는 사람이지만, 앨릭스 로는 그의 특별한 세계의 지배자이며 그 바닥에서는 유명 인사였다. 그 세계에서는 로가 자기 아이들에게 무심하다고 해도 전혀 개의치 않을 터였다. 그러나 그는 그렇지 않았다. 그는 자신을 아버지로 생각하는 것을 무엇보다 좋아했다.

나는 여전히 등반 뒤의 황홀한 기분에 젖어 있었다. 나는 등반이 단순한 과시행위가 아님을 깨달았다. 혼자 용기를 내어 해보는 번지 점프 같은 것이 아니었다. 하고 나면 금방 잊어버리는 일이 아니었다. 나는 마음 깊은 곳에서 이 등반을 즐겼다. 단순한 재미보다 훨씬 큰 어떤 것을 느꼈다. 나는 아직도 등반이 왜 나에게 이렇게 강한 영향을 주는지 표현할 언어를 찾지 못했다. 그런 언어는 나중에 찾아오겠지. 현재로서는 그런 영향을 주었다는 사실을 깨닫는 것으로 충분했다. 그리고 떠오르는 궁금증 —— 내가 더 젊어서 등반을 시작했다면 어땠을까?

많은 남자들이 그러는 것과는 달리 스스로를 치켜세우려는 것은 아니었다. 만일 내가 그런 지도를 받았다면, 그런 기회가 있었다면, 그때 여유를 가졌다면, 뭐가 되어도 되었을 것이라는 식으로……여기에는 무엇이든 채울 수 있다. 풋볼의 쿼터백이 되었다거나, 전투기 조종사가 되었다거나, 영화배우가 되었다거나, 클라이머가 되었다거나. 물론 앨릭스 로나 킴 슈미츠처럼 될 수는 없었을 것이다. 아마 브룩과 내가 등산학교에 처음 오던 날 처마 밑에서 비를 피하며 만났던 그 청년처럼 되었다면 다행일 것이다. 폴크스바겐 밴을 타고 적당한 바위를 찾아서 전국을 방랑하는 또 한 사람의 방랑자.

그렇게 되었을 수도 있다. 나에게도 자유로운 정신으로 살아가고

자 했던 시절이 있었으며, 그 시절에 유일하게 빠진 것이 등반이었다. 결국 나는 결혼한 남자이자 아버지가 되었다. 그로 인해서 머리카락이 쭈뼛 서는 전율에 취해서 살던 삶, 돈이나 약속은 까맣게 잊고 살던 삶은 끝이 난 것처럼 느껴질 때는, 가끔 남편이 되고 아버지가 된 것을 후회해본 적도 있다. 그러다가는 곧 죄책감을 느끼고, 다른 남자들, 나보다 나은 남자들, 나보다 나은 아버지들도 그렇게 약해지는 순간을 맞이할까 궁금해했다. 물론 그들도 그러려니 하는 생각이 들기는 했지만.

나는 앨릭스 로와 이야기를 하며 걷다가, 그에게도 그런 순간이 있는지 궁금해졌다. 물론 그는 아이들만 아니라면 산에 가 있을 텐데 하는 생각을 하지 않을 것이다. 그는 아이들에도 불구하고 산에 와 있으니까. 따라서 그가 후회를 한다면, 샌디 피트먼을 에베레스트에 데려다주기 위해서, 또는 할부금 —— 그가 전날 그랜드에 올라가면서 이야기했던 것 —— 을 내기 위해서 히말라야를 올라갈 때일 것이다. 그런 식으로 돈을 벌어야 한다는 것을 안타까워할지도 모른다.

그러나 후회 역시 불가피하게 제임스 버넘의 위대한 법칙의 지배를 받을 수밖에 없다.

"해답이 없는 곳에는 문제도 없다."

그런 후회들에 파묻혀 있는 것은 의미없는 짓이다. 그리고 어쨌든 나는 오늘 산에 올라갔고, 그것도 내 딸과 함께 올라가지 않았는가. 나는 그렇게 생각했다. 나이 쉰에 나의 본성의 다른 면을 부정하지 않으면서도 한쪽 면을 끝까지 따라가보는 일을 하지 않았는가. 그만하면 멋진 조화였다. 이제 내가 하고 싶은 것은 하산해서, 이 산을 떠나서 내 작은 가족의 또다른 부분인 마샤와 헤이들리를 만나는 것이었다. 우리가 다 모이면 케이크, 아이스크림, 샴페인으로 축하를 할 것이다. 그 시간을 고대하는 마음, 잠시 우리가 함께 있을 수 있는 시간을 고대하는 마음이 간절했다. 길 끝에서 로와 악수를 하고, 로가 그의 아내와 포옹을 한 뒤 아장아장 걷는 아이를 안아서 무등을 태우는 모습을 지켜보며, 그 마음은 더 간절해졌다. 아버지가 힘든 하루를 마치고 집에 돌아왔으며, 가족들 모두는 아버지가 돌아와서 기뻐하고 있었다. 이보다 더 좋은 일이 뭐가 있을까?

# 축하

경계를 넘은 곳이라면, 유쾌하고 풍성한 구름 밑이라면,
내 생일에 놀랄 수 있을 텐데.

—— 딜런 토머스

브룩과 나는 주차장에서 마샤와 헤이들리가 두고 간 차를 보았
다. 열쇠는 약속한 대로 주유구 뚜껑 속에 있었다. 그들은 친구와
함께 잭슨 남쪽으로 두어 시간 떨어진 곳에 갔다. 우리는 오늘 밤
에 만나기로 했다. 그리고 다음날 아침에는 스네이크 강의 사우스
포크에서 이틀간 배낚시를 하기로 했다. 그곳이 낚시질 하기에는
최고라는 이야기를 들었기 때문이다. 그러나 브룩과 나는 우선 무
스의 우리 숙소에 들러서 옷을 갈아입어야 했다. 어서 뜨거운 물에
샤워를 하고 깨끗한 옷을 입고 싶은 마음이 간절했다.

나는 숙소에 도착해서 전화 두 통을 했다. 먼저 플로리다에 계시
는 어머니께 전화를 드렸다. 무사히 올라갔다 내려왔다고 말씀드
렸다. 어머니는 계속 이 등반에 못마땅해하셨다. 손녀가 끼어 있기
때문에 더욱 그랬다. 그래서 내 전화를 받고 크게 안심하셨으며,
아침에 보내드린 꽃도 고맙다고 하셨다. 나는 몇 년 전부터 매년
내 생일이 되면 어머니께 장미 열두 송이를 보냈다.

이어서 마샤가 가 있는 곳에 전화를 했다. 마샤가 없길래 짧은
메시지를 남겼다.

178

"우리가 해냈어."

몇 분 뒤 브룩과 나는 차를 타고 나섰다. 둘 다 오랫동안 말이 없었다. 오늘 하루는 새벽 네 시에 앨릭스 로가 성냥을 켰을 때 시작되었다. 긴 하루였고, 피곤한 하루였다. 우리는 산에 올라갈 몸을 만들기 위해서 몇 주 동안 열심히 운동을 했지만, 그래도 막상 갔다 오니 근육이 당겼다. 브룩은 아까 오늘의 산행이 자신이 그때까지 해본 일 가운데 가장 힘들었다고 말했다. 나는 군인으로서 더 힘든 일도 해보았다. 그러나 그때는 젊었고 또 선택의 여지가 없었다. 어쨌든 산에 갔다 오니 피곤하고 온몸이 쑤셨다. 무릎도 아팠다. 몸의 다른 곳들도 성치 않은 느낌이었다. 우리는 편의점에 들러서 커피를 샀다. 운전을 하다가 졸까봐 걱정이 되었기 때문이다.

커피를 마신 뒤에도 우리는 차 안에서 별 말이 없었다. 이것은 드문 일이었다. 브룩은 말하기를 좋아하는 아이였다. 영화를 보고 와서 어땠냐고 물으면 그 애는 "괜찮았어요"라든가 "지루했어요"라든가 하는 식으로 그냥 간단하게 대답하는 법이 없었다. 그 영화에 대해서 모든 이야기를 해야 직성이 풀렸다. 멀리 갔을 때 집으로 전화를 하면 통화가 한 시간 이상 가기 일쑤였다.

그러나 이 날 저녁 스네이크 강 골짜기를 따라서 내려갈 때는 조용했다. 일부러 침묵하거나 생각에 잠긴 것은 아니었다. 그냥 조용했다. 우리는 둘 다 대화를 해보려고 약간씩 노력을 했으나, 번번이 이어지지를 못했다. 저물어가는 빛 속에서 차의 움직임에 몸을 맡기고, 커피를 마시며 각자의 생각에 빠져 있는 것이 편했다.

사실 나는 그 애에 대한 생각을 하고 있었다. 저 애가 무슨 생각을 하고 있을까? 브룩은 열다섯 살이었다. 아직 그 애의 인생의 대부분을 알 수 없다는 뜻이었다. 예를 들면 나의 경우와는 완전히 다르다는 뜻이었다.

내가 그 애 나이였을 때를 기억해보려고 했다. 내 미래가 과거보다 엄청나게 큰 것이었을 때, 모든 가능성이 열려 있었을 때. 기분에 따라서, 아니면 오늘 하루가 어땠느냐에 따라서 미래가 곤혹스럽게 느껴지기도 했고 흥분을 일으키기도 했다. 나는 그런 기억을 떠올리면서, 브룩도 똑같을 것이라고 생각했다. 내 경우는 브룩의 나이 이후로 젊음이, 아니 인생 전체가 더 힘들어졌지만. 나는 브룩을 돕고 싶었다. 예측이 불가능한 것들에 대해서 생각하는 방법을 찾는 것을 돕는 일이라고 해도. 그러나 결국 나는 도울 수 없다는 것을 알고 있었다.

▲▲▲

우리는 와이오밍 주 애프턴 외곽의 실버스프링 로지에서 축하 파티를 열었다. 내 생일을 축하했고, 성공적인 등반도 축하했다. 작은 축하 파티였다. 우리 넷 —— 마샤, 브룩, 헤이들리 그리고 나 —— 과 버몬트 시절부터 사귄 오랜 친구이자, 오비스의 최고 경영자로 있다가 그즈음 은퇴한 리 퍼킨스가 참석했다. 퍼킨스는 아주 의욕적인 사람이었다. 자신이 좋아하는 스포츠를 찾아다니는 열의와 헌신성을 보면 감탄이 절로 나왔다. 그는 플라이 낚시나 새 사냥을 갈 기회가 생기면 절대로 놓치지 않았다. 그리고 한번 가면 전심전력을 다했다. 설사 물고기 한 마리, 새 한 마리를 못 잡더라도 반드시 좋은 시간을 보내고야 말겠다는 각오였다. 1950년대에 대학에 다닐 때는 그의 룸메이트가 그의 새 사냥개 역할을 맡았다. 그러던 학창시절의 어느 주말, 뇌조 사냥을 나갔을 때 그는 몸이 썩 좋지 않았다. 남학생 사교 클럽 파티 때문에 전날 늦게 잔 탓이라고 그는 생각했다. 그런데 들판에 나가서 두 시간을 보낸 뒤에도 몸이 나아지기는커녕 점점 더 나빠지자, 토요일 아침의 숙취 정도가 아니라 좀더 심각한 문제가 있다는 생각이 들었다. 독감인 것 같기도 했다. 더 이상 버틸 수가 없었던 그는 기다시피 차로 돌아가서 학교 보건소로 갔다. 보건소에서는 금방 진단이 나왔다. 소아마비였다.

주립병원으로 옮겨져서 다른 소아마비 환자들과 함께 입원을 했다. 환자들 가운데 일부는 철제 호흡 보조기를 차고 있었다. 그러나 그는 아무 후유증 없이 회복되었다. 아니, 오히려 삶에 대한 의욕이 더 강해졌다. 그는 아마 오늘도 그때와 똑같은 기분으로 들판에 나가서, 더 이상 서 있을 수 없을 때가 되어서야 돌아왔을 것이다. 그는 등반을 했어도 잘했을 사람이었다.

그는 나와 브룩을 보더니 말했다.

"이야, 멋져 보이네. 둘 다 말이야. 등반이 그렇게 건강에 좋은지 몰랐는걸. 얼굴에서 빛이 나네그려."

내 많은 친구들과 마찬가지로 퍼킨스 역시 처음에는 이 등반에 회의적이었다. 의미를 알 수 없다는 거였다. 아직 낚싯대를 담가보지 못한 저 위의 냇물 가운데 송어가 사는 곳이 있다면야 또 모르겠지만. 그러나 그는 내가 브룩과 함께 등반을 하는 것은 마음에 든다고 했다.

그는 우리를 아낌없이 축하해주었다.

마샤와 헤이들리도 마찬가지였다. 헤이들리는 말했다.

"둘 다 정말 멋져요. 아버지도 언니도 최고예요."

나는 헤이들리에게 한번 해볼 준비가 되었느냐고 물었다.

"아뇨. 그건 아빠하고 브룩이 할 일이에요."

나는 약간의 가책을 느꼈다. 헤이들리가 선택한 것이기는 했지만. 어쨌든 그 애는 이 일에서 배제되었다. 헤이들리는 쾌활해 보였다. 그러나 세상에는 산에 올라가는 것보다 더 힘든 일들이 있다는 것을 이미 아는 아이 같았다.

"뭐, 그냥 큰 언덕 정도일 뿐인데."

내가 말했다.

"하지만 해내셨잖아요."

헤이들리가 말했다. 그 애의 얼굴이 약간 심각해졌다. 내가 스스로 한 일의 중요성을 높이 평가하지 않을까봐 걱정하는 것 같았다. 헤이들리가 말을 이었다.

"게다가 그건 정말 멋진 거예요."

"그럼 고맙구나. 나는 너도 아주 멋지다고 생각해."

헤이들리는 나를 끌어안으며 말했다.

"생일 축하해요."

▲▲▲

마샤가 말했다.

"처음에 당신이 하겠다고 했을 때는 믿어지지가 않았어요. 비행기를 탈 때까지도 믿기지 않더라고요. 그리고 일단 믿게 되자 싫어졌고요."

마샤는 불안해했다. 나도 그것을 알고 있었다. 그러나 마샤가 얼마나 불안해하는지 깨달을 만큼 민감하지는 못했다. 물론 마샤의 불안은 브룩과 큰 관계가 있었다. 나의 이 허황된 짓에는 그녀의 가족 가운데 25퍼센트가 아니라 반이 관련되어 있었다. 그러나 마샤 자신이 태연한 척 연기를 했기 때문에 나의 무심함도 그대로 유지될 수 있었다. 그것을 몰랐던 것은 나만이 아니었다.

"나는 모두가 찬성인 줄 알았는데요."

브룩이 말했다.

"나도 마찬가지인데."

리가 말했다.

"그럼 오늘 어머니를 봤어야 했는데."

헤이들리가 말했다.

"걱정하시더냐?"

내가 물었다.

"정말 걱정하셨어요."

"걱정한 게 아니야. 좀 불안했을 뿐이지."

"아까 아버지 케이크를 사러 갔었거든요. 갔다 와서 아버지가 남긴 메시지를 듣고 어머니는 우셨어요."

"헤이들리."

마샤가 말했다.

"하지만 사실이잖아요."

"고자질하면 안 되지. 어쨌든 그냥 안심이 되어서 그랬을 뿐이야."

우리는 실버스트림에 식사를 주문했다. 웨이트리스는 샴페인 잔에 가장 근접한 잔들을 가져왔다. 브룩과 헤이들리에게도 잔을 가져다달라고 하자 웨이트리스는 그렇게 해주었다. 그리고 아이들도 내 생일을 위해서, 그리고 성공적인 등반을 위해서 건배를 할 수 있도록 샴페인을 조금씩 따라주기까지 했다. 우리는 모르몬교가 지배하는 골짜기에 와 있었지만, 웨이트리스도 그 정도는 이해해주는 것 같았다.

우리는 즐거웠지만, 나는 주위의 관심이 약간 불편했다. 나도 사람들이 레스토랑에서 생일축하 노래를 불러주는 바람에 원치도 않는데 쑥스럽게도 관심의 초점이 되는 일에는 익숙했다. 따라서 그런 것 때문은 아니었다. 부조화는 마샤, 리, 헤이들리가 등반에 대해서 흥분해서 이야기하는 것과 내가 알고 있는 —— 아마 브룩도 알고 있을 —— 현실 사이의 차이 때문이었다. 한 번도 등산을 해보지 않았거나 생각해보지도 않았을 경우에는 그랜드에 올라가는 일이 아주 심각하게 여겨진다. 위험하고 육체적으로도 힘든 일로 보인다.

그러나 우리는 올라가보았기 때문에, 그것도 가이드들과 함께 올라가보았기 때문에, 그 일을 좀더 객관적으로 평가할 수 있었다. 우리는 비행기를 타고 올라간 셈이었지만, 조종사는 아니었다. 그러나 진짜 조종사들의 행동은 구경할 수 있었다.

그래도 가까운 사람들이 내가 한 일에 감탄하고, 사실은 그런 것이 아닌데도 무슨 대단한 일이나 한 것처럼 이야기하는 것을 들으면 그때나 나중에나 기분은 좋았다. 그러나 피로와 샴페인에 동시에 취해서 노곤하고 어지럽던 그 첫날밤부터 나는 이미 등반을 더 해보고 싶다는 생각, 한 번으로 끝낼 일이 아니라는 생각을 하고 있었다. 오래 전 그랜드를 올라갈 생각을 처음 했을 때 예상했던 대로, 나는 등반에 강하게 이끌렸다. 이제 그 생각이 형태와 구체성을 갖추게 되자 더욱더 유혹적이 되었다. 나는 노출된 바위에서의 무브가 어떤 모습이고 어떤 느낌인지를 알았으며, 그 느낌이 마음에 들었다.

그래서 나는 그날 밤 가족들과 리의 질문에 대답을 하면서, 그리고 나중에는 관심 있는 친구들의 질문에 대답을 하면서, 너무 거창하게 말하지 않으려고 애를 썼다. 이것은 결코 거짓 겸손이 아니었다. 나는 매일 그 등반을 생각했으며, 그것은 멋진 추억이었다. 그러나 내가 무슨 특별한 일을 했다는 식으로 스스로를 속이려고 들지는 않았다. 나는 그 일이 일회적인 것이 아니라고 확신했다. 브룩도 나와 같은 생각일까? 그러기를 바랐다.

우리가 샴페인을 다 마시자 리가 잔을 들어올리며 말했다.

"자, 두 사람의 모험을 위해서. 그런 일을 했다는 것이 정말 장해."

나는 웃음을 지으며 어정쩡하게 고개를 끄덕였다.

우리 모두는 샴페인을 마셨다. 그리고 나서 하얗게 가루가 뿌려진 노란 케이크에 꽂힌 촛불을 불어서 껐다. 그 장식이 꼭 그랜드의 옆모습 같았다. 다섯 개의 초. 하나에 십 년씩.

"최고의 생일이야."

진심이었다.

# 다시 지상으로

산악인들은 글에서는 좀처럼 자신이나 자신이 말하는 주
제의 존엄성을 바르게 보여주지 못한다.

—— 로빈 페든

집으로 돌아가자 등반은 사라졌다. 나는 일로 돌아갔고, 브룩은
학교로 돌아갔다. 브룩은 학교에서 계속 공부를 열심히 했고 또 잘
했지만, 여전히 외톨이였고 서먹서먹해했다. 그러나 그만두지는 않
겠다고 결심하고 있었다.

마샤는 브룩을 자주 보러 갔다. 나는 편지를 자주 썼다. 게리 라
슨의 만화가 특히 재미있을 때는 신문에서 오려 동봉했다. 나는 린
힐에 대한 기사를 보게 되었다. 그녀는 워낙 훌륭해서 가장 위대한
암벽 클라이머라고 부르는 것으로는 모자란 사람이었다. 힐은 하
루에 옐로스톤의 엘캡의 "코"를 자유 등반했는데, 이것은 마라톤에
서 1.6킬로미터를 1분에 달리는 것에 비교할 수 있는 놀라운 기록
이었다. 나는 린 힐의 포스터를 찾아서, 기숙사 벽에 걸어놓으라고
브룩에게 보내주었다.

한편 나는 등반에 대한 책들을 닥치는 대로 읽으면서, 클라이머
출신이거나 등반에 대해서 알고 있는 다른 잡지 기자들과 이야기
를 나누었다. 그렇게 전화로 이야기를 나누던 사람들 가운데 매사
추세츠 출신이 있었다. 그는 등반을 위해서 사는 사람이라고 할 수

186

있었는데, 통화 중에 애머스트 대학을 다닐 때 친구들과 함께 브룩의 학교 근처에서 많이 등반을 했다고 이야기했다.

"정말입니까? 그게 어딘데요?"

"가장 좋은 곳은 '로즈 레지스'라는 곳이죠."

"그게 그 학교에서 얼마나 멀지요?"

"걸어서 금방입니다. 따님한테 이야기해주세요."

물론 이야기해주었다. 아이가 특히 우울해하던 시기였다. 브룩은 즐거운 표정을 지으며 강한 모습을 보여주려고 했지만, 아버지로서 모를 수가 없는 일이었다.

"산에 가야겠구나. 그러면 두어 시간 학교는 잊을 수 있을 테니까."

"갈 데가 없어요."

"없긴 왜 없어."

나는 친구가 해준 이야기를 전했다.

"함께 갈 사람도 없어요. 어차피 시간도 없고요."

"방과 후에는 어때?"

"달리기를 해야 돼요."

그 학교는 체육이 의무였다. 그것은 이론적으로는 좋은 일이었다. 운동은 아이들이 방에서, 또 자아 몰두라는 꼬치에서 나오게 하는 데에 좋았다. 그러나 팀 운동이라는 것은 어떤 아이들에게는 그들이 외톨이라는 느낌을 더 확인시켜줄 뿐이었다. 브룩은 수영을 했고, 크로스컨트리를 했고, 라크로스를 했다. 브룩은 그 가운데 어느 것도 즐거워했던 것 같지 않다. 그 애의 크로스컨트리 감독은 그 애가 아플 때에도 헌신적인 태도로 계속 훈련을 받으려고 한다고 칭찬했다. 그러나 이런 칭찬은 브룩이 점점 자신에 대해서 강하게 느끼는 점을 강조할 뿐인 것 같았다. 즉 그 애는 외톨이이고 기질상 금욕적이라는 것, 다시 말해서 클라이머라는 것이었다.

나는 학교에도 암벽 등반을 해본 아이들이 있을지 모른다고 말해주었다. 아니면 하고 싶어하는 아이들이 있거나 네가 클럽을 만들 수도 있잖아. 나는 조심스럽게, 주장이 아니라 제안을 했다.

"모르겠어요. 학교에서 못 하게 할지도 몰라요."

"학교에서 너를 도와줄 만한 사람을 찾아보렴."

브룩은 작은 몸집에 사납기로 소문난 웨일스인과 가까웠다. 화학교사 딕 진스는 학생들이 졸업 후에도 오랫동안 기억하는 교사들 가운데 하나였다. 다행히도 진스는 야외활동을 무척 좋아하는 사람이었다.

진스는 브룩의 이야기를 듣더니 암벽 등반 클럽에 흥미를 느꼈다.

"그거 좋은 생각이구나. 풀밭에서 축구공을 쫓아다니는 것보다 훨씬 재미있겠는데."

진스는 브룩이 학교 신문에 발표를 하고, 학교 당국에 신청서를 내는 것을 도와주었다. 브룩은 학교에서 반대할지도 모른다고 걱정했다. 나도 같은 생각이었다. 다른 것은 둘째치고 위험하다는 면이 문제가 될 수 있었다.

그러나 사립학교는 열심히 하려고 하는 사람은 밀어주는 면도 있었다. 클럽은 승인을 받았고, 많지는 않지만 활동비도 지원받게 되었다. 진스가 지도교사 및 감독으로 선정되었다. 브룩을 포함해서 열 명 정도가 가입했다. 이로써 등반은 브룩의 탈출구가 되었다. 브룩은 집에 전화를 할 때마다 로즈 레지스를 올라가면서 점점 어려운 무브들을 익힌다고 이야기하곤 했다.

그러면 나는 실제로 등반은 못하지만 클라이머들이 쓴 책이나 클라이머들에 대한 책은 많이 읽는다고 이야기하곤 했다. 나는 안락의자에 앉은 산악인이 되어가고 있다고 말했다. 물론 그런 산악

인이 있을 수 있다고 생각해본 적은 없지만 말이다. 예를 들면 남북전쟁에 대해서 폭넓게 여러 가지를 뒤져가며 읽는 사람을 이해할 수 있다. 하지만 등반은? 등반에 관심이 있다면 방 안에 앉아서 책을 읽을 것이 아니라 밖에 나가서 직접 하면 될 것이 아닌가.

그러나 나는 너무 바빠서 멀리 갈 수가 없었다. 실제로 등반을 하는 데에 필요한 시간을 낼 수가 없었다. 그래서 나는 책을 읽었는데, 내가 읽은 것들 가운데는 좋은 책이 많았다. 나는 『K2』, 『잔인한 산』, 『안나푸르나』 등을 읽었다. 이 책들은 8,000미터급 산들을 등반한 이야기였다. 전부 고전이었다. K2 원정에 대한 책에는 전설처럼 내려오는 구사일생의 이야기 하나가 포함되어 있는데, 어쨌든 이 원정은 결국 실패와 죽음으로 끝났다. 안나푸르나 원정은 처음으로 8,000미터급 산에 오른 이야기였다. 그러나 여기에도 희생은 있었다.

내가 읽은 책들 가운데 몇 권은 비극보다는 자연과 마주했을 때 인간이 느끼는 경외감이나 기쁨을 표현한 것이었다. 나는 보통 이런 책들을 더 좋아했다. 나는 특히 영국의 괴짜 탐험가 H.W. 틸먼을 좋아했다. 틸먼은 아프리카를 자전거로 횡단하기도 하고, 1938년에 트위드 옷을 입고 해발 8,400미터까지 올라가기도 했다. 그는 20년 뒤인 1958년에 북극 원정을 떠날 승무원들을 모집할 때 『런던 타임스』에 다음과 같은 별난 광고를 냈다.

작은 배를 타고 오래 항해할 일꾼 구함. 보수 없고, 성공 가능성 없으며, 재미도 별로 없음.

내가 읽은 책들 가운데 다수는 오래 되었고, 절판된 것도 많았다. 그러나 현대에도 좋은 작가들이 많았다. 나도 글을 쓰곤 하는 『아웃사이드』지에 많은 글을 쓴 데이비드 로버츠는 등반에 대해서 정확하고 깊은 감정을 담은 글을 썼다. 그는 하버드 졸업생으로, 그곳의 산악 클럽 회원이었다. 그는 알래스카에서 대담한 등반을 여러 번 했으며, 그가 처음 등정한 곳도 몇 군데 있었다. 그는 어렵고 전문적인 일을 하면서도, 동시에 재능 있는 소설가처럼 한 발 물러나 임상적인 거리를 두고 냉정하게 그 일을 다룰 줄 아는 희귀한 존재였다. 나는 그가 등반에 대해서 쓴 모든 글을 읽었으며, 그에게 팬레터를 한두 통 보내기도 했다.

로버츠는 우선 작가이고, 그 다음에 클라이머였다. 현재 등반에 대해서 글을 쓰는 사람들 가운데 그는 독특한 존재였다. 당시에는 대부분의 등반 서적들을 등반에 대해서는 정열적이지만 글에는 사무적인 사람들이 썼다. 그들은 어떤 일을 경험한 뒤에 그것에 대해서 써야만 한다는 강박감을 가지게 되었다. 그 경험이 재난, 심지어 죽음에 가까울수록……책은 더 강렬해졌다.

그래서 그런지 실패한 등반에 대한 책이 많은 것 같았다. 『허공을 만지며』는 파트너가 추락하면서 둘 다 죽게 된 상황에서 어쩔 수 없이 자일을 자른 이야기였다. 『파열』은 저자가 등반의 목적지로 삼았던 산의 절벽을 묘사하는 말인 동시에 클라이머와 파트너 사이의 감정적 갈등을 가리키는 말이기도 하다. 그리고 『난다 데비』라는 책도 있다.

이 책은 현대에 이루어진, 비극적이고 논란이 많은 등반에 대한 이야기로, 존 크라카우어의 『희박한 공기 속으로』에서 묘사된 에베레스트 재난의 전조를 보여주는 듯한 책이다. 『난다 데비』의 저자 존 로즈켈리는 이 1976년 원정대의 클라이머 가운데 하나였으며, 당시 세계 고산 등반의 강자 가운데 하나였다. 그러나 등반의 초점은 윌리 언솔드의 스물두 살 된 딸이었다. 언솔드는 그가 1949년에 처음 본 히말라야의 한 봉우리의 이름을 따서 딸의 이름을 지었다. 7,816미터인 그 산의 이름이 바로 난다 데비인데, 힌두어로 "기쁨의 여신"이라는 뜻이다.

언솔드와 그의 딸은 둘 다 1976년 원정 멤버였다. 언솔드는 그의 세대에서 가장 유명한 미국인 클라이머들 가운데 한 사람이며, 등반계에서는 1963년 에베레스트 정상을 밟은 뒤 고산 비부악 중에 살아남은 이야기가 전설로 내려오고 있다. 언솔드는 그 일로 발가락 아홉 개를 잃었지만, 등반을 포기하지 않았다. 언솔드는 구시대적 클라이머였다. 실용적이라기보다는 낭만적이었으며, 자유로운 정신을 지녔고 장난기 많은 외향적인 사람이었다. 언솔드는 오십대가 되어, 고산 등반가로서의 경력의 끝에 다가서 있었다.

난다 데비 언솔드는 아버지만큼의 경험이나 기술적 전문성은 없었지만, 그녀를 아는 사람들에 따르면 활기차고, 밝고, 매혹적인 인물이었다고 한다. 그녀를 알았던 앨 리드는 이렇게 말했다.

"아주 특별한 사람입니다. 그냥 옆에 있고 싶어지는 그런 사람이었지요."

그러나 이 젊은 여인을 그녀와 이름이 같은 산 꼭대기에 올려놓자는 낭만적인 목적을 가진 원정은 성격 갈등, 악천후, 잘못된 판단, 불운 때문에 실패하게 된다. 로즈켈리는 정상에 올랐다. 그러나 난다 데비는 정상에 도전하기 전 해발 7,300미터의 텐트 안에서 죽었다. 그녀의 아버지는 딸이 죽기 직전 밖으로 나왔다.

난다 데비에게는 탈장 증세가 있었지만, 그것 때문에 고통스러워하지는 않았다. 그래도 일부 팀메이트들은 그녀가 내려가기를 원했다. 그러나 난다 데비는 거부했고, 그녀의 아버지도 강요하려고 했던 것 같지는 않다. 언솔드는 스스로 결정을 하도록 내버려두었고, 그녀는 정상까지 밀어부치기로 결심했다. 그러나 상태가 악화되었고, 그녀는 아마 복막염으로 죽었을 것이다. 그것은 고도와는 관계가 없었다.……높은 산에서는 필요한 의학적 치료를 제때 받을 수 없다는 것 외에.

데비 언솔드의 아버지와 다른 두 클라이머는 그녀의 시신을 침낭에 넣어 산에서 아래로 던졌다. 마치 배에서 시신을 바다에 던지는 것처럼. 윌리 언솔드는 "그 애의 몸을 산에게 맡겼다"고 말했다.

언솔드도 그뒤 폭풍을 만나 엄청난 고생을 한 끝에 간신히 살아왔다. 그러나 어떤 순간에는 아마 그냥 그 자리에서 죽고 싶지 않았을까?

윌리 언솔드와 함께 산을 내려온 다른 클라이머는 말한다.

"윌리는 머리와 수염이 원래 잿빛이었고 약간 붉은 기운이 감돌았다. 우리가 베이스 캠프에 돌아와 하룻밤을 자고 난 뒤 나는 윌리를 보고 충격을 받았다. 턱수염과 머리카락이 불과 이틀 사이에 완전히 하얗게 세어버린 것이다. 그런 일이 있다는 이야기는 들었지만, 막상 내 눈으로 보니 도저히 믿어지지가 않았다. 그만큼 그는 망연자실해 있었다."

그로부터 삼 년이 안 되어 윌리 언솔드는 레이니어 산에서 산사태를 만나 죽고 말았다.

『난다 데비』는 내 마음에서 쉽게 잊혀지지 않았는데, 그 이유를 찾는 것은 어렵지 않았다.

▲▲▲

그뒤 나는 한동안 너무 모질지 않은 등반 이야기들을 찾기 시작했다. 물론 등반은 어렵고 또 위험하다. 특히 극단적인 경우에는. 그것을 피해갈 도리는 없다. 그러나 단순한 마조키즘 —— 또 책을 쓴 사람들의 경우에는 자기 과시 —— 이상의 것이 있음에 틀림없었다. 이 책들, 그리고 이 작가들은 등반이 나에게 유혹적으로 다가오는 이유를 완전히 놓치고 있는 것 같았다. 내가 그 전설들을 통해서 존경하게 된 사람들, 예를 들면 이본 슈이나드나 글렌 엑섬 같은 사람들, 또는 잠깐이기는 하지만 직접 만나본 사람들, 예를 들면 앨릭스 로 같은 사람들은 모질다고 할 수 없었다. 그들은 자유로운 정신들이었다. 삶을 즐기는, 활력이 충만한 사람들이었다. 등반에 대해서는 고개를 절레절레 흔들어도, 그런 활력만큼은 좀 빌리고 싶은 마음이 생길 수도 있었다. 그러나 등반에 대한 현대적 글에서는 그런 면을 찾아보기가 힘들었다.

그래서 나는 『눈먼 모퉁이』라는 작은 책에 더욱 마음이 끌렸던 것 같다. 나는 그 책을 어느날 우편으로 받고 흥미를 느꼈다. 서문을 에드먼드("에드"가 아니라) 힐러리 경이 써서 그랬는지도 모르겠다. 어쨌든 나는 그 책을 첫 장부터 마지막 장까지 쉬지 않고 읽었다. 저자 제프 태빈은 의대생인데 등반에 대한 갈망이 워낙 강하여, 주기적으로 공부를 접고 의사를 필요로 하는 원정대에 참가함으로써 그 갈망을 충족시켰다. 이것은 오래 된 등반 전통이었다. 훌륭한 의사들은 원정대에 끼기 위해서 그냥 괜찮은 수준의 클라이머이기만 하면 되었다. 그러나 의사가 아닌 클라이머는 아주 훌륭해야만 그런 원정대에 낄 수 있었다. 요즘에는 괜찮은 수준의 등반 솜씨를 가진 비디오 아티스트들도 같은 입장이다.

사실 태빈은 클라이머로서 괜찮은 수준 이상이었다. 상당한 솜씨였다. 게다가 의사였기 때문에 그는 클라이머라면 누구나 선망하는 원정대에 낄 수 있었다. 태빈은 이 책을 썼을 때(1993년), 유명한 7대 정상을 밟아본 소수 가운데 한 사람이었다. 그러나 그의 책을 몇 장만 읽어 보면 그가 트로피를 챙기거나 자기 과시를 하려는 사람이 아님을 알 수 있었다. 그는 산을 사랑했고, 등반을 사랑했고, 원정에서 형성되는 동지애를 사랑했다. 그의 열의는 어린 아이 같았고, 따라서 그만큼 감화력도 있어서, 나는 그의 책에 찬사를 보내는 서평을 썼다.

서평은 쓰고 나서 두 달 뒤쯤 게재되기 때문에, 나는 미처 그것을 챙기지 못했다. 그래서 어느날 누가 내 사무실로 전화를 하여, "여보세요, 저 제프 태빈입니다" 하고 말했을 때, 나는 잘못 걸려온 전화인 줄 알았다.

"네."

내가 대꾸했다.

"노먼 씨이십니까?"

"네."

"어, 저는 제프 태빈인데요. 선생님께서 제 책에 서평을 해주셨지요."

나는 누가 불만을 토로하려는 것인 줄 알고, 그즈음 어떤 책에 혹평을 한 적이 있는지 기억해내려고 애썼다. 그러면서 도대체 누가 내 전화번호를 알려주었는지 궁금했다.

"등반에 대한 책인데요."

태빈은 내 기억을 거들었다.

그래도 나는 아무런 생각이 나지 않았다.

"에드먼드 힐러리가 서문을 썼지요."

"아, 맞아요."

나는 사과를 하기 시작했다. 나도 책을 써본 사람이라서 사람들이 자기 책에 대해서 어떻게 느끼는지, 다른 사람들이 같은 느낌을 공유하지 못한다는 것을 알았을 때 얼마나 가슴이 아픈지를 잘 알았다.

"죄송합니다. 오늘 좀 정신이 없어서요……마감을 맞추느라

194

고……제대로 듣지를 못했습니다……처음에 이름부터 못 들었습니다.……"

"나중에 다시 전화드릴까요?"

"아뇨, 아뇨. 이제 다 끝나갑니다."

내가 한 말이 사실은 아니었지만, 나는 그 사람 이름을 기억하지 못한 데에 죄책감을 느꼈기 때문에 그렇게 둘러댈 수밖에 없었다. 그나저나 등반에 대해서 이야기할 기회가 생겼다는 느낌이 들었다. 내가 무엇을 하고 있든, 어쨌든 그것보다는 등반 이야기가 훨씬 더 재미있을 것 같았다.

"서평 고맙다고 말씀드리려고 전화한 것뿐입니다."

"으히려 제가 고맙지요. 좋은 책을 써주셔서."

"선생님도 클라이머이시겠군요."

나는 그렇다고 대답하고, 내가 얼마나 유능한지에 대해서는 그쪽에서 알아서 결론내리게 하고 싶은 유혹을 느꼈다. 그러나 그렇게 하지는 않았다. 내가 그의 책을 좋아했기 때문에 그 저자가 솔직한 대답을 들을 자격이 있다고 생각한 것이다.

"아뇨, 그렇지는 않습니다."

"그래도 등반은 해보신 것 같던데요."

"조금 더 일찍 시작하고, 조금 더 많이 했기를 바랄 만큼만 해봤지요."

나는 결국 그랜드에 대한 이야기를 하게 되었다. 그랜드는 내 기억 속에서 점점 더 커지고 있었다. 그러나 등반에 대해서 아는 사람에게 그 이야기를 할 때마다 점점 작아지는 것 같기도 했다. F-14기를 항공모함 갑판에 착륙시키는 조종사에게 세스나 185를 몇 분 몰아본 경험을 이야기하는 기분이었다.

그러나 태빈은 관대했고, 심지어 내 경험을 높이 평가해주기까지

했다. 나는 그것이 그가 나에게 신세진 기분이 들기 때문임에 틀림없다고 생각했다.

"언제 한번 같이 등반을 해야겠네요. 따님을 데려오셔도 좋습니다."

그가 말했다.

그것은 사람들이 흔히 "언제 점심 한번 합시다" 하고 말하는 것과 같았다. 낯선 두 사람이 언제 한번 절벽에 같이 매달리자고 하는 것이 점심을 먹자는 것보다 색다른 면은 있었지만. 어쨌든 나는 절대 그런 일은 없을 것이라고 생각하면서도, 그것 참 좋은 생각이라는 둥 맞장구를 쳤던 것 같다.

태빈이 말했다.

"거기가 정크스에서 그렇게 멀지 않죠? 3주 후에 아는 사람 결혼식 때문에 그곳에 가야 하는데, 어떻습니까?"

"진담이시라면……."

"물론이죠.……"

▲▲▲

그래서 나는 브룩에게 태빈의 책을 보내면서, 함께 등반을 하자는 초대를 받았는데 관심 있냐는 내용의 편지를 보냈다. 브룩은 이틀 뒤에 전화를 했다.

"이 책 정말 끝내줘요."

"네가 좋아할 줄 알았다."

"이 사람이 정말 함께 등반을 가자고 해요?"

"그러더구나."

"그거 정말 끝내주는데요."

"가고 싶니?"

"그럼요. 아버지는요?"

"약간 어색하지 않을까 하는 생각이 들었어. 그 사람은 에베레스트 정상에도 올라가본 사람이거든."

"참, 아버지도. 앨릭스 로도 에베레스트 정상에 가본 사람이에요. 우리는 그 사람하고도 함께 갔잖아요."

"하지만 그때야 우리가 돈을 낸 거지."

"무슨 말씀인지 알겠어요."

브룩은 잠시 생각하더니 덧붙였다.

"하지만 그 사람이 아버지한테 먼저 이야기한 거잖아요. 꼭 그렇게 하지는 않아도 되는 건데."

"맞다."

"게다가 정크스예요, 아버지. 앨릭스 로가 미국 최고의 암벽 등반 몇 건이 정크스에서 이루어졌다고 했던 말 기억나세요?"

나는 잊고 있었지만, 그 애 말을 들으니 기억이 났다. 뉴욕 시티에서 두어 시간 떨어진 뉴팔츠 외곽에 있는 샤완정크 산맥(정크스는 이 산맥을 줄여서 부르는 말/옮긴이)은 동해안의 요세미티라고 부르는 곳이었다.

브룩이 말했다.

"나빠 봐야 얼마나 나쁘겠어요? 우리가 난이도 5.9의 동작을 못한다고 해서 삐지거나 할 사람 같지는 않던데요. 우리가 초보자라는 것을 알고 잘 해줄지도 모르잖아요."

"음."

"한번 해보는 게 좋을 것 같은데요."

그래서 나는 학교에 편지를 써서 브룩이 주말에 학교를 쉬게 해달라고 요청했다. 3주 만에 철인처럼 몸을 단련시킬 수는 없었지만, 그래도 평소보다 달리기를 더 했다. 또 우리 지역의 등반 및 야외 스포츠 용구점인 마운튼 고트에 가서 암벽화도 새로 샀다. 집에 돌아와서 그것을 신고 끈을 꽉 묶은 다음 물통에 두 발을 집어넣었다. 신발의 거친 가죽에 물이 배게 하려는 것이었다. 그리고 나서 신발이 발에 맞도록 하루 종일 신고 집 안을 돌아다녔다. 이것은 내가 어디선가 읽은 적이 있는, 옛 클라이머들의 비법이었다.

암벽화 바닥의 고무는 비행기나 경주용 자동차의 타이어와 같은 재료로 만들었다. 이 고무는 활주로나 비탈진 코너에 잘 달라붙도록 설계되었기 때문에, 가파른 바위면에도 잘 달라붙었다. 안에서 암벽화를 신고 다니니, 마치 접착제로 발을 바닥에 붙여놓은 기분이었다. 게다가 걸을 때마다 아픈 고양이처럼 삑삑거리는 소리를 냈다.

오후 중반에 아내의 친구가 아내와 골프를 치려고 왔다. 아내가 아직 준비가 되지 않아서 내가 문을 열고 안으로 맞이했다. 나는 그녀를 부엌으로 안내했는데, 걸을 때마다 꼭 기름을 쳐야 하는 것처럼 삑삑거리는 소리가 났다.

그녀는 정말 걱정스러운 표정으로 나를 보았다. 마치 내가 무슨 실험적인 치료를 받고 있는데 방해를 한 듯한 표정이었다. 당장이라도 사과를 하고 나갈 것 같았다.

내가 설명했다.

"새 암벽화입니다. 길들이는 중이라서요."

"아, 그러시겠죠."

"지금은 젖어서 그렇습니다. 나중에 마르면 오래 된 구두처럼 제 발에 꼭 맞을 겁니다."

아마 골프 코스로 가는 길에 마샤가 그녀에게 좀더 제대로 된 설명을 했을 것이다. 아니면, 그 화제는 아예 입에 올리지 않았을지도 모른다.

# 징크스에 매달려

징크스는 산을 타던 젊은 시절 나의 학교였다.
—— 데이비드 로버츠

금요일 오후에 기숙사 앞에서 브룩을 만났다. 일찍 찾아갔기 때문에 15–20분 동안 아이를 기다리며, 봄날 교정의 늘어진 분위기를 맛볼 수 있었다. 이윽고 브룩이 조그만 배낭을 들고 달려왔다.

"제가 늦었나요?"

"아니, 내가 일찍 온 거야. 어디 있었니?"

"등반을 했어요. 저만 먼저 나온 거예요. 다른 아이들하고 진스 선생님은 지금도 레지에 있어요. 저 오늘 5.9짜리를 했어요."

"그럼 준비가 다 된 거네."

브룩은 몇 가지 가져올 것이 있다며 나에게 배낭을 맡기고 안으로 다시 들어갔다. 배낭의 지퍼가 열려 있었기 때문에, 안에 든 그 애의 안전 벨트와 암벽화를 볼 수 있었다. 이 애도 이걸 길들이려고 기숙사 안에서 신고 돌아다녔을까? 아마 그렇게 하지는 않았을 것이다. 그렇게 했다면 다른 아이들이 이상하게 보았을 텐데, 사춘기에 그것만은 피하고 싶은 법이니까.

기숙사 앞의 넓은 녹색 잔디에서 두 아이가 원반을 던지고 있었고, 몇몇은 짝을 지어서 담요를 깔아놓고 공부를 하는 척하고 있었다. 몇몇 아이들은 이제 막 주말을 맞이한 학생들 특유의 느긋한 걸음걸이로 그 옆을 지나가고 있었다.

막 주말을 맞이했을 뿐만 아니라, 막 인생을 맞이한 거지. 나는 생각했다.

아이들은 전혀 고민이 없는 표정이었다. 평온한 느낌마저 주었다. 그러나 물론 속은 그렇지 않을 것이다. 그 차분함의 베일 밑에서 사춘기의 폭풍우가 휘몰아치고 있을 것이다. 얼마나 좋은 집안 출신이냐는 중요하지 않았다. 모두가 공통된 십대의 고뇌를 안고 있었다. 그 가운데 일부 —— 내 딸처럼 이곳에서 정말로 어울리지 못하는 아이들 —— 는 더 심하게 번민하고 있었다.

나도 그 애 나이에는 나름대로 그런 시절을 겪었다. 나는 외톨이라고, 세상에 적응할 수 없다고 느꼈으며, 남들에게 받아들여질 만한 행동이나 말은 할 수 없을 거라고 생각했다. 혼자라는 것이 무척 무거운 짐으로 느껴졌다.

나는 숲과 물에서 그런 사춘기의 짐들을 벗었다. 낚시나 사냥, 그 가운데 낚시만큼 나에게 효과가 있는 것은 없었다. 나는 텔레비전을 보는 대신 낚시 잡지를 읽었다. 차를 만지작거리고 운동을 하는 대신 낚시를 하러 다녔다. 나중에 그 폭풍들이 다 지나고 난 뒤, 나는 그것들이 결국은 그렇게 나쁜 것이 아니었음을 깨닫게 되었다. 어쨌거나 나는 다른 아이들이 어울려다니며 멋진 모습으로 또래의 아이들을 기죽이려고 노력하는 동안 진짜 재미있게 낚시를 즐겼다. 그러나 그 힘들었던 시절에는 누가 나에게 그런 식으로 이야기를 해도 귀에 들어오지 않았을 것이다. 어떤 이야기라도 마찬가지였을 것이다.

브룩은 무엇에서 도움을 얻으며 이 시절을 통과해나갈까? 헤이들리는 자기 차례가 되었을 때 무엇으로부터 도움을 얻을까? 물론 브룩에게는 공부가 있었다. 그 애는 훌륭한 학생이었다. 그러나 이것은 좋을 수도 있고 나쁠 수도 있었다. 책에 깊이 빠져 있으면 다른 데에 신경을 쓰지 않을 수는 있지만, 고독감은 더 늘어나는 법이니까.

등반 —— 그리고 등반 클럽 —— 이 그 애한테 낚시가 나에게 주었던 것과 같은 것을 줄까? 나로서는 알 길이 없었다. 물어볼 수는 있었지만, 그래 봤자 그 애는 내가 원한다고 생각되는 대답만을 해줄 것이다. 나는 등반이 도움이 되기를 바랐다. 그리고 이번 주말의 등반이 그 애가 정말 힘들 때 요긴하게 이용할 수 있는 추억이 될 수 있기를 바랐다.

"뭘 보고 계세요?"

브룩은 어느새 기숙사 문을 나와 내 곁에 서 있었다.

"아무것도 아니다. 준비는 다 됐니?"

"네."

"그럼 가자."

▲▲▲

주간(州間) 고속도로를 타자 해가 졌다. 우리는 어둠 속에서 달렸다. 차 안의 어둠 속에서는 어쩐 일인지 대화가 편해졌다. 우리는 브룩이 학교 내의 사교적 측면에서 부딪히는 문제들에 대해서는 이야기하지 않았다. 그 애는 그런 이야기를 꺼내지 않았고, 나도 묻지 않았다. 대신 우리는 그 애의 공부를 화제로 삼았다. 미국사를 공부하고 있는데, 아주 재미있다고 했다. 요즘에는 남북전쟁에 대해서 읽고 있다고 해서, 우리는 게티즈버그 이야기를 했다.

몇 달 전 가을, 브룩이 지원할 대학을 놓고 고민할 때, 나는 대학도 알아볼 겸 해서 그 애를 데리고 워싱턴으로 가서 조지타운을 방

문했다. 가는 길에 우리는 마이클 샤라가 게티즈버그에 대해서 쓴 걸작 『살인 천사들』을 오디오 테이프로 들었다. 우리는 어두워진 뒤에 게티즈버그에 도착하여 모텔을 찾았다. 아침에 브룩은 일찍 일어나 달리기를 했다. 크로스컨트리 시즌이었고, 그 애는 훈련 중이었다.

브룩은 도로를 따라 달리다가 맥퍼슨 농장에 이르렀다. 그곳은 전쟁의 첫 총성이 울린 곳이었고, 북군의 유능한 사령관 가운데 한 사람인 조슈어 레이놀즈 장군이 말을 타고 있다가 총에 맞아 죽은 곳이기도 했다. 브룩이 달렸던 길 바로 옆에 레이놀즈를 기리는 커다란 기념비가 서 있었다. 그 지역에는 돌과 청동으로 만든 기념비들이 수십 개씩 서 있어서, 왠지 귀기 어린 신성한 분위기를 자아냈다.

브룩은 모텔로 돌아왔을 때 침울한 표정이었다.

"꼭 교회에 들어와 있는 느낌이에요."

우리는 아침을 먹고 전장 유적지까지 걸어갔다. 우리는 여행객들이 흔히 들고 다니는 여행서와 테이프를 들고 갔다. 마음속에는 『살인 천사들』의 이미지가 아직 생생했다. 우리는 아침에 데블즈덴과 리틀라운드톱에서 많은 시간을 보냈다. 그곳은 조슈어 체임벌린의 주력 부대가 필사적인 총검 공격으로 남군의 공격을 분쇄한 곳이었다. 만일 여기에서 저지하지 못했다면 북군의 전선이 와해되었을 것이다. 체임벌린은 『살인 천사들』의 중심 인물 가운데 하나였으며, 작가가 특히 매력을 느낀 인물이기도 했다. 체임벌린은 전쟁에서 살아남아, 고향으로 가서 오랫동안 보도인 칼리지를 운영했다. 대학 이야기가 나왔을 때, 브룩은 그녀의 급우 가운데 많은 수가 보도인에 지원한다고 이야기한 적이 있었다. 그러나 브룩은 보도인에 관심이 없다고 했다. 그것도 아주 강한 어조로 말했다. 그 애는 모두가 모두를 아는 소도시의 작은 학교에는 질린 것 같았다. 그 애는 익명이 주는 자유를 느낄 수 있는, 대도시의 큰 대학을 원했다.

리틀라운드톱을 지난 뒤 우리는 피치 오처드와 휘트 필드를 걸었다. 그곳은 둘쨋날의 유혈이 낭자한 전투가 벌어졌던 곳이다. 전투는 승부가 나지 않았고, 양군은 교착상태에 이르렀다. 우리는 그곳에서 시메트리 능선으로 가서 작은 관목 숲 위에 섰다. 그곳이 남군이 가장 높이 이르렀던 지점이다. 그곳에서 세미너리 능선을 돌아보았다. 우리는 조지 피켓과 그의 부하들이 빗발치는 총알을 뚫고 트인 들판을 가로지르는 것을 상상해보았다. 왠지 몸이 으스스해지는 기분이었다.

멋진 여행이었기에 우리는 겅크스로 가는 길에 그 이야기를 꺼냈다. 전장 유적지 답사 때 보았던 곳들을 하나씩 떠올려보았다. 우리 가족에게는 그것이 습관인 것 같다. 우리는 함께 보냈던 즐거운 시간을 떠올리며 이야기하는 것을 즐겼다. 가족이란 추억이라는 기금을 형성해놓고, 그 이자로 살아가는 사람들이 아닐까.

▲▲▲

우리는 뉴욕 주 뉴팔츠 외곽의 싸구려 체인 모텔에 방을 잡고 짐을 푼 뒤 식사를 하러 나갔다. 메인 스트리트를 따라가다가 피자 가게로 들어섰는데 손님들이나 종업원들이나 모두 뉴욕 주립대학 학생들이었다. 주문을 하고 기다리는 동안 나는 브룩에게 이곳에 있는 학교에는 관심이 있느냐고 물었다.

"그러면 동부 암벽 등반 최고의 명소에 가까이 있을 수 있잖아. 다들 겅크스에 대해서 그렇게 말하잖니."

브룩은 고개를 저었다.

"왜? 좋은 학교인데."

"알아요."

"그런데?"

"모르겠어요."

브룩은 어깨를 으쓱했다.

"집에서 너무 가까워서?"

"그런 면도 있고……하지만 꼭 그것만은 아니구요."

브룩은 고개를 젓더니 잠시 생각하고는 말을 이었다.

"여기는 좀 익숙한 것 같아요. 무슨 말인지 아시겠죠?"

"그래."

이곳이 —— 또는 우리가 이야기하거나 다녀본 다른 많은 곳이 —— 집에서 가깝다는 것 자체가 문제는 아니었다. 문제는……이곳이 집 근처와 너무 비슷하다는 것이었다. 브룩은 뭔가 다른 것을 해볼 준비가 되어 있었다. 브룩은 가장 진실한 의미에서 "떠나고" 싶어했다. 먼 거리가 필요한 것이 아니라, 단지 많은 차이가 필요했을 뿐이다. 새로울 것도 없는 이야기였다. 나도 그랬기 때문에 브룩을 이해할 수 있었다. 나도 그 나이 때 어떻게 하면 플로리다 밖으로 나갈 수 있을까를 고민했다. 그러나 어느 부모나 그렇듯이, 나 역시 내 아이가 그런 기분일 것이라고는 한 번도 생각해보지 못했다. 아이는 세상으로 나가고 싶은 마음이 간절했지만, 나는 반대로 아이가 내 곁에 가까이 있어주기를 바랐다.

'이번 여행은 추억 기금으로 들어가는 중요한 투자 여행이 되겠군. 아마 앞으로는 이와 같은 여행이 많지 않을 거야. 어쩌면 이번이 마지막일지도 몰라. 앞으로는 오랫동안 이자만 가지고 살아갈지도 몰라.' 물론 그것은 불가피한 일이었다. 그러나 불가피하다고 해서 반드시 마음에 들라는 법은 없지 않은가.

피자가 나왔다. 우리는 다른 일들에 대해서 이야기했다. 이어서 별로 우아하지 않은 숙소로 돌아가 잠자리에 들었다. 아직 꽤 이른 시간이었지만, 제프 태빈이나 전설적인 정크스가 어떨지 예상할 수 없었기 때문에 일찍 잠을 청했다. 아침에 힘찬 모습을 보여주고 싶어서였다.

▲▲▲

산까지 차를 몰고 가는 길에는 별로 볼 것이 없었다. 이른 아침 햇살을 받은 풍경인데도 그랬다. 도로는 평평한 농장지대를 통과하고 있었다. 밭, 사과 과수원. 그러나 멀리 긴 능선이 보였다. 가까이 다가가자 능선 꼭대기의 절벽들이 분명하게 눈에 들어왔다. 이른 봄의 녹색 잎들을 배경으로 하얀색이 두드러졌다.

"저기가 우리가 갈 곳인가보다."

"엄청나게 큰데요."

실제로 절벽은 매우 길어 보였다. 한 1.5킬로미터는 되는 것 같았다. 그 위는 평평한 고원지대로, 창조주가 암벽 클라이머들의 편의를 위해서 그렇게 만들어놓은 것 같았다. 멀리서 보아도 절벽에는 클라이머들이 수백 명씩 나란히 달라붙을 수 있을 것 같았다. 모두 제각기 다른 루트를 통해서 꼭대기까지 올라갈 수 있을 것으로 보였다.

우리는 능선 하단에 이르렀다. 그때부터 U자형의 급커브와 지그재그 길이 나타났다. 그 길 가운데 하나는 거의 절벽 바로 밑을 지나갔다. 길이 갑자기 위로 치솟는 바람에, 눈앞에 길 꼭대기가 보이지 않는 일도 생겼다. 브룩과 나는 벌써 바위에 올라간 사람이 있나 살폈다. 아무도 보이지 않았다. 그러나 아직 이른 시간이었다. 그래도 나는 태빈을 만나지 못할까봐 걱정이 되었다. 우리는 골짜기 위의 전망 좋은 곳에 자리잡은 작은 주차장의 앞쪽에 차를 세웠다. 차들 가운데 한 대는 폴크스바겐 밴이었는데, 와이오밍 주무스에서 비를 피하다가 처마 밑에서 만났던 클라이머의 밴과 비슷해 보였다. 밴 옆에는 고전적인 포르셰가 서 있었다. 우리는 포드 픽업을 타고 있었는데, 어쩐지 우리 일에는 그 차가 어울리는 것 같았다.

우리는 배낭을 메고 고속도로를 건너서 태빈이 가르쳐준 방향을 따라 좁은 길을 걸었다. 30분이나 일찍 목적지에 도착했다. 우리가 만나기로 한 장소는 순찰 경비대원들이 구조장비를 보관해두는 커다란 강철 상자였다. 선선한 날씨였다. 우리는 캔버스 천으로 된 반바지에 티셔츠를 입고 있었으므로 배낭에 든 양털 풀오버 재킷 —— 클라이머들의 표준 복장이라고 할 수 있었다 —— 을 꺼내 입었다. 보온병에는 아침을 먹은 레스토랑에서 여종업원이 채워준 커피가 가득했다. 우리는 추위에 몸을 떨며 커피를 홀짝였다. 눈으로는 우리 위에 말없이 서 있는 높은 절벽을 바라보고 있었다.

그곳의 절벽은 그다지 높지는 않았으나 매우 반질반질했다. 내가 감당할 수 있을지 자신이 없었다. 홀드들이 있는지 계속 살펴보았지만, 별로 보이지 않았다.

나무들 사이로 두번째, 훨씬 더 높은 절벽들이 보였다. 그쪽 절벽들은 약간 더 거칠어 보였다. 클라이머들의 관점에서 볼 때 경크스의 두드러진 특징은 가파르다거나 높다는 것이 아니라, 바위가 톱니 모양이라는 점 —— 튀어나온 수정들 때문에 —— 이라고 들었다. 덕분에 클라이머들에게 좋은 홀드를 제공한다고 했다. 어떤 이유에서인지 등반계에서는 이 절벽들을 물통(buckets)이라는 은어로 부르고 있었다. 나는 그 소리가 마음에 들었다.

커피를 다 마셨다. 오솔길을 따라서 우리를 지나가는 몇몇 클라이머들이 말을 걸기도 했다. 오늘의 첫 등반을 위해서 출발점으로 가는 중이었다. 모두들 다정했다. 긴 하루를 기대하는 이른 아침이어서 그런지 아주 쾌활해 보였다. 아침은 가능성으로 가득하지만, 그 기다림도 결국은 끝나게 된다. 그 기다림은 아주 짜릿하지만, 오래 지속되지 않는다.

나는 그 짜릿함이 끝나가는 것을 느끼고 있었다. 어서 일정대로 나아가고 싶었다. 시계를 보았다. 우리는 그 자리에 거의 45분이나 서 있었다. 약속한 시간에서 15분이 지났다. 우리를 잊은 걸까? 무슨 문제가 생겨서 우리에게 연락을 하려고 애쓰고 있는 걸까? 어쩌면 내가 잘못 알아들어서 만나기로 한 장소를 엉뚱하게 찾아온 것인지도 모르지.

"15분만 더 기다려보자꾸나. 그리고 나서 헤어져서 태빈을 찾아보자."

"못 찾으면 어떻게 하죠?"

"그럼 등반을 못 하는 거지 뭐. 네가 리드하지 않는다면."

브룩은 로즈 레지스에서 많은 것을 배웠고, 몇 번 등반을 리드하기도 했다.

"저를 믿으시겠어요?"

"믿지."

그러나 그렇게까지 되는 일은 없기를 바라고 있었다.

"하지만 그게 좋은 생각인지는 모르겠어요."

"두고 보자꾸나."

나는 시간을 확인하고, 그 생각을 해보았다. 우리에게는 이미 확립된 루트들을 그림으로 표시해놓은 가이드북이 있었다. 난이도

5.3이나 5.4짜리 루트를 찾아서, 우리 기술로 올라가볼 수도 있었다. 브룩을 따라서 산을 올라간다고 생각하니, 그 애한테 보호 임무를 믿고 맡긴다고 생각하니 기분이 이상했다. 브룩이 리드하는 것에 동의하는 내 모습을 상상하기 힘들었다. 그것은 그 애의 확보 장치와 나의 빌레이를 믿는다는 뜻이었지만, 현실적으로는 그 애가 절대 추락하지 않는다는 것이 전제가 되는 계획이었다. 등반을 하는 사람들은 리더는 절대 추락해서는 안 된다고 말한다.

내가 계속 고민하고 있을 때 제프 태빈이 오솔길을 달려 올라왔다. 그가 도착하지 않았다면 어떤 결정을 내렸을지 아직도 잘 모르겠다.

"노먼 씨 맞죠?"

그는 50미터 떨어진 곳부터 소리쳤다.

"맞습니다. 뛰지 않으셔도 됩니다. 급할 것 없으니까요."

태빈은 우리에게 가까이 와서도 계속 숨을 헐떡이고 있었다.

"정말 미안합니다. 늦잠을 잤습니다. 피로연이 아주 길어지는 바람에."

태빈은 진지한 표정으로 웃음을 지었다. 잘생긴 얼굴은 순진해 보일 정도였다. 활짝 웃음 짓는 모습을 보자 경계심이 풀렸다. 보는 즉시 좋아하고 싶어지는 그런 사람이었다. 실제로 대부분의 사람들이 결국 그를 좋아하게 될 것 같았다.

태빈이 말했다.

"가면서 이야기하죠. 날씨가 좋아서 좋은 자리는 붐빌 것 같거든요. 제가 정말로 올라가고 싶어하는 곳이 있습니다. 제가 제일 좋아하는 곳이죠."

"우리는 따르겠습니다."

우리는 오솔길을 따라서 700-800미터를 활기차게 걸었다. 이어서 나무들을 뚫고 큰 절벽의 하단으로 갔다.

태빈이 말했다.

"여기가 '하이 익스포저'입니다."

우리가 서 있는 곳에서는 별로 대단해 보이지 않았다. 특별히 가파르지도 않았고, 좋은 크랙들이 있어서 올라가기도 편할 것 같았다. 그러나 올라갈수록 바위가 가파라지는 것이 보였다. 태빈은 루트가 오른쪽으로 비스듬하게 나 있다고 하는데, 그쪽으로 가면 커다란 돌출부가 나온다고 했다. 내 눈에 나머지 루트는 보이지 않았으나, 태빈은 수직이고 노출이 심하다고 했다. 그래서 그런 이름이 붙었다는 것이다.

타빈이 말했다.

"아마 이곳이 정크스에서 가장 유명한 곳일 겁니다. 아니, 세계적으로도 꽤 유명한 곳입니다."

브룩이 말을 받았다.

"멋져요."

우리는 안전 벨트를 착용하고 자일을 묶었다. 배낭은 바위에 세워두었다. 우리는 서로의 매듭을 확인해주었다. 이윽고 태빈이 바위를 오르기 시작했다. 키는 크지 않았지만, 유연하고 자신있게 움직였다. 몇 분 지나지 않아서 그는 첫 빌레이 위치까지 올라가더니, 브룩을 불렀다.

브룩은 태빈과 같은 능률과 속도를 보여주지는 못했다. 그러나 학교 클럽에서 로즈 레지스를 다니면서 많은 것을 배우고 자신감도 얻은 것이 분명했다. '내가 이 그룹에서는 초보자로군. 카메라를 가져왔으니 나 때문에 늦어진다는 생각이 들면, 자일을 풀고 두 사람이 올라가는 모습을 카메라에 담는 일이나 하면 되겠지.'

'두고 보자고.'

브룩은 아무 문제 없이 빌레이를 위한 레지까지 올라갔다. 그 애가 나를 불렀고, 나는 올라가기 시작했다. 처음 1–2분은 평생 처음 해보는 일 같은 느낌이 들었다. 그러나 조금 시간이 지나자, 마치 오랜만에 자전거를 탈 때처럼 느낌이 살아났다. 나는 바위를 올라가기 시작했다. 모든 홀드에 정신을 집중하며, 모든 동작을 자신있게 하려고 애썼다. '머뭇거리고 싶지 않지?' 나는 혼잣말로 되뇌었다. 도전적으로 달려들자.

나도 문제없이 레지까지 올라가기는 했지만, 우리 셋 사이의 등급에는 의심의 여지가 없었다. 브룩은 클럽에서 등반을 하면서 훨씬 좋아졌다. 나는 그랜드에 올라갈 때 그대로였다. 내가 딸보다 못하다는 사실이 익숙하지는 않았지만, 지금은 오래 생각할 여유가 없었다.

태빈은 브룩이 마지막에 뒷정리를 하면서 올라오기를 바랐다. 그 애가 나보다 잘했기 때문이다. 우리는 안전한 위치에서 순서를 바꾸었다. 내가 태빈의 빌레이 담당이 되었다. 태빈은 트래버스(루트가 수평에 가까운 급사면/옮긴이)를 움직여 커다란 돌출부의 왼쪽 모퉁이로 향했다.

모퉁이에 이르자 태빈은 돌출부 밑으로 들어갔다. 돌출부는 바위 표면에서 1미터쯤 튀어나와 위로 올라가는 길을 막고 있었다. 딱 클라이머들이 오버행이라고 부를 만한 크기였다. 그것을 피해가려면 재치있는 동작이 필요할 것 같았다. 태빈은 우리를 부르더니, 어떻게 하는지 잘 보라고 말했다.

나는 조심스럽게 지켜보았다. 그러나 태빈이 너무 쉽게 해버리는 바람에 아무것도 배울 수가 없었다. 이윽고 태빈은 시야에서 사라졌지만, 자일은 계속 풀려나갔다. 마침내 자일이 거의 50미터쯤 풀려나갔을 때 움직임이 멎었다. 1–2분 뒤 태빈이 "빌레이 해제" 하고 외치는 소리가 들렸다.

그 소리는 아주 먼 곳, 절벽 위 높은 곳에서 들려오는 것 같았다. 이제 내 차례였다.

▲▲▲

나는 빌레이 지점으로부터 짧은 트래버스를 움직여 작은 오버행 왼쪽 모퉁이까지 갔다. 거기까지는 쉬웠다. 그러나 태빈이 오버행을 넘어갔던 그 쉬워 보이던 무브들이 도무지 기억이 나지 않았다. 태빈처럼 우아하게 그 무브들을 할 것이라고 상상해본 적도 없지만, 이제 문제는 아예 움직이지를 못하게 되었다는 것이었다. 태빈은 너무 높이 올라가 있어서 아무런 도움이 되지 않았다. 나는 바위에 매달려 있었다. 새로 사서 세심하게 길들인 암벽화를 신은 내 두 발은 널찍한 레지에 자리잡고 있었기 때문에, 나는 시간을 들여서 연구를 할 수 있었다.

나는 정말이지 그 작은 오버행에는 도전하고 싶지 않았다. 내 능력에 자신이 없었다. 옆에 가이드가 서서 손발을 어디에 놓고, 어떤 동작으로 움직이라고 가르쳐주면서, 거기에 격려까지 몇 마디 보태주지 않으면 도저히 못 할 것 같았다.

그러나 빌레이 레지로 물러서고 싶지도 않았다. 브룩이 지켜보는데 그럴 수는 없는 노릇이었다. 내 자존심 —— 보는 관점에 따라서는 허영심일 수도 있겠지만 —— 이 허락하지 않았다. 나는 그 애의 아버지였다. 리더들은 추락할 수 없듯이, 아버지도 추락할 수 없었다. 유치하고 남성 중심적인 생각일지 모르지만, 어쨌든 내 생각은 그랬다.

"태빈이 어떻게 했는지 기억나니?"

나는 브룩에게 물었다. 브룩은 약 6미터 떨어진 빌레이 레지에 앉아서 나를 지켜보며 입을 다물고 있었다.

　"기억하려고 노력하는 중이에요. 오른발을 올려놓을 데가 있나요?"

　나는 오른쪽으로 움직이고 있었다. 만일 오른쪽 다리를 조금 높이 들어올릴 수 있다면, 그 발을 지레 받침으로 이용해 내 몸통을 암면에서 떼어냈다가 오버행을 안고 올라갈 수가 있었다. 그러나 그렇게 하려면 오른손으로 잡을 홀드도 찾아야 할 것 같았다.

　"어디, 뭐가 있는지 보자."

　나는 그 말을 하면서 아래를 보았다. 그리고 위를 보았다. 꼭대기까지 가려면 한참 남았다. 만일 추락해서 빌레이에 걸리면, 이곳으로 돌아와 다시 시도할 수 있을까?

　그럴지도 몰랐다. 그러나 태빈은 나를 일단 다른 레지에 내려놓고, 우리 모두 아래로 내려가 다시 시작하자고 할 수도 있었다.

　따라서 일단 움직인다면, 잘 움직이고 싶었다. 위치를 지탱하느라 긴장했기 때문에 두 다리가 떨리기 시작했다. 전진하거나 후퇴하거나 둘 중의 하나였다.

　나는 오른발을 들어올렸다. 무릎을 구부렸기 때문에 종아리는 허벅지와 거의 수직을 유지했다. 내 발가락들이 바위의 약간 튀어나온 지점을 찾았다. 딱 발가락들만 올려놓을 수 있을 정도의 넓이였지만, 내 몸무게를 지탱할 정도는 되었다. 나는 바깥쪽으로 몸을 기울였다. 한참을 기울였다. 이어 오른쪽 다리를 쭉 펴며 오른손을 오버행 위쪽으로 던졌다. 손가락들이 홀드를 찾았다. 멋진 홀드였다. 호텔에 있는 성서만한 두께였다. 나는 왼발을 오른발이 있던 곳으로 옮기고, 왼손을 오른손이 있던 곳으로 옮겼다. 이어 오른발을 허리 높이까지 들어올려 오버행 위로 얹으면서 몸을 끌어올렸다.

이 동작 전체가 2초쯤 걸렸을 것이다. 마치 모든 것이 정신과 몸 사이의 접합점에 예정되어 있거나 프로그램되어 있는 것 같았다.

"잘하셨어요, 아버지. 멋진 무브였어요."

브룩이 뒤에서 말하는 바람에 나는 우쭐해졌다.

그것은 수많은 클라이머들에게는 일상적인 동작이었을 것이다. 그러나 나에게는 나의 한계를 시험하는 것이었으며, 그 무브를 통해서 나를 막고 있던 어떤 부분이 뚫렸다. 나는 거대한 돌출부 위에 올라섰다. 홀드들을 쉽게 발견했기 때문에 나는 막힘없이 바위 위를 올라갈 수 있었다. 하이 익스포저의 핵심적인 드라마, 이곳을 정크스 등반의 정수로 만드는 특징은 루트의 이 부분에 있었다. 그 오버행을 통과하여 육중한 벽에 붙으면, 손가락과 발가락만 이용해 바위에 달라붙은 채 완전히 노출되어버린다. 추락하면 잡아줄 자일 하나만 몸에 걸려 있다. 나와 땅 사이의 거리는 60-90미터이다. 20-30층 건물 꼭대기에서 난간 너머로 내려다볼 때의 느낌과 비슷하다. 다만 여기에서는 난간에서 뒤로 물러나는 대신 허공을 향하여 몸을 기울인다는 것이 다를 뿐이다. 여기에서는 높이가 두려움을 불러일으키지 않고, 오히려 높이 때문에 의기양양해진다. 노출되면서 아드레날린이 뿜어져나오고, 그것이 동작의 연료가 된다. 어떤 숭고한 자신감 같은 것을 얻어 춤추듯이 한 동작이 다음 동작으로 막힘없이 이어진다.

나는 태빈이 안전한 곳에 자일을 묶어 나를 빌레이하고 있는 꼭대기에 이르렀을 때 땀을 흘리고 있었다. 땀을 흘리면서도 몸을 떨고 있었다. 두려움 때문이라기보다는 다급한 마음과 의기양양한 기분 때문이었다.

나는 자일을 묶었다.

"빌레이 해제."

나는 숨을 헐떡이며 말했다.

"빌레이 해제."

태빈이 말을 받았다. 태빈은 활짝 웃으며 손을 쳐들었다.

나는 손을 들어 그와 손뼉을 맞추었다.

"훌륭했습니다. 축하드립니다."

나는 고맙다고 했다. 전문가 친구들과 함께 좀더 도전적인 루트로 가보고 싶은 마음이었을 텐데, 초보자 둘을 데리고 와주다니 쉽지 않은 일을 했다고 말했다.

"아뇨. 이건 특별한 겁니다. 나도 이런 등반에서 출발했습니다. 여기에서 모든 것이 시작되는 것이죠."

태빈은 브룩을 빌레이할 수 있도록 나에게서 자일을 받아들었다. 나는 다른 레지로 내려가 자일을 묶고, 몸을 밖으로 내민 다음 브룩이 커다란 절벽을 올라오는 모습을 카메라로 찍을 수 있었다.

내가 준비를 마치자 태빈은 느슨한 자일을 잡아당겼다. "저요" 하는 브룩의 목소리가 가늘지만 분명하게 들렸다.

나는 초조한 마음으로 오버행을 지켜보았다. 꽤 오랜 시간이 흐른 것 같았다. 이윽고 브룩의 손과 손목이 나타났다. 브룩의 손가락들이 홀드를 찾았다. 꽉 움켜쥐었다. 발과 다리가 오버행 위로 올라왔다. 갑자기 브룩의 몸도 올라오더니 위로 치솟았다. 이어서 다음 홀드들을 찾았다. 브룩은 작아 보였지만 강했다. 먼 거리였음에도 불구하고 모든 동작에서 배어나오는 자신감이 분명하게 느껴졌다. 어쩌면 내가 그렇게 느끼고 싶어서 그랬는지도 모르지만.

"강한 클라이머로군요."

태빈이 말했다. 따라서 그가 내 마음을 읽은 것이 아니라면, 내 생각이 옳은 것이었다. 나는 자부심을 느꼈다. 누가 자식을 칭찬할

214

때 느끼는 자부심이었다. 그러나 동시에 내가 별로 자랑스러워할 것이 없다는 것을 깨달았다. 브룩은 나의 도움 없이도 저렇게 잘하게 되었는데. 그 작은 깨달음을 통해서 나는 오히려 더 깊은 의미의 자부심을 느낌과 더불어 내가 이제 내 자식들의 삶의 참여자가 아니라 구경꾼이 되는 쪽으로 가고 있다는 약간 서글픈 생각도 들었다. 전에 두 딸은 우리하고만 스키를 탔다. 그러나 이제 마음대로 선택하라고 하면, 두 딸은 친구들하고 가는 쪽을 택할 것이다. 브룩과의 등반에서도 똑같은 일이 벌어질 것이다. 그렇게 하다가 결국 브룩의 삶 —— 그리고 헤이들리의 삶 —— 은 나의 삶과 별개의 것이 될 것이다. 물론 아이들은 그 속도가 너무 느린 것이 불만일 수도 있었다.

나? 나야 급할 것이 전혀 없었다.

▲▲▲

나는 잠시 브룩이 올라오는 모습을 지켜보다가, 카메라의 렌즈로 그 애의 모습을 지켜보며 사진을 찍었다. 두서없이 떠오르는 생각들 가운데는, 내가 내 딸이 삶에서 전진하는 모습을 35mm 렌즈로 바라본 적이 많다는 생각도 있었다. 그래, 적어도 이런 추억들 —— 그리고 이 사진들 —— 은 남겠구나. 이것은 쇼핑몰이나 라스베이거스에서 가족끼리 시간을 보내던 것에 비하면 큰 진전이었다.

브룩이 벽을 타고 올라오는 동안 필름 한 통을 거의 다 썼다. 그 애는 바위에서 뒤로, 허공에 몸을 기대고 있었다. 완전히 노출된 상태였다. 클라이머가 아닌 사람이 보면 속이 울렁거릴 자세, 클라이머가 보면 약간 흥분을 느낄 자세였다. 브룩이 바위를 타고 올라오는 모습, 얼굴은 자신감으로 단단하고 금발은 아침 햇살을 받아 반짝거리는 모습……나는 그 모습을 하루 종일이라도 보고 있을 수 있을 것 같았다. 옛날에 요람에 누워 잠든 모습을 볼 때 그랬듯이.

그러나 그런 기대와는 달리 브룩은 너무 빨리 움직였다. 곧 정상에 이르러, 태빈과 손뼉을 맞추었다. 나를 보고는 웃음을 짓더니 말했다.

"끝내줘요."

# 절벽의 장난꾸러기들

> 나에게는 나를 산으로 이끄는 그 매혹과 본능적인 사랑을
> 말로 표현할 능력이 없다.
>
> —— 베른의 브누아 마르티

우리는 현수하강으로 꼭대기에서 내려와서 배낭을 집어들었다.
이어서 오솔길을 따라서 걷기 시작했다.

"한번 더 하실래요?"

태빈이 물었다. 브룩과 나는 둘 다 그러고 싶다고 했다.

"좋은 게 있어요. '쇼클리즈 실링'(쇼클리의 천장)을 하죠. 하이
익스포저에서 아무런 문제가 없었으니, 쇼클리즈 실링도 문제가
없을 겁니다."

우리도 좋다고 했다.

"빌 쇼클리는 아시죠? 쇼클리가 그 루트를 처음으로 올라갔기
때문에 그런 이름이 붙은 겁니다."

"그런 사람은 모르겠는데요. 하지만 왠지 귀에 익숙합니다. 유명
한 사람인가요?"

"유명하다기보다는 악명이 높다고 해야겠죠."

"그래요?"

"빌 쇼클리는 고체물리학에서의 업적으로 노벨 상을 탄 사람입
니다. 또 뛰어난 암벽 등반가였죠. 하지만 그 사람이 유명해진 것

은 그것 때문이 아닙니다."

그제야 나는 그의 이름을 어떤 맥락에서 들었는지 기억이 났다.

"캠퍼스에서 연설을 하여 사람들을 선동한 그 윌리엄 쇼클리 말입니까? 인종 논쟁을 일으킨 사람이요?"

"바로 그 사람입니다. 그는 자신이 뛰어난 물리학자라는 것이 유전학 전문가로 행세할 자격이라도 되는 양 행동했어요. 그래서 인종과 지능에 대해서 괴이한 이론을 발표했죠. 그 바람에 엄청나게 공격을 당했죠."

"그 사람을 아십니까?"

"아뇨. 그는 한 세대 전에 이곳에서 등반을 했으니까요. 하지만 제가 아는 사람들 가운데는 그를 기억하는 사람도 있습니다. 아주 착한 사람이고 뛰어난 클라이머라고들 해요. 밖에서는 그런 미치광이 짓을 했는데 말입니다."

브룩이 끼어들었다.

"과학자나 의사 같은 사람들 가운데 등반을 하는 사람들이 많지 않나요? 어디선가 읽은 것 같아요."

"흠, 나도 의사인데 등반을 하지."

"그것 봐요."

"하긴, 나도 비슷한 생각을 하고 있어. MIT에 헨리 켄들이라는 사람이 있는데, 얼마 전에 노벨 상을 탔지. 그 사람도 훌륭한 클라이머야. 시카고에도 한 친구가 있는데, 아마 곧 노벨 상을 탈 거야. 그 친구 역시 클라이머지. 의사들 가운데도 등반을 좋아하는 사람들이 많아. 겅크스에 자주 오던 유명한 클라이머들 가운데는 존 케네디의 등을 치료해준 사람도 있어."

내가 말을 받았다.

"무엇에 끌리는 걸까요? 의사들의 경우 말입니다. 의사들이 스릴을 찾아 다니는 사람들이라고는 보기는 힘들잖아요. 태빈 씨는 예외겠지만."

"글쎄요, 저도 스릴을 찾아 다니는 사람은 아닌데."

태빈은 웃음을 지으며 말을 이었다.

"저한테는 약간 그런 면이 있다고 해야 할지도 모르겠네요. 하지만 의사나 과학자들이 등반을 좋아하는 이유는, 집중을 해서 문제를 푸는 것이 좋기 때문인 것 같아요. 또 신체적인 해방감을 주기도 하고요. 병원 같은 데 한참 있다보면 갇혀 있다는 느낌이 듭니다. 탈출하고 싶지요. 하지만 머리로부터 완전히 달아날 수는 없지요. 등반은 그런 것이 잘 섞여 있는 것 같아요."

잠시 생각해보았더니, 그 설명이 마음에 들었다. 물론 나는 과학자가 아니었다. 거리가 멀어도 한참 멀었다. 그러나 사람들이 왜 등반을 좋아하느냐고 묻는다면, 내가 내놓을 수 있는 가장 좋은 설명 가운데 하나가 집중이었다. 하이 익스포저를 올라가던 도중 돌출부를 앞에 두었을 때 —— 그 시간이 얼마나 길었는지는 모르지만 —— 나는 가장 본질적이고 기본적인 것들에 완전히 몰두했다. 어디에 손을 놓을까. 몸무게를 어떻게 옮길까. 얼마나 멀리 밖으로 몸을 기댈까. 그 질문 하나하나가 중요했다. 강렬한 삶이란 쾌락과 마찬가지로 유혹적인 것이다.

▲▲▲

쇼클리즈 실링은 하이 익스포저에 비해서 기술적으로 더 어려웠다. 그러나 왠일인지 미학적으로 그만큼 즐겁지는 않았다. 어쩌면 희열에 가까운 상태는 오래 지속될 수 없는 것이어서 그랬는지도 모른다. 아니면 아침에 하이 익스포저에서 그런 경험을 했으니 운이 좋다고 생각하여 그것으로 완전히 만족했던 것인지도 모른다. 어쨌든 쇼클리즈 실링이 더 어려웠고, 물론 점심을 먹으러 내려왔을 때 나는 완전히 진이 빠져 있었다.

▲▲▲

우리는 커다란 절벽 하단에 앉아서 햇볕을 받으며 샌드위치를 먹었다. 눈으로는 다른 클라이머들이 암면을 타고 올라가는 모습을 지켜보았다. 그들이 개미 같다는 생각이 드는 것은 어쩔 수 없었다.

태빈이 말했다.

"쇼클리즈 실링에 또다른 이야기가 있다는 걸 아십니까? 어떻게 그런 이름이 생기게 되었느냐보다 더 재미있는 이야기죠. 아까 고속도로를 타고 올라오면서 급한 U자 커브를 돌다가 바위와 도로가 가장 가깝게 만나는 데를 보셨습니까?"

"네."

"그 바위가 쇼클리즈 실링입니다. 겅크스에서 남들에게 자랑하고 싶을 때 올라가면 좋은 곳이죠. 그래서 1960년대의 어느날 딕 윌리엄스라는 사람이 알몸으로 등반을 해서 지나가던 차들을 다 세웠다는 거 아닙니까."

브룩이 말을 받았다.

"어머나, 그거 멋지네요."

브룩도 나처럼 과시적 행동에는 홀딱 넘어가는 면이 있었다. 나도 미국에서 가장 유명한 바위에서 발가벗고 5.9짜리 등반을 하는 것은 대단한 일임을 인정하지 않을 수 없었다.

"그것으로 끝입니까?"

내가 물었다. 물론 이야기가 더 이어질 필요는 없었다. 어떤 클라이머들이 어느날 갑자기 순전히 충동에 의해서 쇼클리즈 실링을 발가벗고 올라가기로 했다면, 그것으로 멋진 것이다. 그러나 그런 이야기를 들으면, 뭔가 어떤 맥락을 기대하게 되는 법이다.

브룩이 말했다.

"참, 아버지도, 그 사람이 옷을 입는 걸 깜빡했는지도 모르죠."

"그럴 수도 있지."

그러자 태빈이 말했다.

"그것보다는 재미있지. 벌거리언(원래는 '저속한 사람'이라는 뜻/옮긴이)이라고 들어봤니?"

"고트족이나 서고트족 말인가요?"

"비슷하다고도 할 수 있지. 하지만 내가 말하는 벌거리언은 클라이머들이야. 정말 훌륭한 클라이머들인데, 동시에 1960년대의 아이들이기도 하지. 이 근처의 가장 까다로운 루트들 가운데 많은 수를 그 벌거리언들이 찾아놓았어. 쇼클리즈 실링이나 하이 익스포저 같은 이름은 그 루트를 만든 사람들이 붙인 거야. 벌거리언들도 자기들이 만든 루트에 이름을 붙였지. 그런데 이름만 들으면 대번에 그게 벌거리언들이 찾은 루트라는 것을 알 수 있단다."

"여를 들면요?"

브룩이 물었다.

"아, '드렁커드스 딜라이트'(술꾼의 기쁨), '그루비'(도취시키는), '모닝 애프터'(숙취) 같은 것들이지. 그리고 오늘 오후에 내가 올라가고 싶은 루트가 하나 있는데, 그것은 '캐스케이딩 크리스털 칼레이도스코프'(층계형 수정 만화경)라고 부르지. 이런 이름들을 들으면 그 사람들이 뭘 하던 사람들이었는지 감이 잡힐 게다."

태빈의 말에 따르면, 벌거리언들은 애팔래치아 마운튼 클럽 ——

벌거리언들은 이들을 애피라고 불렀다 —— 에 대항하는 클라이머들의 집단이었다.

1950년대 말에 등반은 인기를 얻기 시작했다. 그러나 위험하고 거칠었기 때문에 여전히 주변적인 운동이었다. 애팔래치아 마운튼 클럽의 회원들은 사고를 막기 위해서 겅크스에서의 등반을 규제하기로 했다. 겅크스는 개인 소유지였는데, 소유주들도 약간 수동적이기는 했지만 그들의 계획에 찬성했다. 그렇게 하는 것이 사고를 막고 악명을 피하는 좋은 방법 같았기 때문이다. 애피들은 자격 프로그램을 제시했다. 이 자격 프로그램을 이수하지 않은 클라이머들은 이론적으로 겅크스에서 등반을 리드할 수 없었다. 좋은 장비를 갖춘 애피들은 절벽면을 순찰하며, 클라이머의 자격증을 제시하라고 요구하곤 했다.

"그러다가 그들은 완전히 새로운 종류의 클라이머들과 마주치게 되었지."

그들은 주로 뉴욕 대학의 학생들이었다. 사람들은 그들을 보헤미언이라고 불렀을 수도 있고, 1950년대가 저물던 무렵이므로 비트족이라고 불렀을 수도 있다. 그들은 똑똑했고 매우 반권위적이었다. 이런 점에서 그들은 미국에서 곧 일어나게 될 문화적인 지각변동을 예고했던 셈이다.

"그들은 대담한 클라이머들이었고 자유로운 정신을 가진 사람들이었지. 스위스 등반 반바지를 입고 우스꽝스러운 삼림 감시원 모자를 쓴 사람들이 와서 등반을 하지 말란다고 해서 알았습니다 하고 내려갈 사람들이 아니었지. 그들은 누가 뭐라든 원하는 시간 원하는 장소에서 등반을 하는 사람들이었거든."

애피와 새로운 클라이머들 사이의 갈등은 금방 무혈로 종결되었다. 새로운 클라이머들은 애피들보다 우수했으며, 도전적이었고,

자신들보다 못한 사람을 조롱했으며, 약간의 파괴적인 행동을 하기도 했다. 그들은 특히 불쾌하게 구는 애피들의 차를 뒤집었으며, 바위에서 오솔길을 따라서 순찰하는 애피들의 머리 위에 맥주를 붓기도 했다. 그들은 바위에 어렵고 새로운 루트를 개척했으며, 맥주를 들고 갔다가 꼭대기에 올라가면 맥주를 마시며 축하를 했다. 애피들은 몇 달간 강도 낮은 전쟁을 치른 뒤에 달아나버렸다. 이제 자격증도 없었고 강요도 없었다. 겅크스를 올라가고 싶으면 알아서 하면 될 일이었다. 산의 자유였다.

언제부터 이 새로운 클라이머들이 자신들을 벌거리언이라고 부르기 시작했는지는 아무도 모른다. 공식적인 이름도 아니었고, 회원 규칙이나 자격도 없었다. 그러나 벌거리언들은 자기들이 누구인지 알았으며 서로를 알아보았다. 그것은 클럽이 아니었다. 부족이었다.

태빈의 말에 따르면 벌거리언들은 그들만의 야영지를 확보하고, 그곳에서 모닥불을 피워놓고 밤새도록 파티를 열었다고 한다. 그들이 잘 다니는 곳이 있었는데, 그들이 오면 주인은 탁자의 탁자보를 걷었다. 그들 가운데 일부는 특별한 모자를 쓰기도 했다. 얇은 면으로 만든 모자로, 머리에 꼭 들어맞았다. 벌거리언들은 그것을 터스와이어리 모자라고 불렀다. 아무 뜻이 없는 이름이었다. 누군가 동굴탐험 대원들에 대한 멋진 기사를 읽었는데, 거기에서 그 사람들이 "쌀쌀맞고(터스) 강인한(와이어리) 리더들"로 묘사되었다. 겅크스 클라이머들은 그 구절이 마음에 들어서 모자에 그런 이름을 붙였다. 『스포츠 일러스트레이티드』지는 나중에 위대한 겅크스 클라이머 가운데 한 사람인 짐 매카시에 대한 기사를 실었는데, 그가 "터스와이어리 모자"를 썼다고 묘사했다. 이로써 이 용어는 사회의 공식적 승인을 받았다. 심지어 벌거리언들의 잡지도 있었다.

등사 인쇄물을 스테이플러로 찍어놓은 것에 지나지 않았다. 글과 삽화는 서툴고 외설적이었다. 이 잡지의 제목은 『벌거리언 다이제스트』, 줄여서 VD라고 불렀다.

등반은 일반인들에게도 점점 인기를 끌게 되었다. 결국 등반계에는 벌거리언들이 전설적인 존재로 자리를 잡게 되었다. 그들에 대한 소문은 입에서 입으로 전해졌고, 그 과정에서 어떤 이야기들은 틀림없이 증폭되기도 했을 것이다. 이제 새로운 시대였다. 실제로 등반을 하기도 한 케루악 대신에 켄 키지의 정신과 사이키델릭 버스가 등장했다. 난폭함이 예술의 형식이 되었다. 높이 등반하기를 갈망한다면 마약에 취해야 한다는 것을 거의 논리적인 이야기로 받아들였다. 벌거리언들은 요즘으로 치자면, 그들 자신의 하위 문화의 메리 프랭크스터즈(주류 문화에 대항하는 록 그룹/옮긴이)였다.

태빈이 말했다.

"어느날 밤 서부 어딘가에 있는 야영지에서 클라이머들이 잔뜩 모여앉아 이야기도 하고 당시에 사람들이 많이 하던 짓도 하고 있었지. 거기에 정크스의 클라이머도 한 사람 있었나봐. 아마 산을 하나하나 타면서 방랑을 하고 있었겠지. 그 사람이 벌거리언 이야기를 해준 거야. 나중에 한 젊은이가 다가오더니 벌거리언이 되고 싶은데, 가입하려면 누구와 이야기를 해야 하느냐고 묻더래. 정크스 클라이머는 이렇게 말해주었다는구나.

'이보게, 회원 같은 것은 없어. 스스로 벌거리언이라고 생각한다면, 자넨 이미 벌거리언이라고 할 수 있어. 그리고 만일 어떤 벌거리언이 자네를 벌거리언이라고 여긴다면, 자넨 **확실하게** 벌거리언이 된 거지.'"

벌거리언들은 그들을 낳은 시대와 마찬가지로 일관성이 없었고, 마침내 세월과 함께 사라져버렸다. 시대와 노스탤지어의 안개 속에 자취를 감춘 것이다. 사람들은 성장하고, 결혼하고, 가족을 이루고, 일과 일련의 불행 속에서 자신을 잃어갔다. 그러나 어떤 사람들의 기억 속에는 그 시절이 최고의 순간으로 남아 있을 것이다.

태빈이 말했다.

"딕 윌리엄스가 벌거벗고 한 등반, 그 등반이 벌거리언의 최후 진술인 셈이었지. 한 사진작가가 따라가서 그 모습을 찍었어. 나중에 딕이 시내에 '록 앤드 스노'라는 등반업체를 냈을 때, 누군가 그 주인의 거의 모든 것을 보여주는 사진, 그러니까 그가 가장 유명한 등반을 하던 사진을 포스터로 만들어 붙여놓았지. 그 포스터는 오랫동안 거기에 붙어 있었어."

"그래서 그 포스터는 어떻게 되었어요?"

브룩이 물었다.

"그런 것도 너무 자주 보면 지겨워지는 것 아닐까. 또 이미 오래 전 이야기니까. 윌리엄스가 얼마 전에 첫 등반 20주년을 맞아 다시 등반을 했다는 이야기는 들었어. 하지만 옛날하고 똑같지는 않았지."

"이제 난폭하지는 않았군요."

브룩이 말했다.

"그래. 그냥 귀여웠다고나 할까. 요즘에는 난폭하다는 것이 무엇인지 상상하기도 힘들 거야."

우리는 그 날 오후 캐스케이딩 크리스털 칼레이도스코프 —— 줄여서 CCK —— 라고 부르는 루트를 올라갔다. 그 날 아침에 올라갔던 루트들보다 훨씬 어려웠다. 나는 추락을 하기도 했다. 그러나

1-2미터 이상 내려가기 전에 태빈이 빌레이로 나를 잡았다. 그러나 바위벽에 세게 부딪히는 바람에 손목시계를 잃었다. 낡아빠진 시계였기 때문에, 아마 나 이외에는 누구에게도 별 가치가 없는 물건일 것이다. 그러나 시계는 둘째치고, 무엇보다도 창피했다.

"어떻게 된 거예요?"

브룩이 물었다. 브룩은 아래 레지에서 내 뒤를 따라오며 지켜보고 있었다.

"크랙에 손이 끼었어. 내 나쁜 습관이지."

"괜찮으세요?"

"괜찮고말고."

그 말은 사실이었다. 나는 추락한 것에 묘한 안도감을 느꼈다. 환희를 느꼈다고도 말할 수 있다.

나는 등반을 마치고, 빌레이 위치에서 브룩이 올라오는 사진을 찍었다. 브룩은 참 잘했다. 특히 내가 골탕을 먹었던 오버행을 빈틈없는 동작으로 통과했다.

오후 중반이었다. 우리는 모두 꼭대기에 올라와 있었다. 태빈은 약간 초조해 보였다. 그의 친구들이 산 어딘가에 있는 것 같았다. 그는 친구들과 어울려, 브룩과 내가 할 수 있는 것보다 훨씬 더 어려운 루트를 타고 싶은 마음이 굴뚝 같았을 것이다. 나는 오늘은 이만하면 됐다고 말했다. 그러자 그는 핸디캡 없이 치는 골퍼가 핸디캡 18짜리 골퍼에게서 마침내 놓여날 때처럼 안도하는 표정이었다.

브룩과 나는 다시 태빈에게 고맙다고 했다. 진심이었다. 그는 하루 종일 우리의 가이드 노릇을 했다. 우리는 가이드 없이는 절대 그런 등반을 하지 못했을 것이다. 그러나 그는 가이드는 아니었다. 제프 태빈은 매사추세츠 종합병원의 외과 레지던트였다. 전문적인 가이드도 아니었고, 직업적인 클라이머도 아니었다. 등반을 하기 위해서 여기저기 돌아다니며 살아가는 방랑자도 아니었다. 우리는 친구처럼 하루를 보냈다. 단 한 가지 관심으로 묶인 허물 없는 친구들. 나는 그 점이 마음에 들었다. 브룩도 그런 것 같았다. 그리고 우리 둘 다 태빈을 좋아했다.

"계속 연락합시다."

내가 말했다.

"그럼요."

태빈이 대꾸했다.

등반 덕분에 다시 한번 좋은 하루를 보낸 셈이었다. 앞으로도 그런 날이 많을 것처럼 보였다. 나는 그것으로 만족이었다. 아무리 해도 질리지 않을 것 같았다.

# 모두 떠나고

나는 누워서 쉬며 밖을 내다보았다. 이것이 나의 마지막
멋진 등정이라고 생각했다.⋯⋯내가 산을 바라보자, 산도
나를 바라보았다. 그냥 산이었다.

　　　　　　　　　　　　　── 제프리 윈스롭 영

　나는 이후 몇 달 동안 겅크스에 몇 번 더 갔다. 늘 브룩과 함께
였다. 나는 점점 나아졌지만 절대 브룩을 따라잡을 수는 없었다.
그러나 그것은 점차 사소한 문제가 되어갔다. 그 애는 자신의 인생
에서도 계속 밀어부치며 앞으로 나아갔다. 결심이 굳은 것 같았다.
설사 내가 원한다고 해도 막을 수가 없었다. 브룩은 대학과 직업에
대한 계획을 세우고 있었다. 이제 누구의 아기도 아닌 영역에서 자
신의 삶을 설계하고 있었다.
　이렇게 해서 등반은 우리가 함께 할 수 있는 것이 되었다. 마샤
는 거의 매주 브룩을 보러 갔다. 둘이 저녁을 먹으러 나가면 두세
시간 동안 이야기를 했다. 그들은 어머니와 다 큰 딸 사이의 친밀
한 관계를 형성하고 있었다. 운이 좋은 경우였다. 거기에 나는 포
함될 수 없었지만, 상관없었다. 브룩과 나는 등반을 할 수 있었으
니까. 우연히 시작된 일이었지만, 우리 둘 다 상상치 못했던 방향
으로 발전하고 있었다. 물론 그것만이 우리의 유일한 유대는 아니
었지만 ── 그랬다면 등반도 제대로 되지 않았을 것이다 ── 그것
이 우리가 함께 시간을 보내는 방식이었고, 더 나은 방법을 생각할

수도 없었다. 사실 다른 것은 시도해보지도 않았다. 쇼핑 센터도 그렇게 될 수 있었을까? 나는 절대로 그렇게 생각하지 않는다.

나는 브룩과 함께 올라갈 수 있는 다른 곳들을 생각해보았다. 요세미티, 조슈어 트리, 다시 티턴 산맥. 또한 큰 산들을 함께 올라가 보는 것도 생각해보았다. 그러면서 나는 내가 늙어서 더 이상 할 수 없을 때까지 계속 함께 등산을 다닐 수 있을 것이라고 가정하고 있었다. 그렇게 생각하자 꽤 긴 세월이 앞에 놓여 있는 것 같았다.

나는 여전히 초심자였지만, 등반의 위험들에 대해서는 별 신경을 쓰지 않게 되었다. 간단히 말해서, 사고가 나기는 하지만, 다른 사람들에게 난다고 생각해버린 것이다. 나는 잘하지는 못하지만, 절대 추락하지 않을 정도의 조심성은 있다고 생각했다. 브룩에 대해서도 똑같이 생각했다. 그러다가 우리는 어느날 린 힐이 정크스에서 등반할 때 알고 지냈던 남자와 함께 등반을 하게 되었다. 그 남자는 린 힐이 프랑스의 뷔우에 있는 스틱스 월이라는 괴이한 이름이 붙은 곳에서 심각한 추락 사고를 겪은 일이 있다고 이야기해주었다.

"힐은 자기가 자일을 묶지 않았다는 것을 몰랐던 거죠. 자일을 안전 벨트에 연결시키기는 했지만 8자 매듭을 묶지 않은 겁니다. 그냥 풀려 있었던 거예요. 스웨터 밑에 감추어져 있었기 때문에 몰랐던 거죠."

힐은 자신이 보호받지 못하는 상태라는 것도 모른 채 어려운 루트로 긴 피치의 등반을 끝마쳤다. 자일을 그냥 배낭에 집어넣고 등반한 것과 마찬가지였다. 힐은 어려운 동작을 한 뒤에 몸을 뒤로 기대며, 쉬기 위해서 자일을 믿고 바위에서 손을 뗐다. 순간 자일이 그녀의 안전 벨트를 빠져나가면서, 그녀는 12미터 아래로 떨어졌다.

"아주 심하게 다쳤죠. 그러나 그만하기 다행이라고 생각할 수도 있습니다. 어쨌든 몇 달이 지나자 다시 등반을 시작할 수 있었으니까요. 그런 일도 있을 수 있다는 겁니다."

그래요, 그럴 수도 있죠. 브룩과 나는 정신을 바짝 차리며 맞장구를 쳤다.

그 해 여름에도 우리는 계속 겅크스에 갔다. 손목에서 시계가 풀어지지도 않는 짧은 추락 몇 번 외에는 무사히 등반을 했다. 그러나 따뜻한 여름날 암벽 등반을 즐기면서도, 좀 여유가 생길 때면 더 높은 곳, 아주 높은 산의 춥고 접근하기 힘든 정상을 올라가는 자신의 모습을 상상하곤 했다. 그것은 점차 집념이 되어갔다. 나는 그냥 언젠가는 그렇게 될 것이라고, 그것도 브룩과 내가 함께 하게 될 것이라고 생각해버렸다. 다른 사람과 함께 하는 것은 상상할 수가 없었다.

▲▲▲

브룩은 9월에 학교로 돌아갔다. 3학년이었다. 브룩은 잘해나가고 있었다. 나는 그 애의 졸업 때는 뭔가 특별한 것을 주고 싶었고, 곧 등반에 생각이 미쳤다. 나는 심지어 나의 충동이 전적으로 그 애를 위해서 뭔가 해주고 싶어하며 그 애가 세상에서 나와 함께 큰 산을 올라가는 것보다 더 좋아할 일은 없을 것이라고 확신을 가지게 되었다.

내가 염두에 두고 있는 산은 데날리였다. 전에는 매킨리라고 부르던 ── 지금도 그렇게 부르는 사람들이 있다 ── 알래스카의 산이었다. 데날리는 북아메리카 대륙에서 가장 높은 산이다. 북위 63도에 자리잡은 이 산의 높이는 6,194미터로, 세계의 주요 산들 가운데 가장 추운 몇몇 산에 속한다.

　나는 본격적인 조사를 시작하기 전에도 그 정도는 알고 있었다. 그리고 곧 매킨리는 1910년에 정복되었으며(그 전에 정복했다는 주장이 있었으나 사기로 밝혀져, 이것도 등반의 어두운 역사의 한 페이지를 장식하게 되었다), 여름에는 수많은 루트를 통해서 올라갈 수 있다는 것도 알게 되었다. 이 루트 가운데 일부는 초보자도 올라갈 수 있었다. 다만 눈과 얼음에 익숙해야 하고, 얼음 도끼와 아이젠 사용 훈련을 받아야 하며, 자기 확보를 할 수 있어야 하고, 크레바스(갈라진 틈/옮긴이)를 다룰 수 있어야 하며, 장비를 썰매에 싣고 끌고 갈 수 있어야 했다. 물론 브룩과 나는 이런 것들을 다 배워야 했지만 나는 어렵지 않을 것이라고 나 자신을 다독거렸다. 우리 집에서는 뉴햄프셔의 화이트 산맥이 가까웠다. 겨울 등반 교육을 받기에 아주 좋은 곳이었다. 나는 오래 전 잡지 기사를 쓰는 과정에서 이스턴 마운튼 스포츠 등산학교의 교장 조 렌티니를 알게 되었다. 우선 브룩과 내가 참가할 수 있는 매킨리 등반대를 물색해놓는다면, 조 렌티니에게서 며칠간 교육을 시켜주겠다는 약속을 받아내는 것도 어려운 일이 아니라는 생각이 들었다. 가장 좋은 때는 브룩이 크리스마스 휴가를 위해서 집에 와 있을 때였다.

　브룩이 학교로 돌아간 뒤, 나는 여러 사람에게 전화를 하고 팩스를 넣어 매킨리와 가이드 서비스에 대한 정보를 구했다. 엑섬의 앨 리드에게 전화를 했더니, 나를 기억하면서, 그의 회사에서 매킨리에 등반대를 보낸다고 대답했다. 앨릭스 로도 가이드로 참가하는 등반대가 있냐고 물었더니, 없다는 대답이었다. 그러나 브룩과 내가 편하게 어울릴 수 있는 가이드들은 알고 있다고 말했다. 앨 리드는 나에게 자료를 보내주었고, 나는 그것을 엑섬 파일에 첨가했다. 오래 전에 주고받은 편지, 그리고 브룩과 내가 등산학교를 이수하고 정상을 정복한 뒤에 받은 수료증을 들여다보니 등산학교와 그랜드에 대한 추억이 밀려왔다. 나는 그랜드를 갈망했던 그 마음으로 이제 매킨리를 바라보기 시작했다.

결국 나는 크리스마스 무렵에 돈도 마련해놓았다. 이 등반이 브룩에게 좋은 크리스마스 선물이 될 것이라고 생각했다. 내가 크리스마스 트리 밑에 갖다놓은 봉투에는 하얗게 얼음을 뒤집어쓰고 당당하게 우뚝 선 데날리의 사진도 들어 있었다. 사진 위에 색연필로 우리의 원정 날짜를 적어놓고, 이것이 크리스마스 선물인 동시에 미리 주는 졸업 선물이라고 써놓았다.

▲▲▲

그무렵 어느날 밤 브룩이 집으로 전화를 걸어서, 암벽 등반 클럽의 감독 딕 진스가 여름에 알래스카 여행을 갈 학생들을 모집하는데, 자기도 같이 가주기를 바란다고 했다. 그 애는 아주 들떠 있었다. 나는 그렇게 흥분한 목소리를 거의 들어본 적이 없었다.

나는 잘됐다고 하면서, 얼마나 가 있게 되냐고 물었다.

브룩은 숨가쁜 목소리로 대답했다.

"여름 내내요. 졸업 일주일 뒤에 떠나서 8월 말에 집에 와요. 문제는 돈이 아주 많이 든다는 거예요."

"다른 데도 아니고 알래스카이니, 그런 기회는 다시 없을 게다. 졸업 선물이라고 생각하렴."

▲▲▲

나는 실망했지만 놀라지는 않았다. 내가 비록 둔한 사람이긴 하지만, 나도 그런 조짐들은 느끼고 있었다. 그리고 나에게는 현실을 냉정하게 설명해주는 마샤가 있었다.

"우리는 아이들에게 전처럼 중요한 존재가 아니에요. 그게 정상이죠. 지금은 자기 또래가 전부예요."

물론 그것은 우리 둘 다에게 해당되는 이야기였다. 그래도 마샤는 여전히 두 딸과 가까웠는데, 나는 도저히 그런 식으로 가까울 수가 없었다. 딸들은 문제가 있으면 마샤와 이야기했다. 마샤는 아이들에게 공감하고 아이들을 이해했다. 그리고 어머니로서의 지혜를 나누어 주었다. 아이들은 친밀한 조언을 구하거나 대화를 나누기 위해서 날 찾을 생각은 해본 적도 없을 것이다. 그 애들은 나를 다른 식으로 생각했던 것 같다. 그렇다고 우리가 소원해진 것은 아니었다. 그저 아이들이 크면서 나를 벗어나게 된 것일 뿐이었다.

브룩 없이 혼자 매킨리에 갈까 하는 생각도 해보았다. 낯선 사람들과 팀을 이루게 될 것이고, 가이드가 두 명 붙을 것이다. 그랜드의 경험을 고려해본다면, 브룩이 없을 경우에 내가 정상까지 갈 가능성은 더 높아질지도 몰랐다.

그러나 나는 혼자서는 가지 않기로 했다. 돈이 얼만데, 하고 중얼거리면서.

▲▲▲

그 해 봄에 헤이들리는 아기를 봐주고 모은 돈을 모두 털어서 노란 래브라도 강아지를 샀다. 그 애한테 강아지를 판 사람은 전문적인 조련사였으며, 그가 조련한 개가 야외 경기에서 우승한 일도 있었다. 조련사는 헤이들리에게 자신의 기술과 비법을 전수했고, 헤이들리는 그 기술을 이용해서 여름에 개를 조련했다. 그 애는 개한테 '티클 마이 팬시'라는 이름을 붙이고, 그냥 틱이라고 편하게 불렀다.

헤이들리는 뒤뜰에서 개를 훈련시켰다. 목소리와 손으로 명령을 하고, 물건을 던지면 물어오는 훈련도 시켰다. 나는 그 애와 함께 나가서 구경을 하다가 가끔 개가 물어올 물건을 던지기도 했다. 헤이들리는 미숙한 강아지를 거의 완벽한 사냥개로 바꾸어놓았다. 마샤와 헤이들리와 나는 틱을 데리고 근처의 강으로 두어 번 카누를 타러 가기도 했고, 근처 언덕의 통나무 운반용 도로로 긴 산책을 나갔다 오기도 했다.

좋은 여름이었다. 등반은 잊고 살았다. 등반에 대한 책도 거의 들추어보지 않았다.

브룩은 알래스카에서 돌아와서, 거의 즉시 스페인으로 떠났다. 브룩은 바르셀로나 대학에서 일 년을 보내며 스페인어를 배우기로 했다. 일 년 뒤에 미국으로 돌아와 시카고 대학에 입학할 계획이었다. 그 애는 혼자 그런 계획을 세웠다. 그리고 자신의 새로운 삶에 흥분하고 있었다. 조금이라도 멀리 떠날 수 있는 일만 생기면 가슴이 벅차오르는 모양이었다.

브룩이 스페인으로 떠나던 날, 나는 일 때문에 뉴욕에 있었다. 브룩은 올버니에서 암트랙 기차를 타고 왔고, 나는 펜 역으로 마중을 나갔다. 기차가 연착을 했기 때문에 우리는 케네디 공항까지 택시를 타고 갔다. 아슬아슬하게 시간을 맞추었다.

"도착하자마자 어머니한테 전화해라, 알았지? 걱정할 게다."

어떤 이유에서인지 나는 마샤 핑계를 댔다. 왜 내가 걱정한다는 말을 못하는지 알 수가 없었다.

"늦은 시간일 텐데요."

"상관없어. 전화해."

234

브룩은 고개를 끄덕였다.

"그리고 말이다, 멋진 일 년이 되기를 바란다."

"고맙습니다."

"뭐든 하나도 놓치지 마. 다 해봐."

그 애는 고개를 끄덕였다.

"규칙은 딱 하나다. 스페인어를 배워라. 원한다면 투우사하고 결혼해도 좋다. 어쨌든 스페인어는 배워야 해."

브룩은 웃음을 지었다. 순간 나는 태초부터 모든 아버지들이 느꼈던 것을 느꼈다. 딸의 웃음은 전쟁을 멈출 수 있다는 것. 아마 실제로도 그런 일이 여러 번 있었을 것이다.

택시가 에어프랑스 출국장에서 멈추었다. 우리는 택시에서 내렸다. 테러리스트에 대한 경계조치 같은 것이 내려져서 나는 아이와 함께 터미널로 들어갈 수가 없었다. 우리는 포옹을 했다. 나는 브룩이 워크맨과 알래스카에서 가져온 배낭을 들고 안으로 들어가는 것을 지켜보았다. 배낭은 아이의 짐이 다 들어가기에는 너무 작아 보였다. 일 년이나 떠나 있을 텐데.

"사랑해요, 아버지."

"나도 사랑한다. 전화하는 거 잊지 마라."

▲▲▲

나는 멍하니 길가에 서서 한참을 기다렸다. 혹시 브룩이 비행기를 놓쳐서 다시 나타날지도 모른다고 생각했기 때문이다. 30-40분이 지나서야 이제 가도 되겠다는 생각이 들었다. 나는 공항 버스를 타고 지하철 역으로 가서, 그곳에서 A 트레인을 타고 맨해튼을 지나 펜 역까지 갔다. 그곳에서 다시 암트랙 기차를 타고 집으로 향했다.

선로는 북쪽으로 허드슨 강을 따라갔다. 산 위로 해가 지면서 강물이 잘 익은 오렌지빛으로 물들고 있었다. 나는 강을 바라보았다. 푸킵시 근처에 이르렀을 때, 서쪽으로 길고 꼭대기가 평평한 산이 보였다. 저녁 하늘을 배경으로 어두운 모습이었다. 정크스였다. 브룩과 내가 오르던 곳이다. 그곳에서 브룩은 나를 넘어서서 —— 실제로도 또 비유적으로도 —— 그 애 나름의 방식으로 꼭대기까지 올라갔다.

좋은 추억이었다. 그것이 다라는 생각도 들었다. 이제 그 부분은 끝난 것 같았다. 내 마음속의 서랍에 잘 간직하는 일밖에 남은 것이 없었다.

# 거창한 계획

사진을 잘라 벽에 붙여라,
지도를 잘라 그 모든 좁은 길들을 따라가보라,
산에서 이 임무를 늘 수행하라,
매일매일의 저열한 삶에서 산으로부터 영감을 받아라.
— W.H. 오든 & 크리스토퍼 이셔우드, 『F6 등정』

나는 결국 매킨리에 갔다. 그러나 올라가지는 않았다. 브룩이 스페인에서 공부를 마무리짓는 동안 헤이들리와 나는 알래스카에 갔다. 우리 둘은 로리 에그라는 여자와 함께 며칠 동안 알래스카를 날아다녔다. 로리 에그는 삼림지대 비행사 출신으로, 스카이 트레킹 알래스카라는 사업체를 열었다. 로리는 아주 유능한 조종사였을 뿐만 아니라, 유쾌하고 외향적인 인물이었다. 그녀는 어류탐지 비행기와 삼림지대 비행기를 몰고 다니던 시절, 수많은 오두막 소유자들이나 여관 운영자들을 사귀었다. 그녀의 사업은 손님들과 일정을 합의한 뒤, 손님들을 비행기에 태우고 돌아다니며 볼 만한 곳을 구경시켜주고 편안한 숙소를 제공하는 것이었다. 나는 로리와 그녀의 사업에 대한 잡지 기사를 쓰고 있었다.

로리는 수줍음을 잘 타는 헤이들리에게 공을 들이더니, 몇 시간 만에 친구가 되었다. 헤이들리는 여전히 눈이 좋아 공중에서도 우리보다 앞서 동물을 발견하고 손가락으로 가리키곤 했다. 로리는 깜짝 놀랐다.

우리는 사람이 살지 않는 광대한 알래스카 위를 날기도 하고, 빙하 위를 걷기도 하고, 바다표범과 해달 사이에서 카약을 타기도 하고, 알을 낳기 위해서 상류로 올라오는 연어를 플라이 낚시로 낚기도 했다. 모래톱에서 회색의 큰 곰 네 마리와 함께 잊을 수 없는 하루를 보내기도 했다. 곰들은 상류 쪽으로 200-300미터 떨어진 곳에 있었다. 바람이 우리 쪽으로 불어서 실제로는 위험하지 않았다. 그러나 곰들이 옆에 있는 상황에서 낚시에 정신이 집중될 리 없었다. 곰은 물고기를 쫓아 강으로 뛰어들곤 했다. 그때마다 마치 폭탄이라도 터진 것처럼 은빛 물보라가 일었다. 이윽고 곰이 나타났을 때 그의 입에서는 연어가 퍼덕거리곤 했다.

"멋지네."

헤이들리가 특별히 인상적인 공격 뒤에 말하더니 덧붙였다.

"또 해봐."

나중에 둑에 버드나무가 **빽빽**하게 자란 곳에서 낚시를 하는데, 뭔가 급히 움직이며 가지가 부러지는 소리가 났다. 곰이 틀림없었다. 거리가 너무 가까웠다. 곰이 우리 때문에 놀라 공격할 수도 있었다.

"여기서 나가자."

내가 말했다.

"그게 좋겠어요."

헤이들리가 말했다.

우리는 둑을 걸어 로리가 수상 비행기를 세워둔 곳까지 갔다. 그녀는 수상 비행기의 플로트에 앉아 햇볕을 쬐며 우리를 기다리고 있었다. 비행기에 도착하기 직전 헤이들리가 뒤를 돌아보았다. 그 순간 곰이 버드나무 너머를 살피기 위해서 뒷발로 일어섰다. 헤이들리가 나중에 한 말로는, 서른 걸음쯤의 거리였다고 한다. 둘은

238

잠시 서로를 바라보았다. 실제로는 짧았지만, 말할 수 없이 길게 느껴지는 순간이었다. 이윽고 곰은 호기심을 충족시켰는지, 다시 앞발을 내렸다.

"우와. 방금 보셨어요?"

헤이들리가 물었다. 나는 보지 못했다. 헤이들리의 말을 듣고 나니, 보지 못한 것이 아까웠다.

"믿기지 않아요. 정말 믿어지지가 않아요."

멋진 여행이었다. 헤이들리와 나는 지금도 그 이야기를 한다. 그때마다 대화는 "그 곰이……" 하는 말로 시작하곤 한다.

우리는 어느날 오후 공중에서 멀리 떨어진 곳에 있는 데날리를 보았다. 그러나 특별히 거기에 올라가고 싶은 갈망을 느끼지는 못했다. 사실 나는 그 산이 내 꿈속의 큰 산에 가장 가깝다고 생각하고 있었다. 큰 산들 가운데 내가 올라갈 가능성이 가장 높은 산이었다. 그런 꿈을 안고 살아가면 되는 거지.……

▲▲▲

브룩과 마찬가지로 헤이들리도 성장하면서 나를 벗어나기 시작했다. 헤이들리는 친구들과 시간을 보내는 데에 더 관심을 가졌다. 그 가운데는 남자친구도 있었는데, 나로서는 익숙해지는 데에 시간이 좀 필요했다. 등반이라는 외도는 끝난 것 같았다. 마샤와 나는 약간 때이른 감이 있기는 하지만, 자식들을 다 떠나보내고 허전해하는 부모가 된 기분이었다. 우리는 두번째 허니문을 떠났다. 베네치아로. 옛날이 그립기는 했지만, 새로운 날들도 나쁘지는 않았다.

▲▲▲

　역설적인 일이지만, 존 크라카우어의 『희박한 공기 속으로』가 나오지 않았다면 나는 등반으로 되돌아가지 않았을지도 모른다.

　물론 이것은 약간 이상하게 들릴 것이다. 크라카우어가 1996년 에베레스트의 참사를 그린 이 책은 훌륭하고 재미있는 책이기는 하지만, 어떻게 보면 등반 초보자에게는 경고를 하는 이야기로 읽힐 수도 있기 때문이다. 크고 위험한 산들을 만만하게 보는 아마추어들은 이 책을 보면 가장 잔인한 방식으로 환상에서 깨어날 수 있다. 앨릭스 로가 에베레스트에 데려갈 예정이라고 했던 샌디 피트먼은 에베레스트에서 죽을 뻔했다. 크라카우어의 이야기를 들어보면 그녀는 그런 일을 당해도 싼, 가장 밉살스러운 종류의 딜레탕트로 보인다. 크라카우어의 팀에 속해 있던 다른 두 명의 초보 클라이머는 실제로 죽었다. 또 한 사람은 심한 동상 때문에 무시무시하게 얼굴이 일그러졌지만, 헬리콥터를 통한 특별 구조작전 덕분에 운좋게도 목숨은 구할 수 있었다. 전문 가이드 세 명도 목숨을 잃었다.

　책이 나오고 나서 몇 주 동안 내가 아는 사람들은 그 책 이야기를 하면서, 누가 그 참사의 책임자인가를 놓고 논쟁을 벌였다. 그러면서 고도로 훈련받은 사람이 아니라면 큰 산을 오르는 일은 자제해야 하며 훈련 여부를 떠나서 큰 산을 오르는 일은 신중하게 생각해야 한다고 입을 모았다. 이런 대화 속에서 어떤 사람들은 가이드들에게 책임이 있다고 말했고, 또 어떤 사람들은 손님들에게 책임이 있다고 말했다. 어떤 사람들은 그저 타이밍이 좋지 않았다고 말했다. 클라이머들은 폭풍이 올 때 정상에 있었으며, 내려오다가

변을 당했다. 폭풍이 몇 시간만 늦게 왔다면…….

나도 이런 토론에 끼어들었는데, 누구 못지않게 토론에 흥미를 느꼈다. 지나고 나서 보면 재난이란 작고 거의 사소하다고 할 수 있는 잘못들 —— 하나하나를 따지자면 큰 의미가 없는 잘못들 —— 이 축적되면서 벌어지는 것 같았다. 그 불행한 클라이머들을 덮친 것은 수많은 잘못들이 합해진 무게였다. 나는 이 년 동안 이런 입장을 유지했다. 아콩카과에 갈 때까지.

그러나 크라카우어의 책에 대한 이 모든 토론 가운데서도 한 가지 측면은 좀처럼 나타나지 않았다. 적어도 내가 아는 사람들, 함께 이야기를 나눈 사람들 사이에서는 떠오르지 않았다. 그것은……만일 일이 그렇게 끔찍하게 잘못되지만 않았다면 그 사람들에게 그 등반은 아주 멋진 일이었을 것이라는 사실이다. 그들이 정상을 밟고 무사히 하산하여 집에 와서 사람들에게 등반 이야기를 해주고 평생 추억 속에 그 등반을 간직하고 살아갔다면. 나의 마음은 해발 8,200미터에서 한밤의 눈보라에 휩쓸린 그 절망적인 클라이머들의 모습을 피해, 그들이 정상을 60미터 앞두고 마지막 난관 힐러리 스텝을 돌파했을 때의 모습을 상상해보곤 했다. 그때 그들은 정상이 그들의 손에 들어왔다고 확신했을 것이다.

이런 상상을 한 것은 내가 비틀린 사람이라서가 아니라 —— 적어도 나 자신은 그렇게 생각하지 않는다 —— 단순한 조건반사였다. 그것은 내가 어쩔 수 없는 것이었고, 통제할 수도 없는 것이었다. 나는 크라카우어의 책에 대해서 자주 생각했는데, 물론 나도 내가 그 등반대 가운데 한 사람이었기를 바라는 마음은 없었다. 그러나 다시 등반을 하고 싶은 마음은 간절해졌다.

나는 큰 산을 등반할 기회를 다시 찾아보기로 결심했다. 그리고 아무에게도 말하지 않기로 했다. 혼자 가게 된다고 해도 상관없었다.

브룩은 시카고 대학에서 3학년을 시작하게 되었을 때, 조기 졸업을 하게 될 것이라고 말했다.

"어떻게?"

예비학교의 마지막 학년 때 학점을 미리 따놓았고, 대학의 언어 시험을 통과했기 때문이라는 것이었다.

"그것 봐요. 스페인에서 투우와 축제만 즐긴 것이 아니라니까요."

"흠, 더 즐기지 못한 게 아쉬운 일이지. 어쨌든 졸업을 일찍 한다는 이야기지?"

"그럴 것 같아요. 아니면 대학원 과정을 앞당겨서 하거나요. 아니면 한 분기를 쉬면서 논문에 전념할 수도 있고요."

나는 그렇게 선택의 여지가 많으니 좋겠다고 대꾸하고 그 일은 잊어버렸던 것 같다. 그러다가 세상에 큰 산이 데날리 하나만 있는 것은 아니라는 생각이 들었다. 또 꼭 여름에만 큰 산에 올라갈 필요도 없다는 생각이 들었다. 사실 여름만 되면 나는 바빴고, 그 애는 학비를 버느라고 무슨 일인가를 하고 있었다. 이제 졸업을 앞당기게 되었다니 그 애도 겨울에 시간을 낼 수 있을 것 같았고, 다른 곳으로 등반을 하러 갈 수도 있을 것 같았다.

나는 엑섬의 앨 리드에게 전화를 해서 그의 자문을 구했다.

"그럼 아콩카과가 어떻겠습니까?"

나는 책에서 읽어 그 산에 대해서는 알고 있었다. 데날리와 마찬가지로 아콩카과도 7대 정상 가운데 하나였다. 높이는 7,000미터에 육박했지만, 초보자도 올라갈 수 있었다. 그리고 남반구에 속해 있었기 때문에, 1월과 2월이 등반에 적기였다. 여행 일정을 잡는 것이 데날리보다는 복잡했지만, 그래도 히말라야보다는 간단했다. 아콩카과는 아르헨티나 영토 내에 있었다. 서부 국경지대였다.

리드는 설명했다.

"보통은 칠레의 산티아고로 가지요. 하지만 멘도사를 통해서 들어갈 수도 있어요."

"액섬에서 등반대를 모읍니까?"

"액섬을 통해서는 하지 않습니다. 하지만 우리 가이드들 가운데 한 사람이 겨울이면 보통 아콩카과에 가는데, 손님들도 데려가지요. 만일 그 친구가 올해도 간다면, 거기 끼면 될 겁니다."

나는 최대한 외교적인 표현을 동원해서 그 가이드가 브룩과 나에게 적당하다고 생각하느냐는 뜻의 질문을 했다. 심지어 "성격이 적합한가"라는 표현도 사용했다.

"물론이죠. 그 친구는 데날리 이야기가 나왔을 때도 내가 염두에 두었던 친굽니다. 이름은 짐 윌리엄스구요."

▲▲▲

그러나 윌리엄스는 네팔에 가 있기 때문에, 그에게 전화를 할 수는 없다고 했다.

리드는 말했다.

"그 친구는 여름에는 와이오밍에 있습니다. 그뒤에는 어디 있는지 알아봐야 합니다만. 그는 자기 사업체를 운영하는데, 잭슨에 비서를 두고 있으니 그 비서한테 이야기를 하면 전자 우편으로 짐과 연락하는 방법을 알려줄 겁니다."

나는 잭슨으로 전화를 해서 윌리엄스의 비서와 이야기를 했다.

비서는 2월 초에 아콩카과 등반이 계획되어 있으며, 아직 자리가 있다면서 예약을 하겠냐고 물었다.

나는 그럴 수도 있다고 대답하고, 먼저 윌리엄스와 이야기 하고 싶다고 말했다. 직접 이야기할 수 없다면 전자 우편으로라도.

비서는 좋다고 하면서 전자 우편 주소를 알려주었다. 그녀는 또 우편으로 안내 책자를 보내주겠다고 했다.

나는 비서가 가르쳐준 주소로 윌리엄스에게 전자 우편을 보냈다. 그에게 브룩과 내 소개를 하고 우리의 경험에 대해서 말한 뒤, 그가 받아들여준다면 아콩카과 등반대에 끼고 싶다고 말했다.

윌리엄스는 이틀 뒤에 답장을 보내, 브룩과 내가 등반대에 참여하는 데에는 아무런 문제가 없다고 말했다. 가고 싶으면 그의 비서가 보내주는 안내 책자를 읽어보라고 하면서, 크리스마스 때쯤 미국에 돌아올 텐데 그때 나에게 연락을 하겠다고 했다.

윌리엄스가 돌아올 무렵이 되자 비서가 서류를 한 묶음 보내주었다. 의사가 작성해줄 양식, 각서, 계약서, 장비 목록, 체력 훈련 조언, 지도, 아콩카과의 역사, 대금 납부 일정표, 산티아고로 가는 비행기에 대한 정보 등이었다.

나는 그 서류들을 훑어보면서, 일이 갑자기 빨리 진행된다는 느낌을 받았다.

나는 앨 리드에게 전화를 하여, 먼저 귀찮게 해서 미안하다고 사과를 했다. 그랜드에 한번 올라갔다는 것을 핑계로 그에게 너무 많은 질문을 하는 느낌이었다.

"천만에요."

리드가 말했다.

나는 짐 윌리엄스의 등반대에 끼고 싶다고 말하고, 혹시 그래서는 안 될 이유가 있느냐고 물었다.

"없습니다."

리드가 자신있게 말했다.

"그 정도로 훌륭합니까?"

"최고죠. 전문적이고, 성숙하고, 경험 많고. 훌륭한 클라이머지요. 모든 것을 갖추었습니다. 게다가 아주 사교적인 성격이고, 지도자로서의 자질도 갖추었죠. 이야기도 아주 잘하고, 사람들을 하나하나 잘 칭깁니다. 그보다 나은 사람을 추천할 수는 없을 것 같군요."

그 말을 듣자 마음이 든든했다.

"그럼 그렇게 결정하도록 해야겠군요. 짐 윌리엄스와 함께 아콩카과에 올라가게 될 것 같습니다."

"잘된 일입니다. 행운을 빌겠습니다."

나는 나 혼자 있는 사무실에서 전화를 했다. 늦은 오후였다. 책상에는 짐 윌리엄스의 비서가 보내준 서류들이 펼쳐져 있었다. 그 밖에 내가 등반을 위해서 모아놓은 파일들도 몇 개 나와 있었다. 그 가운데는 데날리에 대해서 모은 자료, 엑섬에서 처음 가져온 브로셔 등도 있었다. 나는 새 파일에 아콩카과에 대한 자료를 모으기 시작했다. 그리고 등반에 드는 비용을 보내기 위해서 수표를 썼다. 아침에 비행기 예약을 하자고 메모를 해놓았다. 그런 다음 시카고의 브룩에게 보낼 것들은 다 복사를 해두었다. 마지막으로 브룩에게 전화를 했다.

"이번 2월에 아콩카과에 간다면 겨울 4분기를 쉴 수 있니?"

"그럼요. 가겠어요."

"그러면 학장한테 말해두는 게 좋겠군. 그리고 대학 건강 보험의 적용을 받을 수 있는지도 알아보거라."

"네, 어서 가고 싶어요."

"그래. 서류들을 보내마."

# 마지막 망설임

등반은 자신에 대한 탐험이며, 동시에 파트너와 깊은 관계를 맺는 과정이다. 가장 근본적인 수준에서 등반은 특정한 산을 정복한다거나, 구체적인 목표를 달성하는 것과는 관계가 없다.……등반은 경이로운 경험들이 가득한 여행이다.

—— 앨릭스 로

크리스마스 두 주 전, 나는 책상 앞에 앉아 있었다. 등반에 대한 생각과 그 준비에 정신이 팔려 있으면서도 일을 한답시고 앉아 있었던 것 같다. 그때 전화벨이 울렸고, 나는 아무 생각 없이 전화를 받았다.

"여보세요."

"여보세요."

목소리에 기운이 넘쳤고 왠지 귀에 익은 느낌이었다. 오랫동안 연락을 못했던, 잘 아는 사람의 목소리 같았다.

"짐 윌리엄스입니다."

"아. 안녕하세요. 언제 돌아오셨습니까?"

"어젯밤에 돌아왔습니다. 전화를 한번 드리고 필요한 사항들을 검토해보는 것이 좋을 것 같아서요."

나는 손목시계를 보았다. 와이오밍 주는 이제 아침 아홉 시였다.

"아, 전화 주셔서 감사합니다."

"문제 없죠."

나는 그가 그 말을 사용하는 것을 이때 처음 들었다. 이후로 그 말은 수도 없이 듣게 되었다. 그 말은 짐 윌리엄스의 주문과 같은 것이었다. 그의 관점에서 보자면 어떤 일에도 문제될 것이 없었다. 문제처럼 보이는 것은 그의 재주를 통해서 해결하거나 아니면 상당한 의지력으로 극복할 수 있었다.

우리는 한 시간 정도 이야기를 나누었다. 그는 참을성 있게 내 질문에 자세히 대답해주었다. 나는 물어볼 것이 많았다. 장비 목록에 적혀 있는 여러 가지 물건들에 대해서도 궁금한 것이 많았다. 그는 예를 들면 다흐슈타인산 양모 벙어리 장갑이 무엇인지, 등반용 장갑 외에 왜 그런 장갑이 필요한지를 설명해주었다. 그리고 왜 파카뿐만 아니라 오리털 재킷도 필요한지, 왜 공기주입식 서모레스트보다 스티로폴 패드가 나은지 등등을 설명해주었다.

나는 그것들을 장비 목록에 적어넣었다.

"참, 폴리시 빙하 쪽으로 가겠다고 하셨다면서요."

"네."

내가 대답했다. 그쪽으로 가게 되면 마지막 900미터 정도를 기술적 등반으로 올라가야 했다. 자일, 아이젠, 얼음 도끼 등이 필요했다. 그쪽이 아니면 클라이머들이 걸어올라가기라고 부르는 루트로 올라가야 했다.

"출발하기 전에 그 점에 대해서 분명히 해둘 필요가 있겠군요."

"좋습니다."

"노먼 씨한테 무엇이 더 중요한지 본인이 아실 필요가 있고, 저역시 알 필요가 있습니다. 정상에 올라가는 것이 중요합니까, 아니면 폴리시 빙하를 통과하는 것이 더 중요합니까?"

"무슨 말씀인지 알겠습니다."

"전에는 이 정도 크기의 산에 올라가보신 적이 없죠? 따라서 높은 고도에 어떻게 대처하실지 잘 모르실 겁니다. 직접 가보기 전에는 알 도리가 없죠. 폴리시 빙하에 다가가기 전에 포기할 수도 있습니다."

"알겠습니다."

내가 방금 고용한 사람에게서 이렇게 단호한 어투로 이야기를 듣자니 기분이 약간 묘했다. 그러나 윌리엄스는 으스대지도 않았고 초보자를 우습게 여기지도 않았다. 전화로도 그것을 느낄 수 있었다. 그는 그저 출발하기 전에 모든 문제를 터놓고 이야기하려는 것일 뿐이었다. 산을 반쯤 올라갔을 때 이런 이야기를 하면, 그때는 감정이 상하는 것 이상의 문제가 생길 수도 있었다.

어차피 나는 그 사람이 우리의 가이드 이상의 존재가 되어주기를 바라고 있었다. 나는 그가 지도자라고 믿고 의지하고 있었다. 단지 나를 산 위에 올려다놓는 것이 전부가 아니었다. 내 딸도 관련된 문제였다.

윌리엄스가 말을 이었다.

"내가 보기에는, 아콩카과처럼 큰 산이 처음일 때는, 어떻게 정상에 올라가느냐 하는 것보다는 정상에 올라가는 것 자체가 더 중요합니다. 정상에 오를 수도 있었는데, 폴리시 빙하 쪽으로 가는 바람에 못 올라갔다고 하면 기분이 좋지 않을 겁니다."

"그렇겠죠."

"정 폴리시 빙하 쪽을 시도하고 싶으시다면, 가서 빙하를 올라가는 데에 필요한 것들을 챙겨오십시오. 추가의 등반장비, 헬멧, 안전 벨트, 로킹 카라비너 등등요."

윌리엄스는 약간 누그러진 목소리로 말을 이었다.

"가보기 전에는 등반을 할 수 있을지 없을지조차 모릅니다. 어떤 해에는 눈이 너무 많기도 하고, 어떤 해에는 눈이 너무 적기도 하지요. 전혀 알 수가 없지요. 제가 보기에 적당치 않다 싶으면, 또는 가본 다음에 선생님 맘이 바뀌면, 언제든지 베이스 캠프에서 짐을 챙겨서 대신 루타 노르말(일반 루트/옮긴이)로 올라갈 수도 있습니다. 하지만 누가 압니까? 폴리시 빙하가 아주 상태가 좋고, 노먼 씨와 따님이 고도에 아무런 문제를 느끼지 않는다면, 그냥 데꺽 끝내버릴지."

"그러길 바라야죠."

"우리가 분명하게 서로를 이해하기만 한다면 말입니다."

"그럼요."

▲▲▲

나는 전화를 끊은 뒤에 브룩에게 전화했다.

"우리 가이드와 이야기해보았다."

"그런데요?"

"우리가 좋은 사람을 만난 것 같구나."

▲▲▲

브룩은 12월에 시카고에서 돌아왔다. 이 해는 헤이들리가 집에서 보내는 마지막 해이기도 했다. 그래서인지, 아니면 브룩과 나의 계획 때문인지, 이 크리스마스는 유난히 축제 분위기이면서도 감정이 절절했다. 실제로는 늘 하던 일을 했을 뿐이다. 크리스마스 트리를 세우고, 팝콘과 크랜베리를 달고, 생강이 든 빵과 과일 케이크를 만들었다. 그러나 왠지 이 모든 것이 옛 향수를 자아냈다.

새해 첫날에는 내 친구 크리스 버클리와 그의 부인 루시가 두 아이를 데리고 찾아왔다. 크리스와 나는 내가 결혼하기 전부터 사귀었었다. 버클리의 아이들은 나를 제프 삼촌이라고 불렀는데, 그 말을 들을 때면 기분이 좋았다. 우리 아이들은 크리스가 멋지고 끝내주고 세련되었으며, 세상에서 가장 재미있는 사람이라고 생각했다. 크리스는 베스트셀러들을 써냈고 텔레비전에도 출연했다. 따라서 유명 인사라고 할 수 있었는데, 이것도 우리 아이들에게 점수를 따는 데에 도움이 되었다. 마샤는 루시와 오랫동안 가까웠으며, 나 역시 그녀와 친하게 지냈다. 나는 크리스에게 루시를 만난 것이 그의 인생에서 최고로 좋은 일이라고 말했다. 좁은 집에 많은 사람이 북적거렸지만 우리는 늘 좋은 시간을 보냈다. 우리는 늘 새해 첫날을 기다리곤 했다.

크리스마스 때와 마찬가지로 새해 첫날 역시 특별히 기분이 좋았다. 어쩌면 나 혼자 마음속에서만 그렇게 느끼는지도 몰랐지만. 내 딸들은 다 커서 이제 집을 떠난 것이나 다름없었다. 벌써 아이들이 그리웠다.

그믐날 자정이 넘어, 자고 있는 버클리네 아이들만 빼고 우리 모두 집 너머에 있는 숲으로 들어갔다. 땅에는 눈이 덮여 있었고 기온은 영하였다. 바람은 없었다. 맑은 하늘에는 별이 가득했다. 우리는 병에 든 샴페인을 마셨고, 사소한 일에도 웃음을 터뜨렸으며, 심지어 노래를 부르기도 했다. 우리는 매년 그렇게 했다. 우스꽝스러운 행동이라는 생각도 들었지만, 그래도 기분은 좋았다.

나는 한쪽 팔로 마샤의 허리를 안고, 다른 팔로 크리스의 어깨를 안았다. 하늘을 올려다보았다. 추위 때문에 눈이 흐릿했다. 별들을 물끄러미 바라보다가, 집에서 1.5킬로미터 정도 떨어진 낮은 산의 어두운 윤곽을 보았다. 이럴 때 찾아오기 마련인 모든 감정이 찾아

250

왔다. 이들은 내 친구들이고 가족이다. 아르헨티나의 산에 올라가기 위해서 먼 길을 떠나려고 하다니, 도대체 내가 왜 이러는 것일까? 딸마저 데려가는 것은 무슨 미친 짓일까?

그러나 나는 그런 생각들을 입 밖에 내지 않았다. 아침이 되었을 때는 기분이 상쾌했다.

▲▲▲

우리는 1월의 마지막 날 산티아고로 출발할 예정이었다. 나중에 보니 그 날이 슈퍼볼 선데이(미식축구 결승전이 열리는 날/옮긴이)였다. 우리는 프라이드 치킨, 콩, 옥수수빵, 피컨파이를 놓고 풋볼 파티를 열곤 했는데, 이번에는 그럴 수가 없었다. 브룩과 나는 짧은 시간에 많은 일을 해야 했다. 우리는 재차 장비를 점검하고 필요한 것을 주문했다. 다 모으고 나니 그것들을 메고 산을 올라가기는커녕 길도 건너지 못할 것 같았다. 우리는 의사를 찾아가서 신체 검사를 받았고, 항생제 처방과 더불어 다이아모스라는 약도 처방을 받았다. 이것은 높은 고도에서 나타날 수 있는 체액의 변화를 없애주는 약이었다. 브룩이 어렸을 때부터 그 애를 진료해온 주치의는 우리의 계획에 흥미를 나타냈다. 그의 병원은 늘 붐볐지만, 그는 20분 동안이나 우리와 이야기를 나누면서 진심으로 행운을 빌어주었다. 나는 우리가 국외에 나가 있는 동안 병이 들거나 부상 당했을 때를 대비해서 보험을 들어두었으며, 산에서 문제가 생겨 도움이 필요할 때를 대비해 구조보험을 얻을 수 있도록 미국 산악 협회의 회원 자격도 확보했다. 우리는 뉴햄프셔의 화이트 산에서 사흘을 보냈다. 그곳에서 등산학교의 조 렌티니가 눈과 얼음에서 이용할 수 있는 기술을 가르쳐주었다. 우리는 얼어붙은 폭포를 올라갔고, 자기 확보를 연습했고, 아이젠을 차고 많이 걸어보았다.

"폴리시 빙하를 탈 준비가 되었네요."

우리가 떠날 때 조는 그렇게 말하고 나서, 나를 향해 한 마디 충고를 해주었다.

"등반은 누가 캠프에 먼저 도착하느냐를 따지는 경주가 아니라는 점을 잊지 마십시오. 정상을 위해서 힘을 아껴야 합니다."

나는 고맙다고, 잊지 않겠다고 말했다.

이런 모든 활동이 의심들을 눌러두는 데에 도움이 되었다. 사실 내 마음에는 의심이 많았다. 이런 의심들은 한가한 밤이면 불현듯 튀어나오곤 했는데, 이 시기에는 한가할 틈이 없어서 좋았다.

가장 가벼운 걱정이라고 한다면, 내가 정상에 올라가지 못할지도 모른다는 것이었다. 나는 아콩카과 등반을 추진한 이후, 몇 달 동안 열심히 운동하고 산악 구보를 했으며 역기를 들었다. 그러나 나는 그런 높은 곳에는 근처에도 가본 적이 없었다. 그래서 준비 단계로, 정상까지 걸어갈 수 있는 길이 나 있는 멕시코의 높은 화산 하나를 골라서 올라가볼까 하는 생각을 했다. 그러나 그럴 시간이나 돈이 없었다. 또 하나의 걱정은 내가 이런 일을 하기에 약간 — 좋게 말해서 — 나이가 들었다는 점이었다. 나는 가이드보다 십 년 이상 연상이었다. 등반을 하는 사람들은 대부분 이삼십대였다. 그러나 나는 그때는 멈칫거리다가 이제 와서 시작하려니 잃어버린 시간을 벌충해야 했다. 크리스마스 직전, 뉴욕에 갔다가 7대 정상 가운데 몇 곳을 올라가본 클라이머를 소개받은 일이 있다.

"하지만 에베레스트에는 가보지 못했습니다."

그는 웃음을 지으며 덧붙였다.

"아직은요."

나는 그에게 아콩카과에는 올라가보았느냐고 물었다.

"두 번이요. 처음에는 성공하지 못했습니다. 다시 시도했을 때도 못할 뻔했죠. 정상에 올라가던 날은, 단연코, 제 평생 가장 힘든 날이었습니다. 그 전이나 후에도 그렇게 몸이 지쳤던 적이 없습니다."

그 사람은 나보다 스무 살이나 젊었으며, 몸도 아주 좋아 보였다.

떠나기 며칠 전에는 우리 지역 장비점 마운튼 고트에 갔다. 마지막으로 자질구레한 것들 몇 가지를 사야 했기 때문이다. 나는 주인과 이야기를 했다. 우리는 몇 년 전부터 알고 지내는 사이였다.

"우리 손님 가운데 막 아콩카과에서 돌아온 사람이 있거든요. 훌륭한 클라이머죠. 알래스카에서도 여러 산을 올랐고요."

주인은 이름을 말해주었으나, 나로서는 처음 들어보는 이름이었다.

"전화를 한번 해봐야겠군요. 이야기를 듣는 것도 도움이 될 테니까."

"하지만 안 듣느니만 못할걸요."

"그래요?"

"성공하지 못했거든요. 정상에 올라가던 날, 반쯤 올라갔는데 힘이 완전히 바닥났다고 하더군요. 그렇게 힘들 줄은 몰랐다고 하던데요."

"고도 때문이었나보죠?"

나는 마치 경험이 많은 사람처럼 물었다.

"그런 것 같더군요."

"그거 힘들죠."

"그래요. 어쨌든……행운을 빕니다. 선생님은 성공하실 겁니다."

▲▲▲

그러나 성공하지 못한다는 것은 내 걱정 가운데 가장 작은 것이었다. 실망이야 견딜 수 있다. 사실 나이가 들수록 그것에는 익숙해지기 마련이다. 아마 연습을 많이 해봐서 그런가보다. 그러나 아콩카과에서는 정상에 올라가지 못하는 것보다 더 나쁜 일들이 생길 수 있었다. 추락할 수도 있었다. 물론 우리 경우에는 폴리시 빙하 쪽으로 가지만 않는다면 그럴 가능성이 적었지만. 설사 폴리시 빙하 쪽으로 간다고 해도 추락의 위험이 그리 크지는 않았다. 그러나 동상에 걸려서 손가락이나 발가락을 잃을 수는 있었다. 내가 읽은 것들에 따르면 이것은 장비가 부족하거나 폭풍을 만난 클라이머들에게는 거의 일상적으로 일어나는 일이었다. 동상은 물론 심각했다. 그러나 그것보다 더 심각한 일들도 있었다. 클라이머들은 아콩카과에서 저체온증으로 죽기도 했다. 예를 들면 길을 잃어서 어쩔 수 없이 몸을 가릴 것도 없는 곳에서 영하의 기온에 거센 바람을 맞으며 밤을 지샐 때 그런 일이 생길 수 있다. 또 폐수종으로 죽기도 했다. 이것은 허파에 체액이 고이는 증상이다. 또 뇌에 체액이 과다하게 고이는 뇌수종으로 죽기도 했다. 높은 고도에서는 클라이머들에게 이런 증상들이 나타날 수 있으나, 누구에게 이것이 나타날지는 알 방법이 없다. 게다가 이 증상은 사람들이 높은 고도에서 일반적으로 겪는 불편으로 착각하기도 쉽다. 크라카우어의 책이 나온 뒤로 클라이머가 아닌 사람들도 고산 등반이 치명적인 위험을 초래할 수 있다는 것을 알게 되었다. 실제로 우리가 등반하기 전 해에도 아콩카과에서는 열여섯 명의 클라이머가 죽었다.

나는 내 걱정은 크게 하지 않았다. 초보 클라이머라고 하더라도 위험을 맞는 동시에 그것을 물리칠 능력이 있다. 사실 등반을 하는 이유 가운데 하나는 그것이 위험하다는 데에 있다. 그러면서도 절대로 다치지 않을 것이라고 확신한다. 분명히 죽지는 않을 것이라고.

그럼에도 브룩은 걱정이 되었다. 그 애가 나보다 다칠 위험이 더 크다그 생각했기 때문은 아니었다. 사실, 가능성으로 따지자면 더 적은 편이었다. 그 애는 나보다 더 젊고, 더 건강하고, 성격으로 보아도 더 조심스러웠다.……

내가 걱정한 것은 그 애가 내 딸이었기 때문이다. 그리고 걱정이야말로 부모가 가장 잘하는 것 가운데 하나이기 때문이다.

마지막으로 나는 마샤가 걱정되었다. 마샤가 우리를 걱정할 것을 알기 때문이다. 마샤는 이 점에 대해서 한 마디도 한 적이 없다. 물론 마샤는 나를 단념시킬 생각은 하지도 않을 것이다. 마샤의 삶의 좌우명은 해보자였으며, 나는 그녀가 그 말을 하는 것을 수도 없이 들었다. 그것이 마샤가 말을 타는 것(그러다가 무릎을 다치기는 했지만)에서부터 요리나 장식에 이르기까지 일하는 방식이었다. 그리고 자존심 때문에라도 일관성 있게 시작한 방향으로 나아가려고 했다. 마샤는 모든 사람들이 그런 식으로 살아야 한다고 믿었다. 특히 가족이라면. 설사 그 선택이 그녀의 마음에 들지 않는다고 해도 말이다. 그러나 나는 그녀의 마음을 알았고, 그것 때문에 마음이 편치 않았다. 한 사람과 20년 동안 결혼생활을 했으면 적어도 배려하는 마음 정도는 가져야 한다는 것이 내 생각이었다. 허황된 짓을 위해서 마샤를 걱정하게 만드는 것이야말로 배려가 없는 태도인 것 같았다.

▲▲▲

만일 우리가 떠나기 일주일 전에 앨릭스 로가 나타나지 않았더라면 그런 갈등은 견딜 수 없는 것이 되었을지 모른다. 로는 몇 년 동안 그를 후원해준 스포츠 장비 회사 노스 페이스를 위해서 순회 선전여행 중이었다. 등반과 탐험이라는 세계에서 로는 최고의 스타 자리에 올랐다. 『아웃사이드』지에서 그에 대한 기사를 읽을 수 있었고, 노스 페이스 광고에서도 그의 사진을 볼 수 있었으며, 『내셔널 지오그래픽』에서는 그의 놀라운 등반에 대한 기사와 사진을 볼 수 있었다. 로는 어느 일요일 밤 우리 지역의 고등학교 체육관에서 슬라이드를 보여주며 연설을 했다. 브룩과 내가 남아메리카로 떠나기 일주일 전이었다.

체육관은 만원이었다. 로는 아주 멋진 모습이었다. 늘씬하고 강건한 모습이 퓨마를 연상시켰다. 겸손한 모습도 놀라웠다. 그는 에베레스트를 고통의 축제라는 뜻으로 "서퍼페스트"라고 불렀고(나는 그 말을 그 전에도 한번 들어본 적이 있었다), 남극에서 장비가 든 가방들을 수십 미터의 산비탈 위로 끌어올리는 작업을 "재미있는 일"이라고 묘사했다.

그는 흥미로운 곳에 가서 재미있는 일을 하고 싶다고 말했다. 이어서 그는 자신의 모습을 찍은 슬라이드를 보여주었는데, 거기에는 어딘가에 있는 매끈한 거대한 암면에 멋지게 매달려 있는 로의 모습이 나와 있었다. 그것은 이미 등정에 3-4일을 보낸 뒤의 모습이었다.

"자, 바로 저 재미죠."

로는 청중이 입을 떡 벌리자 웃음을 지으며 그렇게 말하곤 했다.

대부분의 슬라이드들이 로가 아찔한 모습으로 등반하는 모습을 담은 것이었다. 그 가운데도 특히 한 장의 슬라이드가 내 눈길을 끌었다. 로가 고무 보트의 하나인 조디악에서 남극해로 뛰어내려, 막 빙산에 올라가는 사진이었다. 두 팔은 머리 위로 쭉 뻗어, 도끼의 날들은 보이지 않았다. 아이젠의 앞쪽 날들은 얼음에 박혀 있었다. 등반화 바닥은 물에서 1미터쯤 높이에 올라가 있었다. 그것이 야말로 로가 할 수 있는 일이었다. 사실 얼음이건 바위건, 고도가 높건 낮건, 앨릭스 로는 무슨 일이라도 할 수 있었다.

강연이 끝날 무렵 로는 자신과 열 살 된 아들의 모습을 비추어주었다. 아이도 아버지처럼 등반장비를 갖추고 있었다. 로가 그것이 그의 등반 인생에서 가장 좋았던 순간 가운데 하나 —— 그와 아들 맥스가 함께 그랜드의 정상에 올라갔던 순간 —— 라고 말하자 청중은 따뜻한 박수를 보냈다.

강연이 끝난 뒤 홀에서는 로가 빙벽에 오르는 자신의 사진이 나온, 노스 페이스의 포스터에 사인을 해서 나누어주는 행사가 열렸다. 헤이들리, 브룩, 마샤, 나는 줄을 서서 기다렸다. 우리 차례가 되었을 때, 나는 로와 악수를 하고 나서 입을 열었다. 기억을 못할지 모르지만…….

"그럼요, 기억하고말고요. 그랜드에서 멋진 생일을 맞으신 분 아닙니까."

이어서 로는 오 년 전과 마찬가지로 그 멋진 매력을 발산하며 브룩을 바라보았다. 그는 브룩에게 잘 지냈느냐, 지금도 등반을 하느냐고 물어보았다. 브룩이 아콩카과에 대해서 말하자 로는 이렇게 대꾸했다.

"멋지네요. 정말 멋져요. 두 분이 멋진 시간을 보내게 될 겁니다. 짐 윌리엄스에게 내가 안부 전하더라고 해주세요. 아주 훌륭한 사람입니다. 그리고 행운을 빕니다. 잘 해내실 겁니다."

사람들은 보통 로를 세계에서 가장 위대한 등반가라고 불렀다. 그러나 나는 그가 세계에서 가장 멋지게 의욕을 드러낼 줄 아는 사람이라고 생각한다. 그의 옆에만 있어도 힘이 솟았다. 로는 우리 가족 모두를 위해서 포스터에 사인해주었다. 나는 바깥의 차가운 공기 속으로 나오면서, 왜 애초에 내가 이 일을 하고 싶어했는지를 다시 떠올렸다.

# 팀을 이루기

동지애라는 것은……산에 올라가고 싶어하는 사람들이 마
주치는 곤경과 위험을 통해서, 목표를 달성하고자 노력을
합칠 필요에 의해서, 그들이 함께 나누는 큰 모험에서 나
오는 기쁨을 통해서 높은 산에서 형성되는 것이다.
—— 존 헌트, 『에베레스트 등정기』

우리는 일요일에 JFK 공항에서 비행기를 탔다. 마샤는 굳이 우
리를 공항까지 태워다주겠다고 고집을 부렸다. 헤이들리도 함께
와서 집으로 돌아가는 긴 시간 동안 마샤의 말동무를 해주고 싶어
했다. 그러나 헤이들리는 우리 지역 스키 리조트의 리프트에서 일
하고 있어서, 일요일은 몹시 바쁜 날이라 도저히 빠져나올 수가 없
었다. 그래서 우리는 토요일 밤에 송별회를 가졌다. 우리는 코코뱅
(볶은 후 포도주로 찐 닭/옮긴이)을 먹고 포도주를 마셨고, 옛 이야
기를 나누면서 웃음을 터뜨렸다. 그리고 일찌감치 잠자리에 들었
다. 우리 모두 긴 하루를 앞두고 있었기 때문이다.

마침내 일요일 아침이었다. 떠날 시간이었다. 브룩과 나는 아주
무거운 더플백 두 개와 약간 가벼운 배낭 두 개를 마샤의 차 트렁
크에 실었다.

마샤는 우리가 더플백을 가지고 씨름하는 모습을 지켜보더니 이
렇게 말했다.

"맙소사, 짐이 그렇게 무거운데 어떻게 산까지 들고 올라가려는

거예요?"

나는 더플백에 있는 장비들은 베이스 캠프까지만 가지고 가는데, 거기까지는 노새를 이용해서 운반할 것이라고 설명했다. 그러나 알고서 한 소리는 아니었다.

▲▲▲

마샤는 우리가 케네디 공항에서 그 짐들을 내리는 것을 지켜보았다. 짐들이 터미널 앞의 연석에 다 쌓이자 우리는 작별 인사를 했다. 마샤는 브룩을 안았고, 이어서 나를 안았다. 우리 둘 다에게 행운을 비는 인사를 하고, 웃음을 짓고, 집으로 돌아갔다. 마샤는 오래 전부터 이 등반에 대해서 찜찜해했지만, 한 번도 나를 단념시키려고 한 적은 없었다. 내가 얼마나 걱정할지 아느냐는 식의 이야기도 한 적이 없었다. 나나 브룩의 기를 꺾는 행동은 하지 않았다. 그러나 이런 모든 면들 때문에 역설적으로 나는 더욱 이기적이라는 자책감에 빠져들었다.

"어머니가 괜찮으실까요?"

브룩이 물었다.

"우리가 돌아오는 즉시 괜찮아질 게다. 그때까지야 걱정하겠지."

나는 만일의 사태를 대비해서 필요한 일들을 해두었다. 여행자 보험을 들었으며, 유언장을 마련하고 변호사에게 위임장도 써두었다. 생명보험 서류도 마샤가 잘 찾을 수 있는 곳에 보관해두었다. 나는 마샤에게 산에서 내려와 전화가 눈에 띄는 즉시 연락하겠노라고 약속했다.

『희박한 공기 속으로』를 읽은 수많은 사람들과 마찬가지로, 마샤는 고산 등반에서 잘못될 수 있는 일들을 잘 알고 있었다. 나는 마샤와 그런 점에 대해서 이야기하면서, 뭔가 잘못될 것 같다는 느낌이 들면 즉시 하산하겠다고 말했다. 당연히 그렇게 이야기해야 했다. 달리 이야기할 수가 없었다. 그러나 그것은 별 의미가 없는 약속이었다. 에베레스트에 올라갔던 그 클라이머들도 산에 올라가기 전에는 똑같이 생각했을 것이다. 그러나 산에 올라가게 되는 순간, 갑자기 성공 ── 정상을 의미한다 ── 이 그들이 상상했던 것보다 더 큰 고통과 위험을 감수하더라도 얻어내야 할 목표로 변하고 만다.

나는 마샤를 안심시키기 위해서 할 수 있는 일은 다 했다. 소심하게 굴 생각은 없었지만, 반드시 신중하게 처신할 생각이었다. 그리고 나는 그 생각이 변치 않을 것이라고 믿었다. 브룩과 함께 가는 것이었기 때문이다.

▲▲▲

우리는 마이애미까지 가서, 오랫동안 갈아탈 비행기를 기다렸다. 우리는 대기실에서 슈퍼볼 경기를 보았다. 우리가 거기 앉아 있는데 마커스 앨런이 들어오더니 바에 자리를 잡았다. 그는 전문가답게 거리를 두고 경기를 지켜보았다.

"저 사람이 누군지 아니?"

내가 브룩에게 물었다.

"아뇨."

"몇 년 전에 시합에 나왔던 사람이지. 지금도 러닝백으로는 슈퍼볼에서 가장 멀리 전진한 기록을 가지고 있을걸."

"정말요?"

"그럼. 그리고 O. J. 심슨 사건과도 무슨 관계가 있어. 정확히 뭔지는 잘 모르지만."

"저는 그냥 풋볼 선수로만 생각하고 싶어요."

비행기가 떠날 시간이 되었을 때는 팰컨스가 이기고 있었다. 우리는 좁은 좌석에 자리를 잡고 앉은 후, 멜라토닌을 먹고 잠을 청했다. 비행기는 밤새도록 날아서 아침 여덟 시쯤 산티아고에 도착했다. 도시는 막 깨어나고 있었다.

우리는 짐을 찾아서 세관을 통과한 다음, 버스를 타고 시내 호텔로 갔다. 짐 윌리엄스가 준 지침에 따르면 방이 예약되어 있다고 했다.

작은 방이었다. 짐을 쌓고 브룩이 스페인어를 잊어버리지 않았는지 확인하기 위해서 MTV를 켜는 순간 누군가 문을 두드렸다.

복도에 서 있는 남자는 사십대 초반으로 보였다. 검게 그을린 얼굴에 운동선수 같은 느낌을 주었지만, 특별히 키가 크거나 근육질로 보이지는 않았다. 야구선수 같은 느낌이 들기도 했다. 위는 좁고 밑으로 가면서 넓게 퍼지는 화려한 구레나룻 때문이었는지도 모른다. 그러나 그의 눈은 내가 찾던 눈, 또 내가 알아볼 수 있는 눈이었다. 그는 손을 내밀었고 나는 그의 손을 잡았다. 그는 손을 흔들며 말했다.

"짐 윌리엄스입니다. 노먼 씨이시죠?"

멋진 웃음이 잠시 얼굴에 머물렀다. 손을 쥐는 느낌도 좋았다. 나는 즉시 그가 마음에 들었다. 내가 말했다.

"들어오세요."

그는 당장은 일이 있어서 안 되겠다고 하면서, 한 시간쯤 후에 다시 오겠다고 말했다. 그때 와서 우리 장비를 점검하고 빠진 것이 없는지 확인하겠다고 했다.

"만일 빠진 것이 있다면, 여기에서 필요한 것을 살 수도 있습니다. 일단은 쉬십시오. 낮잠을 주무시거나, 아니면"

그는 브룩을 보고 웃음을 짓더니, 텔레비전을 향해서 고개를 끄덕이며 덧붙였다.

"MTV를 보시거나."

이윽고 윌리엄스가 서류판을 들고 장비를 점검하러 다시 왔다. 그는 종이에 적힌 목록을 훑어보며 장비나 옷을 하나하나 읽어나갔다. 브룩과 나는 그가 말하는 물품을 더플백에서 꺼내어 보여주었다. 윌리엄스는 천천히 일을 진행했다. 우리는 필요한 모든 것을 가져왔다.

윌리엄스는 자신의 방 호수를 알려주면서, 언제든지 와서 산에 가서 점심으로 먹을 음식을 가져가라고 말했다. 나중에 등반에 참여한 사람들을 모두 호텔의 안뜰에 불러모아 브리핑을 하겠다고 말했다. 그리고 나서 모두 함께 저녁을 먹을 계획이었다. 윌리엄스는 할 일이 많아 보였으나, 동시에 그것을 처리할 능력을 갖춘 사람으로 보였다 그는 바빠 보였지만, 일에 빠져서 헤매거나 그것 때문에 괴로워하지는 않았다.

브룩과 나는 다시 모든 물건을 더플백에 집어넣고 위층에 있는 윌리엄스의 방으로 갔다. 우리는 윌리엄스의 조수 맷 조워트를 만났다. 서른 살쯤으로 보이는 조워트는 금발을 상당히 길게 길렀다. 늘씬한 몸은 민첩하고 유연해 보였다. 검게 그을린 얼굴은 착하고 지적으로 보였다. 체육을 전공하다가 자꾸 등반, 파도타기, 오토바이, 불교 등 곁길로 빠진 캘리포니아 사람처럼 보였다.

조워트는 친절했으며, 비닐 봉투에 든 음식을 주면서 농담을 했다. 봉투 안에는 살라미 소시지, 치즈, 청어 통조림, 초콜릿, 음료수, 크래커 등이 들어 있었다.

"앞으로 이것이 여러분의 주식이 될 겁니다. 5,700여 미터의 고도 대문에 무릎을 꿇고 토하는 상황에서는 균형잡힌 식사가 특히 중요합니다."

우리는 음식을 가지고 방으로 돌아가서 시킨 대로 그것들을 더플백에 넣었다. 그리고 낮잠을 청했다.

▲▲▲

호텔의 안뜰에 가보니 탁자에 여덟 명이 앉아 있었다. 우리가 아는 얼굴은 짐 윌리엄스와 맷 조워트뿐이었다. 나머지 낯선 여섯 명이 우리의 팀메이트였다. 모두 사십대 초반 아니면 삼십대 후반으로 코였다. 모두 균형잡힌 몸에, 어쩐지 심각해 보이는 얼굴이었다. 마치 큰돈이 걸린 중요한 사업상의 회의라도 하는 것 같았다.

소개는 뻣뻣했다. 그러나 이런 식의 첫모임은 늘 그렇다. 모두가 말을 삼가면서, 상대를 평가하고 상대에게 강한 인상을 주려고 했다. 나는 악수를 하면서 얼굴을 자세히 보았고, 이름을 기억하기 위해서 속으로 한번씩 되뇌었다……크리스, 보브, 톰, 데이브, 스티트, 보브. 그들은 모두 나보다 10년이나 15년 연하인 것이 분명했다. 그들은 모두 그들 나름대로 중요한 이유 때문에 이곳에 와 있었다. 그 이유가 무엇인지 나는 모르지만(나중에도 알지 못할 수도 있다). 그러나 나는 그들 모두 강력한 이유가 있어서 이곳에 왔을 것이라고 생각했다. 변덕스러운 충동 때문에 온 사람은 없을 것이다. 뭔가 동기가 있을 터였다. 어쩌면 이혼을 했다거나, 아니면 일이 잘 풀리지 않거나 지겨워져서 혹은 늘 꿈꿔오거나 해야 한다고 갈하던 것을 시작하지 않으면, 그것도 빨리 시작하지 않으면, 결코 할 수 없게 될 것임을 깨달았을지도 모른다.

나는 사냥이나 낚시터에서도 첫날밤에 이런 뻣뻣한 소개 자리를 겪어보았다. 그러나 그 경우에는 늘 뭔가 쾌활하고 허물없는 분위기가 있었다. 일반적으로 사람들은 너무 강한 모습을 보여주지 않으려고 했다. 앞에 놓인 일주일을 그저 또 한번의 낚시 여행 정도로 여기는 모습을 보여주었다. 그저 약간의 재미를 볼 수 있는 기회 정도로.

그러나 이 경우는 달랐다. 사실 큰 산을 오르는 것은 간단한 일이 아니기도 했다. 물론 돈과 시간 면에서도 그랬지만, 그런 것들보다 더 중요한 뭔가가 있었다.

그렇기 때문에 브룩과 내가 만난 사람들의 표정이 그럴 수 있었다. 딱히 적대적이라고 할 수는 없었지만, 시험관의 표정인 것만은 분명했다. 이 사람들은 우리가 그들 사이에 끼는 것이 그들이 진짜 중요시하는 일의 역학과 성공에 어떤 의미를 지니는지 궁금해하고 있었다.

그들이 모여 있는 자리에 갑자기 어떤 남자가 어린 딸을 데리고 나타났다. 저들을 저지할까? 정상에 올라가지 못하게 할까? 불평을 할까? 망신을 줄까? 왕따를 시킬까?

나는 내가 그들 나이였고 그런 입장이었을 때 어떤 느낌이었는지 상상해보려고 했다. 아마 나도 만만치 않게 까다로웠을 것이다. 등산학교에서 브룩이 강사의 악의를 견뎌내던 때의 일이 기억났다. 다시 그런 일이 되풀이될 것 같은 느낌이 들었다. 다만 이번에는 하루가 아니라 3주라는 것이 다를 뿐이었다.

짐 윌리엄스가 입을 열자 모두 입을 다물고 귀를 기울였다. 윌리엄스는 다음 이틀간의 계획을 이야기했다. 그는 우리의 질문에 답을 하기도 했다. 이윽고 윌리엄스는 식사를 할 레스토랑으로 우리 모두를 안내했다.

브룩은 식사를 하면서 맷 조워트와 이야기를 나누었다. 탁자에 앉은 사람들 가운데 조워트가 그래도 브룩과 나이가 가장 가까웠다. 나중에 알고 보니 조워트는 버클리 대학 영문과 출신이었다. 조워트는 시카고 대학에 대해서 묻고 싶은 것이 많았다. 그들은 책에 더해서 이야기하기도 했다.

　　나머지 사람들은 직업, 사는 곳, 등반 경험을 이야기했다. 브룩과 내가 경험이 가장 부족한 것 같았다. 한 남자는 킬리만자로와 데날리 등정 경험이 있었는데, 둘 다 7대 정상에 속하는 산이었다. 또 한 사람은 레이니어를 등정했다. 또다른 사람은 그가 사는 콜로라도 주의 4,200미터 이상의 산들은 모두 정복했다.

　　레스토랑의 해물은 뛰어났다. 칠레 포도주도 마찬가지였다. 우리 모두 포도주를 많이 마셨다. 그 결과 레스토랑에 들어갈 때보다 나올 때는 훨씬 더 다정해졌고 쾌활해졌다. 그래도 맷을 제외하고는 아무도 브룩과 이야기하려고 들지 않았다.

　　브룩은 잠자리에 들기 전에 그 점에 대해서 아무 말도 하지 않았지만, 나는 그 애의 마음이 찜찜하다는 것을 알고 있었다.

▲▲▲

　　우리는 아침에 다른 그룹의 클라이머들과 함께 버스에 올라탔다. 그 그룹에는 여자가 세 명 있었고, 가이드 가운데 한 사람도 시애틀 출신의 여자였다. '저 그룹에 껴야 했는데.' 나는 그런 생각을 했다. 그들은 떠들썩했으며, 벌써 한 팀으로 융화되고 있는 것 같앗다. 반면 우리는 여전히 개인들의 집합체였다. 심각한 중년 남자 여섯 명 그리고……나와 브룩.

긴 버스 여행이었다. 국경을 넘어, 스키 시즌이 아니어서 닫혀 있는 아르헨티나의 스키 리조트까지 갔다. 우리는 그곳의 베이스 로지 호텔에서 저녁을 먹고 밤을 보낼 계획이었다. 그리고 나서 아침에는 베이스 캠프까지 사흘간의 등반을 시작할 예정이었다.

버스는 U자형의 급한 커브길을 따라서 천천히 안데스 산맥으로 들어갔다. 시간이 갈수록 풍경은 황량해졌다. 우리는 이른 오후에 스키 리조트에 도착했다. 제철이 아닌 관광시설이 다 그렇듯이 쓸쓸한 느낌이었다. 우리는 작은 방을 배정받았다. 시트와 타월을 하도 자주 빨아서, 감촉이 꼭 티슈 같았다. 스키 리프트는 녹이 슬도록 방치해둔 오래 된 광산장비처럼 보였다.

짐과 맷은 할 일이 있었다. 우리 그룹의 남자들 가운데 몇 사람은 리조트 뒤의 언덕으로 하이킹을 나갔다. 한두 명은 낮잠을 잤다. 나머지 사람들은 짐과 맷을 도와 음식을 비롯한 다른 보급품을 더플백에 다시 쌌다. 노새의 등에 싣고 베이스 캠프까지 가져갈 짐들이었다. 필요한 시기에 맞추어 짐들을 싸고, 큰 짐은 작은 짐으로 나누는 것이 원칙이었다. 짐을 넣은 컨테이너들을 봉인하고 거기에 라벨을 붙였다. 윌리엄스는 가능한 한 조리를 해서 제대로 먹는 것을 좋아했다. 오랫동안 산을 오르면서 렌즈콩, 쌀, 닭 부용, 냉동건조 라비올리 등 그런 곳에서 먹는 음식에 질렸기 때문인지도 몰랐다. 그래서 우리는 싱싱한 상추, 당근, 마늘, 바질, 심지어 달걀까지 샀다. 달걀은 약간의 특별 취급이 필요했는데, 우리는 리조트의 식당에서 그 일을 처리했다.

즐거운 일이었다. 손도 바쁘게 움직였지만 대화도 많았다. 이 과정에서 우리는 짐 윌리엄스에 대하여 어느 정도 알게 되었다.

에베레스트의 사고 이야기가 나왔다. 아마 불가피한 일이었을 것이다. 등반에 대한 이야기가 나오면 빠지지 않는 주제였기 때문이다. 처음부터 그 주제에서 시작하거나, 아니면 결국에는 그 이야기로 돌아가기 마련이었다.

"나도 거기 있었습니다."

윌리엄스가 말했다.

"어디요?"

누군가가 물었다.

"에베레스트에요. 나는 캠프 쓰리에 있었죠. 구조를 도왔습니다."

그것은 등반을 하거나 하고 싶어하는 사람들 사이에서는 11월 22일에 댈러스(케네디 대통령이 죽은 날짜와 장소/옮긴이)에 있었다고 말하는 것과 같았다. 방 안에 있는 모든 사람들이 더 알고 싶어했다. 윌리엄스는 어깨를 으쓱하더니 한숨을 쉬었다. 그 이야기를 하는 데에 지쳤지만, 달리 피해갈 방법도 없다고 생각하는 것 같았다.

누군가 폭풍 때문이었냐고 물었다. 날씨가 돌변하지 않았어도 그런 일이 일어났을까요?

"에베레스트에서는 누구나 악천후를 만날 수 있습니다. 그것은 뭐 새로운 일도 아닙니다. 또 그곳의 폭풍들을 기준으로 보자면, 그 날의 폭풍이 그렇게 심한 것도 아니었습니다."

그렇다면 클라이머들이 미숙했기 때문인가?

윌리엄스는 그를 돕고 있는 사람들을 둘러보았다.

"이 가운데 전문 클라이머가 몇 분이나 계시지요? 에베레스트에서는 전문 클라이머들도 많이 죽었습니다. 그런가 하면 초보 클라이머들 중에서도 정상까지 올라간 사람이 많지요. 그곳에서 죽은 사람들 가운데 셋은 가이드였다는 것을 잊지 마시기 바랍니다. 그 가운데 둘은 전문적인 가이드였다는 사실을요."

"샌디 피트먼은요?"

누군가 물었다.

"그 여자가 뭐요?"

윌리엄스가 되물었다.

"셰르파들(산을 잘 타는 것으로 유명한 네팔 동부에 사는 티베트의 종족/옮긴이) 가운데 하나가 자일로 그 여자를 끌어올린 게 아닙니까?"

"그게 어때서요? 그것은 일반적인 기술입니다. 그녀는 팀의 나머지 사람들과 함께 정상에 올랐습니다. 사람들은 그 여자를 악역으로 만들고 싶어합니다만 샌디는 거기에서 일어난 일에는 책임이 없습니다."

"그 여자를 아세요?"

"나는 그녀가 7대 정상 등반을 시작했을 때 가이드였습니다. 사실 아콩카과에 올라갈 때 가이드를 했죠."

"그래서 어떻게 되었습니까?"

"해고당했습니다."

물론 아무도 그 이유를 묻지는 않았지만, 사람들 마음은 뻔했다. 그래서 윌리엄스가 알아서 대답해주었다.

"나는 가이드는 하고 싶었지만, 하인 노릇은 하고 싶지 않았습니다. 하지만 샌디는 달랐습니다. 그녀는 요구가 아주 많았죠. 어디든 자기가 있는 곳에서 주인공이 되려고 했습니다. 하지만 어쨌든 그녀는 에베레스트 정상에 올랐고, 거기에서 일어난 일은 그 여자 책임이 아닙니다."

잠시 어색한 침묵이 흐른 뒤, 대화가 이어졌다. 윌리엄스는 에베레스트에서 죽은 가이드들이 유명 인사를 정상에 올려놓을 욕심 때문에 실수를 범했다고 믿고 있었다. 피트먼은 웹사이트로 속보를 보냈고, 존 크라카우어는 『아웃사이드』지의 일을 맡아 그녀를 따라갔다. 물론 크라카우어는 현대 등반의 여러 의미가 담긴 사건을 목격하고, 그 일에 대한 책을 쓰게 될 줄은 몰랐다. 물론 그 책이 베스트셀러가 되고 모험문학의 고전이 될 것이라고 예상하지도 못했다.

"그 모든 것 때문에 부담이 커졌고, 그래서 가이드들은 다른 상황이었다면 하지 않을 일을 한 것입니다."

엄격한 판단이었지만, 가혹한 것은 아니었다. 사람들은 일변 사소해 보이는 실수를 범했지만 그러나 큰 대가를 치러야 했다.

윌리엄스는 슬퍼 보이는 표정으로 말했다.

"사람들은 정상에 집착하게 됩니다. 어쨌든 그런 일이 벌어지죠. 아마 그때는 상황이 그랬기 때문에 그런 집착이 더 강해졌을 겁니다. 하지만 그것을 극복해야 합니다. 전에 어떤 영국인 여자 손님이 있었죠. 그녀는 에베레스트 정상으로부터 90미터 아래까지 갔습니다. 하지만 그 여자가 움직이는 모습을 보고 이미 사용한 산소의 양을 보니, 정상에 늦게 도착할 것이고 가봤자 내려올 힘이 하나도 남아 있지 않게 될 것임을 알 수 있었죠. 그래서 나는 그녀를 내려가게 했습니다."

정상으로부터 90미터 아래.

그 이야기가 더욱 놀라운 데에는 다른 이유가 있었다. 세계 정상급의 클라이머이자 가이드인 윌리엄스는 다섯 번 도전했는데 정작 그 자신은 한 번도 정상에 올라가보지 못했다. 따라서 그 여자와 갔을 때가 가장 좋은 기회였다. 정상으로부터 90미터 아래. 윌리엄스는 그 손님에게 기다리라고, 금방 오겠다고 말하고, 혼자 정상에 갔다올 수도 있었을 것이다. 1996년에 어떤 가이드는 모든 손님들을 정상에 올려보내놓고 그들이 내려올 때 따로 정상에 올라가려고 무리하다가 죽었다. 그것은 전문가답지 않은 태도였는데, 그 점이 더 큰 문제였다.

"그 사람은 정상에 가려고 거기에 간 것이 아닙니다. 사실 그는 그 전에 이미 올라가보기도 했습니다. 어쨌든 그의 일은 손님들이 정상에 갔다가 ── 손님들은 올라갔죠 ── 내려오도록 해주는 것이었습니다. 그 사람은 자기가 무엇을 하려고 거기에 있는 것인지 잊어버린 겁니다."

방 안에 있던 사람들 가운데 두 명은 말없이 바닥을 보았다. 윌리엄스와는 생각이 다른 것 같았다. 아니면 고인에 대해서 너무 가혹하게 말한다고 생각할지도 몰랐다. 샌디 피트먼을 비난하는 것, 그리고 셰르파를 시켜서 베이스 캠프까지 가져가게 한 에스프레소 기계와 노트북을 비난하는 것이 더 쉽고 안전하기는 했다.

▲▲▲

우리는 거의 오후 내내 일을 했다. 짐을 다 싸서 노새의 등에 싣기만 하면 되었을 때, 브룩과 나는 우리의 작은 방으로 돌아가 몸을 씻고 잠시 쉬었다.

내가 말했다.

"역시 우리가 좋은 사람을 만난 것 같구나."

"그래요. 샌디 피트먼의 가이드였다잖아요. 그보다 더 적임자가 어디 있겠어요."

"정상에서 90미터 아래인데, 손님을 돌려세웠다지 않니. 나는 그게 더 마음에 든다."

# 바닥에서부터

나는 오늘 이 지역에서 가장 높은 산에 올라갔다.……나
는 이 일을 오랫동안 마음속에 소중히 간직했다.
— 페트라르카

일찍 눈을 떴다. 브룩은 무슨 악몽을 꾸는 것 같았다. 나는 작은 방의 뿌연 창문 너머로 햇살이 강해지는 과정을 지켜보았다. 불안하기는 했지만, 그래도 우리가 여기 있다는 것이 행복했다. 나보다는 브룩 때문에 걱정이 더 많았다. 브룩이 어렸을 때 자다 말고 혹시 그 애가 괴로워하지나 않나 귀를 기울이던 밤들이 기억났다. 마샤와 나는 그 애가 악몽을 꾸거나 귀가 아프면 가서 다독거려주곤 했다. 그러나 오늘 아침에 브룩은 내가 도와주지 않아도 혼자 다시 잠이 들었다.

다른 클라이머 그룹 — 여자들이 끼어 있던 그룹 — 은 우리보다 먼저 스키 로지를 떠났다. 그들 역시 "팀"이 된 기간은 우리와 같았지만, 활기차고 시끌벅적했다. 그들이 떠나고 나자 분위기가 약간 처졌다. 우리는 바깥에 앉아 이런저런 이야기를 나누며, 우리를 데려다줄 트럭이 오기를 기다렸다. 우리는 트럭을 타고 들머리까지 몇 킬로미터를 내려가서, 그곳에서부터 베이스 캠프까지 걸어갈 계획이었다. 그 다음에 베이스 캠프에서부터 아콩카과 등정이 시작될 예정이었다.

271

마침내 트럭이 왔다. 우리는 랜드크루저에 짐과 우리 몸을 실었다. 차 주인은 윌리엄스가 이 일을 위해서 고용한 사람으로, 이 사람이 노새도 가져오고 허가를 얻는 일도 도와주기로 되어 있었다. 그는 이런 일로 먹고 사는 사람으로, 도요타의 문에는 그의 사업체 로고가 찍혀 있었다. 나는 차를 타고 가는 도중에 우리 팀의 한 사람과 이야기를 나누었다. 미국 사람들이 모험적인 스포츠에 열광하는 바람에 세계의 외딴 지역들이 경제적 혜택을 입게 되었다는 이야기였다.

"아마 그 사람들은 우리가 미쳤다고 생각하면서도, 우리가 계속 와주기를 바랄 겁니다."

그 사람이 말했다.

도요타를 운전하는 사람은 우리가 짐을 내리는 것을 도와준 뒤, 한 사람 한 사람과 엄숙하게 악수를 하며 행운을 빌어주었다. 우리는 등반로를 따라서 걷기 시작했다.

▲▲▲

출발한 지 한 시간도 안 되어 기진맥진한 클라이머가 우리 옆을 지나갔다. 노새 등에 올라탄 그 남자는 우리와 엇갈려가며, 실패했다고, 도저히 올라갈 수가 없었다고 중얼거렸다. 나에게는 그것이 무슨 징조처럼 보였는데, 브룩을 포함하여 우리 그룹의 다른 클라이머들은 신경쓰는 것 같지 않았다. 우리는 강 옆에 난 등반로를 따라 올라갔다. 강에는 빙하가 녹은 뿌연 물이 넘실거리고 있었다. 우리의 속도는 빠르고 꾸준했다. 지난 며칠 동안 갇혀 있다가 마침내 움직이게 되어 신이 난 것 같았다.

처음에는 뭉쳐서 갔다. 그러나 한 시간 정도가 지나자 사람들 사이의 거리가 벌어지기 시작했다. 브룩은 한동안 무리의 앞에 바짝 붙어 있었으나, 이윽고 중간쯤으로 밀려났다. 우리 그룹 가운데 일부는 앞서가는 데에 익숙한 것 같았다. 나는 맨 뒤에 서서 내 나름의 속도로 움직였다. 그러면서 노스콘웨이를 떠날 때 조 렌티니가 한 달을 기억하며 혼자 중얼거렸다.

"가는 길에 온 힘을 쏟지 말자. 정상을 위해서 약간은 남겨두자."

▲▲▲

우리는 강이 흐르는 골짜기에 있었기 때문에 높은 산은 볼 수가 없었다. 더운 날씨였다. 눈에 보이는 풍경에 부드러운 맛은 없었다. 더러운 강물을 빼면 바싹 마른 상태였다. 나는 반바지에 운동화 차림이었는데, 금방 온몸이 땀에 젖었다. 마치 높은 지대의 사막을 걷는 느낌이었다.

"굴을 많이 마시고, 자외선 차단 크림을 많이 바르세요."

윌리엄스는 쉬는 시간에 말했다. 그러자 브룩이 나한테 말했다.

"세계 최고의 클라이머들이 우리한테 하는 이야기가 똑같다는 걸 아세요?"

우리는 해가 떨어지기 얼마 전에 그날 밤을 보낼 캠프에 도착했다. 15킬로미터 정도 걸은 셈이었는데, 그다지 힘들었다고 할 수는 없었다. 브룩은 자원해서 윌리엄스가 물 단지를 채우는 일을 도왔다. 윌리엄스는 노새들이 도착하자마자 식사 준비를 했기 때문이다. 물을 뜨러 가는 길에 노새를 몰고 왔던 가우초 몇 명이 브룩을 향해 휘파람을 불며 소리쳤다.

"루비아(금발 미녀 아가씨)."

"에스 솔라멘테 펠로(금발은 맞지만 미녀는 아니에요)."

그러자 그 사람들은 웃음을 터뜨렸다.

우리는 텐트를 친 뒤 윌리엄스를 도와서 당근의 껍질을 벗기고 자른 다음 샐러드를 버무렸다. 윌리엄스는 작은 가스 스토브 위에 허리를 굽히고 신선한 바질과 마늘로 파스타와 페스토 소스를 열심히 만들었다. 우리는 게걸스럽게 먹고 포도주를 마셨다. 그러나 산티아고에 있을 때보다는 훨씬 적게 마셨다. 아마 한 사람이 두 잔쯤 마셨을 것이다. 그러나 베이스 캠프에 가는 길까지 포도주를 가져온 것은 윌리엄스다운 행동이었다. 우리 모두 그 점에 감사했다. 다른 그룹은 렌즈콩과 밥을 먹으면서 쿨-에이드를 마셨다.

해가 진 뒤에는 공기가 상당히 차가워졌다. 산 속에 있다는 느낌이 들기 시작했다. 그렇지 않았다면 우리가 등반을 왔다는 사실이 실감나지 않았을 것이다. 우리는 아직 기가 죽을 만큼 큰 산들은 그림자도 보지 못했다. 강의 양 옆을 두르고 있는 낮은 언덕들만을 보았을 뿐이다.

"괜찮니?"

텐트로 돌아온 뒤 나는 브룩에게 물었다. 우리 그룹의 다른 사람들은 아직 자지 않고, 추위에 떨면서 여러 가지 이야기를 나누고, 웃음을 터뜨리고, 별을 구경하고 있었다.

"그럼요. 좋아요."

그룹의 다른 손님들은 하루 종일 친절한 모습을 보여주었다. 그러나 브룩과 이야기를 나누어보려고 노력하는 사람은 없었다. 사실 그들은 브룩의 아버지 뻘 나이의 사람들이었다. 사실 한 사람이 브룩에게 말을 걸고 잠시 이야기를 나누기는 했는데, 왠지 어색하고 부담스러운 분위기가 되었다. 어쩔 수 없는 일이기는 했지만, 갑작스럽다는 느낌을 지울 수 없었다. 브룩의 입장에서는 무례하다고 느낄 수도 있었다.

나는 이해했고, 또 공감했다.……브룩에게도 그랬고, 함께 등반하게 된 남자들에게도 그랬다. 그렇다고 해서 내가 평소에도 그렇게 너그러운 사람이라는 뜻은 아니다. 그러나 가만히 생각해보니, 나 역시 브룩과는 많은 문제에 대해서 쉽게 이야기를 할 수 있지만, 그 애 친구들하고 대화한다는 것은 거의 불가능하다는 것을 깨닫게 되었다. 만일 내가 혼자 왔고, 다른 남자가 딸을 데려왔다면 나 역시 똑같은 문제에 부딪혔을 터였다. 나는 그런 점을 브룩에게 설명할까 하다가 관두었다. 그저 다른 남자들도 브룩을 아이가 아니라 팀메이트로 보게 되는 시간이 어서 오기를 바랄 뿐이었다. 나는 실제로 그렇게 될 수도 있다고 생각했다. 사실 현재로서는 우리 누구도 서로를 팀메이트로 생각하지 않았다. 같은 이야기지만, 우리 자신을 하나의 팀으로 보지도 않았다.

어쨌든 브룩은 불평하지 않았다.

"내일이면 산을 볼 수 있을 것 같은데."

내가 말했다.

"네."

"그럼, 잘 자라."

"안녕히 주무세요, 아버지."

나는 잠시 눈을 뜬 채로, 마음을 편히 가지려고 노력했다. 노새를 탄 지친 남자의 모습이 눈앞에 자꾸 어른거렸다. 우리가 대체 어디어 온 건가?

▲▲▲

우리는 다음날 아침 일찍 출발했다. 강 주위의 저지대에는 안개가 자욱했다. 윌리엄스는 오늘은 어제보다 좀더 많이 걷게 될 것이지만, 별로 힘들지는 않을 것이라고 말했다. 그는 물을 많이 마시고, 자외선 차단 크림을 많이 바르라고 강조했다. 브룩은 숨을 헐떡거리면서 중얼거렸다. 어디서 많이 들어본 말인데……

우리는 곧 간격이 벌어졌다. 짐과 세 사람은 꾸준하고 빠른 걸음으로 앞서나갔다. 그뒤를 두 사람이 따랐고, 그 다음이 브룩, 그 다음이 나였다. 몸집이 크고 우락부락하게 생긴 톰이라는 남자는 그의 회사에서 개발했다고 하는 실험적인 3-D 장비를 이용해서 등반을 비디오로 촬영하고 있었다. 그는 길을 따라서 오르락내리락했다. 맷은 맨 뒤에서 따라왔다. 물론 느려서가 아니라, 보조 가이드로서 자기 위치를 지키는 것일 뿐이었다.

아침 나절이 되자 생각보다 힘들다고 느껴졌다. 견디기 어려울 정도는 아니었지만, 버몬트의 집 근처에서 하루 종일 걸어서 여행할 때보다 힘을 더 소비하고 있었다. 정상적인 호흡으로는 원하는 만큼 숨을 들이쉴 수 없었다. 나는 숨을 헐떡거리며 땀을 흘렸다. 상당히 가벼운 배낭이 무겁게 느껴졌다. 고도 때문이라고 생각했다. 우리는 해발 2,700미터 높이에 있으며, 하루에 300미터씩 올라가고 있었다. 나는 아직 고도에 적응이 덜 된 것이라고 결론을 내렸다.

내가 어려움을 겪는 정도였던 반면, 브룩은 안간힘을 쓰고 있었다. 그 애는 내 뒤로 처졌다. 내가 그 애를 기다리기 위해서 발을 멈추고 있을 때마다 그 애는 말했다.

"아니에요, 아버지, 계속 가세요. 제발. 저는 괜찮아요."

"정말 괜찮아?"

"네."

브룩은 가쁘게 숨을 몰아쉬고 있었다. 충분한 공기를 들이마실

수 없는 것 같았다. 그래도 브룩은 말했다.

"어서 가세요. 곧 따라갈게요."

나는 계속 내 나름의 느린 속도로 오솔길을 따라갔다. 오늘 끝까지 버틸 수 있을까? 베이스 캠프까지 갈 수나 있을까? 지금 철수하는 것도 물론 고려할 수 있었다. 그러나 그것은 정말 불명예스러운 일이 될 것이다.

나는 고도 때문임이 틀림없다고 생각했다. 나는 브룩이 노력하고 있다는 것을 알고 있었고, 체력에는 문제가 없다는 것도 알고 있었다. 단지 고산 등반이 생리적으로 맞지 않을 뿐이야. 사실 나도 맞지 않는 것 같았다. 어쩌면 낮은 고도에서 암벽 등반이나 하면서 "큰 등반"의 꿈 —— 어쩌면 환상인지도 몰랐다 —— 은 포기했어야 하는 것인지도 몰랐다. 오전이 다 지나갈 무렵, 나는 우울한 기분으로 터덜터덜 걷고 있었다. 브룩은 700-800미터 떨어진 곳에서 따라오고 있었다. 그 애의 상태를 확인해보기 위해서 고개를 돌릴 때마다 그 애는 발을 멈추고 우리 모두가 이용하는 스키 폴 위에 허리를 굽히고 있었다. 노새를 하나 구해서 아이를 태우고 도로까지 내려가야 하는 게 아닐까.

한낮이 되었을 때 나는 그룹의 나머지 사람들을 따라잡았다. 그들은 강둑을 따라서 나 있는 높은 레지의 그늘에 앉아, 배낭을 열고 점심거리를 꺼내고 있었다. 나는 브룩을 돌아보았다. 브룩은 모래 위에 바위가 드문드문 놓인 넓고 평평하고 메마른 범람원을 천천히 가로지르고 있었다. 날씨는 더웠고 땅 위로 아지랑이가 피어올랐다. 그래서 브룩은 마치 물 속을 걷는 사람처럼 보였다. 또렷하게 보이는가 하면 어느새 흐릿하게 보이기 일쑤였다. 그래서 그런지 더 작고 약해 보였다.

나는 배낭을 내려놓고 그 애를 도우러 갔다.

내가 브룩이 있는 곳까지 가자 그 애가 말했다.

"아녜요, 아버지. 할 수 있어요. 내 배낭을 메고 갈 수 있어요."

"나한테 줘. 나는 네가 내 딸이 아니었어도 이렇게 했을 거야."

말이 되는 것 같지는 않았지만, 어쨌든 설득력이 있는 것 같았다. 나는 그 애의 배낭을 받아들어 어깨에 멨다. 우리는 함께 걸어갔다.

브룩이 그늘이 드리운 바닥에 주저앉자 누군가 말했다.

"괜찮아, 브룩?"

물론 친절을 보이고자 한 말이었다. 그러나 그것이 비웃는 것보다 더 나쁠 수도 있었다. 그룹 내의 유일한 여자이자 가장 어리다고 해서 아이 취급을 할 수는 없는 일이었기 때문이다.

"괜찮아요."

피로하다고는 하지만, 꽤 무뚝뚝하게 들리는 목소리였다.

윌리엄스가 다가오더니 그 애 옆에 무릎을 꿇고 앉았다.

"자."

윌리엄스는 브룩에게 물병을 건네주었다. 무슨 주스가 섞여 있는 물이었다.

"이걸 마셔봐."

"괜찮다니까요."

"어서. 마셔봐요."

브룩의 피부는 창백하고, 축축하고, 끈적끈적해 보였다. 더위에 지쳤기 때문이다. 숨은 얕았고, 입술에는 핏기가 없었다. 브룩은 짙은색 폴리프로필렌 윗옷을 입고 있었는데, 그 옷은 아까 올라오다가 만났던, 노새를 타고 가던 좌절한 클라이머가 입은 옷과 비슷했다. 윌리엄스는 더 가벼운 옷은 없냐고 물었다.

브룩은 고개를 저었다.

"나한테 있어."

나는 본피시를 잡으러 습지에 나갈 때 입는 하얀 셔츠를 배낭에서 꺼냈다.

너가 그 셔츠를 브룩에게 주자 윌리엄스가 말했다.

"이게 낫군요. 모자는?"

"안 가져왔어요."

브룩이 대답했다.

윌리엄스는 대책 없는 사람들이야 하고 말하듯이 고개를 설레설레 저었다.

'나한테 남는 게 있소."

한 클라이머가 소리쳤다. 데이브라는 이름의 과묵하지만 다정한 남자였는데, 우리 그룹 가운데 가장 강한 클라이머였다. 그러나 그 점은 나중에 가서야 밝혀지게 되었다. 이 날 아침에는 그도 그 나름으로 고생하고 있었다. 다리를 절고 있었던 것이다.

데이브는 브룩에게 챙이 긴 모자와 큰 수건을 주었다. 윌리엄스는 수건을 모자에 달아 목까지 덮도록 해주었다. 윌리엄스는 브룩에게 초강력 자외선 차단 크림도 주었다.

"이미 화상을 입었군. 이걸 써야 해. 높이 올라갈수록 이게 중요하다는 걸 알게 될 거야."

브룩은 고개를 끄덕였고, 다른 클라이머가 내미는 물병도 받아들었다.

"이게 전해질을 보충해줄 겁니다."

그가 말했다. 그는 석유 지질학자였는데, 매우 과학적인 태도로 이 등반을 바라보고 있었다. 그는 고도에 대한 생리적 반응의 명칭을 모두 알았다. 또한 거기에 따른 약과 그 약의 작용 방식도 줄줄이 꿰고 있었다. 그는 마치 의사가 위태로운 환자를 대하듯이 자신의 맥박과 땀을 꼼꼼히 확인했다. 나는 그 사람과 가장 많은 대화를 나누었는데, 이야기를 해보면 참 재미있었다. 그는 브룩에게 아주 정중한 태도를 보였다.

브룩은 물통을 받아 마시며 고맙다고 했다.

다른 남자 하나가 브룩의 물통을 다시 채워주었다. 이번에도 브룩은 고맙다고 했다. 브룩 때문에 스타일 구겼다고 느낄지는 몰라도, 그렇다고 브룩을 지원해주고 돕는 일을 주저할 사람들은 아니었다. 그들은 아직 나에게 낯선 사람들이었지만, 그래도 착한 사람들이라는 생각은 들었다.……아니, 그 이상이었다.

윌리엄스를 비롯해서 몇 사람이 브룩을 돌보는 동안 나는 데이브에게 그의 다리에 대해서 물었다.

"새 신발 때문이죠."

데이브는 약간 창피해하면서 말을 이었다.

"물집이 생긴 모양입니다."

"제게 반창고가 있는데. 제 구급약 통에 있습니다."

나도 다른 사람들을 도와 그들의 친절에 보답하고 싶은 마음이 간절했다.

"괜찮으시겠습니까?"

"그럼요."

나는 배낭을 뒤지기 시작했다.

데이브는 등반화를 벗었다. 뒷꿈치의 살갗이 쓸려나갔다. 병마개만한 크기였다. 물집은 터졌고 불그스름한 생살이 드러나 있었다.

"저런."

나는 반창고를 잘랐다.

윌리엄스가 지켜보다가 말했다.

"새 신을 신었나요?"

벌써 이런 꼴을 백 번도 더 본 사람 같은 태도였다.

"네."

데이브가 기어드는 소리로 대답했다. 새 신을 신으면 어떻게 된다는 것쯤은 누구나 아는 일이었고, 데이브는 초보자도 아니었다.

"이럴 수가. 사이즈가 얼마죠?"

"10.5입니다."

"좋습니다. 나하고 바꿔 신으시죠."

윌리엄스는 등반화 끈을 풀기 시작했다.

"그럴 수는 없습니다."

"달리 방법이 있습니까? 베이스 캠프까지 맨발로 갈 수는 없는 노릇 아닙니까. 자, 그걸 주시고 이걸 신어보세요."

윌리엄스의 등반화는 데이브의 것보다 0.5컸다. 윌리엄스는 데이브의 등반화에 발을 구겨넣고 끈을 아주 느슨하게 묶었다.

"편안한 게 좋네요. 아주 잘 맞습니다."

보브 거서리라는 남자가 말했다.

"자, 저것이 바로 가이드의 자세입니다. 남들은 하지 못하는 일을 하는 사람이죠. 산에 오르기 전에 포도주를 내놓고, 자기 등반화도 벗어주고 말이죠."

윌리엄스의 행동 때문에 모두들 갑자기 기운이 솟는 듯했다.

브룩도 마찬가지였다. 브룩은 치즈와 소시지와 초콜릿으로 점심을 때웠다. 그 애의 배낭에는 초콜릿이 가득했다. 대부분 그 애가 가장 좋아하는 바나나 맛이었다. 브룩은 오후가 되면서 점차 힘을 얻는 것 같았다. 나는 쉬는 시간에 윌리엄스에게 젊음의 회복력에 대해서 이야기했다.

"네, 저도 그런 때가 있었던 게 기억나는군요."

브룩은 야영지까지 쉽게 갔다. 거의 선두에 가까웠다. 이렇게 우리는 첫번째 위기를 넘겼다. 그러나 그뒤에 다가온 위기들에 비하면 그것은 웃어넘길 만한 하찮은 일에 지나지 않았다.

▲▲▲

우리의 두번째 야영지는 시원한 풀밭이었다. 맑은 냇물도 흐르고 있었다. 우리 그룹의 클라이머들과 그 야영지를 이용하던 다른 그룹의 클라이머 두세 명은 차고 맑은 물에서 목욕을 하고, 머리도 감고, 옷을 빨았다. 그러나 뭐니뭐니 해도 이 야영지의 가장 멋진 점은 산세였다.

우선 강이 흐르는 골짜기가 보이고, 그 양 옆의 작은 산들이 보였다. 거의 완벽한 V자형이었다. 총의 조준기 같았다. 아콩카과는 바로 그 V자를 꽉 채우고 있었다. 그쪽 방향을 보면 육중한 하얀 산 외에는 아무것도 보이지 않았다. 마치 자신에게 온 정신을 집중하라고 요구하는 것 같았다. 엄격한 합리주의자가 아니라면, 그 산에 신 혹은 정령이 산다고 여기고, 산도 진노할 수 있다고 믿을 수밖에 없을 것 같았다. 아마 아콩카과의 정상을 처음으로 밟은 사람은 잉카인들이었으리라. 1930년대에 클라이머들은 해발 4,500미터에서 미라가 된 잉카인의 유해를 발견했다. 그곳의 땅은 워낙 황량하고 메말라서, 신에게로 올라가는 것……또는 신과 교통하는 것 외에 미라로 발견된 사람이 그곳까지 간 다른 목적을 생각할 수가 없다.

야영지에서 바쁘게 움직이면서도 —— 텐트를 치고 침낭을 펴고 저녁 식사 준비를 돕고 —— 나는 오래 참지 못하고 골짜기 너머에 당당하게 버티고 있는 산 쪽으로 눈길을 돌리곤 했다. 산이 매혹적이라고 생각하지 않는 사람들도 있겠지. 얼마든지 산을 보지 않고도 살 수 있는 사람들도 있겠지. 그러나 나로서는 상상할 수 없는 일이었다.

브룩은 내가 최면에 걸린 듯이 산을 바라본다는 것을 눈치챘다.

"하실 수 있을 것 같아요, 아버지?"

브룩이 장난스럽게 물었다.

"모르겠는데. 무거운 언덕처럼 보이는 걸."

브룩은 웃음을 터뜨렸다. 그것은 우리 가족 사이에 내려오는 오래 된 농담이었다. 브룩이 두 살 때, 아직 걸음이 익숙치 않을 때, 우리는 해변에 나간 적이 있다. 브룩은 부드러운 모래로 이루어진 가파른 언덕을 올라가기 시작했다. 짧은 다리로 올라가기는 힘들었다. 브룩은 반쯤 올라가더니 뒤를 돌아보고는 나를 향해서, 어른들의 대화를 흉내내는 아이 특유의 진지한 말투로 나에게 말했다.

"아빠, 이거 무거운 언덕이야."

그 이후 그 말은 우리 가족의 명언록에 등재되었다.

우리는 이야기하면서 산을 바라보았다. 해가 지면서 아콩카과가 빛을 발하기 시작했다. 마치 산 속에 불이 붙은 것 같았다. 마침내 산은 바다에서 갓 떠오르는 태양의 순수하고 풍성한 오렌지빛으로 변했다.

브룩이 말했다.

"저 광경을 경외스럽다는 말 외에 달리 무슨 말로 표현해야 좋을지 모르겠네요."

나도 동의했다. 해가 지고 나서 오랜 시간이 지난 뒤에도 산은 계속 빛을 발했다. 브룩과 나는 앉아서 산을 지켜보며 이런저런 이야기를 했다. 바람이 차가워지고 하늘이 어두워졌다. 우리는 양털 재킷의 지퍼를 채우고 계속 이야기를 했다. 하늘에 수백, 아니 수천의 별이 나타나기 시작했다. 브룩은 톨스토이의 『전쟁과 평화』를 읽는 중이었기 때문에, 그 책에 대해서 하고 싶은 이야기가 많았다. 나도 그 애 나이 때 좋은 책을 읽고는 그렇게 이야기하고 싶어했다. 내가 그 시기에 감명 깊게 읽은 책은 윌리엄 포크너의 『압살롬, 압살롬』이었다. 우리는 톨스토이가 운명과 자유의지에 대해서 어떻게 생각하는지를 이야기했다. 다른 데에서는 그런 주제를 가지고 깨끗하고 진지한 마음으로 이야기하기 힘들었을 것이다. 아이러니, 회의주의, 현학적인 태도가 많이 끼어들었을 것이다. 그러나 이곳에서는 그런 것이 필요 없었다. 잘 자라고 인사를 한 뒤 침낭으로 들어가면서, 나는 이 등반에서 다른 것을 얻지 못하고, 비록 정상 근처에도 못 간다고 해도, 이 저녁만으로도 나는 언제까지나 감사할 것이라는 생각이 들었다.

# 베이스 캠프 블루스

푸르른 세계에 둥그렇게 둘러싸인
쓸쓸한 땅에서 태양에 가까이 다가가

—— 테니슨

다음날 오후, 우리는 베이스 캠프에 도착했다. 하류 쪽의 캠프가 목가적이고 고요했던 반면, 베이스 캠프는 지저분하고 거칠었다. 막상 아콩카과에 오르자, 산은 전혀 아름다워 보이지 않았다. 우리가 있는 곳은 식물이 자라기에는 너무 높은 곳이었고, 여름에 눈과 얼음이 덮여 있기에는 너무 낮은 곳이었다. 따라서 우리 주위는 온통 바위, 자갈 그리고 밀가루 같은 고운 먼지뿐이었다. 바람 때문에 이 먼지는 바닥으로 내려가지 않는 것 같았다. 그래서 숨을 쉴 때마다 입 안으로 먼지가 들어와, 이와 혀가 까끌까끌한 막으로 덮여 있는 듯했다.

자연 그대로인 상태도 이렇게 삭막한데, 인간이 있음으로 해서 상태는 더 나빠졌다.

베이스 캠프를 이루는 널찍한 고원지대의 중심 근처에 반영구적인 작은 오두막이 있었다. 공원 관리원들이 본부로 이용하는 곳이었다. 그곳에는 무전을 위해서 안테나들이 잔뜩 달려 있었다. 그리고 옆에는 합판과 캔버스 천을 이용해서 만들어놓은 변소들이 있었는데, 너무 지저분해서 그곳을 이용하는 사람은 거의 없었다. 배설물을 가두어놓을 만큼 땅을 깊이 팔 수가 없는 것 같았다. 또한 이런 높은 고도는 배설물을 분해하는 미생물에게도 우호적인 환경이 아닌 것이 분명했다. 큰 바위가 있으면 그 뒤에는 클라이머들이 지저분한 변소 대신 그곳을 이용한 흔적이 거의 반드시 남아 있었다. 이따금씩 바람이 불어와 화장지가 베이스 캠프를 날아다녔다. 쓰레기를 줍는 데에 관심을 가지는 사람은 없는 것 같았다.

베이스 캠프에는 텐트들이 다닥다닥 붙어 있었다. 황량한 단색조의 배경에서 마운튼 하드웨어, 노스 페이스, 마멋 상표의 화려한 색깔의 텐트들은 너무 튀어 보였다.

브룩은 장식적인 텐트들이 다닥다닥 붙어 있는 모습을 살피다가, 그것이 풍경에 어떤 역할을 하는지를 이렇게 평가했다.

"돼지한테 파티복을 입혀놓은 것 같네요."

산티아고에서부터 우리와 함께 있었던 그룹은 다른 루트를 택했다. 그래서 베이스 캠프에서 우리와 안면이 있는 클라이머는 에베레스트 원정대에 참가할 희망으로 훈련삼아 혼자 아콩카과에 올라가는 젊은 폴란드 남자뿐이었다. 그는 다정하고 아주 강인했다. 그는 야영지를 두 번씩이나 오갔다. 장비는 많은데 노새가 없었기 때문이다.

"돈이 없나보군."

우리 팀의 누군가가 말했다.

"저 사람 먹는 거 봤나요?"

다른 사람이 믿을 수 없다는 표정으로 말했다.

우리 모두 이럭저럭 그 남자와 친해졌다. 그러나 어떤 사람도 그의 이름을 알거나 제대로 발음하지 못하는 것 같았다. 그래서 그는 "폴란드 아이"가 되었다. 윌리엄스는 역시 그답게 우리 팀 전체가 들어갈 수 있을 정도의 커다란 텐트를 가져왔다. 서서 돌아다닐 수 있는 텐트였다. 이 공동 텐트는 우리가 베이스 캠프에 있는 동안 식사도 하고, 모이기도 하는 곳이었다. 우리는 폴란드 아이를 초대하여 함께 저녁을 먹었다. 그는 내키지 않는 것 같았다. 우리가 너무 사치스럽게 살기 때문에, 우리 틈에 끼었다가는 훈련을 망칠지도 모른다고 생각하는지도 몰랐다. 그래도 한 번은 우리와 함께 식사를 했다.

윌리엄스는 호화로운 요리를 만들었다. 예를 들면 어느날 아침에는 날계란을 이용해서 후에보스 란체로스를 만들기도 했다. 그래서 우리 팀은 베이스 캠프에서 즐거운 시간을 보낼 수 있었다.

그러나 클라이머들 사이에 정상 근처의 상황이 좋지 않다는 소문이 돌았다. 브룩과 나는 공동 급수원에서 병에 물을 채우면서 콜로라도에서 온 한 쌍과 이야기를 나누었다. 여자는 로키 산의 활력의 화신 같았다. 큰 키에 단단한 몸집, 눈부신 금발, 빛나는 하얀 치아. 그녀가 입고 있는 노스 페이스 파카의 모델을 해도 좋을 만한 인물이었다. 그러나 그녀는 정상에 올라가지 못했다고 했다.

"캠프 투에서 너무 아팠어요. 사람들은 내가 수종에 걸렸을지도 모른다고 생각하고 내려보냈죠."

5,100미터가 약간 넘는 곳에서의 이야기였다. 타고난 클라이머라는 면에서는 그녀보다 한 수 위로 보이는 그녀의 남자 친구도 그녀와 함께 내려왔다. 그는 기침이 심해서 가만히 있을 때도 숨을 제대로 쉬지 못했다.

그가 말했다.

"우리도 우리 지역에서는 등산깨나 하는 사람들이죠. 하지만 이런 고도에는 대비가 안 되어 있었습니다."

그럼에도 두 사람은 묘하게도 쾌활해 보였다. 그들 그룹의 나머지 사람들이 5,700미터에서 날씨 때문에 정상에 올라가지 못하고 텐트에 갇혀 있다는 이야기를 듣고 나서야 그들의 분위기가 이해될 것 같았다.

"바람이 얼마나 센지 보이죠."

남자는 말하면서 아콩카과의 정상인 듯한 곳을 손가락으로 가리켰다. 우리 머리 위 높은 곳에 자리잡은 정상은 바람에 나부끼는 하얀 눈보라 때문에 눈에 보이지 않았다.

"무전기로 이야기를 나누었습니다. 시속 120에서 160킬로미터의 강풍이 분다는군요. 텐트에 닷새째 갇혀 있는데, 식량도 거의 떨어졌대요. 내일도 날씨가 좋아지지 않으면 내려올 겁니다."

그들을 만나고 나니 기분이 착잡해졌다. 내 머릿속에서는 노새 등에 실려오던 좌절한 클라이머의 모습이 남아 있었다. 이제 브룩은 5,334미터에서 포기해버린, 가지런한 하얀 치아를 가진 금발의 여자와 자신을 동일시하게 되었다.

▲▲▲

우리는 휴식일을 베이스 캠프에서 보냈다. 이렇게 하는 것이 환경 적응에 도움이 될 것이라는 생각에서였다. 그러나 나는 그 방면에서는 별 진전이 없는 것 같았다. 물을 뜨는 곳에서 내 텐트까지 불과 몇백 미터를 걸을 때도, 약간 비탈이 진 것일 뿐인데 가슴이 타는 듯했다. 나는 발을 멈추고 쉬면서 다음날 올라야 할 루트를 올려다보곤 했다. 그때 든 생각은 성공할 수 있을까, 하는 것이 아니었다. 도대체 가능성이 조금이라도 있을까, 하는 것이었다.

나는 올라가지 못한다는 것이 싫었다. 어떤 상황에서라도 그것은 마음에 들지 않겠지만, 브룩이 내 파트너였기 때문에 특히 고통스럽게 느껴졌다. 한편으로는 그 애한테 내 두려움을 솔직하게 털어놓고 싶었다. 그러나 그것은 누구도 지지하지 않을 일이었다. 그 애는 내 딸이었다. 그 애가 아주 어렸을 때 말벌 집을 뒤집은 날 이후로 나는 늘 그 애의 마음을 가라앉히고 보살펴왔다. 그뒤로 나는 그 애가 온갖 종류의 위기를 뚫고 나가도록 도왔고 그 애는 늘 나를 믿었다.

"아빠는 무슨 일이든지 할 수 있어."

브룩은 어렸을 때 뒤뜰에서 무슨 일을 하다가 그렇게 말한 적이 있었다.

그 애의 상상 속에서 내가 차지하던 지위가 어느 정도 유지되고 있는지는 몰라도, 그 남은 부분이나마 사라지게 한다는 것은 생각도 할 수 없는 일이었다. 싸움도 없이 포기할 수는 없는 노릇이었다.

하지만 브룩은 이제 아이가 아니었고 내 기분을 잘 알고 있었다. 나는 휴식을 마친 클라이머들이 베이스 캠프에서 나와 산을 올라 가는 모습을 물끄러미 지켜보았다. 클라이머들은 점점 작아지다가 마침내 개미 같은 모습으로 변하더니, 벼랑 끝에 처마 모양으로 얼어붙은 눈더미를 돌아 사라졌다. 그 애도 틀림없이 그들을 지켜보는 내 모습을 보았을 것이다. 내가 무슨 생각을 하는지도 알았을 것이다. 그러나 지혜로웠기 때문에 대놓고 이야기를 하지 않을 뿐 이었다.

그래서 그 애는 다른 가벼운 이야기를 했다. 우리는 온 가족이 뉴올리언스와 뉴욕에 갔을 때의 일을 이야기했다. 우리가 기르던 개와 고양이 이야기도 했다. 버몬트에 있는 친구들 이야기도 했다. 나는 오래 전 가족을 데리고 오랫동안 자동차 여행을 하던 기억을 떠올렸다. 아이들의 목소리만 들으면, 아이들의 손에 쥐어질 듯한 열망을 느낄 때면, 무슨 일이든 털어버릴 수 있었다. 금세 기분이 좋아졌다. 사실 그것은 그때나 지금이나 마찬가지였다. 차이가 있다면 예전에는 브룩이 자신의 목소리가 나에게 미치는 영향을 의식하지 못했다는 것뿐이다. 지금은 자신이 하는 일을 잘 알고 있었다. 그래도 어쩌면 내가 그 애 마음을 잘 안다는 것까지는 모를지도 몰랐다. 그리고 내가 매우 감사하고 있다는 것도.

우리는 처음 등반로를 따라서 걷기 시작한 지 닷새 만에 베이스 캠프를 떠났다. 비닐 등반화를 신고 큰 배낭을 졌다. 이렇게 무거운 짐을 져보기는 처음이었고, 이것은 내게는 시련이었다. 자신이 산에서 등반을 하는 모습을 머릿속으로 상상할 때는 처음에는 위험한 상황을 떠올리다가 이어서 숭고한 상황으로 옮겨가게 된다. 마음속에는 위험과 시뿐이다. 그러나 실제로 산에 가면, 짐을 지고 돌아다니느라 대부분의 시간을 보내게 된다. 우리는 대부분의 클라이머들이 큰 산을 오르는 것과 같은 방법으로 아콩카과에 올라갈 예정이었다. 그것은 베이스 캠프 위에 차례로 캠프를 설치하는 방법이었다. "짐을 지고 올라가고, 내려와서 잠을 자는" 방법이었다. 새로운 캠프로 짐을 운반할 때마다 고도를 600미터 높일 수 있었다. 정상 정복을 시도하기 위한 마지막 캠프는 5,700미터를 넘은 지점에 설치할 예정이었다. 마지막 캠프와 베이스 캠프 사이에서 우리는 열흘 동안 짐을 나르고, 캠프를 쳤다가 해체하고, 이따금씩 쉴 예정이었다.

첫 캠프인 해발 4,750미터까지 올라가는 데에 꼬박 하루가 걸렸다. 나는 캠프에 맨 마지막으로 도착하여, 음식과 연료를 비롯해서 그날 밤 당장 쓰지 않을 물건들을 비축해놓았다. 브룩도 안간힘을 쓰는 모습이었지만, 나보다는 나았다. 캠프에 거의 다가갔을 때, 우리는 아주 부드러운 눈이 덮인 넓은 벌판을 통과해야 했다. 엉뚱한 데를 디디면 허리까지 푹 빠져버렸다. 그러면 디딜 만한 곳을 찾을 때까지 그런 상태로 몇 걸음 나아가야 했다. 내 배낭은 예상

만큼 무겁지는 않았다. 25킬로그램 정도 되었을 것이다. 그러나 배낭은 나를 눈 속으로 처박는 것 같았고, 앞으로 나아가려고 할 때는 뒤에서 잡아당기는 것 같았다. 해는 밝고 뜨거웠다. 보석처럼 파란 맑은 하늘로부터 산을 강타하고 있었다. 나는 눈 속을 헤쳐나가면서 사우나에 들어간 사람처럼 땀을 흘렸다.

브룩과 나는 함께 내려갔다. 우리가 커다란 공동 식사 텐트에 도착했을 때 날은 거의 어두워져 있었다. 우리는 별 식욕 없이 식사를 했다. 다른 클라이머들도 지쳤지만, 그래도 우리보다는 나아 보였다. 나는 식사를 마치자마자 내 텐트로 가서 침낭 속으로 파고들었다. 브룩은 조금 더 바깥에 머물러 있었다. 다음날은 쉬는 날이었다. 나는 침낭의 지퍼를 잠그면서, 내일이 쉬는 날이라는 사실에 감사했다.

▲▲▲

다음날 아침 짐 윌리엄스는 브룩과 나를 비롯해서 우리 그룹 가운데 폴리시 빙하 루트를 올라갈 계획인 사람들과 이야기를 나누었다.

"어제 대충 이곳 등반이 어떤지 알게 되었을 겁니다. 폴리시 빙하도 비슷할 겁니다. 고도가 높아지기 때문에 더 힘들어지겠죠. 나는 여러분이 빙하를 포기해야 한다고 생각합니다. 안전 벨트와 헬멧은 노새에 실어서 내려보낼 장비와 함께 더플백에 넣어두십시오. 루타 노르말을 올라가는 것도 벅찰 겁니다."

그는 우리 모두를 향해서 말하고 있었지만, 그 말을 할 때는 특히 나를 보고 있었다.

아무도 그의 말에 이의를 제기하지 않았다.

우리는 하루 쉰 다음에 큰 텐트를 해체하고, 정상에 가지고 가지 않을 것은 모두 싸서 노새에 실었다. 스키 로지에 돌아가기 전에는 다시 못 볼 물건들이었다. 나는 우리 장비를 보관해둔 위쪽의 캠프로 지고 올라갈 짐을 최대한 줄였다.

다시 힘든 하루였다. 그래도 처음에 올라갈 때만큼 힘들지는 않은 것 같았다. 이번에는 눈이 덮인 들판은 피했다. 그러나 우리가 택한 등반로에는 불안정한 돌들이 덮여 있었다. 발을 디디면 돌들이 발 밑에서 미끄러져 내리곤 했다. 때로는 이 보 전진하고 일 보 후퇴한다는 생각이 들기도 했다.

또 길고 힘든 하루였다.

브룩은 나보다 나았다. 점점 힘이 솟는 것 같았다. 두번째 짐을 운반한 다음날 나는 쉬었지만 그 애는 짐을 운반했다. 어쩌면 저 애가 나보다 고도에 잘 적응하는 건지도 몰라. 나는 생각했다. 아니면 나보다 서른 살이나 젊기 때문에, 하룻밤만 자고 나면 힘이 다시 솟는 것인지도 모르지. 이유야 어쨌든 간에 그 애는 그랜드에서 첫날 보았던 모습, 힘겨워하고 불평을 하는 십대의 모습은 아니었다. 어른이었다. 자기 몫을 하고, 어쩌면 내 몫까지 챙기는지도 몰랐다. 그 점을 어떻게 받아들여야 할지 알 수가 없었다.

브룩은 짐을 올리고 내려와서 나에게 어떠냐고 물었다. 나도 모르게 화가 났다. 누가 누구를 돌보는 건가. 그러나 윌리엄스는 아침에 나더러 짐을 운반하지 말라고 했고, 그래도 하려고 하자 내 등을 떠밀었다. 나는 속으로, 나도 할 수 있는데, 하고 중얼거리다가, 아기처럼 굴지 말자고 자신을 타일렀다. 짐을 옮길 일은 앞으로도 많을 것이기 때문이었다.

실제로 그랬다.

브룩과 나는 나머지 짐 운반에는 모두 참여했다. 그러나 힘들었다. 두통이 생겼고, 기침이 심했고, 코피가 났고, 식욕이 줄었고, 피로해도 잠은 오지 않았다. 이런 것들말고도 또다른 증상이 많이 있었을 텐데 지금은 다 잊어버렸다.

우리가 끝에서 두번째 캠프에 이르렀을 때, 우리 그룹 가운데 가장 약한 사람의 자리는 확실하게 내 차지가 되었다. 짐을 나를 때마다 일을 마무리짓는 것이 다른 모든 사람들보다 한두 시간씩 늦었다. 결국 불명예스럽게 항복을 하고 노새 등에 실려서 퇴각하기 전까지 얼마나 더 버틸 수 있을까 궁금해하는 지경에 이르렀다. 그래도 브룩과 나는 간신히 버티고는 있었다. 새 캠프를 세울 때는 바람이 심하게 부는 상황에서 텐트를 쳐야 했다. 일단 텐트를 세우면 농구공만한 크기의 돌들을 가져다 고정시켰다. 우리는 눈에 띄는 곳에서 돌을 찾아다가 텐트가 있는 곳으로 옮겼다. 돌이 무겁기도 했지만, 올라오느라고 지쳤기 때문에 약간 비틀거렸다. 우리는 텐트를 바위에 묶고 잠시 발을 멈춘 다음, 두 손을 무릎에 얹은 채 허리를 굽히고 숨을 헐떡거렸다. 대충 호흡이 정상으로 돌아왔다 싶으면 다시 돌을 찾으러 갔다.

간단한 텐트를 하나 치고, 모든 것을 안으로 들여놓은 다음 밤을 맞을 준비를 하는 데에 한 시간이 걸렸다. 높이 올라갈수록 이런 일상적인 일들이 더 어려워졌다.

당연한 일이지만, 우리 가운데 몇 사람은 다른 사람들에 비해서 높은 고도를 그렇게 힘겨워하지 않았다. 짐 윌리엄스와 맷 조워트는 늘 해수면 높이에 있을 때와 똑같이 움직였다. 맷은 이따금씩 커다란 비닐 등반화를 신고 노래를 부르며 산을 뛰어 올라갔다. 윌리엄스는 유연하게 움직였지만 과시하는 기색이 전혀 없었으며, 늘 지도자 역할을 맡아 손님들에게서 눈을 떼지 않았다.

나머지 사람들은 힘겨워했다. 그러나 고도가 높아지면서 우리의 단결도 강해졌다. 우리는 처음에는 돈을 낸 손님들로 이루어진 그룹이었다. 두어 사람만 서로 아는 사이였다. 그러나 이 등반 과정을 통해서 우리는 하나의 팀으로 재결합하기 시작했다. 이것은 주로 서로에게 친절한 태도를 보여주는 것에서 드러났다.

"물을 뜨러 가는 길인데, 병에 물을 채워다 드릴까요?"

누군가는 반드시 그런 말을 꺼냈다.

어디가 아프면, 예컨대 물집 같은 작은 것이면, 누군가는 반드시 구급약 통에서 반창고를 꺼내 내밀었다. 공동의 일을 해야 할 때는 늘 자원자가 나섰다. 이런 것들은 낮은 곳에서야 별일 아니라고 할 수 있다. 그러나 모두가 어느 정도는 힘겨워하는 아주 높은 고도에서는 이타적인 태도를 보여주는 것이 절대로 쉬운 일이 아니다.

함께 있는 시간이 길어질수록, 높이 올라갈수록, 그룹 사람들은 점차 브룩을 팀의 일원으로 받아들이는 것 같았다. 브룩은 자기 짐을 날랐고, 불평을 하지 않았다. 그러자 팀의 남자들도 그 애를 동등하게 대접했다.

주로 식사를 할 때였지만, 모두가 한자리에 모일 때는 자기 몫의 이야기를 함으로써 책임을 다하려고 했다. 우리 그룹 모두가 남들 앞에 내놓을 만한 이야기를 가지고 있었다. 루이지애나 늪지대의 유전 탐사 이야기, 아프리카에서 평화봉사대로 활동하던 이야기, 마이애미 대학에서 풋볼 선수로 활약하던 이야기, 바하 캘리포니아에서 오토바이를 타고 가다가 암소와 부딪힌 이야기. 브룩도 이런 시간에는 자기 이야기를 했다. 시카고 사우스사이드에서 살아가는 이야기를 들려준다든가, 바르셀로나에서 공부할 때 구경했던 투우 이야기를 들려주었다.

이렇게 굳이 애를 쓰지 않고도 우리는 다정해졌고, 친구가 되었다. 심지어 팀메이트가 되었다는 느낌이 들기도 했다. 텐트에서 나왔다가 브룩이 그룹의 남자 한두 명과 이야기를 나누고 또 가끔 웃음을 터뜨리기도 하는 것을 보며 나는 고마움을 느꼈다. 처음에 느꼈던 회의적인 기분은 사라졌다. 그런 기분은 다른 많은 장비들과 함께 베이스 캠프에 남은 셈이었다.

# 캠프에서의 힘겨운 시간

환희는 탐험하는 몸의 노력과 그뒤에 이어지는 더 힘겨운
정신적 노력 사이의 짧은 휴식 시간에 찾아오는 것 같다.
―― 윌프리드 노이스, 『피시즈 테일 등반』

　짐을 올리고, 캠프를 만들고, 다시 캠프를 해체하는 열흘 동안
내 우주는 쪼그라들었다. 나는 수도사였고, 산은 내 수도원이었다.
짐을 쌌다가 풀고 다시 싸는 작은 일들이 내가 헌신하는 일이었다.
힘겹게 한 발을 다른 발 앞으로 내밀 때 나는 성가를 부르고 있었
는지도 모른다. 나는 점차 이 산과 친해지기 시작했다. 바위들의
다양한 색깔, 빛이 바위에서 장난을 치는 것을 좋아하게 되었다.
우리가 있었던 곳을 돌아보면, 그래서 뭔가 ―― 많은 것들을 ――
뒤에 두고 왔다는 것을 느낄 때면, 특히 기분이 좋았다.
　우리가 케네디 공항을 떠날 때 빌 클린턴은 미국 상원에 의해서
중대 범죄 및 비행 혐의로 탄핵 위기에 직면해 있었다. 역사적으로
아주 중요한 순간인 것 같았다. 그러나 이곳에 올라오니 그쪽으로
는 신경이 가지 않았다. 아무도 그 이야기는 하지 않았다. 대신 우
리는 다른 등반, 오토바이 여행, 바르셀로나의 투우 이야기를 했
다. 브룩은 침낭에 누웠을 때는 콘래드를 읽었다. 나는 헤밍웨이의
단편집을 가져왔다. 우리는 잠들기 전에 그 책들에 대해서 이야기
했다. 이곳에 올라오니 모든 것이 약간은 더 맑아 보였다. 앵커 짐

레러도 『뉴욕 타임스』도 그립지 않았다. 빌 클린턴이 어떻게 되건 해발 5,334미터에서는 별로 중요한 것 같지 않았다. 짐 윌리엄스가 스키를 타고 남극에 갔던 이야기, 또는 그의 친구이기도 한 앨릭스 로가 등반대원들 사이에서는 두 마디 —— "내가 앞서가도 괜찮겠습니까?"와 "캠프에서 만납시다" —— 로 유명하다는 이야기를 듣는 것이 훨씬 좋았다.

고도가 높았기 때문에 바람이 강하고 날씨도 추웠지만, 심각할 정도는 아니었다. 우리는 아직까지는 계획대로 움직이고 있었다. 쉬는 날도 있었지만, 날씨 때문에 텐트에 갇혀 있었던 적은 없었다. 지금까지는 힘이 들기는 했지만 좋은 조건에서 등반을 한 셈이었다. 아무도 불평을 하지 않았다. 그래도……우리 가운데 많은 수는, 이게 끝이 아니다, 하는 생각을 했을 것이다.

바람은 점점 강해졌다. 5,700미터로 이동할 때는 구름도 많았다. 오래 걸어야 했다. 우리는 모두 서로 다른 속도로 이동하고 있었기 때문에, 우리 그룹은 곧 산 여기저기에 흩어졌다. 나는 평소와 마찬가지로 맨 뒤였다. 브룩은 200미터 정도 앞서 나가고 있었다. 선두의 클라이머들은 보이지 않았다. 문제 없어, 길이 뻔하니까. 나는 생각했다. 우리는 길을 찾게 될 터였다.

거대한 빙퇴석을 반쯤 가로질렀을 때 눈발이 흩날리기 시작했다. 처음에는 귀찮기만 했다. 함박눈이 아니라 차가운 진눈깨비였다. 꼭 얼다 만 침 같았다. 이것 때문에 노출된 살갗이 따끔거렸고, 안경은 뿌옇게 흐려졌다. 기온 역시 떨어지는 것 같았다. 바람은 분명히 거세졌다. 나는 파카의 후드를 머리에 뒤집어썼다.

한 시간이 지나자 머뭇머뭇하던 질풍은 완전히 폭풍으로 변했다. 우리는 거센 눈보라 속으로 들어가게 되었다. 브룩과 나 사이의 거리는 10미터가 채 안 되었음에도 그 애의 모습이 보이지 않았다.

나와 브룩은 배낭을 뒤지기 시작했다. 우선 빙하용 안경을 고글로 바꾸어 썼다. 얼굴과 목의 노출된 피부를 가리기 위해서, 눈만 내놓는 발라클라바 모자를 썼다. 등반로에는 눈이 빠르게 쌓여갔다. 등반로를 찾기도 어려웠고, 발을 떼기도 힘들었다. 나는 발을 멈추고 아이젠을 착용하려고 했지만, 끈을 묶기가 쉽지 않았다. 한참 후에야 아이젠을 제대로 찼는데, 장갑을 다시 끼려고 할 때는 손이 곱아서 또다시 어려움을 겪어야 했다.

나는 계속 걸었다. 이제 희박한 공기만이 아니라 바람, 눈, 답답한 시야도 싸움의 대상이었다. 이런 것들이 합쳐져서 거머리처럼 내 몸에서 에너지를 뽑아갔다. 그 전에도 걷는 것은 힘들었지만 이제는 필사적인 행동이 되었다. 그 전까지 나름대로 박자를 정해놓는답시고 애를 썼는데, 이제 박자 같은 것은 없었다. 나는 깊은 눈속에 들어가 썰매를 잡아끄는 아이처럼 도리깨질을 하고 있었다. 다만 여기에는 엄마가 없다는 것이 다를 뿐이었다.

그러나 딸은 있었다. 앞쪽에서 그 애의 모습이 눈에 들어왔을 때, 나는 그 애도 안간힘을 쓰고 있다는 것을 알 수 있었다. 속에서 불안감이 스며나오기 시작했다 —— 아직 공황 상태는 아니었지만. 높은 고도에서 폭풍이 어떤 것인지 그리고 클라이머들에게 무슨 짓을 할 수 있는지를 알기 위해서는 등반 문헌을 모두 읽을 필요도 없었다. 한두 권이면 충분했기 때문이다. 『K2 : 잔인한 산』에 나오는 주석 하나가 기억났다. 미국 최고의 등반가로 꼽히는 사람 가운데 리처드 버드솔이라는 사람이 있었다. 그는 1953년에 바로 이 산에서 폭풍을 만나 죽었다. 산소가 부족한 내 뇌의 어두운 부분에서 최악의 상황이 떠오르기 시작했다. 최악도 최악이었지만, 그렇지 않은 상황도 그다지 나을 것이 없었다. 심한 동상에 걸리면? 그래서 절단이 불가피한 상황이 오면? 내 귀여운 딸이 불구가 된다는 것은 상상도 할 수 없는 일이었다.……그러나 나는 잠시지만 그런 상상을 했다.

이어서 나는 그런 상황에서는 늘 하게 되는 일을 했다. 발을 멈추고, 심호흡을 하고, 정신을 가다듬은 것이다.

다시 맑은 정신으로 생각을 하고 다시 움직이게 되었을 때, 나는 속으로, 우리 앞 어딘가에 세계 최고의 클라이머이자 가이드가 있다, 폭풍우가 아무리 심해지더라도 그는 우리가 밖에서 비부악을 하게 하지는 않을 것이다, 하고 중얼거렸다. 이 마음 편해지는 생각을 브룩에게 전해주는 것이 중요하게 여겨졌다.

내가 그 애를 따라잡았을 때, 그 애는 지쳐서 바위에 앉아 쉬고 있었다. 바람을 이기고 내 목소리를 전달하려면 소리를 질러야 했다.

고글과 발라클라바 모자 때문에 표정을 알 수가 없었다. 그러나 "그럼요. 아주 좋아요" 하고 말할 때 그 애의 목소리가 맑았기 때문에 나는 마음이 놓였다.

그러나 짐 윌리엄스의 모습을 보았을 때만큼 마음이 놓였을까. 몇 분 뒤에 윌리엄스는 소용돌이치는 안개 사이로 모습을 나타냈다. 그는 마치 도시에서 길을 가다가 우연히 마주쳐 "커피나 한잔 할까요?" 하고 말하는 것처럼 웃음을 지으며 소리쳤다.

"어때요?"

"좋습니다."

내가 대답했다.

윌리엄스는 브룩의 배낭을 받아들더니, 함께 캠프로 올라갔다. 이윽고 윌리엄스는 나를 데리러 왔다.

캠프의 상황은 별로 좋지 않았다. 한 사람은 허리를 굽히고 자기 등반화 위에 토하고 있었다. 또 한 사람은 방향감각을 잃고 멍한 표정으로 바위에 앉아 있었다. 다른 사람들은 모두 텐트를 세우는 일을 하고 있었다. 브룩은 우리 텐트를 칠 자리를 마련하기 위해서 삽으로 눈을 치우고 있었다. 나는 배낭을 내던지고 그 애와 함께 삽질을 했다. 감각도 없는데다가 장갑까지 낀 손으로 텐트의 알루미늄 막대를 조그만 나일론 고리에 끼워본 적이 있는가? 마치 벙어리 장갑을 끼고 바늘에 실을 꿰는 것과 같았다. 우리는 강풍을 맞으며 텐트를 붙들고, 텐트를 고정시켜줄 돌을 찾았다. 엄청나게 힘든 일이었고, 진척 속도도 느렸다. 두 사람은 일이 제대로 안 되자 결국 포기를 하고 다른 클라이머들에게 끼어들었다. 2인용 텐트를 세 사람이 이용하게 된 것이다.

브룩과 나는 마침내 텐트를 설치하고 침낭 속으로 들어갔다. 브룩은 추워서 걷잡을 수 없이 떨고 있었다. 나는 걱정이 되어 등반화를 다시 신고 폭풍 속으로 나갔다. 나는 짐과 맷이 있는 텐트로 갔다. 그들은 저녁 준비를 위해서 눈을 녹이고 있었다.

짐이 말했다.

"탈수 증상이로군요. 물을 많이 마시라고 하십시오. 곧 차를 준비해가겠습니다."

몇 분 뒤 맷이 우리 텐트의 지퍼를 내리더니 쾌활한 목소리로 말했다.

"룸서비스입니다. 차 시키신 분?"

어쩐 일인지 그 말이 못 견딜 정도로 우스웠다. 브룩과 나는 몇 시간 만에 처음으로 웃음을 터뜨렸다. 우리는 기분 좋게 뜨거운 차를 홀짝이면서도 계속 웃음을 터뜨렸다. 이 웃음은 지쳐서 더 이상 웃을 수 없을 때까지 계속되었다.

아침에는 날이 맑았다. 하늘은 너무 파래서 눈이 시릴 정도였다. 우리는 쉬면서 재정비했다. 힘이 좀 남은 사람들은 아래로 내려가서 식량과 조리용 가스를 가지고 올라오기로 했다. 나는 물병에 물을 채우기 위해서 눈을 녹이면서 경치에 감탄하다가 생각에 잠기곤 했다. 나는 해발 5,700미터에 올라와 있었다. 그 전까지는 이 높이에서 세상을 내려다볼 수 있다고 상상해본 적도 없었다.

우리는 폴리시 빙하의 하단에 자리잡고 있었다. 폴리시 빙하는 정상 능선까지 900미터를 뻗어 있는 얼음벽이었다. 우리는 두 명의 클라이머가 빙하를 힘겹게 올라가는 모습을 지켜보았다. 그들은 너무 작아 보였기 때문에 도저히 정상까지 그 먼 길을 올라갈 수 있을 것 같지 않았다. 옆에 있던 클라이머가 며칠 전에 추락한 사람 이야기를 해주었다. 그는 빙하 꼭대기까지 거의 올라갔다가 거기서부터 우리가 앉아 있는 곳까지 떨어졌다고 했다.

"물론 밑으로 데리고 내려가야 했죠. 몸이 박살이 났으니까요. 죽지 않은 것이 기적이었죠."

우리에게는 음식이 많았다. 그렇게 많은 양을 운반할 필요도 없었고 또 운반하고 싶지도 않았다. 그래서 우리는 청어 통조림, 소시지, 은박지에 싼 치즈, 다양한 초콜릿 등을 비닐에 늘어놓고 다른 클라이머들을 불러 점심 뷔페를 열었다. 단 하나 조건이 있었는데, 그것은 거기 놓인 것을 먹으면, 가져가기도 해야 한다는 것이었다.

많은 사람들이 먹을 것을 가져갔다. 특히 한 팀은 오랫동안 산에 있었던데다가 처음부터 먹을 것을 많이 준비해오지 않았다. 그 팀의 한 남자는 청어 통조림 두 개를 먹어치운 뒤에야 얼굴을 들고 이야기를 하기 시작했다.

그의 입에서 나온 첫 말은 이랬다.

"저기 치즈 좀 주시겠습니까. 초콜릿도요."

이렇게 해서 우리는 많은 음식을 처분할 수 있었다.

이것은 우리에게는 좋은 일이었다. 사실 나는 식욕을 많이 잃었다. 그러나 짐 윌리엄스는 여전히 독특한 음식을 조리하려고 했다. 덕분에 우리는 해발 5,700미터에서 사프란을 섞은 밥을 먹어보기도 했다. 짐은 전혀 식욕을 잃지 않은 것이 분명했다. 그는 식량 가방 한 곳에서 언 양파를 하나 찾아내더니 반으로 뚝 잘라 가운데 구멍을 팠다. 그리고 역시 얼어 있던 마지막 마요네즈로 그 구멍을 채웠다. 그는 그 양파를 입에 집어넣더니 기분좋게 우적우적 씹어 먹었다. 브룩과 나는 그 모습을 지켜보며 경외감을 느꼈다.

▲▲▲

나는 별로 먹지를 못했을 뿐 아니라 몸도 점점 약해지고 있다고 느꼈다. 내 몸은 그때까지 진행 중이던 적응 과정을 완료한 것 같았다. 기분은 좋았다. 그곳에 올라가 있다는 사실 때문에 정말로 행복했다. 그러나 생리적으로는 약해지고 있었다. 그렇다고 다른 그룹에 있던 어떤 여자처럼 상태가 나빴던 것은 아니다. 그 여자의 방향감각 상실 증상은 심각했다. 짐 윌리엄스는 그 여자에게서 뇌수종 증상들을 간파하고 하산하게 만들고야 말았다. 나는 그런 식으로 극적으로 무너지지는 않았다. 내 낡은 포드 트럭처럼 그저 낡고 닳은 것일 뿐이었다. 비록 우울하기는 했지만 자신의 모습이 분명히 보이기 시작했다. 바로 노새를 타고 내려가던 사람의 모습이었다. "난 안 돼. 할 수 없었어" 하고 중얼거리며 내려가던 사람.

그러나 브룩은 여전히 강했고, 점점 강해지고 있었다. 그 애는 밑에 보관해둔 물건을 가지러 다시 내려갔다 오기까지 했다. 브룩은 캠프 주위에서 바쁘게 움직였다. 물론 그 애가 우리 그룹에서 가장 강한 클라이머는 아니었다. 그러나 그 애가 정상까지 올라가리라는 데에는 의심의 여지가 없었다.

나는 브룩과 이야기를 해야 한다고 판단했다. 자주 하게 되는 이야기지만, 아버지일 때는 절대로 익숙해질 수 없는 이야기. 반드시 하기는 해야 하지만, 할 필요가 없기를 바라는 이야기. 나는 과거에도 여러 번 그랬듯이, 그 이야기를 가능한 한 뒤로 미루어왔다.

이제 짐을 옮기는 일은 딱 한 번 남았다. 이번에는 위로 올라가는 것이 아니라 트래버스였다. 정상에 올라가기 더 좋은 장소로 이동하는 것이었다. 해발 5,700미터에서 하는 일 가운데 쉬운 일이 있을까마는, 이것은 생각보다 훨씬 더 힘들었다. 나는 다른 사람들보다 한참 늦게 발을 질질 끌며 캠프에 도착했다. 조금 더 늦었더라면 브룩이 텐트 치는 일을 마무리하는 것마저도 거들지 못했을 것이다. 이제 도저히 무시할 수 없을 만큼 분명하게 상황이 드러나기 시작했다. 나는 그날 밤 침낭 속에 들어갔을 때 말했다.

"얘야, 할 이야기가 좀 있다."

브룩은 궁금하다는 표정으로 나를 보았다. 내 목소리는 해발 5,700미터에는 어울리지 않는 것이었다. 그 목소리는 해수면 높이에서 이야기되는 주제에 어울리는 것이었다. 예를 들면 학비를 어떻게 마련할까 하는 이야기 같은 것에 걸맞는 것이다.

"나는 상당히 힘들구나."

"그래요. 저도 마찬가지예요. 생각했던 것보다 훨씬 더 힘들어요."

"너는 잘하고 있어. 하지만 나는 안 될 것 같다."

"왜 안 돼요."

그 애는 고집스럽게 말했다. 나는 고개를 저었다.

"가능할지도 모르지만, 어쨌든 확실치는 않다."

브룩이 무슨 말을 하려고 했지만 내가 막아버렸다.

"잘 들어."

나는 아버지다운 태도로 완전히 돌아가 있었다.

"내가 하산을 하게 되더라도, 너는 꾸준히 나아가 정상까지 갔으면 좋겠다."

"싫어요. 아버지가 안 가시면 저도 안 가요."

"아냐. 가. 어린애처럼 굴지 마라. 너는 목표에 다 왔고, 그건 네가 얻어낸 거야. 다시는 이런 기회가 없을 거야. 최선을 다해서 올라가야 한다. 알겠지?"

나는 어른을 상대하듯이 이야기하지 않았다. 예전처럼 "내 말에 토 달지 마" 하는 분명한 메시지를 밑바닥에 깔고 이야기하고 있었다. 내 목소리와 이야기를 하는 방식에는 21년의 역사가 실려 있었다. 어쩌면 이 애한테 이런 식으로 이야기하는 것은 이번이 마지막인지도 몰라. 그런 생각이 들었다. 이 일이 어떻게 풀려나가건, 우리 사이는 달라질 것이다. 이제 이 애는 내 귀여운 딸이 아니었다. 내 마음속에서도 그랬고, 그 애 마음속에서도 물론 그럴 것이었다.

브룩은 고개를 끄덕였지만, 약간 상처를 받은 것 같기도 했다.

"사진을 찍고, 나한테도 정상의 돌을 하나 갖다줘야 한다."

그 애는 다시 고개를 끄덕였다.

"너무 슬픈 표정 짓지 마라. 내일은 쉬는 날이니까, 나도 다시 힘을 낼 수 있을지도 모르잖아."

▲▲▲

그러나 나는 그 말을 믿지 않았고, 그 애도 마찬가지였다. 그러나 우리는 그 이야기는 다시 하지 않았다. 다음날은 쉬면서 정상에 지고 갈 배낭을 꾸렸고, 짐이 다음날에 예상되는 상황을 이야기하는 것에 귀를 기울였다. 우리는 전체적으로 내일도 오늘과 다를 것이 없는 또 한 날인 것처럼 행동했다. 그동안 상상하고 이야기했듯이, 둘이 함께 정상에 올라갈 수 있는 것처럼. 아버지는 늙지 않았고 귀여운 딸은 성장하지 않은 것처럼. 모든 일이 앞으로도 지금까지와 마찬가지로 계속될 것처럼 —— 절대로 그럴 리가 없는데도.

▲▲▲

그날 밤 우리는 초조한 기대감 때문에 바짝 날이 선 상태로 텐트로 갔다. 지난 열흘간 우리 분위기를 지배했던 묵지근한 결의감이 그렇게 바뀌어버린 것이다.

그날 밤에는 바람이 심했다. 어쩌면 그래서 잠이 오지 않았는지도 모르겠다. 그러나 우리 그룹 가운데 아홉 사람이 아콩카과의 정상을 오르는 동안 나만 이곳 캠프에 누워 있을 것이라는 우울한 생각 때문이었는지도 모르겠다. 그 아홉 명 가운데 내 딸도 끼어 있다는 사실 때문에 더욱 서글퍼졌다. 브룩이 성공을 거둔 뒤 캠프로 돌아와서 성공 과정을 설명해주는 모습을 떠올리는 것은 쉽지 않았다.

바람이 더 거세졌다. 그와 더불어 오늘 아침에 정상 도전은 없을 것이라는 나의 은근한 희망에도 불이 붙었다. 어쩌면 우리는 콜로라도 출신 금발 여자의 파트너들처럼 식량이 바닥날 때까지(사실 식량이 많이 남지도 않았다) 텐트에 갇혀 있게 될지도 몰라. 어쩔 수 없이 포기해야 할지도 몰라. 우리 가운데 아무도 정상에 오르지 못한다면, 내가 해발 5,700미터에서 포기를 했다는 것도 특별히 창피할 일은 아닐 것이다.

지저분한 생각이었다. 그리고 나에게는 이런 생각을 하는 것에 죄책감을 느낄 만큼의 염치가 남아 있었다. 그래도⋯⋯나는 오랫동안 잠을 이루지 못하고 바람 소리에 귀를 기울였다. 아침에 침낭 밖으로 나갈 수나 있을까.

▲▲▲

별로 잔 것 같지도 않은데 맷이 일어날 시간이라고 소리를 질렀다. 세 시 반이었다. 여전히 바람이 불고 있었다.

"옷을 입으세요. 올라갑니다. 만일 바람이 누그러지지 않으면, 돌아와서 내일 다시 도전할 겁니다."

그래서 우리는 옷을 입고 마지막으로 배낭을 점검했다. 우리는 삼킬 수 있는 한 최대한으로 오트밀을 먹었다. 그래봐야 나는 한두 술밖에 못 떴지만. 이어서 우리는 어둠 속에서 정상을 향해 산을 오르기 시작했다. 하늘은 이쪽 지평선에서 저쪽 지평선까지 별이 가득했다. 해가 뜨면 바람도 잦아들 거야. 나도 모르게 그런 생각을 하고 있었다. 그러면 자기 발로 돌아 내려오기 전에는 함께 하산하는 일은 없을 터였다.

▲▲▲

우리는 어둠 속에 한 줄로 서서 두 시간 동안 터덜터덜 걸어갔다. 길을 비추려고 배터리로 작동되는 작은 헤드램프를 달고 있었다. 바람이 울부짖었고, 그만큼 걷기가 힘들었다. 발을 멈추고 얼음 도끼에 기대어 희박해진 공기를 빨아들이고 있으면, 어둠 속에서 유령 같은 형체들이 내 옆을 지나갔다. 모두 파카의 후드를 뒤집어쓰고 있었기 때문에 마치 성직자복을 입은 수도사들 같았다. 헤드램프에서 나오는 빛은 촛불에서 나오는 빛 같았다. 흔들거리는 돌들을 밟으며 천천히 나아가는 모습은 자신이 산에 오를 자격이 있다는 것을 입증해 보이려는 영혼들의 참회의 행동인 것 같았다.

산소가 부족하면 별 희한한 생각이 다 드나보다.

출발한 지 두 시간이 되자 해가 솟았다. 오래지 않아 짐 윌리엄스는 발을 멈추고 모두 모이기를 기다렸다. 아이젠을 차고, 마지막으로 냉정하게 평가를 해볼 시간이었다. 어떤 사람들은 스스로 평가를 했다. 우리 그룹의 남자 두 명은 스스로 불가능하다고 판단하고 틴트로 향했다. 아무도 말리려고 하지 않았다. 그들은 방금 우리가 올라온 등반로를 따라서 내려갔다. 왠지 서두르는 느낌이었다.

윌리엄스가 나에게 말했다.

"선생님은 못 하십니다."

그것은 협박이나 경고가 아니라, 단순한 사실 진술이었다. 이런 고도에서는 극적인 효과를 노리지도 않고, 쓸데없이 격려를 하지도 않는다.

윌리엄스는 전날 모든 사람에게 정상에 올라갈 수 있는 최대의 기회를 주겠다고 말했다. 그러나 누구도 어둠 속에서 산을 내려오거나, 야외에서 밤을 보내는 일은 있을 수 없다고 힘주어 말했다. 하산과 등산을 결정할 시간이 언제라고 미리 못박아놓은 것은 아니었지만, 윌리엄스는 그때가 왔다는 것을 알았으며 아무도 이의를 제기할 수 없었다. 윌리엄스는 에베레스트에서 정상을 90미터 남겨두고, 자신이 정상에 오를 기회까지 포기하면서까지 손님을 돌려세운 사람이었기 때문이다. 두 주 동안 나는 그를 지도자로서 완전히 존경하게 되었다.

"지금 내려갈까요?"

"선생님이 결정하십시오. 나는 그저 선생님이 지금 가는 모습으로 봐서는 올라가지 못할 거라고 말씀드리는 것뿐입니다."

브룩이 우리가 있는 곳으로 와서 그 이야기를 들었다.

"그럼 지금 내려가실 거예요?"

"아니. 조금 더 가볼게."

내가 대답했다.

"올라가지 못한다는 것을 아시면서 그럴 필요가 있어요?"

브룩이 노인네 걱정을 하기 시작한다는 것을 알 수 있었다. 어쩌면 내가 무리를 하는 것인지도 몰라.

"모르겠다. 어디까지 갈 수 있나 한번 보자."

나는 브룩에게 "까짓 거" 하는 뜻의, 우리에게 익숙한 웃음을 지어보이려고 했지만, 그 웃음이 발라클라바 모자를 뚫고 나가지는 못했을 것이다.

정상을 향해서 가는 손님은 여섯 명이었다. 윌리엄스는 느린 네 명과 함께 뒤에 처지고, 맷은 힘이 좋은 두 사람과 함께 앞서 나갔다. 우리는 계속 산을 올라갔다. 아침 나절이 되자 바람은 완전히 잦아들었다. 하늘은 구름 한 점 없이 맑았다. 내가 평생 보았던 그 어떤 하늘보다도 생생했다. 윌리엄스는 정상 정복에 가장 좋은 날을 고른 것이다.

머리 위로 보잉 747기가 지나갔다. 너무 가깝게 느껴져서 돌을 던지면 맞추어 떨어뜨릴 수 있을 것 같았다. 이 역시 산소 결핍에서 나온 황당한 생각이었겠지만. 아콩카과에 대한 이야기를 보면 어떤 클라이머가 환각에 빠져 3학년 때 선생님과 대화를 나누는 장면이 나온다. 나는 제트기를 향해서 돌을 던질 생각을 했다. 나는 또 몬티 피톤의 민요 "나는 나무꾼"을 웅얼거리기도 했다. 그것은 브룩이 어렸을 때 스키 리프트를 타면 부르던 노래였다. 키플링의 시구를 떠올려보기도 했다. 이것은 T.S. 엘리엇에게서 빌려온 습관이었다.

여기도 토미(영국군 병사/옮긴이), 저기도 토미
그런데 토미, 네 영혼은 안녕하시냐
그러나 북소리가 울려퍼지기 시작할 때면
영웅들의 가늘고 붉은 줄뿐.

나는 걷다가 쉬고 또 걷다가 쉬었다.

브룩은 나보다 한참 앞서 갔다. 그 애의 검은색과 노란색이 섞인
파카를 보니, 어렸을 때 그 애를 공격했던 말벌이 떠올랐다. 브룩
은 내가 그대로 있는지 확인하려고 이따금씩 뒤를 돌아보았다.

고글을 묶은 고무 띠가 너무 꽉 조여졌는지 두통이 생겼다. 바람
이 없었기 때문에 빙하용 안경으로 바꾸어 끼어도 괜찮을 것 같았
다. 그러나 그렇게 하려면 배낭 속을 뒤져야 했는데, 그것은 엄청
난 노력을 쏟아야 하는 일로 느껴졌다. 그래서 그냥 고글을 쓰고
있기로 했다. 그리고 두통도 함께.

짐과 브룩, 그리고 우리 그룹의 다른 두 사람이 저 앞에서 점심
식사를 위해서 멈추어 있었다. 그들이 있는 곳에 이르렀을 때, 나
는 억지로라도 먹으려고 했고, 그 결과 초콜릿 반쪽을 삼킬 수 있
었다. 바나나 맛이 아주 역겹게 느껴졌다. 그래서 기침 알약으로
그 맛을 쫓아버렸다.

다시 출발하기 전에 브룩이 나에게 말했다.

"짐이 그러는데, 아버지가 올라가실 수 있을지도 모르겠다는데
요."

그 말을 들으면 응당 자신감이 용솟음치고 계속 올라가겠다는
의욕이 솟구쳐야 했다. 그러나 나는 그럴 수가 없었다.

"좀더 두고 보자꾸나."

나는 그렇게만 대꾸하고 다시 걷기 시작했다. 나는 몇 걸음 걷다
가 쉬었다. 스키 폴 위로 몸을 구부린 채 입을 벌리고 헐떡거렸다.
가슴의 벌렁거림이 멈추면 허리를 펴고 다시 걷기 시작했다. 그러
다가 다시 쉬고. 풀처럼 끈적끈적하고 느리게 나아가고 있었다.

오후가 되자 더워진 느낌이었다. 사람들이 나를 지나 올라갔다.
일본인 클라이머 한 사람. 이어서 독일인 클라이머 한 사람. 이어
서 폴란드인 클라이머 한 사람. 느린 차선에서 국제 회의가 열리는
날이었나보다.

이어서 사람들이 나를 지나 내려가기 시작했다. 나는 지친 개처
럼 헐떡이며 "축하합니다" 하고 중얼거리곤 했다. 그러면 사람들은
"조금만 버티세요" 하고 대꾸해주고는 나와는 반대 방향으로 움직
여갔다. 나는 대부분 고개를 숙이고 걸었다. 그러다 무심코 고개를
들었을 때, 맷 조워트의 얼굴과 마주쳤다. 조워트는 우리 그룹 가
운데 정상을 밟은 두 손님과 함께 내려오고 있었다.

맷이 말했다.

"이런, 이런, 에버레디 버니(오래 버틴다고 선전하는 건전지 이
름/옮긴이)시로군요."

그러나 그것은 다른 사람 별명이었으니, 그리고 보면 천하의 맷
도 고도의 영향을 받기는 받았나보다.

"거의 다 왔습니다. 어서 가세요."

"알겠소."

나는 헐떡거리며 대꾸하고는 두 사람과 악수를 했다. 나는 그들
을 팀메이트로 생각할 수밖에 없었다. 왠지 그들이 자랑스러웠다.

"두 사람, 잘하셨소."

한 사람이 말했다.

"따님이 바로 앞에 있는데, 좋아 보이던데요. 한 시간이면 정상

에 도착할 겁니다."

"잘됐군요."

나는 그 말을 믿지도 않았고, 안 믿지도 않았다.

"캠프에서 뵙겠습니다."

누군가 내 어깨를 두드려주었다. 동지애가 담긴 동작이었다. 산소 부족과 피로의 상태였음에도, 나는 그것이 무척이나 고마웠다.

나는 약간 힘이 솟은 것을 느끼며 계속 올라갔다.

오, 나는 나무꾼,
나는 멋지게 산다네.
밤에는 잠을 자고
낮에는 일을 한다네.

정상이 보였다. 그러나 가까워지는 것 같지는 않았다. 내가 움직이는 것은 분명했는데. 어쨌든 나는 계속 움직였다. 그러나 한 걸음 내디딜 때마다 젖은 시멘트에 허리까지 잠긴 상태에서 발을 떼는 느낌이었다. 한쪽 아이젠의 이가 바닥을 물었다. 그 소리를 들으면 내가 또 한 발을 내디뎠구나 하고 안심이 되었다. 그러면 다시 큰 노력을 기울여서 다시 한 발을 떼었고, 다시 강철이 얼음을 파고드는 소리를 들었다. 나는 그런 식으로 내가 움직이고 있다는 것을 알 수 있었다. 그러나 도무지 거리가 좁혀진다는 느낌은 없었다. 피로와 무관심의 뿌연 구름 속에서도 나는 어떤 두려움을 느꼈다. 당장이라도 짐 윌리엄스가 내 앞에 나타나서, 아까 폭풍 속에서 그랬던 것처럼 모든 것이 끝났다고 말할지도 모른다는 두려움. 하산할 때가 되었다는 통보.

거의 다 왔는데. 이것은 공정치 않아.

내가 그런 이야기를 딸들에게서 얼마나 자주 들었는지. 브룩과 헤이들리는 어린아이 특유의 근심과 분노가 가득한 표정으로 나를 바라보곤 했다. 공정하지 않아요, 아버지. 이건 공정하지 않아요.

때이르게 자기 연민에 빠져들고 있는데 실제로 윌리엄스의 목소리가 들렸다. 아니 내 상상일까? 환각일까? 드디어 때가 왔나? 나를 내려보내려는 건가?

"자, 여깁니다."

나는 고개를 들었다. 윌리엄스는 바위에 몸을 기대고 있었다. 내 위로 6미터쯤 되는 곳이었다.

"따님과 함께 정상에 서 있습니다. 이리로 오시지요."

"가야죠. 잠깐만 시간을 주세요."

잠깐이 아니라 꽤 긴 시간이 흐른 것 같았다. 브룩은 윌리엄스와 함께 그곳에 있었다. 우리 팀의 두 남자도 함께였다. 나는 마지막 발을 내디디면서 브룩을 끌어안았다.

그곳은 많은 사람들이 올라갔던 곳이다. 게다가 우리는 진지한 클라이머들이라면 밋밋하다고 생각할 루트를 택했다. 그러나 그 순간 아콩카과는 우리 산이었다. 우리는 정상에 있었다. 나는 내 딸을 뒤따라 꼭대기까지 갔다. 그것은 내가 기대했던 방식도 아니었고, 그 전까지 우리가 택해왔던 방식도 아니었다. 그러나 그 방법이 아니었다면 나는 정상에 올라가지 못했을 것이다. 사실 다른 방법을 택할 수도 없었다.

우리는 함께 해냈다. 정말 기분이 좋았다.

# 긴 하산

우리는 머뭇거리며 내키지 않는 발걸음을 내디뎠다. 그러
나 절대로 희미해지지 않을 기억은 가져왔고, "우리 영혼
의 한계를 넘어서는 생각들"은 두고 왔다.
—— H.W. 틸먼, 『난다 데비 등정』


나는 불명예스럽게 노새 등을 타고 아콩카과 비탈을 내려오지는
않았다.

그러나 내려와서 산을 빠져나오는 데에도 꽤 오랜 시간이 걸렸
다. 그러나 함께 한 사람들이 좋았기 때문에 즐거운 마음으로 내려
올 스 있었다. 정상에서 내려오고 나서 한 시간쯤 뒤에 멍한 상태
로 차를 마시며 바위에 앉아 있었다. 우리가 폴란드 아이라고 부르
던 클라이머가 나한테 다가오더니 악수를 청하며 축하한다는 말을
건넸다. 그는 브룩하고도 악수를 하며 축하 인사를 했다. 그는 베
이스 캠프를 떠나 두번째 캠프부터 우리를 지켜보았고, 우리를 도
왔다. 아마 우리가 성공할 가능성이 적다고 보았을 것이다. 그리고
자신의 경험 때문에 낙오자가 될 수 있는 사람들에게 마음이 끌렸
던 것인지도 모른다.

우리 둘 다 큰 부상은 입지 않았다. 그러나 브룩의 얼굴은 심하
게 화상을 입어 밤부터 물기가 배어나오기 시작했다. 아침에 일어
났을 때는 뺨의 살갗이 침낭의 직물에 달라붙어 잘 떨어지지 않았
다. 브룩도 자외선 차단 크림을 바르라는 (그리고 물을 많이 마시

313

라는) 말을 많이 들었지만, 그것이 하얀 피부의 금발 아가씨한테는 적용되지 않는 이야기라고 생각했던 모양이다.

"꼭 예전으로 돌아간 것 같구나." 내가 그 애한테 말했다. 어릴 때 너한테는 무슨 이야기를 해도 소용이 없었지.

"재미없어요." 브룩이 말했다.

나는 무릎이 시큰거렸다. 그것은 예측할 수 있는 일이었고, 불가피한 일이기도 했다. 사실 별일도 아니었다. 손가락에 가벼운 동상이 걸리기도 했다. 그러나 타자를 못 칠 정도는 아니었으니, 그것 역시 별일이 아니었다.

브룩은 스키 로지에 돌아와서 뜨거운 물로 샤워를 하자마자 얼굴의 살갗이 모두 벗겨졌다. 아주 좋아 보였다. 내 손가락들은 집에 오고 나서 3주 정도가 지나자 근질거림이 멈추었다. 그뒤로는 나 자신을 포함해서 누구도 내 손가락이 이상하다는 생각을 하지 않았다.

우리 팀은 3주 전 산티아고를 출발할 때 함께 버스를 탔던 그룹과 함께 기념 저녁 식사 자리를 열었다. 사실 그런 자리가 두 번 있었다. 첫번째는 스키 로지의 식당에서였고 두번째는 산티아고의 폴리네시아 식당에서였다. 포도주도 많이 마시고, 춤도 약간 추었다. 맷 조워트는 나이트 클럽의 전문가들보다도 훌라 춤을 잘 추었다. 나는 몇몇 사람과 함께 호텔로 돌아갔다. 브룩은 다른 몇몇 사람과 함께 술집으로 갔다. 그 애한테 경호원이 필요하다고 해도, 어쨌든 나 아닌 다른 경호원으로 교대할 때가 되었다는 또 하나의 증거였다.

다음날 아침 사람들은 집에 가기 위해서 각자 공항으로 출발했다. 브룩과 나는 늦은 비행기였다. 그래서 우리는 마샤와 헤이들리에게 선물할 라피스 라줄리 보석(산티아고에는 이 보석이 많았다)

을 사고 관광도 했다. 집에는 이미 전화를 했다. 마샤는 안도하면서도 흥분했다. 역시 마샤답게 안도한 부분보다는 흥분한 부분을 더 많이 이야기했다. 우리가 얼마나 자랑스러운지 모른다고 몇 번을 이야기했는지 모른다. 마샤는 헤이들리에게 전화를 바꾸어주기 전에 공항으로 마중나오겠다고 하면서, 집에 오면 성대한 귀향 파티를 열어주겠다고 했다.

헤이들리는 수화기를 받자 말했다.

"정말 끝내줘요. 돌은 가져왔어요?"

브룩과 나는 산티아고에 있을 때, 집에 돌아오는 비행기에서, 집에 도착했을 때에도 많은 이야기를 나누었고, 이제 우리의 큰 산은 끝이 났다고 말했다. 이제 과거의 일이라고. 너무 힘들고, 너무 오랜 시간이 걸려, 두 번 다시 생각할 엄두도 낼 수 없었다. 우리는 더플백을 정리했다. 더플백에는 묘한 냄새가 배어서 지워지지 않았다. 더플백은 이층의 구석에 처박아두었다. 브룩은 학교로 돌아갔고, 나는 일로 돌아갔다. 우리는 나일론 텐트 옆면을 두드려대는 강한 바람 소리를 들으며 끝도 없이 이야기를 나누는 대신에 전화나 전자우편으로 이야기를 했다.

우리는 그런 대화를 나누는 가운데 우리가 아콩카과에서 함께 보냈던 순간들을 기억하기도 했고, 그냥 등반에 대해서 이야기를 나누기도 했다. 어느날 나는 브룩에게 전화를 걸어, 내 친구로부터 전해들은 충격적인 소식을 전해주었다. 앨릭스 로가 히말라야에서 갑작스러운 산사태를 만나 죽었다는 소식이었다.

브룩도 나처럼 멍해져서 정신을 못 차렸다. 아무리 초보자라고 해도 클라이머들은 산에서 죽곤 한다는 것을 안다. 그러나 그 클라이머는 아니었다. 앨릭스 로만은 아니었다.

"불쌍한 그 집 아이들."

브룩은 중얼거렸다.

▲▲▲

그러나 늘 그렇듯이 클라이머의 죽음은 결국 받아들이게 되고 과거의 일로 접어두게 된다. 만일 등반 사고 때문에 클라이머들이 등반을 그만두게 된다면, 산이 결코 지금처럼 붐비지는 않을 것이다. 로의 소식을 전하고 나서 두어 달 뒤, 나는 브룩과 전화를 하다가 올라가볼 만한 산을 하나 찾아보게 될지도 모른다는 이야기를 했다.

브룩은 나더러 가만히 기억을 되살려서, 해발 5,700미터에서 어떤 경험을 했는지 떠올려보라고 했다. 그 폭풍 속에서 텐트를 칠 때 어땠는지 말이다.

나도 네가 무슨 말을 하려는지는 알겠다. 나는 그렇게 대꾸했다.

이어서 그로부터 두어 달 뒤, 우리는 다시 이야기를 하게 되었는데, 이번에는 브룩이 그 이야기를 꺼냈다.

"있잖아요, 좀 그리워져요."

"나도 마찬가지야."

"언제 또 함께 큰 일을 해봐야 하지 않을까요?"

"못할 이유가 없지. 딱 하나만 더 해보자꾸나. 하지만 빨리 하자. 네가 너무 바빠지기 전에. 그리고 내가 너무 늙기 전에."

# 옮기고 나서

가끔 산에 올라가보면 —— 딴에는 고생고생 했다고 생각해도 안내판에는 해발 수백 미터라고 적혀 있을 뿐이지만 —— 사춘기에 접어든 자식을 데리고 온 부모의 모습은 눈에 잘 띄지 않는다. 그 가운데도 부녀, 모자의 짝은 더욱 찾아보기 힘들다. 그러나 간혹 친구들이 어린 자식하고 단둘이 몇 시간 묵묵히 산을 걷고 싶은 속마음을 드러내곤 하는 것을 보면, 보통 산을 찾는 사람들의 짝이 꼭 소망대로 이루어진 것만은 아닌 것도 같다.

이 책을 쓴 제프리 노먼의 경우에는 오히려 반대였던 것 같다. 이 미국인은 나이가 꽤 들어서야(50세 생일날) 평생 해보지도 않았던 등반을 결심하는데, 물론 혼자 갈 생각이었다 —— 그 심정 이해 못할 것도 없을 것 같다. 그런데 사춘기에 접어든(15세) 딸이 같이 가자고 나서면서, 약간의 곡절 끝에 부녀가 함께 산을 오르게 된다 (여기에서 산에 간다는 뜻은 몇 시간 걷다가 오는 정도가 아니라, 암벽을 오른다거나 해발 수천 미터에 이르는 산에 오른다는 뜻이다). 그러나 다행히도 이들 부녀에게는 누가 크게 다친다든가 하는 극적인 일은 생기지 않았다. 이 점은 옮긴이에게도 다행인 것이, 만일 그런 일들이 이 책의 주요 소재를 이루었다면 오히려 재미를 못 느꼈을지도 모를 일이기 때문이다. 사실 대형 사고와는 관계없는 평범한 부녀간의 드라마가 이 책의 재미이며, 감정이입을 위한 특별한 장치 없이도 어느새 귀와 마음을 기울이게 만드는 것이 이 책의 장점이라고 할 수 있다.

이 책은 이들 부녀가 각고의 노력 끝에 뛰어난 클라이머가 되는 성공담이 아니다. 한 사람은 늙어가고 한 사람은 어른이 되어가는 이야기일 뿐이며, 그 중간에 이틀간의 등정 시간이 소요된 해발 4,200미터가 넘는 그랜드 티턴이 있었다. 물론 산이 없었다면 이 부녀의 관계는 물론이고 늙음이나 성장의 방식도 상당히 달라졌을 것이다. 이들 부녀는 전문 클라이머들도 상당수 죽어간, 세계 7대 명산이라는, 남아메리카에서 가장 높은 해발 7,000미터에 육박하는 아콩카과의 정상에 도전하는, 3주일 동안이 소요되는 이 등반 이야기가 이 책의 중심적인 사건이라고 할 수 있다. 그러나 그 이야기를 계속 중심으로부터 밀어내는 데에 이 책의 미덕이 있다고 말할 수도 있겠다.

한 가지 양해를 구할 것은 등반과 관련된 여러 가지 용어를 외국어 그대로 늘어놓았다는 점이다. 실물에 대한 경험 부족 때문에 과감하게 바꾸어보려는 시도를 하지 못했음은 물론, 과문한 탓으로 뜻있는 분들이 이미 우리말로 바꾸어 쓰고 있으리라고 짐작되는 말들도 제대로 반영을 못했다. 질정을 기다린다.

2001년 5월
옮긴이 씀